U0524138

"十四五"国家重点出版物出版规划项目

可可西里

陈启文 / 著

青海人民出版社
深圳出版社

图书在版编目（CIP）数据

可可西里/陈启文著. -- 西宁：青海人民出版社；深圳：深圳出版社，2023.12（2024.5 重印）
ISBN 978-7-225-06644-8

Ⅰ.①可… Ⅱ.①陈… Ⅲ.①报告文学 – 中国 – 当代 Ⅳ.① I25

中国国家版本馆 CIP 数据核字（2023）第 215736 号

可可西里

陈启文　著

出 版 人	樊原成	出 版 人	聂雄前
出版发行	青海人民出版社有限责任公司 西宁市五四西路 71 号　邮政编码：810023 电话：（0971）6143426（总编室）	出版发行	深圳出版社有限责任公司 深圳市彩田路海天综合大厦 邮政编码：518033
发行热线	（0971）6143516 / 6137730	发行热线	（0755）83460239
网　　址	http://www.qhrmcbs.com	网　　址	http://www.htph.com.cn

印　　刷	深圳市华信图文印务有限公司
经　　销	新华书店
开　　本	710mm×1020mm 1/16
印　　张	20
字　　数	330 千
版　　次	2023 年 12 月第 1 版　2024 年 5 月第 2 次印刷
书　　号	ISBN 978-7-225-06644-8
定　　价	68.00 元

版权所有　侵权必究

目 录 CONTENTS

引 子   1

第一章   可可西里之殇   15
           致命的诱惑   17
           每一粒沙金都是一个伤口   27
           血腥而美丽的沙图什   36

第二章   用生命守护生命   47
           从一个人开始   49
           高原上的雕像   67
           扎巴多杰和野牦牛队   80

第三章   以索南达杰的名义   93
           清水河畔的旗帜   95
           生死路上   109
           不仅仅是为了拯救   133

第四章	铁打的营盘	149
	第一道门户	151
	生命通道	164
	可可西里的南大门	184
第五章	从卓乃湖到太阳湖	201
	藏羚羊的天然大产房	203
	只有信仰才能支撑	218
	孤独的守望者	229
第六章	遥远而神秘的召唤	251
	自然之子,或绿色布道者	253
	遥远而神秘的召唤	266
	从长江源头到长江源村	288
尾　声		**301**
附录一	**可可西里大事记**	**308**
附录二	**主要参考资料**	**313**

引　子

一

往这儿一走，喉咙一阵发紧，感觉忽然被什么给扼住了。

这里是从青海出入西藏的一道咽喉——昆仑山口，或阿卿岗拉。

阿卿，藏语，万山之宗或祖山之祖，指昆仑山。这是汉民族敬仰的龙头山，也是藏民族崇拜的祖先山和格萨尔王的寄魂山。同一座山，既是两个民族共同的祖山，又有着风格各异的神山信仰和神话创造。

岗拉，在藏语中有可翻越的雪山之意，即垭口。而昆仑山口，就是整个昆仑山脉最大的一个垭口。这是自北进入可可西里的一道命门，也是横亘于天地间的巍巍昆仑留给人间的一条通途。

这山口也是个风口，风一直猛烈地刮着，穿越亿万斯年的时空，裹挟着岩壁上的霰雪和簌簌作响的沙砾，在这冷硬的山口发出一阵阵冷硬的呼啸，这时候特别需要有一种更坚定的事物出现。就在这山口，依次矗立着三座纪念碑：一座是汉白玉的昆仑山口标志碑，我下意识地看了看碑上标出的高度，海拔 4767 米，这让我的喉咙禁不住又一阵发紧；一座是可可西里国家级自然保护区标志碑，其主体为五只象征吉祥平安的藏羚羊雕塑，这高原精灵是可可西里的旗舰物种，也是可可西里的图腾；第三座是杰桑·索南达杰烈士纪念碑，它没有巍然高耸的姿态，却让你出神地仰望，下意识的，你会有一种灵魂附体的感觉。这座碑是有灵魂的，那是可可西里之魂。

翻越昆仑山口，恍若进入了另一个世界。接下来，我们将从昆仑山脉奔向唐古拉山脉，在两座雄踞世界屋脊的山脉之间，就是可可西里。奇怪的是，这是一个在汉藏历史典籍中均处于空白的地名，直到20世纪80年代，在一些地图上才冒出了这个陌生而神秘的名字。

是谁最早替可可西里命名？一直到现在还没有定论。

据地名专家考证，"可可西里"源自蒙古语，意为"青色的山梁"，也有人译为"美丽的少女"。而在藏语中，则把这荒原大地称为阿卿贡嘉，意为"北部昆仑下那片荒凉的土地"，还有一种意思是"一百座雪山或千年的雪山"。近年来，一些藏族历史地理专家在深入可可西里实地考察后认为，可可西里这个地名是一种对历史的误读，其真正的名字应该叫阿卿羌塘。格萨尔史诗《狩猎肉食宗》中出现的古地名阿卿羌塘，就相当于今天的可可西里。阿卿即昆仑山，羌塘在藏语中意为北方高地，特指藏北高原，这是我国地势最高的一级台阶，被称为"世界屋脊的屋脊"。唐古拉山脉雄踞于藏北高原，既是青海和西藏的天然分界线，也是可可西里的南缘，阿卿羌塘则是位于昆仑山脉和藏北高原之间的一片地势相当平坦的高原。1979年5月，一支测绘部队从位于昆仑山北麓的海西蒙古族藏族自治州格尔木市进入昆仑山和唐古拉山之间的荒原考察，由于很多地名无从考证，只能由测绘人员按象形指事的方式重新命名，如地图上的太阳湖、月亮湖、巍雪峰等等都是汉语版的地名，加之测绘队聘请的是海西蒙古族藏族自治州的蒙古族向导，将藏语"俄仁日纠"——青色的山梁意译为蒙古语的可可西里山，测绘部队将其标在了地图上，这大约就是可可西里之名的由来。但这并非定论，只是一种猜测。

有人把可可西里称为中国乃至世界上最伟大的荒原，那么，这"伟大的荒原"到底在哪里，又到底有多大？一直以来莫衷一是，这里大致可以从三个层次来看。

引 子

从广义上看，在青海、西藏和新疆的交界处，从昆仑山脉到唐古拉山脉之间曾有六十多万平方公里的无人区。无人区，意即长期空置或不适合人类居住的地区。可可西里位于地球第三极，是除南极、北极之外的世界第三大无人区，也是中国最大的一片无人区。历史上的阿卿羌塘，包括了如今的中国三大无人区——可可西里无人区、藏北羌塘无人区和新疆阿尔金山无人区（若加上罗布泊无人区则为中国四大无人区）。大自然从来没有边际，只有人类设定的边界，这三大无人区实为连绵一片的无人区，若按阿卿羌塘的传统范围，这三大无人区也可称为"泛可可西里无人区"，自然而然地形成了世界上独有的一个超级无人大荒原。谁都知道，中国拥有九百六十多万平方公里的陆地面积，其中六十多万平方公里就在这片无人区。

从可可西里的第二层含义看，一般指以可可西里山脉为中心的区域，即可可西里无人区，总面积约23.5万平方公里，超过了内地许多省份的面积。

从狭义上看，则指可可西里国家级自然保护区，北以昆仑山脉为界，直至位于柴达木盆地西南的博卡雷克塔格山布喀达坂峰，南以格尔木市管辖的唐古拉山镇——青藏边界为界，东至青藏公路——109国道，这是可可西里的一道地理分界线，路东为可可西里缓冲区，路西为可可西里保护区，而可可西里保护区西界则以青海省界为界。这是横跨青海、新疆、西藏三省区之间的一块高原台地，也是中国迄今面积最大、海拔最高、野生动物资源最为丰富的国家级自然保护区之一，总面积约4.5万平方公里，相当于半个浙江省，比世界上人口密度最高的国家之一——荷兰王国还要大。但它并非人间的王国，而是一个荒无人烟的自然王国。在可可西里自然保护区内还有1.55万平方公里的核心区，位于可可西里山与乌兰乌拉山—冬布勒山之间。

无论从哪一个层次来看，这一方水土对于人类，哪怕是像神一样的人类，一直充满了难以抵御的诱惑。在藏民族世代传唱的英雄史诗《格萨尔》中，这是一片风沙漫天、阴魂不散的北方魔地。那位天纵神武的格萨尔王，率部驰骋于青藏高原上，降妖伏魔，除暴安良，征服了大肆屠杀野生动物的狩猎团伙，一个个魔国在他挥舞的剑影中纷然破灭，终于又让阿卿羌塘恢复了勃勃生机。然而到了可可西里这片魔境，他也曾一度被妖姬迷惑数年。而格萨尔美丽而灵慧的妻子珠姆最终用计谋战胜了妖姬，用诚心唤回了迷失于可可西里的丈夫，并诅咒这里永远荒凉。如今，在我们这个蓝色星球上，纯粹的自然世界已经寥寥无几，整个世界几乎都变成了人间，这"永远荒凉"的可可西里，是中国乃至世界上除南极洲之外最后一块保留着原始状态的荒原大地。

人类对可可西里的发现，是近代地理大发现之一。这是一片远离海洋的大陆腹地，但人类对可可西里的发现，却是海洋文明对内陆侵袭的一个结果。自18世纪中叶以来，随着英国殖民者远征印度、尼泊尔，一些西方传教士、探险家从印度、尼泊尔越境进入青藏高原，西方世界才知道地球上还存在这样一片神秘的荒原。瑞典探险家斯文·赫定在《亚洲腹地旅行记》中记述："到1907年1月为止，我们对行星面上的这部分与对月球背面同样一无所知。"有人说，这里是"世界上除了月亮背面之外最神秘的地方"。走到这里，还真像是去到了月球的背面，一种触目惊心的荒凉感，直接闯入了我的视线，那暗浊而沉重的戈壁上布满了沙丘、沟壑、皱褶和巨大的暗斑，还有一个个环形的、呈放射状的陨石坑，依然保持着陨石从外空与地球猝然间猛烈相撞的气势，让人震撼不已。

直到今天，还有人这样形容可可西里无人区的现状："那里是人类最后的净土，时光仿佛都冻结了，世界还保留着最初的样子。在那里，你踩下的每个脚印，都可能是地球诞生以来人类留下的第一个脚印。"这兴许就是可可西里对人类最神秘的诱惑。

我们沿着青藏线向可可西里不断深入，这个世界变得越来越纯净，太阳高悬在蓝得透明的天际，照亮了时空中的每一个角落。在时空深处，这里的一切纯净得只能用圣洁来形容。对于青藏高原，对于可可西里，几乎所有的形容词都可以用到极限，这里原本就是一个极限——地球上的第三极，天蓝到了极致，水纯净到了极致，云干净到了极致，空气清新到了极致，然而造成这些极致的一个根本原因就是空气稀薄，空气越稀薄，视野越透明。远眺那以莽莽昆仑为背景的可可西里山脉，一重山影映衬着一重山影，山外有山，峰上有峰。阳光廓清了近处山影的身姿，而远处的山影依次淡远，直至淡化为形同虚空的背景，把人带入更渺远的时空……

二

据地质学家深入勘察，大约在三亿年前，可可西里为古特提斯海的一部分，随着青藏高原的造山运动，这一带随着高原的整体隆起而逐渐被抬升，从逐渐抬升到急剧抬升，把可可西里抬升为青藏高原上最高亢、保存最完整的夷平面——高原平台。

从整体上看，这独特而高拔的荒原大地，虽不是青藏高原上的最高山脉，却是地球第三极的最高平台，为青藏高原最高的地区之一。若从太空俯瞰地球，这是一块引人瞩目的地理单元。而在沧桑巨变中，火山、地震和地热活动是新构造运动的强烈昭示，如可可西里中脊山脉大多由火山岩组成，其两侧也分布着众多火山，形成一条东西走向的火山带。火山地貌大部分为多喷发口形成的熔岩台地，有些为圆台状。在布喀达坂峰与东面的昆仑山麓，也可看到平顶方山和火山锥状山体。在可可西里还发现了年轻火山带，这是高原强烈隆升活动的佐证。这里也是地震活跃带，到处都是地震造成的地表变形痕迹。在昆仑山口横亘着一块天然花岗岩的地震纪念碑，这是由国家地震局出资设立的。2001年11月14日，在昆仑山和可可西里一带发生了里氏8.1级的强烈地震，随后又连续发生多次余震。这是新中国成立以来中国大陆内部震级第二大地震（仅次于1950年8月15日西藏墨脱8.6级地震），也是全球进入21世纪以来震级最大的地震。这次地震在昆仑山南侧撕开了一条长约四百多公里的地震断裂带，最大地表错位达六米，而地震形成的破裂带所蕴含的丰富的地震形变及组合特征、位移性质和位移量等等信息，不仅是研究地震构造背景、成因，而且也是研究区域地壳运动特征、青藏高原内部运动学、动力学等重大科学问题的珍贵资料，是迄今为止世界罕见且保存最完整、最壮观、最新的地震遗迹，被国际地质学界公认为研究喜马拉雅造山运动和强地震机理的天然课堂。

值得庆幸的是，由于这次大地震的震中位于人迹罕至的荒原，没有造成人员伤亡。

对于人类，地震和火山喷发都是自然灾害，而对于大自然，这都是自然而然的现象。

可可西里首先给人带来的神奇和震撼，就是那苍凉、博大、雄浑、神奇的地貌。各大山脉自西向东平行延伸，由于受地质构造和新构造运动的影响，基本地貌形态有明显的南北方向差异，又因东西方向和垂直方向的气候干湿、冷暖变化而产生不同的外营力作用，从而形成了多样的、深邃而复杂的地貌类型。根据地貌组合的区域分异，自北向南，在可可西里自然保护区内大致可分为三个地貌区——

北部为昆仑山中、大起伏高山地貌区，这一区域也是可可西里地势高亢的区域，位于昆仑山主脉阿格尔山—博卡雷克塔格山的主脊线南侧。在朗朗乾坤之中，站在可可西里腹地，远眺那如洁白的哈达一样飘舞在蔚蓝长空中的昆仑山脉，清晰地呈现出两列东西走向的山影，北部一列为阿格尔山—博卡雷克塔格山，南部一列是马兰山—大雪峰。大自然也有大自然的秩序，那一系列耸峙的山峰，或高或低，或起或伏，皆呈有规律的带状排列。越过一朵朵悬浮在天边的白云，遥遥可见山巅上那被阳光映照得寒光点点的冰川。这些山峰都有巨大的冰帽和冰川，其中最大的为横亘于布喀达坂峰东南麓的布喀冰川，冰川前缘残留着一座座冰塔，远看就像一座光芒四射的水晶宫殿。在冰舌外围则广泛分布着奇形怪状的冰碛残丘，阴森森的，像是一座令人望之胆寒的魔幻城堡。又无论它们在你眼里像什么，这山脉，这冰川，就是可可西里的命脉，也是可可西里的主宰，它们把可可西里这片干旱和半干旱的荒漠点缀得银装素裹，也是孕育河流湖泊的源泉。在昆仑山脉的两列山地之间，就是野性生命最活跃的太阳湖盆地和红水河谷地。

中南部为长江源小起伏高山宽谷盆地区，北起昆仑山南麓，南至唐古拉山—祖尔肯乌拉山的北缘，西界大致沿长江河源水系和羌塘内流水系交接地带。这一带为可可西里山和乌兰乌拉山两列起伏较为平缓的中低山脉，在各山脉之间分布着广阔的湖盆、宽谷和高寒草甸。

可可西里的第三个主要地貌区为东羌塘丘状高原湖盆区，位于长江源小起伏高山宽谷盆地区以西，南与祖尔肯乌拉山相连，北与昆仑山接壤，是羌塘高原内流湖区的一部分。

凡有崇山,必有江湖。可可西里在藏语里又被称为"昆仑雪山之地"和"千湖之地",雪山和千湖是一种自然因果。可可西里被称为"湖泊的王国",是中国乃至世界湖泊分布最密集的地区之一,湖泊密度仅次于号称"千湖之国"的芬兰。这荒原大地上又何止一千个湖,据不完全统计(事实上也难以完全和准确统计),可可西里拥有七千多个大大小小的湖泊。在高山宽谷盆地之间,又形成了几个湖盆带,主要有太阳湖—库赛湖湖盆带、勒斜武担湖—卓乃湖湖盆带、西金乌兰湖—多尔改错湖盆带、乌兰乌拉湖—苟鲁错湖盆带。

从地理演化史看,这高原平台原本就是汪洋大海,神奇的自然之力把它从海底托举而起后,在亿万斯年的时间里,海水反复进退,陆地几经沉浮,大约在距今一亿四千多万年前,海水终于全面向南退出,然后地壳南移,随着新构造运动的伸展、拉薄、下降,湖泊和盆地在可可西里广泛出现,先是大型湖泊和河流断断续续连为一片,接下来又随着地面的继续抬升而逐渐解体,众多湖泊与河流变得像串连在一起的珠链。在可可西里演化的最近几百万年间,大陆型火山喷发活动十分活跃,可可西里从半干旱向干旱演化,那些串连在一起的湖泊逐渐断开为一个个独立的湖泊,一片,一片,如星云一般,纷然散落在山峦旷野之间,在旷野长风中呜呜咽咽,仿佛在诉说着它们曾经沧海的记忆。

从水域面积看,可可西里达二百平方公里以上的湖泊就有七个。从青藏线往可可西里腹地走,途经的第一个湖是海拔最低的盐湖(海拔4440米)。再往西走,在可可西里北部和中部有库赛湖、卓乃湖、可可西里湖、太阳湖、勒斜武担湖等众多的湖泊、湖盆和长江北源楚玛尔河谷地,其中海拔最高的为雪莲湖(海拔5274米)。在可可西里南部则有西金乌兰湖、乌兰乌拉湖、多尔改错和苟鲁错等湖盆和沱沱河流域的宽阔谷地。这星罗棋布、千姿百态的湖泊,总面积近四千平方公里,相当于两个洞庭湖。这是世界上极为罕见而壮观的湖泊群,也是可可西里最柔软的一部分。行走在可可西里核心区,一个个湖泊宛若一粒粒珍珠,镶嵌在可可西里的心脏地带。这些湖泊周边遍布湿地,是青藏高原上最重要的湿地资源之一,而可可西里也被誉为"中华之肺"和"中华之肾",不仅滋养着众多动植物,也调节着高原敏感而脆弱的水生态系统,更是青藏高原生态环境变化的晴雨表。全球气候变暖,冰川融化加速,均在这些湖泊和湿地上有明显体现。

天地造化,波诡云谲,这荒原大地拥有如此众多的湖泊湿地,却被一些外国探险家称为"亚洲干旱中心",这是一个悖论,却也是难以改变的事实。由于可可西里处在青藏高原腹地,青藏高原是印度板块和欧亚板块碰撞后隆起的年轻高原,喜马拉雅山脉把这片高原分成了南北两块,形成了两种截然不同的气候。山南因受印度洋暖流的影响而温暖湿润,而位于山北的可可西里与海洋隔绝,当高海拔和高纬度叠加在一起,可可西里成了一个干旱而冷酷的世界。这里的湖泊多是封闭的内陆湖,冰雪融水是其主要水源。近年来,随着全球气候变暖,可可西里的干旱化、荒漠化进一步加剧,在那漫漫无际的荒原上,那些大大小小的湖泊、零零星星的泉眼,远远一看,宛若一滴滴闪烁的泪珠,美丽而脆弱。

上苍仿佛故意跟人类作对,它在荒原上造就了这么多湖泊,但几乎都是咸水湖、半咸水湖和盐湖,只有太阳湖等极少的淡水湖。由于湖水盐度和水深的差异,这些湖泊呈现出斑斓的色彩,蓝色的一般是咸水湖,根据水深呈现出深浅不同的蓝。还有一种银白色的湖泊,它把远古海底大陆带来的盐分溶解出来又不断浓缩,当达到饱和的时候,湖面上便绽放出一朵朵雪白晶莹的盐花,这便是盐湖。如位于可可西里山南边的西金乌兰湖就是一个典型的盐湖,其西北部还有厚达五十厘米的白花花的盐层。由于湖盆明显收缩,湖周边还残留有二十多个面积一公里左右的小盐湖或干盐湖。那碧波荡漾的多为淡水湖,这是可可西里的生命之湖,但数量极少,面积也较小。这些淡水湖中,会有裂腹鱼等鱼类生存,湖畔则是各种飞禽走兽的栖息之地。那些野生动物都知道哪儿的水才能喝,而人类则往往不知道,一些擅自闯进可可西里无人区的穿越者,为了寻找水源而误入歧途,或渴死在一个个蓝盈盈的咸水湖畔,或深陷于湖边的沼泽湿地之中。更恐怖的是,随着淡水湖锐减,对于一切生命,可可西里都将沦为万劫不复的"死亡地带",一旦走进可可西里,如同走进"地狱之门"。

引 子

可可西里不仅是湖泊的王国，还拥有纷繁复杂的河流水系。这是大自然最伟大的创造，早在一千多年前，吐蕃第三十三代赞普松赞干布就指着这一方水土发出一个王者的浩叹："雪域高原，圣洁高拔，乃众水之源。"

从江河水系看，可可西里为藏北羌塘高原内流湖区和长江北源水系交汇区，主要分为三个水系：东部为楚玛尔河水系组成的长江北源外流水系，水量较小，以季节性河流为主；西部和北部是以湖泊为中心的东羌塘内流水系；北部中段为柴达木盆地内流水系，以红水河为主，穿越昆仑山脉流入柴达木盆地。这些河流水系，除了长江北源楚玛尔河、长江正源沱沱河，还有曾松河、库赛河、等马河、跑牛河、陷车河、天水河、北麓河、清水河等大大小小的支流，其中流域面积在三百平方公里以上的有二十余条，或为内流水系，或为外流水系，而外流水系大致都属于长江源流水系。据专家考察，可可西里的内流水系与长江水系并没有明显的分水岭，历史上它们之间的水流应该是相通的，只因后来的地质变化或干旱加剧，使得它们各自分开，从而变成了内流水系和长江水系。而长江源是可可西里最神奇的存在，换言之，可可西里也是长江源最神奇的存在，这两者几乎是浑然一体、难解难分的同义词。

除了看得见的冰川、河流和湖泊，在可可西里地下还蕴藏着隐秘的地下河、地下泉和冻土层。很多人都知道冰川是天然的固体水库，其实除了冰川还有冻土。即使在盛夏季节，可可西里地面上部土层也存在多年不融的坚硬冻土层与脉状冰。高原冻土和脉状冰是生态链中不可或缺的一环，也是维持水源和生态平衡的基础。可可西里百分之九十以上地面为多年冻土区，约形成于一万年以前地球上最后一次冰冻期，冻土层最厚可达八十至一百二十米。这是荒原大地赐予可可西里最宝贵的水资源，也是中华水塔巨大的固体水库。有人说，这永冻层里暗藏着拯救人类的秘密，这个秘密不是别的，就是水，当地球上的冰川消失，江河湖泊枯竭，这永冻层就是人类乃至一切生命最后的救命之源。

三

有人说，凡是走过可可西里的人，都会第一次认真地思考生存与死亡。

有人问，在那亘古的荒原中，深藏着怎样的生命密码？

这里是天堂，一脚踏进可可西里，你就能体会到什么是超越人类想象的绝美风景。

这里是地狱，一旦走进这高悬于世界第三极的生命禁区，你就要忍受人类生存的极限挑战。

这么说吧，"眼睛在天堂，身体在地狱"，这是许多人说过的一句话。

这里没有通常意义的四季之分，只有冬夏两季。还有人说，可可西里只有两季，"一个是冬季，一个是大约在冬季"。

哪怕在短暂的夏季，这里的气候也变幻莫测，被称为"梦幻般的高原气候"。

我几次走进可可西里都是在夏天，这是一年中最美、最舒适的季节。早上出门时，感觉就像乍暖还寒的春天，若不穿上外套，你就抵挡不住风寒。到了中午，太阳当顶，在高原阳光的直射下如盛夏一般浑身燥热。当太阳偏西，气温渐降，又如秋风瑟瑟的寒秋了。随着太阳落山，夜幕降临，寒风骤起，气温迅速降到零下，感觉一下坠入了隆冬季节。这就是可可西里"最温暖的季节"，一天之内就可经历"春、夏、秋、冬"四季更迭。

这样的天气还算是有规律可循，但可可西里从来就没有什么自然规律，又加之地势地貌的多样性和复杂性，大气候下还有小气候。当你在山南行进时，还是晴朗的天空和灿烂的阳光，而一到山北忽然乌云翻滚，电闪雷鸣，狂风大作，"搅得周天寒彻"。在可可西里，最可怕的就是风，由于受高空强劲西风动量下传的影响，这里是青藏高原乃至全国风速高值区之一，一旦狂风乍起，往往就裹挟着暴风雨、暴风雪或沙尘暴呼啸而来，如鬼哭狼嚎一般令人毛骨悚然，有人称之为"地狱级风暴"。在很大程度上，可可西里的地貌也是被狂风塑造出来的，在每一块石头上都可以看见风的形状，随处可见风蚀地貌，这是经由风和风沙流对土壤表面物质及基岩进行的吹蚀作用和磨蚀作用所形成的地表形态。在这干燥多风的荒漠上，到处是开裂的缝隙，那是典型的龟裂土，还有白花花的盐碱土和尘土飞扬的风沙土。

对于人类，这里是无须打引号的生命禁区，每一个进入可可西里的人，随时随地都有可能进入或遭遇"死亡地带"，但这人类难以忍受的极限环境，却养育了众多独特的动植物种群，无数的生命在这里顽强而坚韧地繁育生长。

可可西里是青藏高原从高寒草原、高寒草甸向高寒荒漠的过渡区。从可可西里山脉的雪线以下，延伸出青黄色的草原和高寒草甸。草原的海拔相对要低一些，主要分布于青藏线东部的可可西里缓冲区，生长着紫花针茅、扇穗茅、青藏苔草、棘豆等植物。高寒草甸比草原的海拔更高，气候更恶劣，主要分布在可可西里东南部的五道梁一带山坡，植被以高山蒿草和无味苔草为主。而在海拔更高、自然环境更恶劣的可可西里腹地，大部分是高寒荒漠地带，但在湖盆宽谷之间，在高山冰缘地带，甚至在一些石缝边，也生长着一丛丛、一簇簇的矮小植物，这是可可西里最卑微也是最顽强的生命，亿万斯年，它们以自己特有的方式适应着自然，几乎是紧贴着地面生长。如那些盘根错节的垫状植物，它们把自己围成一个密实的圆形垫子，以此抗拒狂风的袭击，同时维持温度保护自己的幼芽。它们柔弱而坚韧地繁衍着，细小的枝叶把空气中的水分凝聚并疏导到地面，缠绕交错的根茎有力地抓住身边的土壤，使之不会被风沙蚕食成荒漠。在可可西里植物区系中，垫状植物特别丰富。全世界约有垫状植物一百五十种，可可西里地区就有五十种，占青藏高原的二分之一，占全世界的三分之一。由于受人为干扰较少，这里才能保存原生态，其中超过三分之一的高级植物为青藏高原所特有。高山冰缘植被则是可可西里分布面积仅次于高寒草原的类型，广泛分布于可可西里自然保护区西北部地区，很多植物在冰雪的覆盖下竟然也能够年复一年地开花结果。为了抓紧一年中不到一百天的生长期，很多植物不得不加快了生命的节律，从发芽、开花到结籽，只需要两到三个月的时间，有的植物甚至能在二十天里走完自己的生命历程。在这短促的生命历程中，它们用细小的花朵点缀着寂寞的荒原，用柔嫩的身躯喂养了无数生灵，也用弱小的生命呵护着这一方极其脆弱的水土。

这些草原和草甸并非连绵一片，在草甸间还夹杂着斑驳的砾石和沙地，有的地方甚至四面环绕着小山一样的土黄色沙丘，沙丘正在嚣张地迅速扩大它们的领地。即便这个季节，在白色的雪山与高寒草甸之间，还有大片大片的焦黄色，那是荒漠戈壁。走近了，看见一道道被风掀动的沙丘，卷起一阵阵黑旋风，哪怕车窗紧闭，车内也充满了呛鼻的尘埃。这也是我看到的另一种真相，另一个可可西里。如果可可西里生态植被的退化得不到有效遏阻，过不了多少年，如今的高寒草甸乃至湖泊河流都将被沙漠吞噬，可可西里将变成可可西里大沙漠，那冰川雪山的融水就再也流不到长江，终将变成在沙漠中流失的内流河。

可可西里就像青藏高原的心脏，而心脏对于任何生命是最重要的也是最脆弱的。

亿万斯年的沧海桑田、地质沉降，为可可西里保留了地球可见的几乎所有地质地貌形态，在数十亿年的漫长沉淀中积累并完整地记录了地史演化、物种更迭的每一次变化，可谓是天然的自然与生命历史博物馆和地质博物馆。那丰富而特殊的生态、生物和物产资源，是高原野生动植物的基因库。在人类还没有诞生之前，这里的一切就已然存在，而在人类诞生之后，在漫长的岁月里，人类几乎不知道可可西里的存在。

人类缺席的荒野，往往就是野生动物最活跃的地区，可可西里堪称野生动物的乐园，在这野性的世界里，孕育出了一百多种形形色色的野生动物。

迄今为止，据不完全统计，在可可西里已发现了七十多种脊椎动物，仅哺乳类野生动物就有三十多种，其中有五种国家一级保护动物：藏羚羊、野牦牛、藏野驴、白唇鹿、雪豹；还有八种国家二级保护动物：棕熊、猞猁、兔狲、石貂、豺、藏原羚、盘羊、岩羊。那些国家"三有"保护动物和省级保护动物就更多了。可可西里也是鸟类的天堂，迄今已发现五十九种鸟类，其中金雕和黑颈鹤为国家一级保护动物，秃鹫、大鵟、猎隼、红隼、游隼、燕隼、大天鹅、藏雪鸡为国家二级保护动物。在可可西里还发现了六种鱼类和一种爬行类动物，还有三十多种水生无脊椎动物。此外，在可可西里还发现了众多的昆虫，其中可可西里特有昆虫就有五十多种。这众多的、生活习性各异的动物组成了可可西里完整的生物链或食物链，种类内部和种类之间有着千丝万缕的联系，形成了最原始的生态平衡。偌大的可可西里，就是一个天然野生动物园，被誉为世界"第三极"和青藏高原珍稀野生动物基因库。对于自然环境保护、生物多样性保护和科学研究，可可西里具有极其独特的、几乎无可替代的生态与科研价值。尤其是藏羚羊，这是可可西里的旗舰物种，其种群数量占到了全球总数的四成左右，保存了藏羚羊完整生命周期的栖息地和各个自然过程。

当人类置身于这高原旷野，如果没有这些天上飞的、地上跑的、水里游的野生动物，这个世界该是多么空虚和寂寞啊。这所有的野生动物和植物才是可可西里真正的主人，而可可西里的主角则是藏羚羊。它们深藏不露又总是与你不期而遇，在前方的视线里不断涌现，又在汽车的后视镜里不断消失。当你朝更远的方向看，这一幕又会重新出现，仿佛不断切换的幻灯片，那些野性的生命连同这野性的世界像是一种幻觉或幻影，我总是莫名地担心，它们会像幻影一样消失，每年不知有多少人类已知的或未知的生灵，就这样在天地间悄无声息地消失了。

穿越可可西里，感觉自己已经走得老远老远了，蓦然回首，整个世界仿佛是静止的，那原野分明还是你许久前看到的青黄不接的原野，而前方的雪山冰峰看上去还是那样遥不可及。在这样一个伟大的时空里，人类已经找不到别的参照物，这里的参照物就是同样伟大的青藏高原，无论你怎样飞奔，你也无法把这一切甩到身后，即便那"像巨龙飞在高原上"的列车，也需要三个火车头一起使劲才能拉动十几节车厢，看上去就像一只缓慢蠕动的爬虫。

人类，以万物灵长自居的人类，只有在这里，才会备感自身占有时空的渺小和卑微。

人类一旦不能体认自己的卑微，就会对大自然摆出一副挑战的姿态。

亘古以来，这片神秘的荒原一直遵循着物竞天择、适者生存的自然秩序，但自上世纪 80 年代初开始，数十万淘金客从四面八方涌入可可西里滥挖滥采，把这"美丽的少女"摧残得千疮百孔。土地的沙化和高寒草甸的退化直接影响着野生动物的生存，而生态破坏反过来又加剧了气候、水源等自然环境的恶化，这就是典型的恶性循环。与此同时，在国际藏羚绒制品消费和非法贸易的驱使下，又有不法分子组成一个个武装盗猎团伙，在可可西里大肆猎杀藏羚羊和其他珍稀野生动物，这高原精灵的天堂，一时间沦为了血腥而恐怖的地狱。

当可可西里遭受疯狂的淘金和盗猎，一个生于斯长于斯的康巴汉子终于拍案而起了，"这里不是无人区，而是无法区！"

这位正气凛然的康巴汉子，就是杰桑·索南达杰，"况浩然者，乃天地之正气也！"

1992年，原中共治多县委副书记、西部工委书记杰桑·索南达杰率先组建了可可西里第一支武装反盗猎队伍。他是当之无愧的可可西里生态环保第一人，第一个把枪口对准盗猎分子的人，也是第一位为保护可可西里而捐躯的环保卫士。1994年1月18日，索南达杰在反盗猎行动中壮烈牺牲。在不到两年的时间里，他率领西部工委在这伟大的荒原奏响了一曲用生命保护生命的慷慨悲歌，一如文天祥用生命抒写的正气歌："天地有正气，杂然赋流形。下则为河岳，上则为日星。于人曰浩然，沛乎塞苍冥……"

1996年5月，原国家林业部和国家环保局联合授予杰桑·索南达杰"环保卫士"的称号。对于他，这迟到的追认和哀荣已毫无意义，但对于可可西里，对于藏羚羊和可可西里的一切生灵，乃至对于中国生态环保，却具有非凡的意义。有人说，在索南达杰牺牲后，这片苍茫大地上的故事才刚刚开始。一切的真实就是如此，可可西里命运的转折，就是从这样一个人开始，从他的一句话开始，一场只有开端、没有尽头的生态保卫战在这伟大的荒原上拉开了序幕……

第一章　可可西里之殇

致命的诱惑

上世纪 80 年代，甚至更早，一个令人发狂的神话不胫而走，"在昆仑山和唐古拉山脉之间，有一块金子铺成的大地"。

追溯历史，这又不仅仅是神话或传说，也有确凿的史实佐证。自古以来，青海虽是远离中原的荒凉大地，却也暗藏着对人类充满诱惑的金子。青海的淘金史，至少可追溯到北宋末期。宋徽宗政和五年（1115 年），在湟州（今海东市民和回族土族自治县一带）的丁羊谷中发现了一个载入史册的金矿，由此掀起了一轮淘金潮。从元末至明初，人们又陆续发现了祁连县野牛沟金矿、门源县天桥沟金矿和扎马图金场。这些采金点大多处于阒无人迹的深山沟壑之间，"各矿皆为幽岭雪岩所隔"，大批淘金客骑着牦牛，赶上笨重的木轮大车，车上运载着数月的粮食补给，一路翻山越岭奔赴祁连山一带淘金。

率土之滨，莫非王土。黄金作为地下宝藏，朝廷和官府从来不会袖手旁观。为了加强对金矿开采的管理，官府主要采取两种方式，一种是"官置场监"，即官办；一种是"由民承买"，即民办，实际上是由大包头向官府将某一金矿承买下来，再分户包采，纳税淘金，凡不纳税的私自淘金者则被视为触犯了王法,将遭受严惩和重罚。清乾隆三十九年(1774年),西宁官府采取"官督商办"的方式,招商开采扎马图金场,一度雇矿工五百余人。清光绪十四年(1888年),官府又在西宁至玉树大道分段驻兵,沿途监督采运,试图将金子的开采权牢牢地掌握在自己的手里。

到了民国年间,马麒、马步芳父子先后担任青海省政府主席,在他们统治青海的四十年间,以官府之名行家族统治之实,青海各地的五六十处金场,大部分为马步芳家族掌控的湟中实业公司所垄断。当官商合一、公权私用,既可以将权力发挥到极致,也可将利润榨干吸尽。为了变本加厉榨取黄金的利润,马步芳家族在垄断了金矿开采权后,又采取收金税、开金店、给大大小小的金把头发放采金执照和"金贷"等手段,不断延伸黄金产业的链条。如所谓"金贷",指他们贷出去的是银元,收进来的则是黄金,而他们收取"金贷"的金价也低于市场价。此外,马步芳还利用黄金榨取的暴利开办兵工厂,将武器高价卖给金把头,建立起护卫金矿、镇压矿工的武装,"枪杆子里面出黄金"。马步芳就是靠着滚滚而来的黄金暴利,打造了一支剽悍而冷血的马家军,而在枪杆子的拱卫下,马步芳也成为了一位坐镇黄金宝座的"西北王"。

在马步芳的铁腕统治下,绝大多数淘金客都沦为了马步芳家族的沙娃子。

沙娃,又称砂娃、金娃,无论叫什么,都是指那些受雇于人的采金者。马步芳家族的沙娃,每年都在数万人以上,他们大都是强征而来的民工,在监工的驱使下一天在沙坑里要干十几个小时,几乎都成了马步芳家族的金奴。这每一粒沙金都是沙娃们采用最原始的工具披沙拣金淘出来的,而他们所得到的一点微薄的工资,都是他们以血汗乃至是生命作为代价换来的。

除了沙娃,在淘金客中也有极少的幸运者,那就像买彩票中了头彩。

民间绘声绘色地演绎着这样一个故事,有一名来自湟中鲁沙尔的金掌柜,名叫王尕义,他在自己买下的一个淘金坑里挖出了一块重达四十斤的大金块。这种天然形成的大金块,不只是用金子的价值来衡量,而是稀世之宝。王尕义是个聪明人,既不敢私藏,更不敢独吞,只能转让给马步芳。马步芳如获至宝,他用手掌一遍遍地摩挲着,这金块奇特壮观,灿烂夺目,摸在手里又特别温润,这是大自然造化的奇迹,更是天降祥瑞啊!马步芳是一个对天命和神迹都非常迷信的人，虔诚地相信这个大金块将给自己和家族带来更大的幸运和福佑。他命人赶制了一个精致的大镜柜，专门用来陈列这个大金块，并注明重量、产地、采掘日期等，放在他在西宁的馨庐公馆客厅里，供亲友、幕僚和宾客们观赏。然而，在一个政权土崩瓦解之际，无论是黄金宝座，还是稀世珍宝，都无法挽救一个军阀的命运。1949年8月，青海解放前夕，马步芳乘专机从西宁出逃时，带了三十一箱黄金，每箱一千两，另有金元宝一百多锭、银元一百多箱。而他还干了一件丧心病狂的事，为了方便携带，他竟然把那个大金块熔铸成了一块块金砖，一个难以复制的自然奇迹就这样毁灭在那双沾满了血腥的手里。由于他带走的黄金元宝太多了，又加之头天刚下过一场大雨，机场跑道上还满是泥水，那黄金元宝竟然把飞机给压趴了，几次起飞愣是飞不起来。这让马步芳不禁长长地哀叹了一声，为了保命，最后他只好下令卸下了一些黄金珠宝，飞机终于起飞了。

马步芳走了，他当初没能带走的黄金珠宝到底藏在了什么地方，迄今仍是一个没有谜底的谜。而在香港的金融大亨和黄金贩子中，还盛传西宁有一条黄金街，这则传说从马步芳时代一直延续到"十年动乱"期间，据说一直和香港的黄金贩子保持着秘密联系。这都是道听途说而难以查证的传说，也是一个在青海流传的黄金传奇。不过，从确凿的历史事实看，从北宋到马步芳时期的青海淘金史，无一例外，都发生在可可西里之外，而离可可西里最近的也是马家军。据史载，马家军曾在昆仑山一带掘金，这里离可可西里已经很近了，但迄今尚未发现马家军进入可可西里腹地掘金的确凿证据。

越是无人涉足之地，越是令人倍感神秘，而来自可可西里的黄金传奇也越来越神了。这个神话在民间传播和演绎中，还被赋予了几分科幻色彩。据说，上世纪70年代，当美国遥感卫星沿北纬37度线飞行，在飞临东经92度至94度区域中心上空时，惊异地发现地面出现了一片金属异常带，这是一条金脉，位于可可西里马兰山一带。格尔木市是离可可西里最近的城市，但这一发现在当时的格尔木却鲜为人知。直到1982年秋天，又有一段传说，时任格尔木市的一位市长或副市长在出访澳大利亚期间，一家澳大利亚的矿老板特意找到这位市长，郑重其事地提出要合作开发马兰山金矿。这让市长一脸茫然，他当时压根就不知道马兰山在哪里。那位矿老板把美国遥感卫星拍摄到的影像资料出示给市长看，卫星图上显眼地标示着马兰山的位置，位于昆仑山布喀达坂峰南面的太阳湖一带，那是一大片被戈壁沙漠和盐泽泥淖封闭着的无人区。即便这个传说是真的，在当时，要把外国企业引进到这荒无人烟的高原上来开矿，几乎是天方夜谭。可可西里无人区有很大一部分属于玉树州治多县，这一个县的总面积就有八万多平方公里，其中一多半就是位于青藏线以西的可可西里。而可可西里，还有马兰山，当时还是刚刚标上地图的地名，不说外人，就连治多县的很多牧人也闻所未闻，极少光顾这里。但从此开始，一个道听途说的黄金神话却不胫而走，而这世上从来不缺乏铤而走险的人类。

为了寻找那传说中的黄金宝地，据说有人还搞到了一幅神秘的黄金版图。又据传，马步芳当年曾派勘测人员进入了可可西里马兰山一带寻找金矿，并绘制了一幅比例为三十万分之一的黄金路线图，它浓缩了长达一千五百多公里的黄金路线，并将沿途的戈壁大漠、雪山暗流、无名小河一一标示在地图上，在富矿藏金区则标上了醒目的符号。而马步芳还来不及在可可西里掘金，解放军就打进了青海，马步芳在仓皇逃窜之后，那幅神秘的黄金版图或黄金路线图便流落到了民间。在那些淘金客眼里，这不是一张纸，而是一把能打开可可西里黄金密窟的金钥匙。谁也不知道这传说是不是真的，但确乎有一幅黄金版图在民间流传和转卖，一张纸的价格竟被哄抬到了两万元以上，比真正的金子还贵。有人说，在它成百倍成千倍地翻印过程中，那个神秘的奇货可居者不用挖金，就凭一张纸垒成了一座属于自己的金库。

当那些按图索骥的淘金客骑马走进马兰山红金台一带，在海拔超过五千米的可可西里腹地，那真是走进地狱之门、死亡地带的感觉，连马也口吐白沫，连连打晃，几个人再也不敢往前走了。而就在这时，走在最前边的一个人抬起了头，在高原的阳光直射之下，他眼前直冒金星，这可能是高原反应导致的幻觉，营造了一个梦幻般的世界。那人使劲揉了揉眼睛，幻觉并未消失，那就并非幻觉，千真万确，那沙子里布满星星点点的沙金。他兴奋地喘息着，冲后边那些裹足不前的同伴喊道："伙计们，前面就是金子啊，你们捡不捡？"

这只是一个故事的开端，接下来还有更多大同小异的传说。

有人说，可可西里湖一带的河滩里，一层沙子一层金。

有人说，湟中县的几个农民，在红金台搬开一块大石头，哇，下面全是黄灿灿的沙金，大的如蚕豆，小的如米粒。

还有的说，一个金农在河床转流的低凹处，一次就捡了两块一斤半重的大金块，转过身就背着家伙回家了……

这一切，亦介于真实和幻觉之间，一半是真实，一半是传说。

从事实看，最早进入可可西里的应该是治多县索加乡和曲麻莱县曲麻河乡游牧的藏族群众，他们就是离可可西里最近的牧民，而后来设立的可可西里自然保护区，基本上就是索加乡的行政区域。但藏族群众对于大自然也有着神性的信仰，认为"万物皆有灵"，他们把天地万物都当作神灵来进行崇拜，而金子是土地中最珍贵的东西，更是神圣不可侵犯的。除了这些藏族群众，在上世纪80年代之前，可可西里几乎不为外人所知。设若没有一个令人发疯的神话，这荒无人烟的可可西里又怎么会有那么多人蜂拥而来？说来，那些淘金客也不是一夜之间蜂拥而至，上世纪80年代初，第一批进入可可西里无人区的淘金客还稀稀拉拉，随后便一传十，来了几十人，第二年又十传百，来了几百人，接下来就跟滚雪球似的，呈几何级翻番，第三年来了几千人，第四年就有三万多人，到了80年代末一度超过了十万人。那时整个格尔木市还不到十万人。随着越来越多的淘金客奔涌而来，一个令人发疯的神话也在不断被放大，愈发令人疯狂……

那些淘金客的身影，几乎都可以追踪到青海海东一带的传统淘金村。据《甘肃通志稿》："廓州宁塞郡王贡麸金六两。"廓州，即如今的青海循化、化隆一带，这里涌现了一代代淘金客，还有一个个淘金村。麸金，指碎薄如麸子的金子，当是沙金，而作为进献朝廷的贡品，其含金量应该是相当高的。海东因位于青海湖以东而得名，属于黄土高原向青藏高原过渡地带，为青海东部传统的农业区。上世纪80年代初，随着土地承包责任制的推行，一方面激活了农村生产力，一方面也把农民从养命的土地中解放出来，许多农民开始寻找田地之外的生计和活路。而就在这历史转折点上，从可可西里传来的淘金神话越传越广，风靡海东，农民们纷纷奔赴西部淘金。在大大小小的金场里，无论是那些金把头，还是替金把头掘金的沙娃子，几乎都是来自海东八县的农民——金农。

那时在大西北流传一句话，"哪里发现了金子，哪里就有海东人"。

在海东八县中，又以化隆县的金农最多。这里属海东的高海拔地区，山大沟深，干旱少雨，人均耕地不足两亩，大多是黄土高坡上的贫瘠山地。这贫瘠的土地，生长着世世代代的贫穷，也养成了剽悍的民风。为了能吃上一碗饱饭，这里的人可以豁出命来。

韩金福就是一位来自今海东市化隆回族自治县的金农。上世纪50年代末，他出生于黄河湾里的一个村庄。全村四百多口人，人均还不足半亩地，一年种一季小麦，年景好时，还能勉勉强强维持生存，而一旦遭灾就要饿肚子了。在韩金福出生不久就开始闹饥荒，父母亲在贫病交加中相继过世，而这个幼小的生命却十分顽强，在族人的拉扯下，他活了下来，又在半饥半饱中一天天长大了。这苦水里泡大的小伙子，倒也长得虎背熊腰，在生产队里干活，两百斤重的担子他一肩挑，连腰都不闪一下。随着村里开始分田到户，他一个单身汉，家里只有耕地的，没有播种的，这地根本没法种。一位同族阿孃到处托人给他找对象，可像他这样一个住在破屋里的穷光蛋，哪个姑娘愿跟着他吃苦受罪呢？村里还有人笑话他："还找对象呢，金福啊，我看你这辈子也就老老实实当扶贫对象吧！"韩金福却大大咧咧地说："等我哪一晌发了财，姑娘们都在屁股后头排队哩，谁跟了我，我就在她手指头上戴满金戒指！"

他是笑着说的，这还真是一个大笑话，像他这样一个在土里刨食的光棍汉，能把自个儿的肚子填饱就谢天谢地了，想发财，做梦吧！韩金福确实在做梦，他做的是淘金梦。这个梦他做了好久了。他也知道，淘金人苦啊，他阿爷（祖父）四十岁上给马步芳家族当沙娃子，一失足跌在淘金坑里，把一条腿生生给摔断了，一辈子成了瘸子。这还算是命大，摔断了一条腿，捡回了一条命，还有不知多少人死在淘金坑里。可除了淘金，他又实在想不起还有什么改变命运的活路，那就豁出命来闯一闯吧。为此，他把家里能变卖的东西都变卖了，上县城买了一顶帐篷和一套简陋的采金工具。出发时，他把没有卖掉的锅碗瓢盆和一袋子粮食交给了那位同族阿嬢。这位阿嬢就像金福的亲娘一样，她也一直把金福当作自己的亲儿子，一听金福要外出淘金，阿嬢一把拽住他的胳膊就往回拉，一边拉一边哭："金福啊，想想你那摔断了腿的阿爷吧，你可是你们家唯一的根脉了，若是有个三长两短，你们家可就成了绝户啊！"

这话让韩金福猛地一下愣住了，绝户，对于农家，那就是最绝望的命运。

韩金福愣怔了一会儿，还是朝西边迈开了腿。那是他认准了的一条活路，而一旦认准了，任谁也拉不回他，他给阿嬢留下了一句话："我若是回不来，这锅碗瓢盆和口粮就当我孝敬你老人家了，若回来了，我金福就要活出另一番人样来！"

那是1984年农历四月份，淘金客一般都选择这段时间出发，这是进入可可西里的最佳时机，此时青藏高原基本上过了大雪封山的危险季节，大地尚未解冻，一路上都不会陷车。韩金福并非村里唯一外出的淘金客，和他一起出发的有七八个村民，他们东拼西凑了七千多元钱，合伙买了一辆手扶拖拉机。每人带了六七十斤面，这是两个月的口粮，加上一些简单淘金工具，铁锹、水桶、筛金的床子，还有几桶柴油，就把拖拉机给装满了。这些人上路时，他们的亲人都虔诚地给他们念诵起祝福语，念着念着就呜呜地哭了。韩金福也听见了阿嬢的哭声，像呜咽的风声一样，一路上断断续续地追随着他，但他头也不回。

从化隆县到可可西里一千多公里，七八个人挤在车斗里，在翻过昆仑山时左颠右颠，而呛鼻的油烟被风吹过来，更让人一阵一阵恶心，几个人不停地呕吐，连五脏六腑都快吐出来了，这一路上，都是他们在风沙中吐出来的苦水。十多天后，他们才到达青藏公路的五道梁。海东是青海的低海拔地区，五道梁则是高原反应最强烈的一个地方，他们一个个头疼欲裂，都下意识地拧着脖子，恨不得把脑袋从脖子上拧下来。有的人已经昏了头了，接下来都不知该怎么走。还有的人开始后悔了，想要打道回府。而人跟人的区别，往往就在这节骨眼上显现出来。韩金福是这些人中最穷的一个，却也是最坚强的一个，他的高原反应也很强烈，但他的头脑异常清醒，意志也很坚定。手扶拖拉机打算掉头时，他"呼啦"一下跳了下去，拦住车头一声嘶吼："咱哥们好不容易走到这里，难道就这样白白地走掉？只要咬牙挺过了这一关，接下来的难关咱们就能一个一个挺过来啊！"

就这一句硬邦邦的话，让大伙儿一下感觉有了主心骨，而无形中韩金福也成了大伙儿的主心骨。接下来该怎么走呢？此时的可可西里还是千里冰封，万里雪飘，白茫茫的无边无际，无人区根本就没有路。这些个金农只是听说可可西里有黄金，但具体在什么地方不清楚，而他们也没有搞到那幅传说中的黄金版图。当大伙儿一齐看着韩金福时，韩金福正在雪原上寻找着什么。他是在寻找淘金客留下的足迹和车辙。但即便此前有淘金客从这里走过，一阵狂风吹过，旋即便将一切痕迹抹去了。这条路，只能靠他们自己去闯了。为了探路，韩金福在冰雪中冻掉了三根脚趾头，也没有找到一条路，但他在呼啸的长风中又抛出一句硬邦邦的话："哪个地方平，就往哪个地方开！"

这些个淘金客，既没有任何经验，又没有任何踪迹可寻，就在这荒原雪野中冲风冒寒、左冲右突。侥幸的是，几天过后，他们终于远远地看到了一抹被晨曦照亮的逶迤山影，还有在白皑皑的山峦间飘起的一缕缕炊烟，七八个人就像从死亡的边缘渡到了生的境界，一个个禁不住嚎啕大哭起来。没错，就是这里了，马兰山！

马兰山，藏语为米拉赛卡格哲。米拉，指一个米拉拉赞松保的人，相传他曾在这一带生活，一群土匪发现他有一袋金子，一直把他追赶到了山顶，他无奈之下把金子撒在九道沟中，然后手拿白色幡幢祈福金子成为矿脉，福泽子孙后代。——这又是一个关于金子的神话。赛卡，意为黄金宫殿。格哲，意为九道，或指马兰山有九道梁或九道沟，每一道沟里都有金矿。这是昆仑山系的一座山脉——米拉山脉，这山脉就是金脉啊。马兰山最高峰海拔6056米（一说5790米），山麓覆盖着四十多条冰川，这山脉也是命脉。山脚下，是一片弯弯曲曲的河滩，河滩分解出大片大片的草滩，藏羚羊和众多野生动物在这里栖息和繁衍。而随着一批批淘金客的闯入，这里的风水一下变了，那河谷里的帐篷一个挨着一个，淘金客在河谷里随地大小便，污水直接流到河里，最终还会流进太阳湖。在河道濒水处，密密麻麻的都是如蝼蚁般的金农，一个个都弯着身子、拱起背脊在拼命地挖啊淘啊，好端端的河滩已被翻成了一堆堆暗灰色的沙砾，像是一座座令人毛骨悚然的乱葬岗。

每个走到这里的人都是经历了九死一生的幸存者，他们命定的或为金子而活，或为金子而死。韩金福和几个老乡找到了一个避风的山窝子，在这里搭起了帐篷，生火做饭。他们喝的是屎尿横流的河水，吃的是从家里带来的面粉和干菜叶子；烧的呢，这光秃秃的河滩和山梁上根本就弄不到柴禾，他们只好将面粉用柴油一浇，搅和成一个个油疙瘩，用来当柴火烧。在这高寒缺氧的地方，火烧得再大也只能煮成一锅夹生饭。最方便的就是吃面片和散糊糊汤，但面片不管煮多长时间，塞到嘴里都是黏糊糊的，这东西实在难以下咽，但吃不下也得硬着头皮吃。有时忽然刮起一股旋风，在扑面而来的风沙中夹杂着一股股呛鼻的屎尿味，那些风干的粪便和擦屁股的手纸漫天飞舞，真恶心啊。可为了活命，你也只能连同吹进碗里嘴里的沙子一起硬生生地嚼碎了，一口一口吞下去。

随着天气逐渐转暖，冻土化开，泥土松软，可可西里进入了最适合淘金的季节。

淘金，先要在没有雪的地方挖一个沙坑，把挖上来的沙子放入盛满清水的盆里，如果看到有小小的金粒，那就在这个沙坑里接着挖。如果挖到长宽深各一米，还没有发现一粒金沙，那就只能放弃，这沙坑下面就是僵硬的冻土，想挖也挖不动了。在这高寒地带，连动一动都要喘粗气，而淘金是苦力活，加上工具落后，他们的进度非常慢，七八个人，每天也就能挖一两个沙坑。一天下来，浑身的骨头都要散架了。太阳一落山，气温骤降，就得赶紧收工，赶快吃饭，饭碗一放就钻进帐篷，帐篷里的温度比外面稍微高一些。金农们浑身上下沾满了泥巴，睡前只脱掉外面最脏的衣服，然后穿着棉衣、棉裤直接睡。狭小的帐篷，下面铺一层塑料纸，上面盖一块羊毛毡子，人挨人、背贴背挤在一起，用彼此的体温互相取暖。大伙儿都特别困，往地铺上一躺，连睁眼的力气也没有，但由于缺氧怎么也睡不着。可可西里时不时就会遭遇暴风雪，那帐篷有时候被大雪压塌了，有时候又被风刮走了。每天早上起来，金农们都渴望看到太阳，可高原上的太阳，紫外线又特别强烈，不到半个月，每个人都晒成了"黑鬼"，一个个眼睛发红，嘴唇发青，头发变灰。眼看着，大伙儿的身体一天天垮下去，抵抗力极差，在这样的高寒地带一旦得了感冒，很容易转为致命的肺气肿。而在这天遥地远的地方，离最近的城市格尔木也有七八天的路程，根本得不到及时救治。在韩金福他们旁边的一个淘金点，有一个小伙子感冒了，一开始还以为是高原反应，服用了带来的"安乃近"，但不管用，一直发烧，昏迷不醒，后来才知道是转为了肺气肿，挣扎了两三天就死了。死了，就埋在他自己挖出来的沙坑里，然后插上他自己的那把铁锹，这就是一个生命从生到死的标记了。

对于生死，淘金客倒是越来越看得开了，死了就死了，也算是一了百了，而只要你还活着，就得拼死拼活地淘金。一句话，采金这活计就不是人干的，每一粒金子都是用命换的！

这用命换来的每一粒沙金决不能被外人看见，不怕贼偷就怕贼惦记啊。又岂止是怕贼，更怕那明火执仗的抢劫者。有些势力大的金把头，若是看到你挖的坑里有金子，就会带人过来抢。这些人都很有经验，看到金农休息时间少，淘金的时间多，就估计他们是挖到金子了。韩金福带着几个人，每天都是偷偷挖，好歹都不敢声张。当有人打听时，没有一个人说自己淘到了多少金子，"不管挖多少金子都说是一碗面片"。金农们都是晚上回到帐篷里，再偷偷洗沙子，把一粒粒沙金拣出来。那些日子，韩金福和他的伙伴们每天都是在担惊受怕中度过的，没采到金时，一个个急得火烧火燎；采到了金子，又害怕遭到别人暗算。晚上睡觉时，他们将沙金包好藏在内衣里，绑在裤腰上，这金子和性命是绑在一起的。他们原本就睡不着觉，现在更睡不着了，哪怕在睡梦中也有人闯入他们的梦中来抢金子，谁也不知道哪一天会出什么事，弄不好就会出人命哩！

就这样，韩金福和几个老乡在可可西里干了三个月，当他们回到村里时，已是盛夏，在阳光的照射下，一个个衣衫褴褛，头发蓬乱，胡子拉碴，那一张张被强烈的紫外线照得发亮的脸孔上布满了伤痕。这七八个人在村里乍一出现，就把乡亲们吓了一跳，仔细一看，竟然是韩金福他们。看他们那熊样，八成烂包了！然而，就像花儿里所唱的，这些淘金客"远看哩嘛像个逃难的，近看哩嘛像个要饭的，甭嫌我脸晒成了黑炭炭，怀怀里揣个金蛋蛋"。这一年，韩金福和伙伴们每人分了几千元，这在当时也算是发了横财，多少人一辈子也挣不来这么多钱啊。韩金福这个村里最穷的穷光蛋,拆了那歪歪倒倒的破屋,威威武武地盖起了一砖到顶的三间大瓦房。没过多久,这谁也瞧不起的光棍汉又在那崭新的庄院里娶进了一个俊媳妇。结婚那天闹洞房,韩金福还拉开那破嗓门儿唱起了淘金客们自编的花儿:"要金戒指哩嘛要银手镯哩,尕妹妹把我亏下了;铁环儿嘛铜环儿嘛镀金哩,我把尕媳妇嘛哄下了。"

不过,他倒没有欺骗他那尕媳妇,她手上戴着四个黄灿灿的金戒指,让一村的媳妇们都眼花缭乱了。到了来年春天,这村里的媳妇们一个个都催着自家的汉子跟着韩金福一起去淘金。金福,金福,他可真有金子带来的福运啊!

每一粒沙金都是一个伤口

每一粒沙金都藏着一个人的命运。像韩金福这样的金农算是幸运的,但还不能说撞了大运。没有什么比淘金更能制造一夜暴富的神话,但淘金跟买彩票一样,中不中还真得凭运气。若要中头彩,那更是极其渺茫的几率。

在可可西里传得最神的要数三位拣到了大金块的金农,他们在马兰山挖了半个多月,也没有挖到一粒沙金,那一双双眼睛都熬成了干枯的空洞。然而,就在他们绝望之际,竟然挖出了一坨大金疙瘩。三个一下呆住了,三双深陷在眼眶里的眼睛久久地对望着,谁也不敢相信眼前的情景是真的。这莫不是做梦吧?一只手试探着触摸了一下那金疙瘩,没错,是真的。一个人用牙齿在那金疙瘩上啃了一下,没错,是真的。三个金农一下扑在金疙瘩上一阵嚎啕大哭,而在哭过之后,他们又一下清醒了,心也悬了起来,这大金疙瘩怎么带走呢,若是被那些金把头发现了,就会被抢走啊。咋办呢? 中国农民还真是充满了农民式的智慧,他们在密商之后,终于想出了一个脱身之计。几个金农先是以挖不到金子为由而恶言相骂，你指责我，我指责你，随即又大打出手，把其中一个人打得头破血流。这是一出流血的闹剧，而在可可西里，金农们由于挖不到金子而互相指责、大打出手也是常有的事，连那些狡猾的金把头也没有怀疑他们另有目的。既然有人被打伤了，那就得赶紧送到格尔木去救治，那两个没有受伤的金农便用衣服被子裹住那个金疙瘩，连同伤员一起抬上担架，从众目睽睽之下溜之大吉。据称，这金疙瘩毛重有十五六斤，虽说不敢跟马步芳收藏的那个特大金块相比，却也是世间的稀罕之物了，卖掉后，三个金农每人分到了几十万元。在上世纪80年代，最大的钞票面额还是十元的"工农兵"，一个万元户就了不得了，几十万元简直是天文数字，这才是真正地发了横财。随着这一夜暴富的神话四处流传，又会招来更多的淘金客。

金场上鱼龙混杂又等级森严，有着形形色色的角色。要说呢，刚来时，这些淘金客们谁也不知可可西里的山高水深，几乎都是站在同一条起跑线上的农民。而在淘金的过程中，他们就开始分化了。谁都知道，淘金淘金，还真不是像捡金子这么简单，运气好，你挖到了一个金窝子，一天就能挖出一座房子，运气不好，你挖下去都是一个个沙窝子。绝大多数的淘金客可惨了，他们卖农具、典房屋，东拉西借凑来的钱，白白地流进了大大小小的金把头的腰包，可挖了两三个月，却挖不到几粒沙金，很多人回来时连欠账都还不起。这些血本无归的金农，大多会沦为最底层的沙娃子，只能用血汗和性命来还债。

像韩金福那样自发结伴而来的金农，算是运气不错的了，但只能算是中等。那些运气更好的，如那三个挖到了大金块的金农，才有可能晋升为上等的淘金客，但很多淘金客一旦撞了大运便见好就收，金盆洗手了。

真正要成为金字塔顶端的金把头，那就不能光靠运气，还得有更大的胆子和本事。在可可西里疯狂的淘金岁月，这里真正的主宰就是金把头，又称"金霸头"，他们都是占有金场富矿的大老板。在可可西里的淘金客中，谁都知道那叱咤风云的四大金把头——马某福、冶某果、冶某玉和哈某。在金把头手下还有大拿事、二拿事、三拿事、四拿事，大拿事是淘金客里的人尖子，相当于金场的总经理，有的就是金把头本人。有的金把头原本也是普通金农，他们从沙娃子、小工头一步一步地干到了大拿事，在积累了一些资本后，便另起炉灶，自己当老板，雇佣沙娃采金，越做越大了。在他们发迹的过程中，有的并未撞上什么大运，这些人能够爬上金字塔顶端，确实有非同一般的眼光和能耐。有的淘金客一旦赚了大钱就回老家去盖房子，或去城里开铺子，而像马某福这种有眼光、有谋略的淘金客，则用积累的资本购置了一系列淘金机械设备，如淘金摇床、高效洗沙机、矿石粉碎机，从原始的手工淘金变成了现代化的机械淘金。但机械设备还不是最重要的，最有本事的金把头还能通过各种途径搞到精细的矿藏勘探图纸。那就不用再在茫茫可可西里东挖西找了，按照图纸直接挖，一挖就是一个金窝子，在短短的几年里就从一个沙娃子打拼为可可西里黄金版图上的一代枭雄。

马克思在《资本论》中有一个被反复援引的论断，人们对于利润的渴求就像对于空气的渴望一样。一旦有足够的利润，人们就会变得大胆起来。如果有百分之十的利润，人们就会尝试这项行为；如果有百分之二十的利润，人们会变得异常活跃；如果有百分之五十的利润，就有人愿意为了利润选择铤而走险；如果能达到百分之百的利润，人们甚至会无视法律和规则的约束；如果有百分之三百的利润，人们就无惧犯罪和死亡的威胁。即使为了利润会造成动乱和纷争，他们也会积极地鼓励动乱和纷争。

在可可西里淘金之初，一切都处于混乱无序的状态。黄金是一种国际流通货币，金矿是属于国家保护开采的特定矿种，但那时候正处于改革开放之初，很多法规都没有出台。直到 1988 年，国务院颁发了 75 号文件，才明确规定严禁个人采金。然而，可可西里无人区如同法外之地，到处都是无证开采的非法采金点，一旦进入了这野性的世界，人类又回到弱肉强食、优胜劣汰的丛林法则。那些金把头几乎都是有组织的武装团伙，大的三五百人一帮，小的三五十人一伙，他们占山为王，各占各的领地，而争抢最激烈的就是马兰山红金台。这是一个椭圆形山岭，海拔 5500 米，周边被可可西里湖、太阳湖和月亮湖环绕着。乍一看，这是一块不毛之地，然而这里却是一个地质构造的断裂带，在西部山野矿脉延伸的巨大网系里，红金台堪称是金脉中的皇冠，不仅蕴藏着丰富的沙金，还有大量的岩金。这红金台的总面积仅有六百多平方米，最多时涌进来了五六万淘金客，像漫天飞来的蝗虫一样，你想挤进去连个插脚的地方都没有。

对于这些都梦想着要发大财的淘金客来说，谁先来先到，谁就占山为王，任何别处新来的人都是与他们争夺财富的对手。据说，最早发现红金台的是几个来自湟中县的金农，那是农历六月的一天中午，在白得耀眼的阳光下，陡然吹来一阵风，掀开了一片还无人开采的沙丘，几个沙娃子眼前忽然一亮，那是一种比阳光更灿烂的光泽。他们凑近一看，老天，这是金子啊！这不是一般的沙金，而是一颗颗状如蚕豆的小金块，又称半豆金。这家伙老值钱啊。几个金农一下争抢起来，随后又有一伙金农赶来了，争抢的人越来越多，大伙儿你争我夺，纷纷操起淘金的工具打斗起来。这一闹腾，又把各路金把头给惊动了，他们都拥有护金的保镖，一个个荷枪实弹，而他们一来，就不是抢金子，而是抢占金场。

眼看湟中人独霸了金窝子，来自民和的淘金客在半夜时分突然向红金台发起了进攻。这样的争抢不亚于一场小规模的战争。最终，民和人攻占了红金台，把湟中人赶下了山。而民和人一旦得手，便在红金台四周挖出了一道道环形战壕，筑起了一座座坚固的堡垒，堡垒里密布着瞄准山下的炮眼，一个个黑洞洞的枪口，一双双饿鹰般的眼睛，紧盯着山下的风吹草动。在这样的严防死守之下，民和人夜以继日地拼命掘金，他们在四五米深的地层下掘到了豆瓣金、黄米金、苞谷金。有一种夸张的传说，"一锹来去，满锹金粒"。这还真是一个令人发疯的神话，每个人都欣喜若狂。

强中更有强中手。随后又来一帮势力更大的淘金客，他们喊出的口号是："谁也不能吃独食！"又一场红金台的争夺战打响了，从太阳升起一直持续到夜幕降临，山下黑压压地聚集了一千余众，而山上只有三四百人，尽管众寡悬殊，但山上的人占有居高临下的优势，又提前筑起了环形战壕和堡垒。为了抵挡山下人的猛烈攻势，山上人把柴油桶装上炸药往山下滚，爆炸的油桶冒着黑腾腾的烟雾，轰轰地震动着山野，打退了山下人的轮番进攻。眼看强攻不行，山下人组成敢死队，试图从红金台西面的那道绝壁上突破。那是一道梯形断崖，四五个人垒起人梯往上攀，最上面的那个人刚攀上崖头，或许是太性急了，还没有站稳就猛地往上一蹿，一失足就摔下了崖底。但没有人退缩，人梯还在继续加高，第二个人终于攀上了崖头，紧接着便是第三个、第四个……在一阵一阵震天的呐喊声中，一条"黄金通道"终于突破了。而在最后的厮拼中，已经分不清谁是谁了，一座红金台在硝烟中震颤，在血光中呻吟，那被鲜血染红的沙子和金子，散发出一阵一阵的血腥味……

为了遏制这种混乱无序的淘金潮和群体斗殴的恶性事件，对金场进行有效管理，1989年2月，青海省政府制订了"有组织集体采金"的规定，批准格尔木市在可可西里四十平方公里范围内开办金场，并决定让一万人试采。从行政区域看，格尔木虽是距可可西里最近的城市，但可可西里并不属于海西州格尔木市管辖，而是属于玉树藏族自治州治多县管辖。但可可西里如此广袤，无论是玉树州府，还是治多县城，与可可西里都有着遥远的距离，那么多的采金场，还有那么多从四面八方涌来的金农，实在是管不过来，青海省授权格尔木市就近管理也是迫于当时的现实状况。怎么才能有效管理呢？第一个问题是人手不够，无论是格尔木市的黄金管理部门，还是当地公安部门，都抽调不出那么多的人力去金场直接管理金农。

1989年3月4日，格尔木市政府召开常务会议，专门听取黄金生产的汇报并研究有关问题，格尔木市黄金开发公司副经理兼市公安局黄金派出所副所长荆智谋在会上建议："我们直接与金老板打交道，金农要归金老板管理。"这一建议其实并非荆智谋的发明，此前，一位叫马生福的金把头曾向他建议"金农管理金农"。这位金把头和荆智谋早有交情，荆智谋的妻子在格尔木开饭馆，马生福就"借"给了荆智谋四万元现金，在20世纪80年代，这可是一笔巨款。而所谓"金农管理金农"，说穿了就是把金场和金农交给金把头们来管理。

别看荆智谋只是一个市黄金开发公司的副经理和黄金派出所副所长，但他却是一个掌握着黄金命脉的人，从他的职务也能看出当时黄金管理的乱象，他既是黄金的管理者和执法者，又是黄金公司的经营者。当荆智谋的建议得到市政府个别领导默许后，他立即召开会议，并通知可可西里的四大金把头马某福、冶某果、冶某玉和哈某到会。会上，荆智谋提出成立金场管理委员会，任命马某福为金场管理委员会主任,冶某果为副主任,冶某玉、哈某为委员,并给他们四人分配了九千多个采金指标,组成了四个采金队,队长就是这四大金把头。会后,荆智谋又将马兰山金场采金地盘分为四份划到了四大金把头的名下,还给他们下达了采金任务。马某福一下被推到了四大金把头之首,见过他的人都觉得此人颇有一股梁山好汉的豪侠之气,张口闭口就是一句话:"人活着就要活得像个人样!"而这次,他又响当当地拍着胸脯说:"只要市上领导相信我们,今年下达的任务,我就是光着身子在沙滩上滚,也要把它滚出来!"

金能生金,钱能通神。当四大金把头被当地政府部门赋予了黄金管理权,就难以避免地造成他们自成体系、包揽一切的局面,并按照他们自己的意图来把控金场的秩序。这"有效管理"的第一步就是从无证开采到持证开采。为了争夺更多的采金证,马某福等金把头各显神通,以"竹筷架桥,酒肉铺路",给自己找到了一个个靠山。用金农们的话说:"马掌柜可是神通广大着哩,在格尔木上上下下没有他打不通的关节。"金把头们谁都心知肚明,想进金场发财,第一就要打通荆智谋这一关,他就像一个掌控着采金证的总包头,先把金场的发证、开采、管理和回收黄金的权力批发给了四大金把头,这些金把头又层层批发和加码,从中牟取比直接开采黄金更大的暴利。他们也知恩图报,为了报答荆智谋给他们批发采金证的恩德,更为了进一步"巩固关系",他们给荆智谋送的不是采来的沙金,而是一根根金条、一块块金砖。据案发后披露出来的细节,冶某果和另一金把头马某某(原文如此)把荆智谋请到了他的一位亲戚家,美味佳肴款待一番后,冶某果暗使眼色,屋里的其他人都退了出去,冶迅速从包里掏出一块重312.5克的金砖,塞到了荆智谋手中。

荆智谋把一块金砖拿在手上掂量着,嘴上却还在推辞:"这样不好吧……"

冶某果忙说:"朋友之间就这样!"

朋友,这就是朋友,而他们的交情还真是"金子般的友谊"。

这些金把头又岂止是荆智谋这一个靠山,山外有山,他们还有一个掌握了更大实权的靠山——格尔木市副市长、市公安局局长杨文山。金把头们有了这样的靠山,那简直就是金霸天了。他们不但从倒卖采金证中榨取了暴利,每个人也占有了好几个大金场,一天挖个几万元不稀奇,一个月就是几十上百万,一年就能从可可西里挖走上千万的黄金,这在当时简直冲破天了!

当金把头们在可可西里疯狂掘金时,最苦的就是那些最底层的沙娃子。

沙娃有多苦,那首青海花儿《沙娃泪》如泣如诉地唱出来了——

> 哎——
> 出门人遇上了大黄风,吹起的沙土打给着脸上疼;
> 尕手扶拦下着走不成,你推我拉的麻绳俩拽。
> 哎——
> 连明昼夜地赶路程,一天地一天地远离了家门;
> 风里雨里的半个月整,到了个金场里才安下了心。
> 哎——
> 把毡房下给在沙滩上,下哈个窝子了把苦哈下;
> 铁锨把蹭手着浑身儿酸,手心里的血泡着全磨烂……

这是哭一般的唱,他们唱出了一路辗转跋涉的悲苦,在这"一路上的寒苦哈说不完,沙娃们的眼泪淌呀不干"的血泪诉说里,也再现了当年淘金者日夜兼程、纷至沓来的情景。在那疯狂的淘金岁月,不知有多少人把命丢在了这漠漠大荒之中。从马兰山、红金台到格尔木长达四百多公里的路途上,这一带原本是从来没有路的无人区,却被十多万淘金客蹚出了一条路。这路上竖着一个又一个铁锨把,每一个锨把下面都埋葬着一个淘金客,或病死,或冻死,或累死,或被活活打死,死了,随便挖一个沙坑就给埋掉了,然后插上死者生前用过的铁锨把,那是淘金客用血肉生命竖起的死亡标记,一个锨把系着一个背井离乡的孤魂,而陪伴着他们的不是用命换来的沙金,而是漫漫风沙。然而,在致命的诱惑下,却依然有无数的淘金客,循着这一个又一个铁锨把,如飞蛾扑火一般涌来……

1989 年 5 月 25 日,一场暴风雪席卷了可可西里,近万名正向各个金场艰难跋涉的淘金客,还有四百多辆各种机动车辆,被死死困在青藏公路 1017 公里以西的一条峡谷里，一条"黄金通道"变成了"死亡峡谷"，那些像蚂蚁一样密密麻麻的淘金客上天无路，入地无门，任饥饿和严寒残酷地蹂躏着。而在格尔木市区，还有成千上万的金农被连日风雪堵在这里，他们只能把帐篷一顶一顶地支在了大街小巷里，一座山环水绕的西部重镇转眼间变成了难民营。有的人很快就粮尽钱光，为了活命，他们只能成群结伙地到饭馆和摊贩那里搞吃的，热乎乎的花卷馒头刚下笼，一下就被抢光了，香喷喷的羊肉刚出锅，就被连锅端走了。那些开饭馆的店家们急了，揪住金农就要打架，但那么多金农蜂拥而上，这些店主又怎么打得过他们，一个个只能向着苍天哭喊："老天啊，这是什么世道啊！"

当消息从遥远的可可西里传到北京，国务院领导连作两次批示，要求全力做好救灾工作，并责令对这次事件中的违法违纪问题一查到底。随后，从青海省到海西蒙古族藏族自治州都动用了大批车辆、人员和物资抢险救灾，历经一个月的努力，终于使大多数受困金农脱险，但仍有"四十二名金农丧身于自然之神的暴虐之掌"。难道这场悲剧仅仅只是一场自然灾害吗？随着真相渐渐浮出，那些从死亡峡谷中生还的金农们，那被严寒和死亡阴影冻僵了的思维渐渐复苏了，清醒了，这是一场从天灾演变而来的人间浩劫，而更多的还是人祸。在这场号称"百年不遇"的灾难性事件的幕后，究竟隐藏着多少肮脏的交易？这是金农们想要搞清楚的，也是国务院领导责令要一查到底的。

这年8月下旬，由国务院、青海省政府有关部门以及公安、武警组成的近百人调查队伍进驻格尔木市，在市政府门前挂起了一块赫然醒目的牌子：国务院黄金案联合调查小组接待处。牌子一经挂出，气氛肃然紧张，受害金农们奔走相告，纷纷检举揭发，而那些和黄金有牵连者一个个"谈金色变"，人人自危。经过近半年艰苦、细致的调查，"格尔木黄金案"的内幕终于昭然于天下，这是自然灾害引发的一起重大责任事故，格尔木市政府有关领导人员对这起事件负有直接责任，他们严重违反国务院关于"停止审批个体采金，不得向个体发放黄金矿产采矿许可证"和青海省政府"有组织集体采金"的规定，去年（1988年）在可可西里地区金矿开采中，擅自印发个人采金证，把集体采金变为个人采金，还一再擅自增加采金人数。格尔木市政府及黄金开发公司把金场的发证、开采、管理等权力交给马某福、冶某果、冶某玉、哈某等人，任命他们分别担任金场管理委员会主任、副主任和委员。由于管理混乱，致使金矿资源遭到严重破坏，给人民的生命财产造成惨重损失，还诱发了严重的经济犯罪活动。随后，金把头背后的靠山荆智谋、杨文山等相继被捕。杨文山在受审时竟然哈哈一笑说："一点沙金算得了什么，格尔木市五个市长家里，谁家能没有这玩意儿？"

这还真不是笑话，一桩轰动全国的黄金案，几乎把格尔木市政府的主要负责人全部卷了进去，格尔木市前市长韩得祥投案自首，而被牵连出来的还有格尔木市另一位前市长刘晓峰，副市长史毅、李柏青等人，在他们家中都搜查出了大量金砖和金条。在涉及国家机关和企业工作人员三十余人的名单里，格尔木市黄金公司的十余名工作人员竟无一干净者，他们在金子面前全部打了败仗。

谁都知道金子是好东西。黄金不止是国家货币中最昂贵的硬通货，更是高贵身份和权力的象征。"美人首饰侯王印，尽是沙中浪底来。"唐人刘禹锡的一句诗，揭示出了黄金的价值，也道出了开采黄金的艰辛。然而，它的破坏性如此巨大，腐蚀性如此强烈，却是刘禹锡没有揭示的。

在黄金致命的诱惑中，还不知有多少人生被毁掉，有多少生命被毁灭。对于人与自然，这是两败俱伤的结果，一边是人类为了那致命的诱惑而付出的惨痛代价，一边是自然生态遭受的毁灭性灾难，人和自然都是伤痕累累，而伤害最深的还是可可西里，每一粒沙金都是一个伤口。在极端脆弱的高原上，采金对原本就极其脆弱的生态植被造成了毁灭性的破坏，淘金客们大开大挖，如掏心掏肺一般，很多地方几乎被翻了个底朝天。那些珍贵的沙金被一批又一批藏进了金袋，而一条条黄金矿脉被彻底毁掉了。当金矿资源开采殆尽，留下的只有千疮百孔的淘金坑。那被淘金翻起的沙土裸露在土地上，在风雨的作用下造成土地沙化。一堆堆尾沙被抛进河谷里，被挖断的河流逐渐干涸，使下游失去水的滋润，造成草场大面积退化；还有柴油、煤以及各种生活垃圾，让水体遭受严重污染。就说那个被无数人争抢的红金台吧，在历经十多年的滥挖滥采之后,一座椭圆形的山岭被翻了一茬又一茬,那淘出来的沙子被一次又一次地冲洗,这片黄金宝地被掏了一个长一百五十米、宽十米、深七米的大沟,这是可可西里被撕裂得最深的一道伤口……

血腥而美丽的沙图什

如今谁都知道,青藏高原是藏羚羊的乐园,可可西里是藏羚羊的故乡。

藏羚羊,又称"羚羊""长角羊",是我国特有的古老物种之一,为国家一级保护动物。藏羚羊被誉为"可可西里的活化石",而可可西里则保存了藏羚羊完整生命周期的栖息地和各个自然过程的生动景象。藏羚羊的祖先,可以向上追溯到距今一千多万年前的晚中新世。古老的《山海经》中记载的酈羊,其状与藏羚羊十分相似。大约在一千万年前,随着喜马拉雅山脉强烈的造山运动,藏北地区包括可可西里一带的森林消失殆尽,各种动物或四散逃命或加速演化,而这里的原生物种藏羚羊、野牦牛、藏野驴则一直坚守在这海拔高、光照足、空气稀薄的高原上。经过漫长的进化,藏羚羊已成为可可西里的优势物种。这集万千宠爱于一身的高原精灵,还特别善于隐身,一般不会轻易抛头露面,而在它们现身之前,往往先有两个"替身"提前上场,这就是它们的近亲——藏原羚和普氏原羚,它们长得太像了,有时候还真是难以分辨。

在几次穿越可可西里之后,现在,我已能一眼分辨出藏原羚和藏羚羊,不看别的,就看它们的屁股。藏原羚,又称"西藏黄羊",最典型的标志就是长着一个白屁股,那是这一物种独有的心形白色臀斑,当它们在阳光下奔跑跳跃时,那屁股上白晃晃的闪闪发光的部分,就像挂着一面镜子,因而也被称为镜羊。

普氏原羚也很容易会被误认为是藏羚羊。一百多年前,俄罗斯博物学家

第一章　可可西里之殇

普热瓦尔斯基在鄂尔多斯草原上发现了这一中国特有动物，由于它们长得同藏原羚很相像，也有白色臀斑，一直被误认为是藏原羚，直到十多年后才被正式命名为普氏原羚。若要辨别这两种原羚，一是看角，普氏原羚比藏原羚的角形粗壮，而且具有至少两维的弯曲，角向头后弯曲，同时角尖内弯；二是看体型，普氏原羚比藏原羚体型健硕，成年雄性普氏原羚的体重在二十七公斤以上，成年雌性普氏原羚的体重也在二十三公斤以上，而藏原羚体态轻盈，成年个体体重很少能超过二十公斤。普氏原羚和藏羚羊也有几分相似，但藏羚羊比它的两个近亲要健壮得多，雄性体重一般在四十五公斤以上，差不多是藏原羚和普氏原羚的两倍了。当然，藏羚羊还有很多特征，其背部呈红褐色，腹部为浅褐色或灰白色，成年雄性藏羚羊脸部呈黑色，腿上还有黑色标记，尤其是成年雄性藏羚羊头上的角很有特征，两个角又长又黑，像刷了黑漆一般闪烁发光，形成一个尖锐的V字形，看上去威风凛凛。瑞典地质学家、探险家埃里克·诺林曾这样形容，它们"竖着光亮的长角，就像刺刀在阳光中闪烁着"。而母藏羚羊则没有角，看上去特别胆小和温驯。这三种羚羊都是青藏高原的精灵，它们身材矫健，奔跑如飞，藏羚羊腿更长，身形更健美。在藏族人心中，藏羚羊是雪域高原上最圣洁的生灵，只有大福报之人才会看见它们，哪怕远远看上一眼，那也是难得的福报了。

当西部淘金进入最猖獗的岁月，每年都有五六万淘金者涌入可可西里无人区。有人说，这蜂拥而来的人类比可可西里的野兽还多，而这极为贫瘠和脆弱的荒原又怎么承受得起这么多人口？他们只能变本加厉挤压野生动物的生存空间。

沿可可西里北端的库赛湖、卓乃湖、五雪峰、布喀达坂峰、马兰山、太阳湖一带，形成了一条黄金矿脉，而这条绵亘一千多公里的矿脉又偏偏是藏羚羊等野生动物的栖息之地和繁殖之地。淘金客的滥挖滥采首先是破坏了野生动物的生境（指物种或物种群体赖以生存的生态环境），而随着淘金客的大量涌入，数万人吃喝成了大问题。尤其是每年入夏后，这是淘金的黄金季节，也正是藏羚羊跋涉千里来卓乃湖、太阳湖一带产仔的季节。可可西里荒原因天气变暖、大地解冻而四处翻浆，车辆通行困难，食物往往供给不上，淘金客为了改善生活、补充肉食、填饱肚子，自然就盯上离自己最近的野生动物。他们一边拼命掘金，一边猎杀野生动物，而猎获的多是温驯的藏原羚和藏羚羊。每天黄昏，那些持有枪械的淘金客们先在河边埋伏好，当藏羚羊来喝水时，他们突然一齐开火，藏羚羊猝不及防，纷纷倒毙在血泊中。这段时期，人们打猎更多是为了食用，也有人将藏羚羊角用来入药，具有清热、解毒、消肿等功能。而人类对藏羚羊的大规模猎杀，则是在发现藏羚羊绒比黄金还高昂的价值后，有的淘金客又一变而为盗猎者。

在人类趋利本能的驱使下，往往充满了唯利是图、随机应变的投机性。从时序上看，从可可西里的疯狂淘金到大规模猎杀藏羚羊，是疯狂之中的另一种疯狂，也堪称是加倍的疯狂。从此，在这伟大的荒原上，到处都是疯转的机器、围猎的枪声和野生动物绝望的哀鸣，以及人类的互相残杀，血腥味在可可西里的旷野上弥漫着，经久不散。

说来，藏羚羊在历史上并非珍稀野生动物，其种群数量一度高达百万多只。就说一百多年前吧，我在此前提及的那位瑞典地质学家、探险家埃里克·诺林（Eric Norin）赴青藏高原考察，在其《在西部西藏的地质考察》一书中描述了藏羚羊种群的一次迁徙——

> 在山谷中，我们有时会惊起大群的羚羊。看着这些温文尔雅的动物，公羊竖着光亮的长角，就像刺刀在阳光中闪烁着——人们简直难以想象出比这更美丽的景致了。从我脚边到目力所及的地方，成千上万只藏羚羊源源不断地涌向西方……我估计不会少于一万五千只或二万只。

那是多么壮观的一支队伍，就像非洲大草原的野生动物群一样汹涌浩荡。

生为中国人，我却没有一百多年前的瑞典人那样幸运。自上世纪80年代初可可西里掀起疯狂的淘金热后，每年都有数以万计的藏羚羊从可可西里消失，藏羚羊种群一度跌入了几近灭绝的最低谷，全部加起来也没有埃里克·诺林一次看见的那么多。即便在藏羚羊种群逐渐恢复之后，也难以看见浩浩荡荡的藏羚羊群了。如果天气和运气都特别好，用高倍望远镜和长焦镜头才能捕捉到它们的身影。而在水边的草滩与粗砂砾石之间，犹见白骨森森。那经过长时间的风化剥蚀的骸骨，隔远了你也分辨不清那是羊的，还是人的，其实一只羊和一个人的骨头没有本质的区别，所有动物的骨组织都是由活细胞和矿物质混合构成，主要是钙和磷，正是这些矿物质使骨头具有坚实的韧性，它们在可可西里的夜晚会飘起磷火，仿佛生命尚未燃尽。当我把镜头对准又一个泉眼时，这一次确凿无疑，在镜头里出现的是一个长着两只弯角的藏羚羊头。"羚羊挂角，无迹可寻"，但见莎草从那眼眶的黑洞间生长出来，参参差差，像断齿的木梳，这也许是它最后吃过的一口草，又或许还没来得及吃，它便在猝然间倒毙了。

一个物种遭受大灭绝的危机，引起了国际野生生物保护学会（WCS）首席科学家乔治·夏勒博士的关注。1984年，夏勒与原中国国家林业局达成合作协议，在中国西部地区开展以野生动物为主要对象的生态研究，他也由此成为第一个被中国政府允许进入青藏高原开展研究的西方科学家，而他研究的关键物种就是藏羚羊。多年来，他一直在青藏高原上奔走和探寻，造成藏羚羊种群数量锐减的原因究竟是自然灾害，还是人类的大规模猎杀？几经周折，他终于找到了原因，一切似乎都是从一个关于"沙图什"的美丽谎言开始。

沙图什（Shahtoosh），这个词语是波斯语的"shah"（王者）和"toosh"（羊毛或毛制品）的奇妙组合，其意为"羊绒之王"。由于藏羚羊的生存领地大多位于雪线以上的高寒荒漠地带，为了适应高寒极地的自然环境，藏羚羊在漫长的进化中，生长出了保暖性极好的绒毛。绒毛密密层层地覆盖在身上，其结构又是中空的，在高原直射的烈日下可以隔热，在暴风雪中可以挡风防寒，这世上还极少见有冻死的藏羚羊。每年6至10月，藏羚羊便进入了漫长的换毛期，这既是新生替代，也为藏羚羊带来了冬暖夏凉的节奏，有人形容藏羚羊"如同自带毛毯型空调"。据说，把鸽子蛋裹放进柔而暖的沙图什里，就可以孵出小鸽子。尤其是，藏羚羊绒的纤维十分精细，直径在十二微米以下，仅相当于山羊绒四分之三、人发的五分之一。这是世界上公认的最纤细、最柔软的绒毛，看上去像薄雾一般的质地，又具有极好的弹性。相传拿破仑曾送给情人约瑟芬一条用藏羚羊绒织成的披肩，约瑟芬爱不释手。这披肩被誉为"王者披肩"。一条长二米、宽一米的沙图什，轻飘飘的，重量只有一百克，只要轻柔地把它攥在一起就可以穿过一枚戒指，因而又叫"指环披肩"。一位女士若有这样一条披肩，在上流贵族中便可尽显雍容华贵的迷人风姿，这几乎成了欧洲上流社会的生活梦想。

这个梦想从拿破仑时代的传说中一直延续着，但也一直是个传说。从上世纪80年代开始，沙图什披肩作为一种奢华的高级时装配饰，才真正成为风靡欧美市场的奢侈品，成为贵妇人和小姐们显示身份的高贵和追求时尚的一种标志，甚至被称为"新时代势力的最高象征"。这种"王者披肩"并非女性的专利，另有专为男士织造的图沙拉（Doshala）白色披肩，其尺寸更大，有三米长，一米五宽，重二百五十克，价格也更加昂贵。对于上流社会的男士们，再昂贵的代价也是值得的，一条披肩就可使他们陡增高雅尊贵的风度。有人把藏羚羊绒比作软黄金，而在"王者披肩"面前，黄金算得了什么？一条长二米宽一米、重一百克至一百三十克的沙图什，在印度的价格为八百至五千美元，一旦进入国际市场后，价格便飙升到两万美元，在美国黑市上，甚至超过五万美元。在伦敦，一条沙图什的价格高达一万多英镑（相当于十一万人民币），这比同等重量的黄金要昂贵得多。

为了获得高额利润，制造商将沙图什的织造过程和精湛技艺通过家族口传心授进行垄断，他们在织造技艺上充满了追求完美和极致的工匠精神，一步步地使其达到不可思议的精细程度。织造沙图什的第一步是获得原材料——从藏羚羊毛中初步分离出来的夹杂着羊毛的藏羚生绒。生绒的色泽，因为来自藏羚羊身上不同部位而有所不同，有暗棕色、亮棕色、浅黄色、浅灰色和白色等多种，尤以采自藏羚羊的胸部和腹部的纯白色绒最为稀少，只占羊绒的百分之十二至十四，因此也最为昂贵。藏羚绒贩子一般是到印度新德里或者其他走私地去购买生绒，再贩卖给沙图什制造商。也有的制造商为减少成本，直接从中国西藏和尼泊尔的羊绒贩子那里购买生绒，再雇人加工。对生绒加工的第一步是把最贵重的白色生绒同其他色泽的生绒进行分类，然后再把羊绒同混杂着的羊毛分开。这种工作通常是由掌握了熟练手工技艺的妇女来完成的。她们领取一定数量的生绒后，用祖传的技艺弹动紧绷在一块方木上的尼龙细线，不断将生绒放上去，白色生绒就会从羊毛中分离出来。而对于如此珍贵的羊绒，雇主也像那些金把头一样盯得很紧，每天收工时，雇主都要将羊绒和羊毛分别过秤，确保羊绒不会丢失。羊绒分离后，再用像大篦子一样的特制工具分出长绒和短绒，然后进入纺线工序，一个技艺高超的女工可以用十克羊绒纺出两百根细线（纺出的线越多，得到的工钱越高），然后将纺出的线每十根并为一股。沙图什的织造是最关键的一环，从处理绒线、织造过程、清洗、修补到染色和图案设计以及熨烫，这每一个环节都是极其精细的工艺，丝毫不亚于钻石加工工艺，都要由极为专业的人员来完成。而设计则是沙图什之魂，那些极具创意又能向经典价值靠拢的设计，可以使产品身价倍增，设计师还会把自己的姓名缩写绣在沙图什的一角，作为"作品"的身份标记。在一件沙图什的织造过程中，一个个出色的、追求卓越的工匠，都在不断雕琢自己的产品，不断改善自己的工艺，享受着产品在双手中升华的过程，一件昂贵的沙图什披肩就这样诞生了。

然而，就在这个追求完美和极致的过程中，每一个细节都渗透了藏羚羊的鲜血。一张藏羚羊皮只能梳出三两羊绒，织成一条沙图什披肩一般要剪取三到五只藏羚羊身上的羊绒，这也是藏羚羊付出的生命代价。用夏勒博士的话说："任何一个拥有这样一条披肩的妇女，实际等于是有三到五只藏羚羊披在她肩上。"

为了掩饰这残忍的真相，那些贩卖沙图什的不法商人精心编制了一个个广为流传又无从考证的谎言：在海拔超过五千米的藏北高原上，生活着一种名叫"沙图什羊"的野生动物。每年换毛季节来临之时，一缕缕轻柔细软的羊绒会从羊身上脱落下来，当地人历经艰辛把它们收集起来，织成华贵而精致的披肩。——这些谎言不胫而走，遍地风传，一方面是为躲避检查而欲盖弥彰，一方面是为促销这种"高贵而稀少的"羊绒纤维。而在谁也无法追寻谣言源头的混沌状态下，这些谣言在流传中似乎变得越来越逼真：此绒来自西藏的北山羊，在喜马拉雅山严酷的冬天结束之后，北山羊在低矮的树或灌木丛中把绒毛蹭掉，西藏羌塘的牧民开始了艰苦的工作，他们在春天的三个月中爬到山上寻找和收集成簇的毛……

  这美丽的谎言对那些不明真相的消费者充满了诱惑，这诱惑来自神秘、纯净的青藏高原和高贵的高原精灵，而且，购买沙图什的消费者在客观上还帮助了青藏高原上那些贫穷而勤劳的牧民，这使得藏羚羊绒成为无论在生态上还是政治上都有理由使用的奢侈品。而在沙图什的主产地印度，早在1972年就将藏羚羊列入了野生动物保护法第一级，但在印控克什米尔地区一直没有适行的法律禁止藏羚羊绒进口和贸易，也从未禁止沙图什的加工和销售——那里大约有五万人祖祖辈辈靠沙图什加工和贸易为生，这些加工和销售者或许是真的不明真相，或许是刻意掩盖真相，一再声称"没有证据证明藏羚羊被猎杀取绒"。一直到2001年5月，克什米尔的一位官员才宣称拟派一个"实情调查组"前往中国，"努力查明人们是否在收集羊绒时宰杀藏羚羊"。这已是迟到的后话了，来得太迟了。

  设若那比黄金还贵重的羊绒真是藏羚羊换毛时从身上自然脱落的，人类把羊绒一点一点地收集起来，然后制造成高贵的沙图什，那还真是一件两全其美的好事。然而，乔治·夏勒博士在深入调查后，第一个揭穿了这一欺世惑众的谎言："当时我在西藏统计到藏羚羊的数目逐渐减少，之后又目睹被当地人杀死的藏羚羊。我问他们，为什么要杀死藏羚羊？他们也说不出原因。他们将所有的藏羚羊都卖给一个收购的商人，商人再转给下一个人，交易层层继续。后来，我在克什米尔遇到一个来自美国的羊毛商人，他收购了许多不知来历的羊毛。之后好像灵光乍现，我突然意识到，这些羊毛来自西藏的藏羚羊。"

  而真相，远比夏勒博士揭露的更残忍。在暴利的驱使下，在可可西里又上演了一场比淘金更疯狂、更血腥的大盗猎。面对人类的攻击，藏羚羊也形成了机警的反应，那也是生命本能的条件反射，只要一听见有汽车、拖拉机的声音，它们就开始没命地逃跑。藏羚羊在野生动物中是名副其实的长跑健将，它们拥有强健匀称的四肢，其腹部还有个奇异的空囊，目前还不清楚其生理作用。据年老的藏族人讲，藏羚羊在快速奔跑时空囊被空气胀满，使其身体轻盈，减少奔跑中的能量消耗，这让它们在可可西里广袤的土地上疾驰如风，奔跑速度可达每小时七八十公里，即使是怀孕临产的雌藏羚，也会以很快的速度疾驰，这在其他草食动物中是少见的，但无论它们跑得多快，也跑不过射向它们的枪弹。

谁也不知道，在可可西里无人区中究竟有多少神出鬼没的盗猎团伙。这些盗猎团伙一般从昆仑山西大滩进入可可西里，他们号称"西北野狼"，在对藏羚羊的追逐与杀戮中不断"进化"，逐渐从散兵游勇、乌合之众发展成了有预谋、有计划、有组织的武装盗猎团伙。一个团伙少则六七人，多则十几二十人，每个团伙都有着相当严密的组织结构，由老板、向导、司机、枪手、刀客和厨师组成。在他们的背后，还有收购、加工、走私倒卖藏羚皮、藏羚绒及其制品的非法商人们，为他们提供车辆、枪弹等作案用具。那时在可可西里这样的"无法之地"，黑枪泛滥，盗猎团伙配备了改装的五四式、七七式手枪，半自动步枪，有的甚至配备了九七式折叠冲锋枪和轻机枪，其射程、精度、杀伤力不亚于制式枪械。他们雇佣的枪手既有剽悍的猎人，俗称"土豹子"，还有当过兵的特等射手，一扬手就能击中在一百五十米外飞奔的藏羚羊。这些雇佣枪手的工资也高得吓人，在那个工薪阶层还拿着三四百块工资的年代，他们就能拿上万的底薪，还有血腥的暴利分红。

盗猎分子往往是埋伏在藏羚羊迁徙的生命通道上，或是深入藏羚羊的栖息地和藏羚羊产仔的天然大产房，如卓乃湖、太阳湖一带，一旦发现藏羚羊群落，顷刻间便向藏羚羊群疯狂扫射。藏羚羊有个致命的习性，晚上车灯一照，它们绝不跑出车灯照射的范围，还一个个睁大乌黑发亮的眼睛，天真好奇地打量着车灯的光芒。盗猎分子利用这一点便可以进行高效密集的射击，一颗子弹就能打穿两只羊。在对付野生动物上，那些凶残的盗猎分子几乎无所不用其极，他们还发明了一种更高效的捕猎方法，在车前头绑上两根长木棍，一旦发现羊群，便迅猛地冲进去，将躲闪不及的羊群夹在两根长木棍间，在重力加速度下，可怜的藏羚羊被撞得飞到半空中又重重摔下，有的就直接撞死和摔死了，连子弹钱都省下了。而藏羚羊群体中一旦出现死伤者，整个群体谁也不愿独自逃生，宁肯同归于尽。那一刻，在惨白的灯光里，在贪婪残暴的凶手面前，这些美丽的动物显得多么高贵！

在短时间内，一个盗猎团伙就可以消灭一个藏羚羊种群，而枪手们在前面打,刀客们紧跟在后面剥皮子,用盗猎者的话说就是"欻皮皮"。他们把羊脖子放到车架子上,用尖刀在羊身上刮一刀,那刀快如闪电,而刀客的手法更快,"哗啦"一下就将一张全须全尾的藏羚羊皮活生生剥下来了,一般只需两三分钟,最快的只要十几秒。这地方,哪怕在夏季的白昼也是零下十几度,羊皮一旦冻住就剥不下来,必须在藏羚羊的身体失温之前剥下皮子。有些母羊肚子被一刀剖开后,小羊羔就会滚落在肚外。有的藏羚羊倒在血泊中,还在喘息、呻吟、挣扎,它们眼睁睁地看着自己的皮毛被人类血淋淋地剥下来,一直闭不上眼睛。那成百只被剥了皮的藏羚羊在车灯光中一片血红,鲜血和刀刃的反光在它们的眼睛里闪烁着,颤动着。偶尔,还会出现更惊心的一幕,一只剥光了皮的藏羚羊,受到灯光刺激,突然从死羊堆中猛地跳起,冲着车灯奔过来,那双没有眼皮的眼睛惊恐地大瞪着,从车边跑过几百米,倒在地上抽搐着死去。很多小生命还没有看到这个世界上的一线光明,就死在母亲腹中;而刚刚出生的小羊羔嗷嗷待哺,围着死去的母亲咩咩叫着转圈,吮吸着鲜血淋淋的没有皮的乳头,妈妈的血染红了小羚羊的嘴和鼻子……它们永远也不会知道,曾经给它们温暖的妈妈的毛绒,将会变成哪位美丽少妇肩头的饰物,而等待它们的,不是被活活冻饿而死,就是被老鹰、狼群吃掉。而那些盗猎者卷走了羊皮,却将别的一切像垃圾一样抛弃在荒野,包括那些气息奄奄、死不瞑目的藏羚羊,还有它们子宫里的胎儿和刚刚生下来的羊羔。

　　一车车血淋淋的藏羚羊皮将被运往离可可西里最近的城市格尔木。盗猎分子不清洗,不梳绒,直接卖皮子,当时一张藏羚羊皮九百元,卖给从事藏羚羊皮毛走私的商人。如果风声太紧,这些羊皮就会被盗猎者集中藏匿起来,然后由专人与来往于青藏公路的偷运者接头,由偷运者自己找到藏羚羊皮的藏匿处。总之,这些羊皮将会运到那些隐蔽的藏羚羊绒加工厂,经过取绒、脱脂等初加工,再由走私分子将藏羚羊绒夹在棉被、羽绒服或普通羊绒中蒙混过关,经西藏樟木、普兰等口岸出境,或在边境秘密交易。而走私出境后的藏羚羊绒,最终汇集到克什米尔的手工艺人手中,制作成温柔而精致的沙图什,运往巴黎、伦敦等国际大都市的高端商厦和奢侈品专卖店销售。——这是一种盗猎、运输、走私、加工、销售的一条龙,每一个环节都有着明确的分工和严密的组织，环环相扣，运转流畅，从一只在可可西里活蹦乱跳的藏羚羊，到一条披在欧美贵妇人身上的沙图什，只需一个来月的时间。为了掩盖血淋淋的事实，让披戴沙图什的人们心安理得，这些盗猎者、贩运者和沙图什的编织者们又编造了一个美丽的谎言，而在这谎言的背后，每年都有两三万只藏羚羊被盗猎者血淋淋地剥下漂亮的皮毛。

在上世纪的最后二十年，这高原精灵遭遇了人类前所未有的屠杀。可可西里原本是藏羚羊的天堂，在世纪末却沦为了藏羚羊的坟场。根据中国有关部门对查获的藏羚羊皮、羊绒数量和有关单位在藏羚羊分布区发现的藏羚羊尸骸情况分析，从1980年至2005年，每年有两万只以上的藏羚羊被非法盗猎者捕杀，种群数量从十几万只到濒临灭绝，可可西里已经由野生动物的天堂、藏羚羊的家园变成了血腥的屠场和地狱。有调查资料表明，到1998年，青海境内的藏羚羊数量只有不足两万只了。这种青藏高原特有的珍稀野生动物，几乎到了被赶尽杀绝的地步，加之盗猎活动的严重干扰，藏羚羊原有的活动规律被扰乱，对种群繁衍造成了严重影响。若不加以保护，用不了多久，人类只能在博物馆里看到它们的标本，或是在书本上见到它们的踪影了。

当藏羚羊沦为另一个黄金神话的牺牲品，可可西里绝美的风景和脆弱的自然生态在十多年里被摧残得像一张腐烂的羊皮。乔治·夏勒博士一再发出警世危言："如果盗猎以这样的速度进行下去，二十年内，藏羚羊这种可爱而珍贵的动物将永远从地球上消失。"

第二章 用生命守护生命

从一个人开始

追踪可可西里的命运，先要从追溯一个生命开始。多少年来，可可西里仿佛一直在等待那个必将出现的人。

1954年4月，正值可可西里大地解冻、冰雪消融的季节，一个叫杰桑·索南达杰的婴儿降生在玉树藏族自治州治多县治渠乡。达杰，在藏语中有乘势而兴之意，这是父亲对儿子的祝福和寄予的期望。他的故乡位于县境东北部，地处通天河西南岸滩地，是玉树大草原上一片水草丰美的高原牧场，但他十一岁时便随父母亲从祖祖辈辈生活的治渠乡搬迁到当时荒无人烟的索加高原，他和父辈一样深深融入了这片荒原，早已把这里当作了故乡。

治多，藏语意为长江源头，是当之无愧的"万里长江第一县"。那苍茫的县境位于青海省西南部，西接新疆和西藏，为全国面积最大的县域之一，拥有八万余平方公里的国土面积。直到上世纪末，治多还是一个只有两万多人口的纯牧业县，是全国主体民族比例最高、海拔最高、人均占有土地面积最大、生态位置最为重要的县域之一。

如果说治多是"万里长江第一县"，索加则是长江源头第一乡。

索加，藏语意为"灰色的木桶"。这是一片位于通天河南岸和莫曲东岸的河谷滩地，在灰色的天空下，那通向天空的河流上仿佛漂浮着一只灰色的木桶。索加也是青海省最边远、海拔最高的乡镇，平均海拔五千米。这是一个近在眼前、远在天边的地方，你若问，索加在哪里？那些骑在马背上的牧人都会用牧鞭遥指天边，那离苍天最近的地方便是索加——天边的索加。

人类实在太渺小了，谁也无法看清眼前和脚下的这片土地，那就打开地图吧，这时你就能看清一个乡境的脉络了，这一带地处青藏边界，唐古拉山脉和昆仑山脉像两只巨臂将这一方水土怀抱。昆仑山脉由北向东、向南绵延，最北面是可可西里的巍雪峰，最东面是青海省第一高峰——布喀达坂峰，南段是长江南源当曲河源，西面是唐古拉山脉，乡界与西藏自治区安多县为邻。这个乡实在太大了，绝对不是内地一个乡的概念，一个乡境就拥有六万多平方公里的国土面积，超过了大半个浙江省。这是中国最大的乡级行政区，也是全国人口最稀少的区域之一，每十平方公里还不到一人，大都是荒无人烟的无人区。越是这样高海拔的漠北大荒，野生动物越是活跃。这里活跃着藏羚羊、雪豹、藏野驴、盘羊、白唇鹿、棕熊、黑颈鹤等野生动物，生长着雪莲花、蕨麻等野生植物，还有数不清的泉眼和大大小小的湖泊湿地。

索南达杰是索加的儿子，也是可可西里之子，索加乡三分之二的乡土就分布在可可西里无人区。如今可可西里国家级自然保护区共有四万五千平方公里，在行政区域上基本上属于治多县索加乡。在索加乡设乡之前，这一带自古为荒无人烟的"三不管地区"，原本就是可可西里的一部分。历史上，治多县位于唐古拉山以东的大片地区是过去治多雅拉部落的地界，新中国成立后，这六万多平方公里的茫茫荒野被划为治多县待开发利用区域。从1963年开始，随着三年困难时期结束，为了"在一张白纸上画出最美最好的图画"，治多县动员组织一些牧民从人口较稠密的县境东部搬迁至西部广袤的无人区开拓新的牧场。1965年1月，大规模的搬迁正式启动，治多县国营牧场——江涌牧场和治渠乡的数百户、逾两千牧民，赶着九万多头牲畜，在二十多名干部的带领下西迁至扎河乡口前河西岸一个叫香藏的地方集结，并成立了"扎河工作组"。第二年，"扎河工作组"改称"新乡"，这就是后来的索加乡。按当时的人民公社建制，"新乡"下设四个大队（相当于现在的行政村或牧委会），公社驻地最初设在一个叫曲如滩的宽谷里。牧民们刚刚迁到这里来时，这荒原上到处是野生动物的骨骸。这里一年四季大风肆虐，黄沙弥漫，别说能看见牛羊，连人都站不直。牧民们早上支起的帐篷，到了中午就被大风吹倒，等到傍晚风停下来了，牧人又重新支起帐篷，抖掉食物上的黄土，支起锅灶。为了不耽误孩子的功课，他们就在荒原上搭起了帐篷小学，在土坯上铺上草皮当桌椅和板凳，用黑泥巴当黑板，草棍儿当粉笔。索南达杰和他的小伙伴们每天趴在大地上练习汉文、藏文和算术，这功课还做得特别扎实、接地气。

就在这样艰苦的环境下，两千多西迁牧民挖草皮、打土坯，修建公社的办公用房、四个大队的仓库、职工宿舍和学校。索南达杰的新家安置在莫曲村，父亲杰桑·拉叶是西迁牧民中的第一批村社干部，他加入了"江西达瓦"青年运输队，赶着牦牛到七百多公里之外的玉树县江西林场拉运盖房子用的木料。那时候，能参加"江西达瓦"的都是顶呱呱的好汉子。1970年，由于曲如滩一带的水质达不到饮用水的标准，又不得不将公社驻地迁往莫曲河边的直根尕卡沟，一切又得重新开始。为了防止棕熊、狼群等野兽的袭击，还在公社驻地筑起了土坯院墙，并在东南西北四个角建有哨楼。这些房屋在设计上突出延安风格，门窗仿延安窑洞的特点，礼堂被称为"延安礼堂"。这些建筑至今保存完好，成为凭吊往昔峥嵘岁月的红色遗迹。

在父辈的感染下，索南达杰从小到大，早已与这片土地深深融为一体。他也眼睁睁地看见了，那些西迁牧民赶着成群结队的牛羊，把荒原大地变成了高原牧场，索加乡成为玉树州有名的牧业大乡，鼎盛时期，各类牲畜存栏数一度达到三十六万头，比刚建乡时翻了三倍多，每年向国家上缴税费上百万元，这也成了人类向荒原进军、征服大自然的一段可歌可泣的典型事迹。而这典型的背后还有一个数据，由于人类的大规模放牧，致使可可西里无人区的面积一度萎缩了四成左右。

1974年，二十岁的索南达杰从青海民族学院毕业，当时少数民族人才奇缺，索南达杰又是那一届毕业生中的佼佼者，从国家民委、省直机关到玉树州都来要人，但他却要求回到自己的家乡。他的老师很为他惋惜，一再劝说他，别放弃了人生中最难得的机遇，而他却这样说服了自己的老师："我们这个民族，祖祖辈辈只有到了我们这一代才让更多的人识字，有文化了，就应该有一种不同于祖辈的生活方式，国家培养我们这么多年，如果我们还只为自己着想，那与我的爷爷有什么不同？"

索南达杰回到家乡治多后，先后担任县民族中学教师、县文教局局长，对于他，这原本是一条按部就班的人生仕途，然而，一场百年不遇的大雪灾——青南特大雪灾，一下打乱了他的人生节奏，他的命运发生了连自己也始料未及的大逆转，走上了一条前所未有的路。那是1985年，也是索加乡包畜到户的第一年，畜牧业再次获得了大丰收，全乡上下跳起了欢天喜地的锅庄舞。谁知乐极生悲，到了10月中旬，一场暴风雪席卷而来，气温骤降至零下四十多度，从长江源头的唐古拉到黄河源头的玛沁、玛多，那东西横亘一千多公里、南北纵深两百多公里的大草原，几天内就被冰雪埋得严严实实。索加原本就是治多县离县城最偏远、海拔最高、气候最恶劣、交通条件最差的一个乡，在一场大雪灾中，这"天边的索加"几乎成了与世隔绝的孤岛，也是灾难最深重的地方。

雪灾发生时，索南达杰正在县教育局局长任上，他随县救灾工作组紧急奔赴索加乡救援。从治多县城加吉博洛到索加乡政府265公里，可遥远的还不是距离，而是无路可走。自牧民西迁十几年来，索加那茫茫大草原上除了野牦牛、藏羚羊走过的兽道外，几乎没有一公里路。直到上世纪80年代初，才靠人挖、马拉、牛驮，修了一条通往县城的砂石公路，每年只有大地封冻的几个月才可勉勉强强通车，汽车从早上五点出发到翌日凌晨三四点才能到达。货车在经过君曲滩、莫曲滩时，还要卸下粮食、茶叶、日杂百货等物资，靠人推马拽将汽车拉过河、推过滩后，再将货物装车继续行进。而其他月份或江水化冻，或大地翻浆，车辆根本就不能走，只能骑马或骑牦牛，从乡下去一趟县城，一路上风餐露宿，往返需要半个月。这次为了救灾，由于暴风雪致使交通瘫痪，索南达杰一路上骑马走了四天，才赶到索加乡政府。但这里还不是他的目的地，他还要到那些散居荒野的牧户家里去救灾。一个面积相当于大半个浙江省的索加乡，从乡政府到散居荒野的牧民家里，还有更艰险的路途——根本就没有路。那正是索南达杰年轻力壮的年岁，他背着几十个煤油炉，带着几个救援者在齐腰深的大雪深处一步一步地挣扎前行，十里、二十里、三十里……眼前白茫茫的一片，远处的雪山如史前巨兽般静默，天地间的一切如冻僵了、凝固了，唯有嘶鸣的乌鸦和盘旋的兀鹫带来一丝悲怆而绝望的动感。一个人跋涉在茫茫雪野，任你眼睛睁得多大，也看不见那些牧户在哪里。当索南达杰翻过一座高高的山梁时，冲后边的人喊道："兄弟们，加把劲，过了这座山，我们一定能找到牧民兄弟！"

当一顶顶帐篷终于在深陷的雪谷中出现时，索南达杰突然哭了。在几个人的印象中，还是头一回看见这倔强的汉子痛哭失声，这是为深陷绝境的父老乡亲而哭啊。进了牧村，索南达杰又带着几个青壮年牧民，背着几袋牛粪，奋力往一座山上攀登。谁也不明白他想干什么，这是要背到哪里去呢？当他们爬到半山腰上，索南达杰在雪地上用手画出了三个巨大的字母——SOS，他指挥那些牧民们把牛粪码在字母上，点燃了。这是向兰州军区的救援飞机发出信号。当那三个燃烧的字母在茫茫雪原上闪烁出耀眼的光芒，救援飞机准确地投下了粮食、燃料、棉被和大衣，那绝境中的牧民们终于得救了。这一年，索加乡没有发生一起冻死人、饿死人的事，但一场暴风雪几乎抹掉了乡里的全部牲畜，全乡共有二十几万头牛羊倒毙在暴风雪中，这对一个靠畜牧业为生的地区，几乎是灭顶之灾，许多牧户一辈子的积蓄，眨眼间就被一场大雪灾归零。一场大雪灾使牲畜锐减，许多牧民都活不下去了，从当年"向大自然进军"又纷纷从这里逃离，而留下了的牧民又回到了当初的赤贫状态，年平均收入还不到一百元。

索南达杰痛心疾首地说："雪灾前牧民家门口都是牛羊的蹄印，灾后只有流浪狗的爪痕。"

这次大雪灾，尤其是深入牧户的救灾过程，让索南达杰重新认识了自己的家乡，他感觉比他在这里生活的十几年认识得更深刻，这种认识深深地刻进了他的骨子里。灾后，他主动请缨，担任了索加乡党委书记。有人说他是一根筋，在城里放着好好的教育局局长不当，非要一竿子插到底。他却说："西迁的牧民群众是索加乡历史的创造者，我们要守住这份宝贵成果，把索加乡建成青海省西部边陲的新牧区。"

透过这句话，可以一窥索南达杰当时的心思，一方面他对父辈们在极其艰苦的环境中，以极其顽强的毅力所体现出来的开拓精神是充满崇敬的，他觉得这种精神和已取得的成果是必须坚守的；另一方面，当二十多年来的心血到头来化作一曲慷慨悲歌，他对父辈们走过的路已开始反思。那些日子，他骑着一匹枣红马，在被风雪摧残的草原上反复盘桓，他的使命是要带着乡亲们灾后重建，然而传统的畜牧业如此脆弱，若是再来一场暴风雪怎么办？索加的出路究竟在哪里？尽管他还未找到一条路，但他认定了，"我们藏族人，不能永远盯着牛和羊"，必须闯出一条新的路子！

索南达杰在索加乡任职的四年中，一直在苦苦地寻找出路，几乎把索加乡的每一个牧户都走到了。谁家穷他就去谁家，他在牧民家里从来没有吃过一口肉、酥油、糌粑，喝的是碱面茶，吃的是打完酥油后的酸汁做成的达拉糌粑，走的时候他都要留下自带的干粮，还要自掏腰包解决老百姓家里的一些急事、难事。他的工资几乎都用在了老百姓身上。他还多方奔走，请求治多县的金融部门减免了老百姓的部分借款和贷款，经与县发改委、交通部门联系沟通，将索加公路建设列入了国家项目。他还带领干部职工帮助牧民修建定居点、畜棚，摆脱世世代代靠天养畜、逐水草而居的局面。到他卸任时，索加乡各类牲畜存栏恢复到了十一万头，人均收入达到一千一百元，比他走马上任时翻了十倍多，但索加乡依然是一个贫困乡。

那么，他想要闯出的那条新路又在哪里呢？多年后，很多人都看见过这样一幅照片，一位脸色黢黑、骨骼硬朗的康巴汉子，头顶鸭舌帽，戴着墨镜，盘腿歪坐在草地上，一手遥指远方。这是索南达杰无意间被人拍下的一张照片，他遥指的方向就是可可西里无人区。从行政区划看，这无人区绝大部分属于治多县索加乡，在地理上位于治多县的最西部。那么，这位遥指可可西里的乡党委书记，又到底看上了可可西里的什么呢？这其实不是什么秘密，也没有必要讳言，他最初盯上的也是可可西里的黄金和其他矿藏资源，这就是他试图闯出的一条新的路子。

1991年，索南达杰担任了治多县委副书记，这让他感觉离自己的梦想又近了一步。上任伊始，他就向玉树州打报告——《关于管理和开发可可西里的报告》，请求成立治多县西部工作委员会，作为管理和开发可可西里的专门机构，并主动请缨，请求负责西部的保护和开发工作。这绝非一时冲动，而是酝酿已久。第二年七月，玉树州正式批准成立中共治多县西部工作委员会，这就是后来叱咤风云的"西部工委"，索南达杰被任命为西部工委第一任书记。

这又是一张白纸，索南达杰这个西部工委书记只是一个光杆司令，而哈希·扎西多杰则是他招募的第一个"志愿兵"。

扎西多杰和索南达杰是同村人，也是索南达杰在治多县民族中学教过的学生，索南达杰亲昵地叫他"扎多"。如果说索南达杰是索加的儿子，扎多则是索加的孤儿。1962年，他降生于与索加乡一河之隔的曲麻莱县曲麻河乡措池村，后来随父母迁到了索加乡。八岁时，父母亲就相继病逝，从此他吃百家饭、穿千家衣，在乡亲们的抚养下长大成人。后来扎多每次看见画报和影视里出现的脏兮兮的藏族小孩，他就觉得那是自己。上世纪80年代，他从青海省邮电学校毕业后，被分配到玉树州邮电局，这在当时是收入高、福利好的金饭碗，每月工资有一百多元。但年轻气盛、踌躇满志的扎多却不安分，一心想要走"教育救国"之路。他折腾了一年多时间，终于从玉树州邮电局调进了自己的母校——治多县民族中学，当了一名光荣的人民教师。但他还是不安分，他刚刚当上一个普通老师，就开始琢磨着改革教学方针，他提出班主任应该由学生家长评选、任课老师由班主任指定、根据学生成绩来核定老师工资等一系列别出心裁的"教育理念"，然而这些超前的或不合时宜的想法，在学校里一直难以被接受和推行。这让初出茅庐的扎多倍感"壮志难酬，满腹委屈"。此时，恰好西部工委正在招聘工作人员，而西部工委书记正是他敬重的老师索南达杰，这让心灰意冷的扎多眼睛豁然一亮，他立马就去应聘。谁知，一见面，索南达杰就将这个学生劈头盖脸骂了一顿："我听说你在学校里挺委屈啊，你连一点委屈都受不了，怎么能干大事！"他骂得很痛快，但拍板也痛快，当即就收下了这位学生。

就这样，扎多成了西部工委的第一位秘书和索南达杰的第一位助理。

这是扎多人生命运的一次关键转型。他是一个孤儿，对于他当时的选择，虽没有什么亲人规劝，却也有人在背后指指点点，说他走了歪路，应该走正路。而大多数人心目中的正路，要么是做官，要么是经商，过体面的生活。但扎多注定不是这种人，他后来笑言："我是个特不安分的人，总喜欢追求新鲜的东西，当时从学校出来也是走投无路，只好往可可西里走。如果家里有大人，可能就不会走这样的路了。也许，可可西里是我的命运吧。"

如果说扎多的选择是走投无路，索南达杰的选择则是毅然决然，义无反顾，他的脚下明明是阳光道，却偏偏要转过身来去走独木桥。在扎多看来，索南达杰是个强有力的硬汉子，干什么都是当机立断，一旦认准了的事就没有丝毫犹疑，连给自己后悔的机会也不留。不过，实话实说，索南达杰一开始把目光投向旷野无边的可可西里无人区，一方面是为了保护藏羚羊，另一方面则为了开采可可西里无人区的矿产资源，发展治多经济。借用扎多的话说："自然保护是索南达杰的光荣，却不是他的全部梦想，他的初衷是想改变家乡贫困落后的经济状况，将最有效的管理和经济利益联系起来。"这才是他认定的从根本上解决西部贫困面貌的一条路，也是开启可可西里命运之门的一把金钥匙。

若要将这把金钥匙牢牢地掌握在自己手里，就必须对滥挖滥采的淘金者实行严格管理，在生态保护的基础上实行合法有序开采。——这也是索南达杰的第一次转身。从寻找现实出路看，这是一次顺理成章的转身，在自然灾害的背景下，在时代车轮的惯性下，一个一心想要改变家乡贫困落后面貌的基层干部，将目光从传统的畜牧业转向了现代工矿业。为此，索南达杰在西部工委之下成立了可可西里经济技术开发总公司，索南达杰兼任第一任总经理。这个总公司实际上是一个没一分开办经费的皮包公司，但索南达杰时不时拍着自己的皮包说："我有一个世界上最大的公司，拥有五万平方公里的土地！"而在他的手提包里，总是带着一本书——《工业矿产开发》，这本书不知被他翻了多少遍，那书皮都磨破了，书页都卷边了，字里行间圈圈点点，到处都是重点号、惊叹号。那粗犷的大嗓门儿也时不时发出一连串的惊叹。

第二章　用生命守护生命

在可可西里，一切都要用艰苦卓绝来形容。西部工委成立时，治多还是个国家级贫困县，不说乡下牧区，就说那个一眼就可以看穿的小县城，都是像羊圈一样低矮的土坯房，县委、县政府还挤在几排土坯房里办公。那时候，整个县城，没有一条柏油路，没有一个红绿灯，满街找不到一辆像样的汽车，只有骡马、牦牛和羊群摇头摆尾，招摇过市。走在街上，一不小心就会踩上牛羊的粪便。这样一个西部穷县，能够给西部工委的在编人员开出工资已是勉为其难了。而在西部工委成立之初，一共就四个人，索南达杰和一位韩姓副书记（没多久就离开了），再就是扎多和另一位员工才仁东周。这个新机构，没有办公场所，没有任何像样的装备，连公章都只能放在提包里，随用随拿。他们管辖的范围远在可可西里无人区，却没有车辆，只给他们配置了几支锈迹斑驳的枪械，这还是当年的武装民兵用过的。

索南达杰带着两个助手第一次向可可西里进发，连马匹也没有，就靠两条腿走。

出发前，索南达杰用红笔在地图上将"可可西里"四个字圈了起来，然后开始探寻通往可可西里的大门。当时，这个红圈里的许多山川湖泊在地图上还是一片空白。对于索南达杰，众所周知他是一位为保护可可西里和藏羚羊而捐躯的环保卫士，而鲜为人知的是，他还是一位为可可西里众多山川湖泊正名的地理专家。索南达杰觉得认识可可西里要从地名入手。可可西里人迹罕至，一直被视作无人区，那些山川湖泊以前有没有名称？是谁赋予了它们一个个的名字？为此，他走访了一些曾经在可可西里放牧的老人，还寻访到了宗举百户族人长老夏西百长赛尼玛。1959年3月，西藏地方政府和上层反动集团为了维护旧有的农奴制度和分裂祖国而发动武装叛乱，夏西百长赛尼玛率宗举部落族人避乱出逃，从可可西里南线逃往新疆。索南达杰在一本专门记录可可西里地名的笔记本中，记载了夏西百长赛尼玛出逃的经历、穿越可可西里的线路以及沿途所有山川湖泊河流的名字。索南达杰精通藏语和汉语，堪称可可西里最早的地名考证者和研究者之一。他通过寻访和实地踏勘，对许多地名的藏语、汉语和蒙古语命名进行了对照考证，并赋予了一些地名原有的文化内涵，留下了一部《可可西里地名调查记录》的手稿。这是为可可西里部分地名正名的重要参考资料，有专家认为，正是通过这部手稿，人们才真正掌握了进入可可西里的密码。继索南达杰之后，许多研究可可西里地名的藏族专家都视索南达杰为"先师"。

这里还从索南达杰第一次走进可可西里说起。从治多县城走到青藏公路五道梁兵站，有三百多公里，三个人背着炒面、水和地图，一边走一边在地图上标注沿途发现的采矿点的位置和规模。这一路他们走了半个多月，却还只是挨着了可可西里的边儿。但这一趟也没有白来，索南达杰在青藏线的不冻泉和五道梁设立了两个临时工作站，分别作为进入可可西里冬夏季节的入口处和物资供给点。这两个临时工作站，也可谓是后来不冻泉自然保护站和五道梁自然保护站的前身。

第二次向可可西里进发，索南达杰和扎多等助手依然是长途跋涉、徒步行进。这一次他们试图从五道梁往可可西里腹地走，但由于没有车辆，仅靠两条腿是走不了多远的，只能在可可西里边上打转转。

经过两次艰苦的尝试，在索南达杰的奔走疾呼下，治多县拨给了西部工委五万元启动经费，同时还约定五年后西部工委开始向政府缴纳管理费。索南达杰买了一辆老式北京吉普212，加上日常开销，五万元很快就花光了。扎多一看车牌号——青G0519，眼里蓦地蒙上一层阴翳，这号码真不吉利啊，519——我要救！但他没有说出声，他知道索南达杰不信这个邪。而当时，县里没有哪个司机愿进可可西里开车，西部工委几个人中只有索南达杰有驾照，这方向盘就只能由他来掌控了，既是书记，又是司机。扎多记得很清楚，1993年4月25日，可可西里的冰雪尚未融化，索南达杰第一次驾驶着北京吉普车，又带着两位助手和一名雇工出发了，这是他们第三次向可可西里进发。两位助手，一位是扎多，一位是才仁东周，还有一位撒拉族雇工韩维林。他们凌晨四点从县城出发，上午十点左右到达五道梁，在这里给汽车加满油后，索南达杰一扭方向盘，从青藏线转入了可可西里无人区。

然而走到这里，面对那空旷无边的大地，他们还真不知道怎么走了。

索南达杰伸手一指："跟着车印走！"

这也是他们第一次深入可可西里腹地。这个季节，冰雪尚未消融，在天寒地冻的无人区，没有路，只有被淘金客的手扶拖拉机碾压得坑坑洼洼的车辙。那老旧的吉普车孤零零地行驶在荒原大地上，一路上吱吱嘎嘎作响。好在地面冻得硬邦邦的，尽管颠簸得厉害，但一路上都没有陷车。经过白天和夜晚的持续行驶，他们终于在第二天清晨抵达了布喀达坂峰对面的太阳湖畔。

在可可西里，这里是见证生命与信仰的圣地，布喀达坂峰和太阳湖，也是我接下来将要反复提及的两个地方。

布喀达坂峰，在高潮迭起的昆仑山脉中是最夺人眼目、摄人心魄的青海最高峰，也是可可西里最重要的地标之一。布喀达坂是维吾尔语，意思是"有野牛的高山"，俗称野牛岭，这一带原本就是野牦牛活跃的区域。当年，俄国人普尔热瓦尔斯基来这里进行地理考察时发现，这座山峰酷似俄国基辅大公莫诺玛哈的帽子，便将它命名为"莫诺玛哈皇冠峰"。直到1979年5月，一支测绘部队深入可可西里无人区考察时才逐步予以更正。由于这座山峰是新疆和青海的界山，在地图上这座山峰也被标注为"新青峰"。藏族雅拉人对这座山峰的命名实为"阿卿卓纳敦泽"，意思是"昆仑山脉上的黑色羽翎的矛尖"。这座高耸于群峰之上的巅峰，其实并非一座孤绝的高峰，而是三峰并峙，在天穹下恰好构成一个古体的"山"字，这是可可西里最雄伟的象征，凸显了莽莽昆仑作为"万山之宗"的气势。在格萨尔史诗中，那位伟大的高原之王——格萨尔，在降服屠杀野生动物的团伙后，意气风发地登临阿卿卓纳敦泽，他屹立山巅遥望阿卿羌塘——可可西里，只见成千上万只藏羚羊向卓乃湖、太阳湖奔驰而来，天地间风起云涌，偌大的阿卿羌塘仿佛都在微微摇晃。格萨尔王双手合十，向天地祈祷："阿卿羌塘是藏羚羊的家园，祈愿永世得到天地神灵的护佑！"

太阳湖，藏语名为"卓纳银错"或"米拉银错"。卓纳，指阿卿卓纳敦泽峰，即布喀达坂峰；米拉，指米拉赛卡格哲，就是每一道山沟都有金矿的马兰山。太阳湖位于可可西里自然保护区西北角，在行政区域上为治多县西北边缘，地处布喀达坂峰和马兰山的断陷盆地之间，湖水源自布喀达坂峰、马兰山和巍雪峰的冰川融水，通过十多条小河以泉线涌水的方式汇入太阳湖。尤其是布喀达坂冰川，那是昆仑山西部最大的冰川，远远望去，就如一座座银色金字塔堆积而成。这大量的冰雪融水造就了可可西里唯一的淡水湖，水域面积一百余平方公里。这也是可可西里和青海境内最深的湖泊，水深达四十三米。天晴时，在阳光的照耀下，波光粼粼的水面犹如一块镶嵌在雪峰冰川之中的碧玉，而"银措"则意为玉湖。

几个人走近湖边，一下被这绝美的风景震撼了。这澄明清澈的湖水，一眼就可以看清三米多深，连眼光都是绿莹莹的。那被晨风吹拂着的湖水荡漾着一轮一轮碧蓝的波纹，倒映着晶莹剔透的雪山冰峰，如同一座如梦似幻的水晶宫。

索南达杰伫立在一个风口上，鲜明的阳光和折射的波光映照着他那挺拔的身躯和紫红色的脸庞。他深深地凝望着太阳湖，良久，又发出一声莫名而怅然的叹息："太美了，真想走进去啊！"

然而，走到这里，那车辙一下变得纷乱复杂了，不知道该沿着哪一条车辙走。

在反复辨认后，索南达杰发现一条比较清晰的车辙，这是拖拉机碾轧出来的，很可能从这里经过不久。他把手凌厉地一挥："跟踪追击！"果不其然，当他们驶入一条山沟的拐弯处，眼前冒出了一大片东拉西搭的帐篷，大约有三百多顶。索南达杰一边观察这一带的地貌，一边摊开地图进行比对，这个地方就是让无数淘金客趋之若鹜的马兰山。自从1989年"格尔木黄金案"遭到严厉查处后，四大金把头被抓捕判刑，大量淘金客纷纷撤离了，疯狂的淘金行为有所收敛。但当时可可西里采金尚未全部禁止，一些金把头唯恐别人占领了自己的地盘，还留下一部分人在金场里据守。那些淘金工具也大多留在这里，山沟到处是抽水的机头和管子、筛金网、铁锹及掘镐。他们留下的，却是那些密密麻麻的淘金坑，如巨大的白蚁穴和马蜂窝，有的深达十几米。索南达杰看着眼前的一切，山河破碎，千疮百孔，他强壮的身躯也禁不住在寒风中一阵一阵发抖，而比风更冷的是心寒啊！这些年，他一直在钻研矿产开发，若采用这种原始落后、疯狂而野蛮的开采方式，百分之八十以上的矿产资源都会被糟蹋、浪费，这都是国家的财富啊。而更可怕的，这样滥挖滥采，将使这一带脆弱的高寒草甸荡然无存、万劫不复……

第二章 用生命守护生命

索南达杰下意识地裹紧了大衣,随即便带着几个人走近一顶大帐篷。他警觉地发现,在帐篷周边散落着一些零星的子弹壳。他拾起几个弹壳看了看,有的是半自动步枪子弹,有的是89式冲锋枪子弹,这可比西部工委配置的枪械强多了。走进帐篷,里边空无一人,索南达杰却嗅到了一股火药味,这帐篷里竟储存着大量炸药,大约四百多吨。索南达杰的心脏一下抽紧了,这些淘金者岂止是滥挖滥采,简直是狂轰滥炸啊,这么多炸药,该要炸开多少脆弱的山体!而就在索南达杰进一步搜查时,一伙人突然把他们团团包围了。这是金把头留下来的据守人员,一个个都扣紧了长枪短枪的扳机,那黑洞洞的枪口直指索南达杰的胸口。顷刻间,帐篷内外一片死寂,连空气也一下绷紧了,剑拔弩张,一触即发。

索南达杰望着那些一步一步逼过来的人,先是坦然一笑,又大义凛然地亮出了自己的职责和使命:"我是治多县西部工委书记索南达杰,这里是治多县的地方,我们是来了解有关情况的。"接着,他又挨个拍了拍那些人的肩膀,缓和一下他们如临大敌的紧张情绪,并拿出自己的工作证给他们传看。那些人看了之后,都松了一口气,也放松了手里的家伙。"唉,我们还以为你们是来抢地盘的,原来你们是公家的人,公家的话,我们听!"索南达杰说:"那就好,你们谁是这里管事的,请过来说话!"一个中年汉子走了过来,他是这里的三拿事,也就是三把手,大拿事、二拿事都去格尔木办事去了。索南达杰给这位三拿事讲解了管理和开发可可西里的政策,又抱拳对那些金农们说:"父老乡亲们,在你们老家挖煤、挖金子也要给国家交钱的吧?我们是管理这个地方的部门,你们在这里挖金子就得服从我们的管理,希望你们管事的人尽快到治多县去办理手续!"

随后,索南达杰等人又在太阳湖畔的几个山沟里继续搜索,又发现了一条淘金沟,这地方叫"小鸟图",沟里筑有一座土碉堡,里边有两个金农据守。说来可怜,他们从去年9月份一直守到了现在,两个人衣衫褴褛,像裹着一身破布片,眼窝深陷,乱蓬蓬的头发胡子把脸都遮住了。这大半年,他们的面粉早已吃光了,由于大雪封山,一直没有人给他们补给食物,那金把头也不管他们的死活,两个人只能靠打野羊活命,而他们所说的野羊就是藏羚羊。

一旦看见有人走过来，他们就张口要吃的。索南达杰等人也没有带多少食物，但还是赶紧拿出几块糌粑给这两个金农。他们一边狼吞虎咽，一边流着眼泪说："你们心肠真好，我们这辈子都忘不了你们的恩德！"临走时，索南达杰又给他们留下了一部分吃的，还一再叮嘱："你们过得这样苦，这哪是人过的日子啊，还是赶紧离开这里吧。"

这一次深入可可西里腹地的巡查，是索南达杰第二次转身的一个转折点。他一路上都带着那几乎为空白的地图，在地图上画上途经的山脉、山峰、河流、湖泊，写上一个个地名，还在笔记本上记录了地名的来历，这就是他后来留下的遗著《可可西里地名调查记录》。而这次深入调查，他的眼光也为之一变，他不再只是盯着如何开发可可西里的矿产资源，而是转向如何制止滥挖滥采对可可西里的摧残。

那么，索南达杰为何又把他盯向黄金的目光转向藏羚羊呢？这个奇特的转变究竟源自哪里？如今依然有人困惑于索南达杰的"人格分裂"。这其实不是什么"人格分裂"，对于索南达杰，这是一次自然而然的转身。据扎多回忆，这里有一个关键细节，当索南达杰带着扎多等人在可可西里无人区巡查时，发现了很多被剥了皮的、血淋淋的藏羚羊，它们是在活着时就被盗猎者生生地扯下了皮。那些刚刚出生的小羊羔，肌体几乎是透明的。荒原上的鲜血与零下四十度的白雾凝聚交织在一起，化作一团团奇怪的气息，在寒风中久久缠绕，挥之不去。一个脾气火暴、心怀慈悲的康巴汉子，凝视着这些可怜的生灵，就像看见了被残杀的亲人，突然嚎啕大哭。有人猜测，这样的慈悲，源自一个康巴汉子与生俱来的信仰。扎多后来证实了这一猜测："这来自我们的文化根基！"藏民族认为自然界的一切物种，哪怕是一草一木，皆享有平等的生命——众生平等。而众生皆以命为本，是故众罪中，杀生最重，诸善行中，护生第一，而最高境界就是普度众生。

从此，索南达杰的目光就变了。如果说此前，可可西里在他眼里是自然资源，而现在，则是一种对自然和众生博大的爱和悲悯，这就是他转变背后的原动力。由此，他从一个热切地渴求推动民族经济发展的现实主义者，转变为一个以"护生第一"、为守护自然生态而殉道的理想主义者。他随身带的书也从《工业矿产开发》变成了《濒危物种名录》。而随着他的第二次转身，西部工委的使命也由此发生了改变，从保护和开发可可西里的矿产资源转向了对藏羚羊等野生动物的保护、对盗猎者的打击。为此，索南达杰依托西部工委组建了"野生动物保护办公室"和"高山草场保护办公室"。这些机构虽说增加了，但西部工委编制并未增加，人员还是西部工委的那几个人，都是一身兼多职，每个人肩上的担子更重了，压力山大啊。

而那个压力，不止是来自可可西里，也来自治多县。据扎多透露，西部工委职能的转变当时在治多县上上下下并不被认可，西部工委原本就是为了找矿和开发矿产资源而设立的，现在目标一下变了，难免有人对此提出质疑和异议。那时候，尤其是在一场大雪灾过后，如何解决牧民的生存困难才是最紧要的，还很少有人懂得野生动物保护的意义，而打猎原本就是传统生计手段之一，无论索南达杰怎么解释，许多人还是难以理解，但索南达杰一旦认准了，就会以倔强的个性坚持他的信念，以强有力的方式去执行自己的使命。最理解他的还是他妻子多沙才仁，她一直说，索南达杰是一个有执念的人，他想做的事就坚定得很！

那一次深入可可西里无人区巡查，也是可可西里巡山的开始，索南达杰则是可可西里巡山的开创者，他也由此把西部工委转型为可可西里的第一支武装反盗猎队伍。

可可西里的天气极为冷酷，索南达杰驾驶的那辆老爷车比人更怕冷，这种车都是采用化油器式发动机，每次出发前先要用汽油喷灯来回烤发动机，这样倒好，车烤热了，人也烤热了。紧接着就要用摇把使劲摇，就像早先的手扶拖拉机，只能通过手柄猛烈地转动才能发动。在这高寒缺氧的环境下，只能几个人轮流摇。扎多是几个人中最年轻的，那时他的身体多棒啊，但每一次摇手柄时，他都感觉心脏怦怦怦一通狂跳，几乎要从嗓子眼儿里蹦出来。在巡山途中，给汽车加油也是一个难题。每次加油，索南达杰先要把油罐口撬开，再利用高低压差从大罐里抽出汽油倒入小罐，这过程完全靠人用嘴巴去吸连接大罐和小罐细管里的空气。加一次油有时候要在寒风中尝试二十多次，等小罐里加满了需要的汽油量，索南达杰那嘴巴表面和口腔里已满是汽油，连说话时都是呛人的汽油味。

每次巡山要多长的时间是难以预测的，一切都要看老天爷的"脸色"。那时候又没有GPS导航系统，只能尽量在荒漠戈壁上寻找以前走过的车辙，这车辙能否找到，既要看天气也要看运气。有时候，在灰灰绿绿的草甸和浮土间还能看见隐隐约约的车辙和脚印，那车辙大多是盗采盗猎者辗轧出来的，那脚印则是藏羚羊、狼群和棕熊留下的。然而，谁又能在这块亘古荒原上留下坚实的脚印？没有，从来没有，一夜之间，那车辙和脚印就会被风沙掩盖了，或被雨水冲掉了，或被一场冰雹夹雪给埋没了，所有的方位又必须重新确认，只能爬到海拔更高的地方瞭望，才能大致辨别方位。

对于可可西里的巡山人，吃喝一直是个生存难题。别看可可西里位于长江源区，到处都是江湖，但饮用水源极少，往往是能避风的地方没有水源，有水源的地方风又特大，他们最渴望的就是眼前能出现一个既能避风又有水源的地方。一旦发现了这样的好地方，他们就会捡几块石头搭起锅灶，用铝壶烧上一壶热水，吃上一口热饭。所谓饭，不是糌粑、馍馍，就是方便面。糌粑是用青稞炒面和着酥油和水揉成的高能量食物，这是藏民族聚居区特有的食品，便于携带，而最好的下饭菜就是风干肉。这些东西特别抗饥饿，但难以消化，长时间食用对胃的侵蚀非常厉害。而方便面虽说方便，但不顶饥。在这海拔超过五千米的高原上，水是永远烧不开的，方便面也是永远煮不熟的，就这半生不熟的食物，对于他们也是非常奢侈的，能吃上一顿那已是无比幸福了。

在没有水源的地方，想要喝上一口干净水也非常难。当嗓子干得冒烟时，一个小水洼也是难以抗拒的诱惑，只要一眼看见一点水花儿，他们就会扑上去，跪在地上，埋头去喝那积水，一半是浑水，一半是泥沙，有的水里还像放了洗衣粉一样，全是泡沫。有时候夜里看不清，第二天才发现水洼里全是红色的小虫子，他们恶心得一个劲地干呕，只想把那喝下去的水给呕出来。扎多说，水洼里的水还算好的，他们甚至连车辙里的积水都喝过。他们明知这水不能喝，却也必须硬着头皮喝。若是途经冰川雪山，他们只能刨冰挖雪解渴，那冰块和白雪都是咸的，还含有对人体有害的矿物质，尤其是汞严重超标。但他们别无选择，渴了就吃上一口冰雪，饿了就拿出冻硬的馍馍来啃，一口冰雪，一口馍馍，手里抓着冰雪和馍馍，那手也冻得跟冰雪和馍馍一样，都冷僵僵的没感觉了，连牙齿和舌头也没感觉了，一不小心就啃着自己的舌头和手了。

由于长期喝这种盐碱化的污泥浊水，加之又饥一餐饱一顿，当年第一批追随索南达杰的巡山人，很多都得了消化道和心血管疾病，落下了一生的后遗症。索南达杰原本是个身强体壮的康巴汉子，为了追捕盗猎分子，他时常一手握着方向盘，一手用小刀切下冰冻的生牛肉充饥，在短短的一年多时间里就患上了慢性肠胃炎。巡山途中，他的肠胃炎一次又一次复发，只能靠止痛片和酵母片来撑着，疼得实在受不了，他就拿安全带使劲儿勒住自己的腹部，甚至要用"绝食"的方式才能缓解。

就是在这样恶劣而艰险的环境中，索南达杰和他的战友们在不到两年的时间里，一共十二次深入可可西里无人区，行程六万多公里。从西部工委成立到索南达杰牺牲，扎多一天一天都在心里记着呢，一共才五百四十五天，而索南达杰带着几个助手在可可西里就穿行了三百五十四天！这在他的一生中是短暂的也是漫长的，高原的烈日与风雪，把这个健壮魁梧、前额宽大、一脸络腮胡子的康巴汉子折磨成了一个胡子拉碴、又黑又瘦的老头，那时候他连四十还不到呢。每次回到治多县城，索南达杰总要向人们描述他眼中、心中的可可西里，那神情兴奋得就像是捡到了金子，甚至是比金子还宝贵的东西，"那是我们治多的宝库啊，我们的希望就在那儿，孩子们的希望也在那儿！"

为了守护这比金子还宝贵的希望，索南达杰凭着一股出生入死的凛然正气，先后打掉了八个武装盗猎团伙。相比之下，盗猎团伙的车辆好多了，都是大马力的越野车和大卡车，还有从境外走私进来的武器装备。一些大型盗猎团伙，每次进山，都是六七辆车结伴而行，还有专门的后勤保障车辆，他们往往在一夜之间就能猎杀数以千计的藏羚羊，旋即席卷而去，到格尔木市区找个宾馆住下来，痛痛快快地泡个热水澡，洗去一身的风尘和血腥味，然后吃香的、喝辣的、找相好的。说穿了，他们盗猎为了啥，不就是要好好享受吗？而他们也实在想不通，索南达杰和西部工委的那几个人又是为了啥呢？

难道就是为了那点儿工资，他们一年的工资还值不得一张藏羚羊皮呢。

或许正是这种价值的反差和悬殊，让盗猎分子愈加气焰嚣张。而在打击盗猎和滥挖滥采的过程中，索南达杰也越来越感到，仅凭西部工委的几个人、几条枪，要对付那些武装盗猎团伙，这力量是远远不够的，必须建立可可西里自然保护区，还必须组建一支具有执法职能的公安队伍。他是率先提议成立"可可西里自然保护区"的第一人，也是申请成立"西部林业公安分局"的第一人。可惜，这两个愿望在他生前都未能实现，只能是他的遗愿了。而接下来他还将以自己的生命创造又一个第一，他很快就将成为第一位为保护可可西里的自然生态而慷慨捐躯的环保卫士。

一个心中有信仰的人，往往都会有很深的命运感和宿命意识。每次进入可可西里无人区巡山，索南达杰都有心理准备——这可能是最后一次进山了。而每一次归来，都有历尽奇险、九死一生的感觉。扎多坦承，他不是没有恐惧，也曾想要退缩。然而，每到遭遇盗猎分子的关键时刻，他还是奋不顾身地冲上去了，不是不害怕，而是你根本来不及害怕。而每当他想要退缩和放弃时，一看见索南达杰那坚毅的神色，他又怎么敢轻言放弃？他说："我们三四个人在无人区玩命地干了两年，有时候想着放弃，但索书记不离开，我也不离开！"

其实，哪怕像索南达杰这样坚毅的汉子，偶尔也有情绪悲观的时候。有一次，在巡山途中，索南达杰一边叹气，一边对扎多说："如果需要死人，就让我死在最前面！"

没想到这话，竟然一语成谶。这兴许就是索南达杰的命运，也是可可西里的命运，而对于可可西里的命运之门，命定只能从一个人开始，以生命来开启。

高原上的雕像

扎多永远忘不了最后一次跟随索南达杰巡山的日子，那是 1994 年 1 月 8 日，数九寒冬，三九第一天，可可西里已进入最冷酷的季节。每次进入无人区之前，索南达杰都要从格尔木给家里发一封电报。那年头，最快捷的通信方式就是电报，他发给妻子多沙才仁的最后一封电报只有简短的四个字："8 号上去。"

这是索南达杰第十二次进入可可西里无人区巡山，除了那辆北京吉普，这次还租了一辆卡车。此行一共五人，索南达杰和助手扎多，西部工委办公室主任靳炎祖，向导韩伟林，还有卡车司机老马，他是随自己卡车一起被临时雇佣的。这几个人中，扎多是唯一跟着索南达杰十二次走进可可西里的人，每一次都少不了他。

靳炎祖则是 1993 年调入西部工委的一位老将，当时已经三十七岁了。说来，他和索南达杰也是挚友。1976 年，二十岁的他从玉树师范学校毕业，被分配到治多县民族中学任教，和早两年分配到这里的索南达杰成了同事。当时学校宿舍紧张，靳炎祖没有住处，索南达杰主动提出让这位新来的老师和自己住在一起。那单身宿舍很简陋，原本就住了两个人，摆着两张办公桌、两把椅子、两张床、一个火炉，靳炎祖住进来后又加了一张床，这屋子里更挤了。索南达杰笑道："挤在一起更亲热啊！"他们还真是挺亲热的，没课的时候三个男教师经常一起打篮球，一起喝酒。索南达杰和另一个老师都是康巴汉子，酒量大，靳炎祖虽是汉族，但酒量也不错，他们在一起不知喝掉了多少酒，但三个人从来没有醉过，也从来没有分出高低。

1979 年，索南达杰和靳炎祖都结婚了，靳炎祖的妻子王春兰是水电四局的职工，远在黄河龙羊峡水电站，而索南达杰的妻子多沙才仁又是靳炎祖初中和玉树师范的同班同学，这让靳炎祖和索南达杰的交往更深了。在靳炎祖夫妻异地分居的那段时间，他成了索南达杰家里的常客，经常去那里蹭饭喝酒。1984 年后，为解决夫妻两地分居的困难，靳炎祖调到龙羊峡，而索南达杰数年内也一路被擢升为治多县委副书记。1992年7月，西部工委成立后，索南达杰因人手不够，立马就想到了好友靳炎祖，他跑到靳炎祖在龙羊峡的家里，再三恳请他到西部工委工作。靳炎祖的理想就是当老师，而他当时在水电四局第二小学任教，这里海拔不高，但工资福利高，一家人又在一起生活，他还可以辅导两个孩子做功课，这老婆孩子热炕头的生活，多好啊。而他也听说了，可可西里是个荒无人烟的高寒山区，那时又是淘金又是盗猎，"很乱"！若他答应索南达杰，这不是从米箩里往糠箩里跳吗？他连连摇头，妻子更是坚决反对，几乎是撵着索南达杰"赶紧滚"了。

索南达杰不但没有滚，还一把攥住靳炎祖的手腕子说："好兄弟啊，我可不是三顾茅庐的诸葛亮，我就是这一顾了，你一个大男人，总不能只过自己的小日子吧！"

就这一句话，让靳炎祖瞅着妻儿的目光猛地扭了过来，他的人生命运一下改变了方向。

靳炎祖当然知道，这是索南达杰使出的激将法，但他又确实一下被这家伙"将"住了。最终，他不顾妻子苦口婆心地再三劝阻，瞒着妻子去了可可西里，从一个手执教鞭的教师变成了一个环保前线冲锋陷阵的战士。从同事、兄弟到战友，靳炎祖最忘不了的还是他和索南达杰在可可西里结下的战友情谊。多年后，靳炎祖还清楚记得一个细节，一次巡山时，索南达杰坐在吉普车的副驾驶位置上，靳炎祖坐在后排。当前方遭遇多名紧握步枪、手枪的盗猎分子时，靳炎祖提出要和索南达杰交换座位，索南达杰一下发火了："难道我怕死吗？难道你的命就不是命？"

这一次巡山，他们在风雪交加的可可西里无人区穿行了八天八夜，一直没有发现盗猎分子的踪迹。到了16日，随车载的补给即将告罄，加上索南达杰还要参加20日在格尔木召开的青海省黄金工作会议，遂决定撤出可可西里，沿着楚玛尔河河谷奔赴格尔木。

河谷蜿蜒曲折，车子在白雪皑皑的河山之间回旋。当车开到一个山坡上，坐在副驾驶的扎多突然发现了什么。那时候他还很年轻，一双眼睛像鹰眼一样犀利。他伸手一指，索南达杰也看见了，那是一群秃鹫和乌鸦。他们已经很有经验，只要发现秃鹫和乌鸦在哪里盘旋，十有八九就是藏羚羊遭受杀戮的现场，这些秃鹫和乌鸦甚至会提前预感到哪里的藏羚羊将要遭受杀戮，它们会追着一群还活着的藏羚羊飞舞盘旋。当索南达杰等人驱车赶到乌鸦和秃鹫盘旋降落的地方，一下被眼前那血腥的一幕震撼了，一只只被剥去了皮毛的藏羚羊，倒在凝固的血泊之中，残骸散落得到处都是，嗜血的秃鹫正用它们的利爪和尖喙撕扯啃食。那一大片竖起来的藏羚羊头角，冷森森的，像是一片森林。索南达杰看着这残忍而又悲惨的景象，一双怒睁的大眼似要喷出血来，"追，一定要抓捕这伙盗猎分子！"

在茫茫无涯的可可西里追踪盗猎分子，一如大海捞针一般渺茫，唯一的线索就是盗猎者留下的车辙，但那天狂风裹挟着风雪，追着追着，盗猎分子的车辙就在风雪中消失了，一条线索就断了。索南达杰气得猛踩一脚油门，又喷出一口浓重的热气说："这样穷凶极恶之徒，苍天也不会放过他们啊！"

或许苍天真的有眼，就在他们沿着河谷驶往格尔木时，竟与他们一直苦苦追踪又渺无踪影的盗猎分子狭路相逢了。事后查明，那是两个武装盗猎团伙，一伙由韩忠明、马忠孝、马青元带领，共十二人；另一伙由王乙卜拉亥买、韩乙子日带领，共八人。这两个盗猎团伙都是青海化隆人，他们驾驶着三辆东风卡车、四辆北京吉普212，持有十一支小口径步枪、一杆自制火药枪、一万多发子弹。这些盗猎者于1993年12月进入可可西里无人区，大肆猎杀藏羚羊。1月16日上午，就在索南达杰和战友们返程之际，这两个团伙也驾驶着盗猎车辆，满载着整整两车约两千多张沾满鲜血的藏羚羊皮，正要开向格尔木去同走私皮货商交易。如果不出意外，他们都将获得一笔比淘金更高的暴利。然而，一切仿佛都是命定的，无论在时间点上，还是在驶往格尔木的路线上，他们终将不期而遇，而一旦遭遇，也将是一次致命的遭遇。

索南达杰也没料到会一次遭遇两个盗猎团伙，而盗猎者的人数、车辆和武器装备都远远超过了他们，这注定是一场众寡悬殊的战斗。索南达杰随即命令几位战友严阵以待，堵截盗猎车辆。首先过来的是王乙卜拉亥买一伙的车队，索南达杰一边驾车紧追不放，一边鸣枪示警，而盗猎者一看是西部工委的车，随即猛踩油门拼命逃窜。在几次鸣枪示警无效后，索南达杰下令对逃奔的盗猎车辆开枪射击，一梭子弹打在逃窜车辆的后轮边上，溅起一股嘶啦啦的火舌，那盗猎车辆猛地颠簸了一下，被迫停下了。索南达杰旋即率战友们奔过去，用枪瞄准车门，喝令盗猎者一个一个顺次下车，在雪地上抱着脑袋蹲成一排，然后对他们一一缴械。这是他们此次抓捕的第一伙盗猎分子，十几分钟就解决了。

很快，又有更大的车队开过来了，他们一看前边有人拦截，先是佯装慢慢减速停车，当索南达杰带着几个人逼上前去时，那开在前边的一辆东风大卡突然地加速闯关。索南达杰随即鸣枪示警，那大卡车还在加速疯狂逃窜，几个人一起火力齐开，打穿了东风大卡的水箱、油箱、玻璃和轮胎，而向导韩伟林对准驾驶室的玻璃连开三枪，那大卡车才一头栽在路边。索南达杰带着几个战友冲过去，只听卡车司机在里边"哎哟哎哟"痛声叫唤，他大腿上挨了一枪。索南达杰一边命人给大卡司机包扎伤口，一边把扎多悄悄叫到一边，叮嘱他回去汇报时要统一口径："一定要说是我打的。"而扎多当时看得很清楚，那分明是向导老韩开枪打的，索南达杰怎么非要说是自己打的呢？索南达杰解释说："老韩是老百姓，如果说是他打的，回去后恐遭盗猎分子报复。咱们是政府的人，没人敢找事！"

扎多这才恍然大悟，索南达杰从每一个细节上都是先替老百姓着想。

这次行动，可谓是速战速决，有惊无险，如果没有接下来发生的悲剧，这可以说是西部工委自成立以来打得最干净利落的一仗。索南达杰兴奋地搓着手说："好，等咱们把这些家伙押送到格尔木，大伙儿就可以痛痛快快洗个热水澡了！"他们可有日子没洗澡了，可可西里的气候寒冷而又干燥，几个人浑身痒得难受，夜里躺在睡袋里一片沙沙沙的抓挠声，谁都想洗个热水澡啊。然而，此行路途艰险，要押送大批盗猎车辆势必行进缓慢。索南达杰虽说脾气火暴，雷厉风行，却也是一个充满了人情味和慈悲情怀的人道主义者。眼看那受伤的盗猎者在痛苦地呻吟，他担心那个受伤的盗猎司机失血死亡，还有一位盗猎者患上了高原肺气肿，也急需救治，他当即决定派扎多将这两名受伤和患病的盗猎者先行送往格尔木治疗。临别时，索南达杰还一再提醒扎多白天如何从草地和冰块上辨认方向，夜里如何寻找北极星辨认方位。他还

第二章 用生命守护生命

生怕扎多受到伤害，再三警告扎多护送的两名盗猎者："你们如果动了他一根毫毛，我下辈子就不做书记了，专门抄你的老窝！"

扎多那时又怎能想到，这一别竟是他同索南达杰的永别。而索南达杰的慈悲情怀，也确实为接下来的悲剧埋下了一个致命的隐患。西部工委的人手原本就寥寥无几，扎多又是他最得力的干将，扎多一走，西部工委只剩下了索南达杰和靳炎祖，再就是向导韩伟林和临时雇用的司机老马，而盗猎分子还有十八个壮汉，这使他们与盗猎团伙的众寡悬殊进一步拉大，也让盗猎团伙有了偷袭的可乘之机。

当晚，他们就在抓捕盗猎分子的那条山沟里夜宿。第二天（1月17日）早上，索南达杰等人便押着盗猎车辆出发了。在冰天雪地中，要把这么多的盗猎分子和盗猎车辆从无人区押送到青藏公路边的五道梁，然后再沿青藏线转往格尔木，随时都可能发生意外、遭遇危险。索南达杰让租来的卡车司机老马在前边开路，他驾驶吉普车在后边压阵，将七辆盗猎车夹在中间，这些盗猎车辆只能由盗猎分子自己驾驶。索南达杰将手枪就放在方向盘一旁，靳炎祖和向导韩伟林一路上都紧握着冲锋枪，紧扣着扳机，每一根神经都紧绷着。这天，他们在风雪中折腾了十几个小时，只走了很短的一段路，天黑后便夜宿大雪峰山。索南达杰担心集中关押在卡车车厢上的盗猎分子冻僵了手脚，血脉不畅，因而对他们没有采取捆绑等强制手段。这也是他犯下的第二个"人道主义"的错误，当他替这些盗猎分子着想时，那些盗猎分子却在暗暗算计他们，一个阴谋接着一个阴谋。据盗猎分子后来在审讯中招供，他们夜里先是偷偷商量，把西部工委那辆吉普车的机油放掉，索南达杰就会被困在这里，他们就可乘机驾车逃跑，但索南达杰一直高度警戒，那晚他一直抱着冲锋枪紧紧盯着盗猎车辆，盗猎分子一直没机会下手。于是，他们又密谋了另一方案，对靳炎祖、韩伟林发起偷袭，先把索南达杰的左膀右臂制伏了，再来对付单枪匹马的索南达杰。

那一夜气温已降至零下四十度，能轻易将人冻死。索南达杰几次走到靳炎祖和韩伟林跟前问："有没有冻坏脚？"两人都摇着头说"没事，没事"。但他还是不放心，还给他们把冻得硬邦邦的靴子脱下来，替他们揉脚，一直揉得他们脚底发热了，他才吩咐他们抓紧时间睡觉。年轻人睡得沉，一旦睡熟了脚很容易冻伤。索南达杰一夜起来给他们揉了三次脚，每次都是揉得他们脚底发热了，他才靠在吉普车的椅背上，抱着冲锋枪，盯着那些盗猎分子，一夜没有合眼。

在抓捕盗猎分子的第三天（1月18日），他们又走了四五十公里，来到太阳湖附近的马兰山。这一带处在地震带上，地面犬牙交错，湖中冰层断裂，隆起一个个巨大的冰块。那种挤压和撕裂的力量，把山沟中一条不是路的路变得像刀切割出来的一样，索南达杰驾驶着那辆老旧的吉普车就像在刀尖上走过，一路剧烈地颤抖和颠簸。此时，他们已经好几天都没有吃上一口热饭、喝上一口热水了，索南达杰的慢性胃肠炎又发作了，在吃过大把的药片后还是隐隐作痛，一颠簸那肚子就疼得要命。为了缓解一下疼痛，他把方向盘交给了向导韩伟林，自己换乘到了老马的卡车上，卡车比吉普车要平稳一些。这样一来，北京吉普里只剩下了队员靳炎祖和韩伟林两人，车上还装着资料、笔记、地图、行李和缴获的枪支弹药。当他们行至太阳湖西岸时，索南达杰正闭着眼迷糊着呢，忽然听见两声爆响，他猛地惊醒了，立马就端起冲锋枪，扣紧了扳机。这对他，几乎是条件反射了。结果却是虚惊一场，原来是卡车的两个左轮同时爆胎了。这路上既有坚硬的冰凌，又有尖锐的石头，爆胎是挺正常的，但一前一后两个左轮同时爆胎，还真是有几分诡异。司机老马下车换胎时，索南达杰也抱着冲锋枪下了车，他看着那朝一边歪斜的车辆，估计不是一会儿的事。

此时，盗猎分子的车辆缓慢地开了过来。为了不耽误行程，索南达杰没有叫停，他让靳炎祖和韩伟林押解盗猎车辆先走，找到水源处驻扎，一边烧水做饭一边等他，"一会儿我们过来喝个热茶"。据靳炎祖后来回忆，当他们押着盗猎车辆到达太阳湖时，天放晴了，太阳尚未落山。太阳湖是可可西里鲜有的淡水湖，也是巡山队员们补充水源的母亲湖，但此时早已封冻，在他们往日取水的地方，只见一道深蓝色的冰垒横亘在湖面上。靳炎祖按照索南达杰的叮嘱，命令盗猎分子在这里停车，一字排开，他们则将北京吉普停在盗猎车队的对面，只有这样，才能用一辆车监控七辆盗猎车。然后，他又命令盗猎分子刨冰烧水，那些盗猎分子连连答应："好好好！"但过了一阵，靳炎祖只看到盗猎者刨冰，却未见他们烧水。他走到盗猎分子的一辆吉普车边问："你们怎么还不烧水？"

一个盗猎分子下车说："水烧着呢，局长，外面太冷了，进来坐。"

这些盗猎分子都喊政府部门的人"局长"，也不知哪来的规矩。他们对靳炎祖这位"局长"挺尊重，挺热情，又是请他上车，又是给他让座。靳炎祖探头朝车里看了一眼，果然看到，一个人正在吉普车里拿喷灯喷着火，火上放着一个铁杯子，里面的水开始冒热气了。对于一个几天没喝过一口热水、吃过一口热饭的人，这杯热水具有不可抗拒的诱惑力，靳炎祖一下放松了警惕，爬上了吉普车的后座，等着一杯即将到手的热水。水烧开后，一个叫马生华的盗猎分子给他端来了一杯，靳炎祖伸手去接，那杯子突然从马生华的手中滑落了。靳炎祖不禁一惊，随即又一眼瞥见马生华正眯着眼冷笑着呢，他第一个反应是伸手拔枪，但他拔枪的手却被马生华眼疾手快一把紧紧抓住了，另一只手也被坐在身边的一个盗猎者抓住了，瞬间，又有一个人从副驾驶上急转回身，一把抓住靳炎祖的头发。在三个盗猎分子的突袭下，靳炎祖腰间的手枪被抢夺了，他被一伙盗猎分子撕扯着拽下吉普车后，还在拼命挣扎，一根铁棒狠狠砸在腰上，将他打翻在地。这些盗猎者恨死了西部工委的人，把火气全都发泄在了靳炎祖身上，一顿拳脚相加，一双双被冰雪冻硬了的靴子，猛踢在他脸上，他左右脸被踢开了好几道口子，满脸是血。就在他拼命挣扎和反抗时，有人在他脑袋上又狠狠踢了一脚，他只觉得头皮猛地一炸，什么也不知道了。

此时，向导韩伟林腿上裹着大衣坐在驾驶位上，迷迷糊糊的，对刚才发生的一切什么也没看见。一个盗猎分子走过来招呼："局长，我们茶烧好了，你把碗拿过来吧。"韩伟林睁开迷糊的眼，看了看那盗猎分子，有些警惕地摆摆手说："不要了，我不喝茶，我也没有碗。"那盗猎分子说："碗啊，我们有，马上给你端过来。"过了片刻，那人一手端着一碗开水，一手托着一碗炒面，一步一步走过来了。那扑面而来的热气和香气，还有盗猎分子那满脸的热情，让韩伟林一时间有些忘形了，他顺手把冲锋枪放在副驾驶座上，打开车门，伸出两手去接热水和炒面，眼看要接到时，那盗猎分子故伎重演，手一松，两只碗"咕咚"一下掉在地上。韩伟林下意识地"啊哟"一声，刚要去抓冲锋枪，那人顺势抓住他的双手往外急扯，韩伟林腿上裹着大衣，一时使不上劲，从车里"扑通"一声摔出车外，倒在地上。此时，一个盗猎者从另一边打开门，拿走了韩伟林的冲锋枪，而七八个盗猎分子一起围上来，对韩伟林一顿拳打脚踢。他被打昏过去后，又苏醒过来了一次，结果又招来一顿毒打，一根铁棒对准他脑袋猛击一下，他再次被打昏过去。盗猎分子将两人塞进西部工委的吉普车里，韩伟林被反绑在驾驶座上，嘴里塞了床单，靳炎祖被反绑在后排座上，头被狐皮帽套上，挡住了眼睛。丧心病狂的盗猎分子还用刀尖在靳炎祖脸上刻下了侮辱的字眼，这成了他一生也难以磨灭的屈辱。

　　随后，盗猎者从西部工委的吉普车里拿出了被缴获的枪支，人手一支，子弹上膛。他们将七辆盗猎车全部发动，但并未立马驾车逃跑，而是排成一个弧形的半包围圈，将车头朝着索南达杰驶来的方向。

　　当夜幕笼罩了一切，可可西里进入了最黑暗的一个夜晚，在这如同鬼域一般的世界里，死神正在黑暗死寂中徘徊。远远的，那穿透黑暗的两道灯光，渐渐逼近太阳湖，索南达杰来了！此时，索南达杰在明处，而盗猎者躲在暗处，每个人手里都端着一把子弹上膛的冲锋枪，在黑暗中闪烁着寒光，一个个枪口从不同的角度瞄准了同一个人。他们深知，只有解决了索南达杰这个最大的后患，他们才能逃之夭夭。

　　索南达杰一看这阵势，就感到有些不对头，老马听见他嘀咕了一声："可能出事了。"

　　在片刻的迟疑后，索南达杰毅然打开了车门，老马又听见他一声嘀咕："太大意了！"

　　索南达杰下车的地方，距盗猎者的车阵还有五十米，这是精准的射击距离。这位儒雅的康巴汉子，虽说没有过军旅生涯，却也拥有一身矫健的武艺，在玉树藏族自治州运动会上，他曾夺得男子跳高和小口径步枪射击的双料冠军。此刻，谁也看不清他的表情，只见一个高大的身影迎着盗猎者的车辆一步一步地走来，冰雪在他脚下"咔嚓咔嚓"作响。

第二章 用生命守护生命

一个黑煞煞的阴影也从对面走过来了，那是一个大块头，索南达杰算是高个子了，这家伙比他还高出了半个头。当两个人面对面地站在一起，大块头占有压倒性的优势，就像一头棕熊挺起身躯站在他跟前。索南达杰两眼瞪着大块头，那是一双让盗猎分子望之胆寒的眼睛。他听见大块头像棕熊一样浊重的喘息，那哈气带着一股呛人的腥臭味直扑在他脸上。他下意识地偏了一下头，那家伙突然猛扑过来，将索南达杰一把抱起，想要将他摔倒在地。这又是盗猎者密谋已久的套路，也是他们在偷袭另两位野牦牛队员得逞后重演的故伎。他们也不想犯下杀人的死罪，只想将索南达杰一下摔倒，众人一拥而上，将索南达杰打昏、捆绑，他们就可以驾车逃跑了。但他们低估了索南达杰的功夫，索南达杰早已不是一介书生，在爬冰卧雪中，他已练出了一身军人气质和素质。他和那大块头奋力厮打着，一度被那大块头压倒在地上，但那又溜又滑的冰雪给了他翻身的机会，他一个翻滚又顽强地爬了起来，这让那大块头愣了一下，他可能没料到索南达杰还有重新站起来的力量。就在一眨眼的工夫，索南达杰使出狠狠的一个动作，将那大块头一把掀翻在地。大块头在冰雪中翻滚着，眼看就要爬起来，但索南达杰没有给他第二次机会。

"砰——"！他抬手一枪，那大块头在雪窝子里抓挠了几下，就不再动弹了。

这一切其实都是在瞬间发生，另一个帮凶还来不及扑上来，也被索南达杰一枪射伤。

如果只有大块头一个人，按康巴汉子的性情，索南达杰倒是可以同他单打独斗，但眼下，这不是一场一对一的战斗，也不是以一当十，而是一比十八！他面对的是十八个比狼还要凶狠的盗猎分子，这将是一场生死决战。

那些躲在车上的盗猎分子眼看偷袭不成，又使出了另一种伎俩。在上海东方卫视拍摄的大型原创寻访纪实节目《闪亮的名字》中，以真实寻访、场景再现的形式还原了这样一段现场对话：

盗猎分子：索书记啊，索书记，咱们谈一谈嘛！

索南达杰：你杀了我那么多羊子，我跟你没什么好谈的。

盗猎分子：索书记啊，现在你的人在我们手里，枪也在我们手里，

可可西里

> 你把皮子还给我们吧,把事情私了了,完了嘛。
>
> 索南达杰:出去,我跟魔鬼不做交易!

面对这样一条铁骨铮铮的硬汉,盗猎头目韩忠明只有横下一条心了,他看到有几个兄弟还有些犹豫,便一脸狰狞地说:"这家伙不肯放过咱们,咱们就得进监狱,不愿坐牢就只能跟他拼了,不是鱼死就是网破,兄弟们别怂!"这一番话还真是激起了盗猎分子的血性,他们共同赌咒发誓,全部都要对准索南达杰开枪。韩忠明先指挥马生华将车灯对着索南达杰的方向打开,刹那间,那强烈的光芒把索南达杰浑身上下都照亮了,一个孤胆英雄的特写镜头,连同一个巨大的重影,映在可可西里的无比深邃的夜幕上。索南达杰对着那车灯开了一枪,随后车灯熄灭,黑暗中响起一声歇斯底里的吼叫:"打,狠狠打!"顷刻间,一排排枪对着索南达杰的方向"砰砰砰"地吐出了火舌。这枪声和火舌持续了十多分钟,所有的子弹似乎都打光了,枪声骤停,火舌熄灭,可可西里又陷入了一片死寂的黑暗中……

老马坐在卡车上,眼睁睁地目睹了这惊心动魄的一幕,他浑身打战,却也无能为力。这样的枪战,他只在电影中看见过。就在他坐在车里瑟瑟发抖时,一个盗猎者走过来拍打着车窗,冲他喊道:"兄弟,你要么赶紧把车开走,这里没你的事,要不咱们吃肉喝汤一块干!"老马连想也没想就做出了第一个选择,他把自己的卡车开走了,但他在这一幕中也扮演了一个不可缺席的角色,他将成为一个法律的证人,也是历史的证人。

这就是举国震惊的"1·18"索南达杰遇害案,这个日子与一个孤胆英雄对抗十八名穷凶极恶的盗猎分子——"1∶18"的比例有着惊人的巧合,这也确实只是巧合,却令人感觉到某种宿命难逃的诡异。

这一切,都是在靳炎祖和韩伟林昏迷的噩梦中发生的。他们被盗猎分子打昏后,一直处于昏迷状态。当他们苏醒过来后,身子比脑子醒得更快,浑身上下都疼得厉害,而脑子依然昏昏沉沉、浑浑噩噩,不知到底发生了什么。但他们感觉出事了,出大事了!两人用牙齿咬开了捆绑的绳索,又下车察看,但眼前什么也看不清,雪已经下疯了。狂风、狂雪,绞成一团,这是对可可西里的疯狂绞杀,天地间白茫茫的一团混沌。他们猜测索南达杰有可能是去追捕那些盗猎分子了,也很可能已遭遇不测。而对于他们,最要紧的是走出这零下四十多度的无人区,否则他们就要冻死了。但他们并未跑远,因为压根就找不到方向,在周边绕行了几圈之后,车子就陷在冰窝子中,两人在车中趴了一夜,靳炎祖竟然梦见了浑身是血的索南达杰。

噩梦中惊醒后的靳炎祖,一直睁着眼,他已经非常强烈地估计到了那个最坏的结果。

天终于亮了,吉普车依然深陷泥潭。靳炎祖决定回到昨天的现场,去搜寻索南达杰。他双手早已冻伤了,这车上唯一的武器只剩下了一把藏式马刀。他用两个还能活动的指头捏着马刀,循着记忆中的路线回到了太阳湖畔。此时,暴风雪终于停歇了,可可西里已经埋葬在深深的冰雪里,这雪白世界宁静而又压抑,白得让人绝望,在最遥远的地方还是冰雪。在这茫茫雪原,一个极其渺小的身影能够找到另一个渺小的身影的话,一定是佛祖显灵了。他又看见了,一道深蓝色的冰垒横亘在湖面上。是的,就是在这里,索南达杰俯卧在冰雪中,已被冰雪掩埋了肩膀,那皮帽子和脑袋已经结成了一个冰疙瘩,却依然瞪着一双充血的眼睛,那满头茂密的黑发和浓黑的短须、胡髭——一个康巴汉子充满阳刚气的标志,也在风雪中冻硬了。靳炎祖一眼看见他就跪下了,他用那双布满了冻疮的手,一点一点地刨开索南达杰四周的冰雪,他很小心,生怕伤到索南达杰的身体,但鲜血还是渗透了冰雪,他不知道是索南达杰的血,还是自己的血。一个人,一个血肉身躯,一个像冰雕一样的形象,终于在冰雪中露出来了,他依然保持着半跪的射击姿势,那双靴子在跋涉数日后已破烂不堪。那么多盗猎者的子弹瞄准他,射向他,而那致命的子弹,是一颗小口径步枪子弹,恰好击中了他大腿和小腹之间的动脉。那黑色皮裤里凝结着大块的血迹,这是杰桑·索南达杰留在世间的最后的姿态、最后的形象,像可可西里的一尊冰雕。

一个为保护藏羚羊而献祭的生命,在这藏羚羊分娩的太阳湖畔流尽了最后一滴血。

那围猎了无数藏羚羊的小口径步枪子弹,最终围猎了一个藏羚羊的保护神。

靳炎祖将索南达杰的遗体吃力地背起来，他喃喃说："索书记啊，咱们回去吧，回家吧，咱们终于可以痛痛快快洗个热水澡了！"

然而，由于那辆老式吉普车一直深陷在泥潭里，靳炎祖和韩伟林无论怎么挖，也挖不出一条路来，他们也没有任何方式与远在千里之外的治多县政府取得联系。直到案发三天后（1月21日），治多县政府才收到扎多从格尔木发来的电报（大意）："按约定时间，索南书记未到格尔木，可能失踪。粮少，可可西里雪下得很大。"县里随即派出紧急救援队向可可西里进发。

从接到索南达杰失踪的消息开始，索南达杰的妻子多沙才仁就夜以继日地守在县政府报务室，许多人陪着她，安慰着她，而她只能默默等待。自从丈夫选择了可可西里，就将她和两个年幼的儿子撇在一边了，陪伴她的只有漫长而孤寂的等待，既牵肠挂肚又担惊受怕。她最怕做梦时梦见丈夫，那是非常不吉利的。但日有所思，夜有所梦，她又时常梦见丈夫。她不知道丈夫正在可可西里的哪个位置忍受着寒风暴雪，在那时没有任何方式可以联系到丈夫，唯一能等到的就是一份简短的电报。那薄薄的一张纸，她总要在心口捂上很久，仿佛这样才能平息她的心跳，稍稍缓解一下她的担心。丈夫难得回来，偶尔回来一次，浑身泥浆，灰头土脸，筋疲力尽。若能在家里洗个热水澡，热乎乎地吃顿饭，那就是一家人最幸福的时候了。但他总是来去匆匆。她从不当着丈夫的面流泪，总是笑盈盈的，而眼看着丈夫一脚迈出门，她的笑容早已饱含泪水。似乎也早已习惯了等待。而这一次，对于她，将是永远的等待了。

这里，还是回到当年那血腥味弥漫不散的现场，在可可西里的冰天雪地里，靳炎祖和韩伟林也在孤绝地等待着，直到治多县公安局的救援人员赶到时，才将索南达杰的遗体运出可可西里无人区。一个英雄的身躯，在冰冷的车里躺了四天四夜，他身上覆盖着盗猎者剥下来的藏羚羊皮。那些被屠杀的藏羚羊，此时用它们温暖而柔软的皮毛，呵护着一位为保护它们而捐躯的英灵。

那在太阳湖畔的雪夜中响起的枪声，连同一个定格于四十岁的生命，从此与这"伟大的荒原"融为一体了。上世纪90年代初，遥远的可可西里，高原精灵藏羚羊，对青藏高原之外的人们来说还是鲜为人知的存在，除了那些淘金者、盗猎者，很少有人把关注的目光投向这里。索南达杰的牺牲，让人们知道世界上还有一个叫可可西里的地方，更让世人为一种超越了人间的爱与受难而深深震撼。如果没有索南达杰，如果不是他以生命献祭可可西里，也许就没有那么多人关注可可西里和藏羚羊的命运，那疯狂的盗猎和淘金行为很可能会向三江源别的地方一直延续好多年……

索南达杰一走已近三十年，对于人生，这已是漫长的时间，一切的过往早已不再是悬念。如今在治多县城的一条老街旁，还保存着一排藏式风格的老旧平房，这就是索南达杰的故居，院子里还有索南达杰当年打的一口水井，在岁月深处映照着高原的流光云影。那简陋的卧室地面是由青砖铺砌的，天花板上悬挂着一只昏黄的、没有灯罩的老式灯泡。遥想当年，索南达杰每一次远赴可可西里，就是在这里同多沙才仁和孩子们告别，从此出发，直至一去不返。而他的妻子多沙才仁依然在孤室中等待，那满头银丝如风霜逼人，一双泪光闪烁的眼睛仿佛凝结着冰雪。她也不知自己在等待什么，她知道丈夫永远也不会回家了，但她永远都是索南达杰的妻子。这么多年她也渐渐习惯了丈夫离去后的孤寂，而哪怕穷尽一生的岁月来等待，也难以弥合她心灵的伤口。

索南达杰牺牲时，他们的小儿子杰桑·索南旦正还只有十岁。在索南旦正儿时的记忆里，他对父亲没有太深的印象，唯一的印象就是父亲"总也不在家""总是风尘仆仆，总有巡不完的山、忙不完的考察……"而在父亲离世后，他在成长的岁月里才逐渐从父亲的同事口中了解到一个真实的父亲。而今，索南旦正已是一位三十多岁的康巴汉子，现任治多县扎河乡党委书记。扎河，草原上的扎河，紧挨着"天边的索加"，扎河乡和索加乡一带都已被纳入三江源国家公园保护区，而他的使命和父亲当年的使命一样，既要带领父老乡亲们过上像样的日子，还要从一草一木开始保护好三江源。很多长辈都说，索南旦正长得跟他父亲一模一样，当他下意识地看着镜子里的自己，父亲的影像就会渐渐变得清晰起来。他通过自己的形象认识了父亲，也通过父亲的形象认识了自己。

对于我们，则是通过一座纪念碑和一尊雕塑认识了那位传说中的英雄。

只要翻越昆仑山口，就会看见一座无可替代的丰碑——杰桑·索南达杰烈士纪念碑，旁边便是索南达杰紧握钢枪、在暴风雪中挺身而立的雕像，那赭红色的岩石塑造了一位巍然不屈的硬汉形象，他戴着厚重的雷锋帽，裹着一身军大衣，在他前边就是他用生命保护的藏羚羊。用生命保护生命，以最直接的方式凸显而出，你能感觉到他依然在呼吸，深呼吸，每一次呼吸都带着血肉的震颤，在凛冽的山风中喷射出一股生命的热气。那坚毅的眼神一直远眺着可可西里，在他的注视下，世人越来越关注这片世界上最后的净土，越来越多的人加入了保护藏羚羊、保护可可西里的行列。那些高原精灵也在这片净土自由自在地生息，告慰着一位环保卫士的英灵。

现如今，途经昆仑山口的人们，也用各种方式表达着对这位环保卫士的崇敬与缅怀。在藏族同胞心中，索南达杰早已化作可可西里和藏羚羊的守护神，这纪念碑和雕像周围挂满了五颜六色的经幡和哈达，很多藏族人还在这里撒上了象征吉祥的风马。青藏线上的司机和自驾游客从山口经过时，都会减缓车速鸣笛致敬，或是献上一束山花。那些奔赴可可西里的巡山队员和志愿者都会下车拜祭，他们和一座雕像站在一起，像索南达杰那样，用坚毅的眼神远眺着可可西里，静静地呼吸，深呼吸，每一次呼吸都带有强烈的震颤，喷射出生命的温度和热气。一位英雄的雕像，变成了可可西里守护者的群像。

扎巴多杰和野牦牛队

索南达杰牺牲后，西部工委一下没有了主心骨。他的妹夫奇卡·扎巴多杰惊闻噩耗，立马奔赴可可西里，一路护送英雄的遗体回归故乡。大雪纷飞，魂兮归来。

扎巴多杰还清楚地记得最后一次见到索南达杰的那个晚上，那是索南达杰奔赴可可西里的前夜，到他家里来吃饭喝酒。他比索南达杰年长两岁，两人既是至亲，又是掏心窝子的兄弟，索南达杰每次远行之前，都要到他这里来聚聚。俩人盘膝坐在炕毡上，相谈甚欢，不时发出爽朗的笑声。酒过三巡，索南达杰忽然冒出一句话："兄弟，如果我死了，不要天葬，也不要诵经念佛，我是共产党员，我要火化，再把我的骨灰撒到可可西里。那里才是我愿意留下的地方！"扎巴多杰当时心里猛地一沉，随即又呵呵大笑道："快别说这个了，你命大得很呢，来，喝酒，我再敬你一杯！"

索南达杰一口干了，又定定地看着扎巴多杰说："兄弟啊，如果我真的不在了，你一定要接替我，西部工委不能没有主心骨啊！"

这俩人原本都是非常豁达的人，索南达杰这话说过了也就过了，没想到竟然成了他的遗嘱。想来，索南达杰对自己的命运是有预感的，这预感也不是一天两天了，在那样一个玩命的地方，他一直有种早晚都要出事的预感。即便让索南达杰重活一次，他依然会义无反顾地奔向可可西里。这就是命啊。这其实不是什么宿命，而是一个人认准了的使命。

当索南达杰的遗体从遥远的可可西里运到治多县城时，正赶上春节，但整个县城沉浸在一片默哀的寂静之中，没有听到一声鞭炮响。在那个寒冷刺骨的葬礼上，一切都显得阴郁惨淡。按照当地风俗，火葬是活佛才享有的崇高礼遇，但人们为这位用生命献祭可可西里的英雄破了例。索南达杰生前就一再叮嘱不要诵经念佛，但数百名喇嘛、阿卡自发而来，他们把英雄的遗体供在菩萨像前，点燃了一盏盏长明灯，为长眠于光环中的英灵诵经超度。治多百姓仰望焚场，默默致敬。扎巴多杰更是痛彻心扉，却一声不吭。当眼泪止不住地涌出来时，扎巴多杰就用拳头死死堵住眼窝子。此时，索南达杰的遗像正看着他呢，他不想让自己的兄弟看到自己伤心落泪。他脑子只有一个念头，那就是依照索南达杰的遗愿，把他的骨灰撒在可可西里，撒在他牺牲的太阳湖畔。西部工委不能这么就完了，他要接下索南达杰的挑子，将他的遗愿一个一个去完成，这是两个康巴汉子之间的约定。对于扎巴多杰，这是有生以来最重要的人生抉择，也是他对索南达杰的承诺——赌上性命的承诺。

在做出一个决定之前，扎巴多杰十分冷静，他生怕自己是一时冲动或心血来潮，在翻来覆去地想了几天几夜后，他那念头已经变得执着而顽固。他对妻子说："白玛啊，我想好了，你心里也要有准备啊，我这辈子是放不下这个执念了！"

白玛刚刚痛失兄长，眼看丈夫又要奔赴可可西里，但她知道丈夫的性格，一旦决定了的事，十头牦牛也拉不回来。她只能红着眼圈点了头。

当晚，扎巴多杰就铺开稿纸，向州委主动请缨——

> ……目前我们的首要问题，就是如何继承索南达杰的遗志，如何完成他未完成的事业。因此，我请求州委把我调回治多县负责西部工委的工作。我这样做，既不是为了升官发财，也不是为了去享受。我深知去西部，迎接我的只有恶劣的工作环境和号称生命禁区的可可西里，以及横行在这片土地上的各种邪恶势力，随时都有生命危险。但是，为了人民的利益，我愿意这样做，也愿意像索南达杰那样随时献出自己的一切！

扎巴多杰也是一个刚烈的康巴汉子，在藏语中，扎巴是非常厉害的意思，多杰就是金刚。他曾是一位在骑兵部队纵横驰骋的英武军人，在脱下军装后又穿上了警服，曾任治多县公安局局长。索南达杰牺牲时，扎巴多杰任玉树州人大法制委员会副主任。为了继续索南达杰未竟的使命，他自愿降了一级行政级别，请求调到西部工委。随后，扎巴多杰接任索南达杰生前的职务——治多县委副书记兼任西部工委书记，他也确实是最合适的人选。

扎巴多杰走马上任之初，那个一直追随索南达杰的扎多，因倍感伤心和茫然，自此离开了西部工委。索南达杰的另一位得力干将靳炎祖的遭遇更加坎坷，他历尽艰险走出可可西里，捡回了一条命，脸上却带着盗猎分子用刀尖刻写的屈辱文字。他心中的痛苦是别人难以理喻的："索南达杰离开了，但我还活着，活着的人或许更痛苦。"当时，由于他没有和索南达杰同生共死，有人对他充满了误解："好兄弟死了，自己却活着回来了！"有人甚至怀疑他与盗猎分子有什么交易，合谋害死索南达杰，他在看守所里被关了四个多月，直到几个盗猎分子被抓获，靳炎祖才洗清了自己的不白之冤。这让他的心伤透了。何去何从？"离开，觉得对不起索南达杰，他已经永远留在了可可西里；留下，索南达杰都牺牲了，还有什么意义？"而此时，他不止是一个幸存者，而且是西部工委剩下的唯一一个人。对于接下来的西部工委，必须有一个比较熟悉各方面情况的人。在扎巴多杰的再三挽留下，靳炎祖选择了留下。他在索南达杰的灵前烧纸祭奠，痛哭了一场。"他已经离开了，我不知道如果他还活着，会怎么看待我？"或许就是这样的扪心自问，让靳炎祖又一次选择奔赴可可西里。在他看来，可可西里是离索南达杰最近的地方，尽管他不在了，但他的灵魂还在那里徘徊。

扎巴多杰作为县委副书记，对一个贫困县的财政情况很清楚，治多县依然拿不出太多的财力来支持西部工委，县政府给他们的北京吉普车加满了油，就算心意满满地支持了。他只能想方设法自筹资金。以前，许多人只知道可可西里有多么艰苦，却把致命的危险忽略了，至少是低估了。直到索南达杰被凶残的盗猎分子杀害，很多人才意识到，这样的事情随时都有可能发生。扎巴多杰既是军人出身，又当过公安局局长，一直在政法部门工作，这让他清醒地意识到，仅靠西部工委几个人是对付不了盗采盗猎分子的，必须组建一支有规模的巡护队伍。这也是他走马上任后干的第一件大事，他从退伍军人和待业青年中招募了一批人，在西部工委的旗下组建了一支六十多人的巡护队伍，这就是后来令盗猎分子闻风丧胆的西部野牦牛队。

为啥叫野牦牛队？扎巴多杰解释说，野牦牛是高原的保护神，顽强、坚韧、吃苦耐劳，一旦侵犯了它，即使是一辆正在行驶的卡车也会被它掀翻。他希望这支反盗猎队伍就是这个样子。而他妻子白玛说，他自己就是一头野牦牛。

从此，可可西里进入了野牦牛队的时代。在接下来的数年里，野牦牛队成了西部工委的别称或代名词。那时还很少有人知道扎巴多杰，但他们都知道这是索南达杰的队伍，英雄的队伍。有三个治多县的小伙子，达拉日秋、日成和扎瓦，为了投奔野牦牛队，他们赶着家里的羊群从家乡的一个高原牧场出发，一路冲风冒寒走了两个多月，才在五道梁找到了野牦牛队。当时野牦牛队借用青藏公路八工区一间遗弃的道班房扎营，扎巴多杰看见三个灰头灰脸的小伙子和他们赶来的羊群，一下瞪大了眼："你们来这里干什么？到可可西里放羊？"几个小伙子说，他们要把赶来的羊群全部送给野牦牛队作经费。很多人无法理解他们的情怀，连扎巴多杰都感到有些不可思议，他知道，这羊群是牧人的命根子啊，这三个小伙子竟然连羊群也不要了，一心只想加入野牦牛队。

达拉日秋说："索书记连命都不要了，难道我们舍不下这群羊！"

当年，许多藏族小伙子就是凭着这样的一种情怀，加入了野牦牛队，野牦牛队从最初的十来个人很快就增加到了六十多人。扎巴多杰看着那些奔涌而来的年轻人，说过这样一句话："可可西里的雪可以把一座冰山压垮，却无法阻挡年轻人加入野牦牛队的步伐。"

这些无法阻挡的年轻人，在扎巴多杰的率领下，在接下来的几年里对盗猎分子发起了一次又一次迅猛的攻势。而在当时，野牦牛队只有扎巴多杰这些国家干部和在编的正式工作人员才能配置手枪、狙击步枪和冲锋枪。扎巴多杰在部队上就是一位特等射手，他能在一路颠簸奔跑的车上单手握枪，追击那些盗猎分子，这相当于双向运动靶射击，必须有极高的射击水准与心理稳定性。那些招募的野牦牛队员或巡山队员大多没有配枪，他们手里只有手铐，再就是一身凛然正气。但他从来不想当个人英雄，面对众多的武装盗猎团伙，还得靠野牦牛队这支反盗猎队伍，在寻到盗猎分子的踪迹之后，他们先埋伏在其必经之地。一旦盗猎分子走近，他们突然手拿石块猛喝一声冲出来，说穿了就是猛地一下震骇他们，毕竟盗猎者多少有些心虚。还有一回，一位队员与一个盗猎团伙狭路相逢，七个盗猎分子子弹已经上膛，一齐瞄准了他。这位队员没有退却，以手背腰间、假装握枪的姿势一步一步朝他们逼近，喝令他们放下武器，才有出路。那些色厉内荏的盗猎分子一下不知所措了，感觉绝不止是一个巡山队员，在他背后肯定还埋伏着不少人，在一阵慌张后他们还真把枪放下了。就这样，一个手无寸铁的巡山队员竟然抓获了七个盗猎分子，还缴获了七百多张藏羚羊皮。这是可可西里的传奇，而且是最真实的传奇，但事后想想还真是"细思极恐"啊，盗猎分子一旦反抗，他就只能以命相拼了。

扎巴多杰和索南达杰一样，都是侠骨柔情的康巴汉子。一次，他们缴获了大量沾满血污的藏羚羊皮，在一张尚未僵硬的藏羚羊皮上，还躺着一只胎羔。这只胎羔来自藏羚羊的母腹，它是被盗猎分子活生生地从藏羚羊妈妈的子宫中剥出的。扎巴多杰看见了悲惨的一幕，泪水一下夺眶而出。还有一次，野牦牛队押着几个盗猎分子返回的途中，扎巴多杰看见了悲惨的一幕，一只母藏羚羊被盗猎分子杀害了，它的皮毛已被剥走，几只刚刚出生的藏羚羊羔，眼睛都还没有睁开，它们试图在母亲血肉模糊的身体上寻找第一口奶，这些嗷嗷待哺的小羊羔，它们生下来吃的第一口，不是奶，而是血。扎巴多杰抓住一个盗猎分子，摁着他的脖子让他看看："看你们都干了些什么！"

每次盗猎分子被抓捕后，首先就是想用钱来解决，但扎巴多杰和他的野牦牛队根本不吃这一套。扎巴多杰说："野牦牛除了吃草，就是吃苦！"

野牦牛队经受的不只是艰苦的环境，还有尴尬的处境。在外界看来，野牦牛队是西部工委领导下的一支反盗猎队伍，甚至就是西部工委的别称，但这支队伍始终没有明确身份，除了西部工委的几个在编人员，大多数队员都是没有正式编制的临时工，每月两百多块钱的津贴就是他们的全部生活来源。而野牦牛队本身也没有一分钱的财政拨款，一直在生存的边缘挣扎。对于他们，那是一段既要流血也在流泪的岁月。当时，很多人加入野牦牛队都是怀着一种朴素的愿望，以为可能会有转正入编的机会，没想到日子会那么苦，而转正的希望又越来越渺茫，有时候连续几个月发不出工资，更缺乏巡山经费。在无人区巡逻，野牦牛队每一次都要消耗汽油近万元，扎巴多杰和靳炎祖等正式工作人员只能把自己的工资拿出来充作进山经费，但那只是杯水车薪。

那时，可可西里的淘金活动还在正常进行，西部工委也利用其间的管理权，通过发放采金许可证，解决部分经费问题。但有的盗猎分子浑水摸鱼，混迹于淘金客之中，也有一些淘金客加入了盗猎团伙。为了摸清盗猎分子的情况，扎巴多杰在淘金客中安插了一些线人。一次，野牦牛队接到线人举报，在马兰山金场隐匿着一个盗猎团伙。扎巴多杰随即带领几个队员奔赴太阳湖附近的马兰山金场外围，那里扎着一百多顶帐篷，一辆辆装载机隆隆作响，两千多个淘金者正在淘金。傍晚，扎巴多杰悄悄与那位线人联系上后，线人指认了盗猎分子的帐篷。为避免打草惊蛇，扎巴多杰决定在夜深人静时采取行动。

在黎明前最黑暗的那段时间，扎巴多杰指挥两个枪法准的队员埋伏在早已标记好的山顶，这是提前布置好的狙击手。他则带着另两名队员悄悄摸近了盗猎分子的帐篷。一个队员在门口拿着探照灯先不打开，扎巴多杰悄悄掀开帘子，带着另一个队员摸进帐篷，那些盗猎分子睡得正沉呢，一个个打着呼噜。扎巴多杰和那个队员把盗猎枪支摸了出来，然后实施抓捕。他们此前就已商定好，一旦遭遇反抗或是盗猎分子逃窜，门口的探照灯就会猛地打开，山顶狙击手就会瞄准盗猎分子进行射击。而这一次行动由于准备充分，抓捕过程非常顺利，帐篷里的盗猎分子很快就被一网打尽。当他们把盗猎分子押上车辆时，天亮了。然而就在此时，意外发生了。这些淘金客大多是沾亲带故的老乡，一看自己的乡亲将要被带走，他们"呼啦啦"一下涌了上来，把巡山车辆给包围了，试图逼迫野牦牛队放人。眼看局势就要失控，扎巴多杰举起手中的"八一杠"，将三十发子弹全部压上膛。他一边耐心地给不明真相的群众说明真相，一边警惕地盯着那些暗藏的幕后主使。在他紧盯着的目光下，是漫长的对峙，谁也不敢眨一下眼皮。最终，扎巴多杰和队员们硬是顶住压力，从人群中间开出一条路来，将盗猎分子一直安全地押送到格尔木基地。

  到了1997年，上级要求在可可西里全面取缔金矿。为了解决野牦牛队的巡山经费，西部工委又陆续开发了一些盐湖，从中收取管理费。可能很多人不太知道，在可可西里的大部分的盐湖里生存着一种叫作卤虫的低等生物，这是一种节肢动物，很像是鱼虫，俗称"盐虫子"或"丰年虾"。这种卑微而弱小的生命，也是高原盐湖中的唯一生命，由于没有天敌，从来无人问津，一直在适合它们的自然环境中旺盛地生长着。到了上世纪90年代，有人发现这种低等生物特别适合作水产养殖的饵料，继而又有人发现卤虫含有丰富的蛋白质、氨基酸、不饱和脂肪酸和无机元素，可作为一种补血剂，而且食用卤虫卵还可提高脑蛋白含量，这一下就更不得了了。随着人们的大肆捕捞，加上产地和产量有限，卤虫一直以来都处于供不应求状态，尤其是卤虫卵的收购价一路狂飙，每吨收购价一度高达七十万元，一般也在四五十万元，被誉为"金沙子"和"软黄金"。在暴利的驱使下,这低等生物变成了"软黄金"，一度出现过上万人奔赴可可西里盐湖捕捞卤虫的狂潮，这是继淘金、盗猎之后对可可西里的又一轮摧残，甚至卤虫一度出现了比藏羚羊还要危急的境况。在这样的情况下，野牦牛队给卤虫捕捞者发放许可证，试图解决巡山经费问题。

又不能不说，在打击和保护的艰难博弈中，野牦牛队和盗猎者形成了一种微妙的关系：抓捕盗猎者是他们的职责和使命，但这种职责和使命却要靠发放采金证、开发卤虫湖等举措来维持运转。扎巴多杰是一个豪爽而率真的康巴汉子，对此他也是公开承认的，他的解释是，"用死去的藏羚羊来保护活着的藏羚羊"。在这个过程中，又发生了一件事，1998年4月，靳炎祖带领七名队员在巡山时抓获了四名盗猎分子，收缴了两辆吉普车和九十多张藏羚羊皮。随后又把收缴来的藏羚羊皮给卖掉了，每人分了四千多元。事发后，靳炎祖主动承担了责任："是我主张卖的，哪怕是杀头，我也要担这个责任。"但这中间有一个客观原因是不能忽视的，这次私卖藏羚羊皮的行为，是在他们连续十个月未发工资的情况下发生的。在生活极端困难的情况下，有的队员已打算走人了。靳炎祖说："我这样做不是为了我自己，而是为了这支队伍。"这就是痛心而又尴尬的真相。

随后，他就将此事告诉了扎巴多杰。扎巴多杰一听就大发雷霆，严厉地批评了他们，责令靳炎祖写了检查，又请示治多县委，给予了八人相应处分，并将私分款额从他们的工资中全部扣回。此事，以内部处理的方式就此告一段落。

从上述事实看，野牦牛队在管理上也确实是乱象丛生，某些行为也确实"有悖于全面保护可可西里生态环境的宗旨"。这给野牦牛队带来了诸多负面影响，正所谓"誉之所至，谤亦随之"。他们抛下一家老小，用鲜血乃至生命在反盗猎的第一线拼杀，而每个月只有两百多元津贴，往往还不能及时足额发放。面对这样的生存困境，为了购买巡山的汽油和干粮，他们的确做了错事、傻事。可见，他们绝非理想化的、完美无瑕的英雄，而是特殊时期的一支有缺点的队伍。

扎巴多杰最尴尬和苦涩的也是这支有些不伦不类的队伍，一方面，野牦牛队在可可西里出生入死，赢得了社会广泛的赞誉和尊敬；另一方面，这支队伍从一开始就是一个先天不足的畸形儿，哪怕到了今天，你也依然无法为它准确地定义，这到底是官方的反盗猎武装队伍，还是民间志愿者队伍？

为了给这支队伍一个名正言顺的身份，更为了在可可西里进行"统一管理，形成合力"，扎巴多杰一直为设立可可西里自然保护区而奔走呼吁，这也是索南达杰的遗愿。1995年，他们的愿望终于实现了，青海省批准成立可可西里省级自然保护区。两年后，1997年底，可可西里又升格为国家级自然保护区。有人说，这保护区是索南达杰用命换来的。但在管理局设立之初，体制一时间难以理顺，一边是管理局的行政执法队伍，这是保护可可西里的"正规军"，而另一方面，治多县西部工委和野牦牛队依然在可可西里属于治多县的行政区域内行使着自己的职责和使命。这两支执法队伍在可可西里同时执法，由于管理区域的重叠或交错，由此带来的碰撞、摩擦和纷争是不可避免的，接下来势必进一步整合，由多头管理变为可可西里国家级自然保护区管理局统一管理。这也是大势所趋。

就在整合之前的1998年11月，为了让长江源、可可西里和藏羚羊的保护得到更多的关注，扎巴多杰应"中国民间环保第一人"梁从诫先生和中国最早成立的民间环保组织"自然之友"的邀请，奔赴北京林业大学等多所高校演讲。在京期间，他还观看了电影《杰桑·索南达杰》，当电影播放到一半的时候，扎巴多杰泪流满面，他用拳头抵住眼眶里的热泪说："只要有人理解，我死在可可西里也心甘情愿！"

据靳炎祖追忆，扎巴多杰从北京回来后，直接来到了靳炎祖在西宁的家中。当时刚过中秋节，扎巴多杰还带了一盒月饼和两包烟。扎巴多杰讲了北京之行的情况，还挺兴奋地告诉他，"自然之友"等民间环保组织正在为野牦牛队募捐，有了志愿者的捐款，野牦牛队一定能挺过难关。同扎巴多杰相比，靳炎祖此时已心灰意冷，他妻子刚动完手术，两个孩子都在读书，而西部工委和野牦牛队连工资都发不出了，就是发了工资也要拿出来用于巡山。这样的困境，让他又一次萌生了退意。这次见面，喜欢喝酒的扎巴多杰自己喝了半瓶酒，同样喜欢喝酒的靳炎祖却滴酒未沾。他的压抑情绪也影响到了扎巴多杰，扎巴多杰一直埋头喝着闷酒。靳炎祖从侧面看着他弯曲的脖颈和背脊，也能感受到他所承受的沉重压力。或许是酒后吐真言，扎巴多杰一口一杯喝着时，对西部工委和野牦牛队的处境也说了一些激愤的话。在他猛喝了一口酒后，又将话锋一转，那因烈酒而涨红的脸愈加通红，几乎发出了一段震天的呐喊："我总觉得心里有点不平衡……咱们队员几个月的工资拿不出来，就这样工作下来，将来对人类、对社会有一点贡献，我认为是值得的……藏羚羊的保护事业要有个交代，西部工委的兄弟们要有一个归宿，我扎巴多杰才能瞑目！"

在靳炎祖看来，扎巴多杰那天绝对没有喝醉。临别时，他还极力劝说靳炎祖回格尔木驻地。在扎巴多杰的劝说下，靳炎祖于11月6日晚从西宁乘火车前往格尔木，而扎巴多杰则乘坐一辆"牛头车"直接回了玉树家中。

这一次见面，也是他们最后一次见面。两天后，1998年11月8日晚上，扎巴多杰和妻子白玛一起去妹夫家喝酒，回到家中不久，在当晚十点多钟，突然被一颗子弹近距离击中头部，猝然结束了扎巴多杰年仅四十六岁的生命。

扎巴多杰的家，其实是一间租住房，他携家带口在玉树三年就搬了四个地方，每次都是租房或借房居住。他人生的最后一个驿站，位于一条名为幸福巷的小巷子里，这是玉树州物资公司的两间旧平房，约二十平方米，赶来的刑警在推开一扇破旧的木门之后也倍感震惊，一个县委副书记兼西部工委书记，竟住在这样的廉租房里！这几年，扎巴多杰几乎就没向家里交过钱，工资都用在了巡山上，一家人全靠妻子一个人的工资撑着。更悲哀的是，由于家里实在太狭窄，白玛只好把丈夫的灵堂设在妹夫李玉民家中，在一盏盏跳跃着明亮火苗的酥油灯上方，挂着扎巴多杰的遗像和雪白的哈达。

经刑警现场勘查发现，这廉租房里有两个弹着点，一个在墙上，一个在天花板上，屋内还发现两个77式手枪弹壳。由于墙上枪眼附近发现有烧焦的头发，警方认定正是这颗子弹从扎巴多杰的右耳上方射进头部，从左侧头部穿出后打在墙上。

对于扎巴多杰的死因，一直是扑朔迷离的。当时，他的长子普措才仁已长大成人，每次谈到父亲的死因他都眼泛泪光，这是他心中最大的隐痛。由于他当时不在现场，许多事只是他的猜测。当时，他父亲在反盗猎、打击盗采的行动中触犯了很多人的利益，让那些不法分子恨之入骨，有人放话说："扎巴多杰的人头值两百万！"若按这样的逻辑情理推测，那个中原因就不用说了。还有人猜测，扎巴多杰多年来一直在努力争取可可西里成为国家级自然保护区，但这一梦想实现后，野牦牛队却依然处于没有编制、没有经费的尴尬艰难境地，他的死，或许是承受不了来自各方面的压力的一次爆发，最终以决绝的方式结束了自己的生命。对此，靳炎祖作为最理解扎巴多杰的战友，他就说过："我们当时的境遇、心情差不多，我想我很能理解他的自杀。"而扎巴多杰的死，在某种意义上也反映出可可西里国家级保护区在成立初期，由于种种原因管理体制一直没有理顺。

　　无论如何，斯人已逝，扎巴多杰和索南达杰并称"可可西里双杰"，他们都是"藏羚羊的保护神"，也是无愧于心、无愧于天地的环保卫士。扎巴多杰没有雕像，没有纪念碑，但藏族同胞用昆仑山脉的一座山峰替他命名——帕果多杰斜摘，"帕果多杰"指奇卡·扎巴多杰，"斜摘"意为"巍峨的冰峰"。

　　扎巴多杰猝然离世，最伤心的莫过于他的妻子白玛，她是索南达杰的亲妹妹，当相依为命的哥哥索南达杰牺牲后，她伤心得两年都无法正常工作。当丈夫又执意投身到反盗猎行动中时，她心里是无论如何也不同意的，但也只能无奈地顺着丈夫的决定。扎巴多杰对她说："我之所以不在州里的办公室里坐着，跑到那要命的深山里去，一方面是为了一种亲情，我要为我的好兄弟报仇雪恨，这个账我要记在所有盗猎分子身上；另一方面，我就不信中国没有人来保护环境，保护可可西里和藏羚羊，别人不做，我来做！"他说到做到，一旦奔赴可可西里，那"要命的深山"几乎成了他生活乃至生命的全部。而当丈夫带着一群毛头小子在可可西里玩命时，白玛有时就跟在丈夫身边，遇到与盗猎分子枪战，她就紧紧贴在丈夫身后。她全心全意地爱着他，支持着他，默默地追随着他。但她也有自己的本职工作，不可能一直追随丈夫，大多数的日子，她都要忍受漫漫无期的孤寂。她的大儿子普措才仁、二儿子秋培扎西都在外边求学，只有最小的儿子、患有先天智障的扎西东周陪伴着她。扎巴多杰死得太突兀了，让白玛一度精神崩溃。她怎么也不理解，丈夫死得那么没有征兆，又是那么没有道理，她仿佛自己的心脏被人硬生生挖了出去，哭得惨烈而绝望。

谁也无从想象，在接下来的日子里，一个柔弱女子的内心里，经历了怎样撕心裂肺的痛苦煎熬。但生活还要继续。在丈夫死后，她一如既往地挑起了家庭的重任，正如他还活着的时候一样。她继续在玉树州检察院做会计工作，直到 2002 年退休。当她一个人苦苦地把孩子们拉扯大，身体却每况愈下，心脏病与慢性胃肠炎正在不断侵蚀着她的身体，只有一双大眼睛，还忽闪忽闪着当年的神采。

而今，她的两个儿子都继承了父亲的遗志，成了可可西里的守护者。白玛尽管身体不好，但一直想跟着儿子再回一次可可西里。她的哥哥索南达杰就安葬在那里，她的丈夫扎巴多杰也是。而对于一家人的选择，她拒绝任何高尚的评价，她说，这都是命，可可西里就是他们一家人的命。

藏族有一句民谚："三十头牦牛有六十只角，每一只形状都不一样，就像人的命运。"

一支以野牦牛命名的队伍，既有共同的使命，每个人也各有各的命运。

扎巴多杰去世后，他的战友梁银权担任了西部工委的第三任书记、野牦牛队的第二任队长。当年，扎巴多杰在重新组建西部工委时，梁银权担任治多县公安局副局长，扎巴多杰向县里点名要求梁银权做他的助手。梁银权随后调任西部工委副书记，随同扎巴多杰出生入死，拼搏了几年后，又受命于危难之际，接下了一副最难挑的担子。尽管当时野牦牛队已处于是非的旋涡之中，但在梁银权的带领下，依然在可可西里反盗猎行动中打出了声威。1999 年 4 月 10 日至 30 日，原国家林业局森林公安局组织青海、新疆、西藏三省区森林公安机关在可可西里、阿尔金山、羌塘地区开展"可可西里一号行动"，这是新中国成立以来最大规模的反盗猎行动。由于当时可可西里自然保护区尚未成立森林公安队伍，野牦牛队作为青海方面的主力军参战，在极端困难的条件下，他们面对人数数十倍于自己、武器车辆条件远胜于自己的武装盗猎团伙，取得了令人瞩目的战果。这次"一号行动"也是可可西里生态保护工作中的一个里程碑，随着中央电视台每天滚动播报，那遥不可及的可可西里和藏羚羊，一直播到了无数人的心里，随着心理距离的拉近，很多人都在为藏羚羊的命运而揪心。

这次大规模的反盗猎行动，既是野牦牛队的高光时刻，却也是最后的辉煌。1999年8月，在玉树州召开的一次协调会上，为了理顺可可西里的保护和管理机制，决定撤销治多县和曲麻莱县下辖的西部工委，将其业务工作和野牦牛队的部分人员归并到可可西里国家级自然保护区管理局，但仍保留"野牦牛队"这一称号。2001年1月1日，野牦牛队最终宣布解散。如今，当我们在时隔二十年后回首野牦牛队那一段艰辛惨淡的岁月，对于他们存在的问题没有必要回避，对于他们的奉献也绝不能低估。尽管这支队伍既有先天不足的弱点，也有这样那样的缺点，但在可可西里管理局成立之前，从索南达杰率领的西部工委，到扎巴多杰率领的野牦牛队，一直是唯一一支在可可西里冲锋陷阵的反盗猎队伍。从野牦牛队1995年成立到最终解散，在五六年时间里，他们深入可可西里无人区巡山上百次，抓获盗猎团伙九十多个，收缴藏羚羊皮八千多张，几乎占到青海、西藏、新疆三省区全部藏羚羊反盗猎成果的一半。有人称道他们是中国大地上绝无仅有的一支武装反偷猎队伍、一群为藏羚羊流血拼命的人。直到今天，谁也不会否认，他们是用生命在保护生命。

第三章　以索南达杰的名义

清水河畔的旗帜

从索南达杰开始,西部工委就想在可可西里沿青藏线一带建起作为前沿基地的保护站。

如前文提及,索南达杰曾在不冻泉和五道梁设立了两个工作站,分别作为冬夏季节进入可可西里的入口处和物资供给点。这两个工作站的选址在现在看来也是极具战略眼光的,不冻泉是进入可可西里无人区的东大门和北大门,五道梁一带则是藏羚羊集中迁徙的生命通道。但由于当时西部工委的经费捉襟见肘,人手太少,这两个工作站既无站舍,也根本抽不出值守人员,一直形同虚设。

索南达杰牺牲后,扎巴多杰率领野牦牛队进入可可西里巡守,又把建站提上了议事日程。但野牦牛队有时候连工资也发不出,连巡山经费都不够,更拿不出建设保护站的经费。最初,野牦牛队借用青藏公路八工区位于五道梁的一间遗弃的道班房扎营,外边挂了个"可可西里保护站"的横幅,这就是可可西里最早的保护站。随着人马的增加,这狭窄破旧的房子挤也挤不下了,而且有随时倒塌的危险。野牦牛队在万般无奈之下,只得在八工区的一片大滩上挖了一个可以遮挡寒风的大坑，搭了一顶大帐篷，八十多人挤在帐篷里，这就是可可西里最早的一个帐篷保护站，离现在的索南达杰保护站两公里左右。

在可可西里搭帐篷是一门技术活儿，这儿经常狂风大作，连人都被吹得东倒西歪，队员们在狂风中往往要奋战大半天，才能把一顶帐篷搭起来。刚刚搭好的帐篷，有时一夜之间又被大风撕扯得七零八落，连那些拴帐篷的木桩也不翼而飞，那"可可西里保护站"的横幅被刮到了几公里之外，捡回来后又接着挂。一座帐篷保护站，不知加固了多少遍，每次都要把四周被大风连根拔起的地钉用洋镐重新夯一遍。只要这帐篷保护站还在，只要野牦牛队还在，那些盗猎分子就有几分忌惮。由于常年在狂风冰雹和冰天雪地里跟盗猎分子打游击战，扎巴多杰和野牦牛队的大多数队员都落下了头痛、关节炎、风湿等高原病，好不容易回到帐篷保护站，蒙头蒙脑地就躺下了。在这样的帐篷里也是活受罪了，那时候也没有保暖睡袋，每个人裹着的就是普通的棉被，直接铺在地上，只能靠自己的体温去抵御零下三四十度的严寒，早晨掀开被子，冒出一团白色的热气，而被子上白花花的像是打了一场寒霜……

就在这时候，有一位年轻人风尘仆仆走进了可可西里，这就是与长江结下了不解之缘的杨欣。很多人知道杨欣的名字，都是从"万里长江第一漂"开始。说到这次漂流，先要说到一位先行者——尧茂书。1985 年春天，一个消息传到中国，美国激流探险家的肯·沃伦将于当年 8 月率领一支漂流探险队来华首漂长江，这让一位长江之子心里特别不是滋味。尧茂书降生于岷江和大渡河交汇处的四川乐山，属于长江流域。早在 1979 年，在西南交大电教室担任摄影员的尧茂书第一次看到长江科考的摄影后，就萌生了一个念头，他要以漂流的方式把这条伟大的母亲河从头到尾走一遍。从 1983 年夏天开始，他就开始乘橡皮筏在长江上游作了多次尝试性漂流。他原本计划用三年时间来反复试验和训练，然而，美国人的突然介入，让他加快了首漂长江的步伐。1985 年 6 月上旬，尧茂书和三哥尧茂江驾着一艘由兄弟俩命名的"龙的传人"号橡皮艇，从长江正源沱沱河上游下水了，他们也因此而成为长江漂流的急先锋。"漂流长江的先锋应该是中国人！征服中国第一大河的第一人，应该是炎黄子孙！"这是他出征时发出的豪迈誓言。6月24日，兄弟俩漂完三百多公里的沱沱河干流，抵达了今唐古拉山镇的沱沱河沿，此时哥哥因假期已满，只得提前告别弟弟，可这一别竟是兄弟俩的永别。随后，尧茂书一个人在通天河和金沙江上游漂流了整整一个月，7月24日，这位首漂长江的志士在金沙江上游大峡谷不幸触礁身亡，他也是史上第一位献身长江的漂流勇士。

对于万里长江，尧茂书还只是漂过了五分之一。英雄梦碎，壮士扼腕，也令人倍感惋惜和遗憾。一个首漂者遇难之后，旋即掀起了一股长江漂流热，一群充满理想主义的年轻人组成中国长江科学考察漂流探险队，准备在六千三百多公里的长江进行一场热血之旅，誓要为中国人夺得全球首次完成长江漂流的荣誉和尊严。从尧茂书开始，他们就是在为一个民族的尊严而战。

杨欣便是当年的热血青年之一，他于1963年生于四川成都，七岁便随父母迁居四川攀枝花市。长江上游第二段干流金沙江从攀枝花流过，杨欣的童年几乎就泡在江水里，玩水，玩沙，捉鱼，摸虾，一条母亲河给他带来了说不尽的快乐。但那时，他还不知道这条江是从哪儿流来的，又将流到哪儿去，这让他充满了天性的好奇和满脑子的疑问。十七岁那年，杨欣远赴重庆求学，一路上跟着长江走，一条长江仿佛把他的人生越拉越长。当他走到朝天门码头，他看到了一条更大的长江，一下就被那波澜壮阔的气势淹没了。在这风生水起的长江边上，杨欣度过了一段追风逐浪的青春岁月，那孩提时代的长江情结越来越深厚了，他一直梦想把长江从头到尾走一遍。

这是一个遥不可及的梦想，但在他参加工作后不久似乎变得触手可及了。

那是尧茂书为长江捐躯的第二年，一位首漂长江的勇士改变了很多人的人生方向，杨欣就是其中一个。当长江科学考察漂流探险队开始组建时，杨欣一听到消息就赶紧报了名。他被录取了，但一开始并不是作为主力队员，而是作为后勤保障人员加入的。但没过多久，由于主力队员出现伤病情况，杨欣以替补上场，很快又成为中国长江科学考察漂流探险队主力队员和摄影师。漂流长江的凶险是常人难以想象的，每一个漂流者都是真正的勇士，必须承受巨大的心理压力和源于生命本能的恐惧，还必须有超强的身体素质和驾驭本领，只要操作有一点失误就会导致船毁人亡。尤其是虎跳峡，这是长江也是中国最深的峡谷之一,从上虎跳、中虎跳到下虎跳,如一道道落差极大的断崖,只能用密封船漂流,漂流人员像钻进了沙丁鱼罐头里,在逼仄、憋闷、令人窒息的密封舱里只能靠氧气袋呼吸。那时的密封舱技术没有过关,一旦进入惊涛骇浪,随着船体在跌宕起伏的风浪中大幅度倾斜摇晃,江水便迅速渗入舱内,杨欣和几个队员浑身上下都是湿的,那感觉就像在洗衣机的滚筒里转来转去,一个个如天旋地转、翻江倒海般呕吐不止,每一个人都被折腾得死去活来。

每每提及那段经历,杨欣都会下意识地长吁一口气,仿佛从死亡的边缘又回到了生的境界,他一直觉得自己非常幸运,活了下来。而他们最终历尽奇险,完成了人类历史上首次长江的全线漂流,但途中先后有十一名漂流勇士在滚滚长江东逝水中献出了年轻的生命。回忆那段经历,杨欣经常说的一句话是:"他们成为壮士,衬托我们成为英雄。"

在杨欣看来,那些殉难的队员不是烈士,而是壮士,"壮士一去兮不复还!"

这些为长江捐躯的壮士,他们的英名与长江同在,然而如今,还有多少人记得那些遇难者的名字?当然,他们并不在乎这些生命之外的哀荣,但他们又到底在乎什么呢?兴许,当一个民族奋发图强时,特别需要去母亲河的源头寻找洪荒之力。那时中国刚刚改革开放,国人急需振奋民族精神,而"万里长江第一漂"和冲出亚洲、走向世界的中国女排一样,并称为当时中华民族的两支精神催化剂。他们以不同的方式和同样的拼搏点燃了那一代人的梦想和激情,代表了那个时代的精神气质,成为了那一代人的替身。

那是 1986 年,二十三岁的杨欣,成为了中国第一次全程漂流长江的勇士之一。那时他还很年轻,在参加漂流时,他心里其实有个小算盘,他酷爱摄影,想在这个过程中拍到令人震撼叫绝的照片,甚至还想过因此获奖而一夜成名。而当一个人历经了生死挣扎,才发现那一点功名和虚荣是何其渺小卑微。又不能不说,一个人能从那历尽奇险的漂流中活下来就是一个奇迹,从那场漂流开始,杨欣感觉自己的整个生命都与一条伟大的母亲河融为了一体。当长江漂流成为再也不可复制的绝唱,他也开始调整自己的精神姿态,在长江漂流结束后,杨欣多次考察长江源区,而长江源区也包括了可可西里。在漂流和拍摄长江的过程中，杨欣发现了长江源的生态问题，冰川退缩，草场退化，藏羚羊等野生动物遭受大规模猎杀。

索南达杰牺牲后，正当而立之年的杨欣从报纸上看到了这位孤胆英雄的事迹，他被深深地震撼了，这比他眼睁睁地看着自己的战友、那些长江漂流的勇士被激流和旋涡卷走还要震撼。

此前，一位首漂长江、为长江捐躯的勇士，一度改变了杨欣的人生方向。

此后，一位为可可西里捐躯的环保卫士，则又一次改变了杨欣。

杨欣不止一次说过："索南达杰死了，死在可可西里。他是为保护野生动物死的，死得那么悲壮，我知道我该做什么了，是索南达杰改变了我。"

索南达杰对杨欣关键的改变，就是让他这样一个充满激情的探险漂流者从此转身为一个有着更多理性的民间环保人士。这并非一次华丽的转身，是他在无数人生选项中选择了最艰苦卓绝的人生。

索南达杰生前一直希望能建一座自然保护站，扼守进入可可西里的主要路口。若要在可可西里扎根，必须有一个前沿基地。但钱从哪儿来？谁来建？这在当时是一个大难题，索南达杰直到牺牲，这一愿望也未能实现，这个愿望变成他的遗愿。当杨欣带着对索南达杰的崇敬奔赴可可西里时，一眼就看见一个耷拉在大土坑里、被风撕裂了的帐篷，他的泪水一下奔涌而出。在可可西里的寒风中，没有不流泪的。杨欣在寒风中瑟瑟发抖，泪眼模糊地看着那一个个粗犷的汉子，那是扎巴多杰和野牦牛队的队员们，他们没有发抖，一个个精神抖擞。

兴许就是这样一种精神，拉近了杨欣和扎巴多杰的距离，两人成了一见如故的兄弟。那是一个像野牦牛一样的汉子，"身材健壮爱流汗，说话直接不拐弯"，这是扎巴多杰给杨欣留下的第一印象，也是很多人对扎巴多杰最直观的印象，一个血肉滚烫的生命，干啥都是热气腾腾的。

杨欣和扎巴多杰一样，都是那种说得少干得多的汉子。在握手告别时，杨欣满口答应，他回去后就会加紧筹集资金，为野牦牛队、为可可西里建一座像模像样的保护站。然而，那时还挺年轻的杨欣，答应得很爽快，但他自己没钱，只能四处去化缘，而要让别人拿出钱来却没有他这么爽快。在随后的一年多里，杨欣一直在反复奔走游说，每一次的游说方式都差不多，他三言两语就把自己的经历讲完了，然后拿出一沓长江源区的照片给他那些游说对象们看。而他讲得最多的一个人，就是索南达杰。每次讲完，都是一片肃穆，每个人都很震撼。但震撼归震撼，他跑了一年多，却没能为保护站筹到一分钱。扎巴多杰每一次都是在酒后仗着酒兴、鼓起勇气给杨欣打电话："兄弟啊，我很难，非常非常难，你一定要帮帮我们啊！"

杨欣当时正在深圳奔走游说，在南海之滨灼热的阳光下，他能听见电话里回荡着高原旷野呼啸的风声，还有扎巴多杰那粗重的呼吸声，他的呼吸一下也变得急促了。但在一个环保意识尚未觉醒的时代，筹款真是非常艰难。几经周折，杨欣找到了一家文化公司的老总郑建平。郑建平既是一位文化企业家，也是一位著名设计师和策划师，在1992年邓小平视察深圳之际，郑建平设计了雕塑作品《闯》，这是昭示深圳特区精神的一个代表作，被深圳博物馆永久收藏并矗立于馆前，还被中国人民银行制成了纪念银币，在特区成立三十周年之际发行。这一作品还成为在深圳举办的第26届世界大学生运动会开幕式的形象景观。杨欣见到郑建平后，先让郑建平看看索南达杰的照片。这一招很有效，索南达杰那深情而忧郁地望着可可西里的神态，谁看了也不会无动于衷的。

郑建平看了之后，沉默良久，才一脸肃穆地问他："假如没有索南达杰的死，你现在还会做这件事吗？"

杨欣摇头说："不，不会，他的死对我的触动太大了。我一想起他那种忧郁悲怆的表情，我就不能放弃。如果找不到支持者，我决定再漂一次虎跳峡，而且不用密封船，只用普通的船……"

郑建平冷冷地看了他一眼说："那是找死！"

杨欣说："我知道，肯定得死。尧茂书死了，索南达杰死了，还有那么多漂流的战友死了，如果还需要有人去死，那就应该是我！"

杨欣这样说，当然不是以死来威胁郑建平，但他希望以自己的生命再次唤醒国人对长江源和可可西里的保护意识。他这话，也确实让年轻的郑建平为之一震。但郑建平并未直接给可可西里捐款，他心里十分清楚，这不是一个人或一家企业所能够解决的，必须从长计议，以唤醒全社会对长江源和大自然的关爱。随后，他便同杨欣一起议定了一个"保护长江源，还我大自然"的活动方案，并组建了"保护长江源，爱我大自然"活动筹委会，这个筹委会，其实就是民间环保组织——绿色江河环保促进会（绿色江河）的前身。郑建平还在自己的公司专门设了一个社会公益事业部，由杨欣负责。他还半开玩笑地对杨欣说："这是准备专门给公司赔钱的部门。"

就这样，郑建平成了杨欣的第一个支持者。这是一个策划高手，由他策划、实施的保护长江源大型环保活动引起国内外广泛的社会反响并获得支持。国内外众多的媒体都对这一活动进行了追踪报道，也募集到了一些捐款。直到今天，这一活动仍被视为文化人对于自然环境保护的突出贡献和经典案例之一。

除了郑建平，杨欣还特别感激"自然之友"的创始人梁从诫先生。在梁先生的游说下，他们从深圳市募集到了三十万元经费。随后便启动长江源、可可西里第一次科学家和新闻媒体的生态环境考察，这也是国内第一次通过大规模的新闻报道，把长江源、可可西里、藏羚羊、索南达杰呈现在国人面前。

1996年5月，当可可西里的又一个春天来临之际，杨欣和志愿者们在扎巴多杰和野牦牛队的协助下，在清水河畔举行了可可西里第一个民间自然保护站的奠基仪式。这座保护站一开始就叫清水河自然保护站。这里有一个疑问，他们为什么选址在这里，而不是索南达杰早就确定的不冻泉或五道梁呢？一开始我还以为是为了靠近水源，其实不是。这保护站守着一条清水河，乍一看碧波荡漾，但这水含有对人体健康有害的矿物质，是不能饮用的。而当时选址于此有两个原因，一是从地形看，这座保护站建在一片海拔四千五百米的台地上，方圆百公里内一马平川，视野辽阔又无遮无挡，用高倍望远镜可以看到上百公里之外；二是从位置看，这里距格尔木市两百多公里，离昆仑山口五十公里，又位于不冻泉和五道梁的中间，如同扁担一肩挑，对两地可同时进行监控。而在当时，建一座保护站都难上加难，无论是选址不冻泉还是五道梁，都会顾此失彼，清水河畔就是首选了。

奠基之后，接下来的建设经费还远远不够。一开始，杨欣以为通过媒体广泛宣传，可以募集到足够的建站资金，但那个年代，生态环境保护意识如可可西里一样离世人还有遥远的距离。在此后一年多时间里，杨欣依然上下奔走，四处化缘，虽难筹集到足够的建站资金，却也捕捉到了一个机会。一位书商听了杨欣的故事，长江源、可可西里、藏羚羊、索南达杰，这是多好的题材啊，他建议杨欣写一本书。杨欣一听，这还真是一个好主意，既可以通过卖书筹款，又可以通过文字唤醒公众对长江源和可可西里的生态保护意识。他是一个说干就干的人，随后便把自己"禁闭"了一个多月，没日没夜地伏案疾书，终于撰写出一本书稿。他想到的第一个书名就是《长江魂》，他觉得人们当时最需要寻找的就是长江之魂，在欲望横流的世风下重建对母亲河的信仰。而后，他将第一批出版的图书作抵押，购买了建筑材料，并向厂家订购了建站的必要设备。

杨欣好不容易筹集到了买材料的钱，但在那遥远的可可西里无人区，谁去建那个保护站呢？杨欣又找到了一个当工程师的亲戚，请求他发动懂建筑技术的朋友以志愿者的身份去可可西里建房子，还得自己负担来回的交通旅差费，带上帐篷、睡袋和锅碗瓢盆去那无人区。

那时"志愿者"还是一个挺新鲜的名词，杨欣的亲戚一开始还不大明白这志愿者的含义，听了杨欣一番话，他才明白了，感慨道："原来不拿钱、白干活就叫志愿者啊！"

在工程师亲戚的帮助下，杨欣陆续找到了十一个志愿者。1997年夏天，他带着十一个来自天南地北的志愿者，在清水河畔动工兴建保护站。当年9月10日，他们用最简陋的工具、最艰辛的方式，建成了可可西里第一个自然保护站，这也是中国民间第一个自然保护站。直到现在，这座保护站依然保持着当年的基本格局，站房是两座相连的工整平房，一横一竖，横长竖短，看上去就像一个标准的直角尺。这在当年也确实是一个标准化的保护站，采用的是南极站的极地建筑材料，防风、保暖和抗震的效果都相当好。整体看上去简单、明快，线条清晰却也并不呆板，那红褐色的墙体宛如楚玛尔河水的颜色，亦如这一带土壤的颜色，其间还点缀了一些五角星。在两面红墙之间是大面积的蓝色幕墙玻璃，隔出一条阳光走廊，这房子便有了实实在在的温度。这房子以蓝天白云为背景，这幕墙玻璃也清晰地映衬着蓝天白云。

这座保护站一开始以地名命名——清水河自然保护站，但杨欣觉得，这是索南达杰的夙愿，应该以索南达杰的名字来命名。

随着索南达杰保护站一期工程竣工并交付使用，一面五星红旗在清水河畔冉冉升起，这是可可西里的守望者以生态环保的名义第一次在可可西里庄严地升起国旗。那也是可可西里最美的季节，在阳光与风中猎猎飘扬的旗帜，仿佛插在可可西里的心坎上。

在一期工程建成后，保护站还没有通电，也没有取暖设备。入冬后，这零下三四十度的高寒之地，如同冰窟一般。其后，经杨欣多方奔走，又有深圳英特泰投资有限公司等企业和王石等环保人士、香港"地球之友"等民间环保组织纷纷捐款捐物，来自四川、北京、广东、青海的大学生志愿者和工程技术人员志愿者，为保护站安装了八百瓦太阳能和风能发电设备、太阳能取暖设备和全自动微电脑控制的柴油锅炉取暖装置，并增建了高空瞭望塔、多功能厅、厨房、卫生间等。这是索南达杰保护站的二期工程建设，于1998年8月竣工。2000年，杨欣又通过义卖自己编撰和摄影的《长江源》画册，为保护站装备了1400瓦风光发电装置，年底又装备了电脑、卫星电话。至此，杨欣和前后四十多名志愿者经过四年艰苦努力，一座自然保护站才像模像样了。而这个保护站当时的装备设施，是整个长江源区所有单位中最好的配置。

索南达杰保护站一开始就是作为西部工委和野牦牛队反盗猎工作的最前沿基地而建设的。2001年1月，中共玉树州委发文决定撤销治多县和曲麻莱县西部工委，其业务和人员归并可可西里国家级自然保护区管理局，这个保护站随后正式移交给了管理局，它从此拥有了一个正式的身份——可可西里国家级自然保护区索南达杰保护站，在可可西里管理局又称清水河中心保护站，这是可可西里国家级自然保护区集科研、救护、保护、宣传于一体的中心保护站，也是大规模反盗猎行动的前线指挥所。

根据可可西里管理局的划分，索南达杰保护站的管护区域位于清水河和海丁诺尔、盐湖一带。海丁诺尔和盐湖位于治多县西部、昆仑山脉南侧，属可可西里腹地，海拔在4400米以上。只要打开可可西里自然保护区地图就可清楚地看见，沿昆仑山脉南侧，从西到东分布着四个各自独立的内陆湖——卓乃湖、库赛湖、海丁诺尔和盐湖，其中最有名的就是"藏羚羊的天然大产房"卓乃湖，其余的则一向鲜为人知。近年来，这几个内陆湖的命运引起了世人的高度关注。2011年9月，卓乃湖的天然湖坝突然发生了溃决，形成一条十多公里长、一百多米宽、六七米深的大冲沟。随着湖水沿湖盆宽谷漫溢外泄，原有的江湖格局一下被打乱了，这四个独立的内陆湖通过河流串通一气，水脉相连，从内陆湖变成了外流湖，而这种外力的改变尤以盐湖最为显著。2016年至2018年期间，盐湖水位上涨了8.3米，随着水位上涨，势必造成水域大面积扩张，有专家甚至称之为"意料之外的疯狂扩张"。这给可可西里地区带来了严峻的环境压力和潜在危机。由于卓乃湖、库赛湖、海丁诺尔和盐湖均为矿化度较高的半咸水湖或盐湖，湖水漫溢对可可西里的冻土和自然植被造成盐碱化侵蚀，若湖水进入楚玛尔河等长江源头水系，对长江水体水质及流域内生态环境更会造成难以估量的灾难，一条母亲河从源头就开始变成了咸水河。更可怕的是，若盐湖一旦像卓乃湖一样突然发生溃决，洪水就会冲进离它最近的清水河水系，这对横跨清水河的青藏公路、青藏铁路和兰西拉光缆、油气管道、可可西里保护区内保护设施都将形成直接威胁。近年来，为化解这一危机，各方面的专家都在反复考察论证，而一切的诊治之策先要找到症结。有专家认为，卓乃湖溃决是盐湖水位急剧上涨扩张的直接原因，冰川和冻土融水则是改变江湖格局的根本原因，其症结，则是人类以前所未有的速度向大气中排放大量二氧化碳，由此而产生所谓的"温室效应"，让地球越来越热，致使雪线上的冰川和大地下的冻土加速解冻和消融。除此之外，你还真难以找到比这更合理的原因。

　　这是一段插叙或后话，我们还是回到索南达杰保护站正式移交可可西里管理局的那一年。2001年6月，才仁桑周走马上任，担任索南达杰保护站第一任站长。据他回忆，当时驻站值守的除了巡山队员，还有"绿色江河"从全国各地招募来的志愿者。这里夏天还好，有太阳能取暖设备和风光发电装置，但即便在烈日辐射的夏天，那光伏板也只有五千瓦容量。这在当时也算是可可西里最先进的设备，但储电能力不足，电压也不稳定。而一个保护站的正常运转，到处都要用电，一天也就能维持四五个小时。今天的储电量用完了，那就只能等到明天出太阳。用电如此，水更紧张，要到七十多里外的不冻泉去拉。那泉水看上去清清亮亮，但水太浅，沙子多，打水时要在水桶上蒙一块纱布进行过滤，一瓢一瓢打满，再拉回保护站。拉来之后还要沉淀过滤，四桶水只能过滤出一桶净水。这水实在来之不易，大伙儿用时只能一勺一勺计算着用，若省着点儿用，打一次水勉强能撑个三四天，也就是用于做饭、洗脸、刷牙，那洗过脸的水还能勉强泡个脚。至于洗澡，那就别逗了，在可可西里的巡山队员和志愿者从来没有谁洗过澡，只有回到格尔木基地才能痛痛快快洗个澡。若是恰逢有水又有阳光的日子，那就是一个幸福的节日——"洗头日"，大伙儿纷纷摘下灰扑扑的帽子，把油腻发亮的头发洗净晾干，那种轻飘飘的感觉，真爽啊。

最难挨的还是冬天。有人说，如果想要感受真正的冬天，那就去可可西里。可可西里的冬季来得很早，一年有七个月冰冻期，这没有了绿色的亘古荒原，愈加显得苍凉冷酷，极端最低气温可达零下四十六摄氏度，跟南极差不多。而冬季含氧量也更加稀薄，还不足海平面含氧量的百分之四十。你可以想象得到，在那样一种极寒的天气下，人类留下的每一个脚印几乎都冻得像坚硬的石头。温暖能使所有坚硬的东西变得软弱，而寒冷几乎使所有软弱的东西都变得无比坚硬，连蔬菜、水果、鸡蛋都冻得硬如生铁，一旦遇热又特别脆弱。有一次，才仁桑周将一根冻得硬邦邦的黄瓜放在炉火旁慢慢炙烤，准备化开后做菜，当黄瓜解冻后，伸手去拿，整个黄瓜就像化了一样。一次清理储藏室，他发现一捆大葱根部和地板冻在了一起，他用力一提，大葱像冰凌一样散落一地。最夸张的还是鸡蛋，你根本不用担心鸡蛋会摔碎，这鸡蛋碰石头未必能分出胜负，扔在菜板上一个个能像石球一样飞起。由于气压太低，连煮面条、下饺子都要用高压锅，还只能煮到八分熟，而吃饭稍微慢一点，碗里就冻成了冰碴。才仁桑周是见惯不惊，他对这样的生活早已习惯了，在可可西里无人区巡山连这夹生饭也吃不上呢。一些刚来的小伙子就犯难了，下面条是最简单的吧，但他们一开始怎么也不能把面条煮熟，时间短了煮不熟，时间长了又熬成了一锅糊糊状的碎面汤。

在漫长的冬季，风雪弥漫，连日不见阳光，光伏板成了摆设，主要取暖设备仅靠一台柴油锅炉。这锅炉正常运转起来，每天就要消耗几十公升燃油。由于保护站当时的运转资金极为有限，为了节省宝贵的燃油，从2001年1月开始，保护站就采取了限制措施，那柴油锅炉每天只能烧五个小时，从晚上六点开到十一点钟。夜里睡觉时，每个人身上都要盖上三层被服，一床被子、一条毛毯和一件军大衣。尽管身上盖得厚，不觉得冷，但寒冷干燥的空气导致气管不适，引发咳嗽。大伙儿挤在一个大通铺上，一夜之间不断被咳醒，或是被自己咳醒的，或是被其他队员或志愿者咳醒的。他们咳醒后，为了不再吵醒别人，只能强压住气息止咳，这样一来就更睡不着了。

有一次，保护站的工作人员和其他志愿者去格尔木采购食物，只留下一位叫邓恩华的志愿者在站里值守。到了晚上六点钟，邓恩华像往常一样，把柴油倒入锅炉油箱内，准时启动点火开关，但锅炉没有点着。这虽是一个价格不菲、性能卓越、全自动微电脑控制的锅炉，但在这高寒缺氧的极地也时常出故障。邓恩华是一位来自重庆的机电工程师，他按照技术程序检查了一遍，还卸开了许多部件擦洗了一遍，当再次点火时，燃油锅炉还是一声不吭，仿佛冻僵了。邓恩华反反复复折腾了两个多小时，他自己也冻得浑身僵硬，不得不放弃点火，一头钻进了睡房。为了抵御严寒，他垫上了四床褥子，又加盖了两床被子，再戴上雷锋式的棉帽，强迫自己入睡。那厚重的被子已经压得他透不过气来，可他还是冷得直打哆嗦。这一夜是他在可可西里度过的最孤独、漫长、恐惧的夜晚，他不知道自己是怎样熬过来的。第二天早上起来，在掀开被子的瞬间，戏剧性的一幕连他自己都惊呆了，最外面一层被子居然像门板一样硬生生的，在零下几十度的极寒状态下冻结了一层厚厚的白霜，这是他自己呼出的水汽凝结在了被子上。他不是掀开了被子，而是推开了一扇门板。

当保护站的工作人员回来后，才发现了昨夜的问题，一小桶负20号柴油没有了。由于天气温度过低，燃油锅炉使用的油号在入冬后都改成负35号柴油，装在一只大油桶中，而邓恩华一时贪图省事，没有从大油桶中抽油，而是将小桶里的柴油加入锅炉，难怪怎么也打不着火呢。这位机电工程师一时间羞愧万分，在离开保护站时，他提出的唯一一条意见是：希望在每一个油桶的明显处贴上标签，注明油料标号。

一年熬过去了，又一年开始了，索南达杰保护站依然在艰难中运转。从2002年1月1日开始，为了压缩成本，保护站每天也只能开四个小时的柴油锅炉，另在房间里安装了一个烧牛粪的铁皮炉。青藏高原的牧民，最主要的燃料就是牦牛粪，取暖、烧水、煮饭全靠它。但在可可西里无人区，没有放牧的牦牛，而在保护站周边的草滩上，只有偶尔光顾的野牦牛，最好的燃料就是野牦牛粪。若是野牦牛来这一带活动，大伙儿都高兴得不得了。那些志愿者来到保护站后，第一件事就是去拾粪。时间稍长，他们就熟悉了各种粪便的特性，那些被太阳晒到完全发白的饼状牛粪，很干燥，燃起来没有烟，还特别耐烧。有些牛粪表面看起来已经发白了，但背面还有水分，遇到这种半成品，随手给它翻个面，在阳光下晒晒或让风吹干就好了。但这一带野牦牛不多，更多的是藏野驴，那就只能拾野驴粪，这粪蛋蛋个头小也不好烧，但在可可西里也是宝贝疙瘩。大伙儿一个个都争着拾，清水河畔的牛粪、驴粪很快被扫荡一空，接下来只能越走越远。

若没有经历过可可西里的冬天，你还真不知道，这儿连上厕所也是一件特别痛苦的事。在保护站初建时期，为了保持室内空气清洁，将卫生间建在主体建筑之外，那是一个两平方米的旱厕，一个简易房下面有一个敞开式的铁箱，装满粪便后拖出去挖个深坑埋掉。不过，这在当时已经是青藏线上最高级的厕所了。而在零下几十度的严寒下上厕所，风如刀子般割着裸露的每一寸肌肤。一位来自北京的志愿者将上厕所的寒风形容为"一只老流氓的手"，这风一吹，在你身上抓来挠去，扔一片卫生纸都能吹到头顶上飞舞半天，撒泡尿一不小心就会被风吹得满头满脸。在这里，每个人都有上厕所的心理障碍，谁都想速战速决，可由于气候特别干燥，加上无法正常补充水分和新鲜蔬菜，大便干结，想快点结束也结束不了，那就只能"在风中凌乱"了。

这一切，对于我这样一个匆匆过客而言，都是可可西里的传说。索南达杰保护站早已今非昔比了。这保护站一直没有院墙，但沿青藏线一侧建有一个广场，在国旗台的前方，最醒目的是一座雄性藏羚羊雕塑，它伸长脖颈仰望着遥远天际的太阳，我从未见过如此完美的颈部曲线，还有那威风凛凛的、"竖着光亮的长角，就像刺刀在阳光中闪烁着"，那透亮的眼睛里充满了对太阳崇拜的神情。一开始，我还以为这是按照人类的意念塑造的，人类自远古时期就对太阳顶礼膜拜，许多历史悠久的民族一直保持着虔诚的太阳崇拜情结和原始信仰。藏羚羊是可可西里最有灵性的生灵，他们也像人类一样崇拜太阳。一个叫洛松巴德的小伙子告诉我，这藏羚羊雕塑是按一只叫爱羚的公羊塑造的。每当早上，它就会带着藏羚羊群向着太阳升起的地方仰头膜拜。这让我备感神奇。神奇的青藏高原，神奇的可可西里，其实是通过一个个神奇的自然生命来体现的。

索南达杰保护站自建成后，从野牦牛队到可可西里国家级自然保护区管理局，再到现在的三江源国家公园可可西里管理处，这座保护站一直都是可可西里反盗猎行动的最前沿基地，如今已发展为一座集保护、救护、科研、宣传于一体的中心保护站和前线指挥所。这里拥有可可西里最好的设施配置，电脑、卫星电话、大彩电，一应俱全。就在头一次来这里时，这里建起了一座高耸的卫星通信塔，正式开通了可可西里自然保护区第一座卫星通信固定基站，这标志着可可西里成为中国四大无人区中首个接入互联网的地区，索南达杰保护站也因此而成了可可西里名副其实的心脏和神经中枢。

从前，巡山队员只能靠透支生命乃至献出生命来保护可可西里的自然生态。这种"用生命保护生态"的精神不能丢，但这种艰苦卓绝的工作和生活条件必须尽可能改善。由于可可西里各保护站地处偏远，环境恶劣，站与站之间相隔甚远，一直无法接入常规电网，多年来只能采用太阳能或风能发电，发电量很小，加之设备年久失修，电源老化，故障频发，难以维持驻站工作人员的用电需求。为了解决这一难题，2021年，国家电投黄河公司凭借在光伏产业中的优势，给可可西里各保护站安装了发电、供暖、供氧一体化设备，选用大功率、双面双玻电池组件增加系统发电量，现在各保护站里拥有了充足的发电量，这电源还能支撑起大功率的制氧机和取暖器。经过科技创新，这套高寒地区的供暖系统充分利用太阳能发电系统的余电，满足了站内供暖季取暖及非供暖季通风需求。哪怕在零下几十度的寒冬，房间里也是敞亮又暖和，驻站人员工作累了，身体透支或不舒服的时候还能吸些氧，补充一下体力，队员们都说："真是舒坦哩！"

这一项目已成为同类地区离网电源系统中的样板，其技术创新成果今后还可为类似项目实施提供支持。近年来，可可西里保护区在管理机制不断升级的同时，一直致力于打造科研支撑体系，接下来还将引入更多高科技。这里的管理和巡护工作正在向数字化、智能化和天地空一体化遥感监管体系发展。随着越来越多的高科技手段运用，既可以减少野外巡护工作量，又能提高巡护管理水平。目前，中国科学院、清华大学及青海省政府正筹划组建三江源国家公园研究院，有望为包括可可西里在内的自然保护区提供更多科技支持，培养专业人才。未来，所有卫星和野外调查数据将在这里汇总，并向相关研究机构开放。

有人甚至乐观地预期，随着现代化监测技术在可可西里自然保护区的全方位应用，如今的可可西里巡山队员可能是最后一批。但这只是人类一厢情愿的梦想，可可西里的守护者比谁都清楚，哪怕科学技术再发达，也只能采取现代科学技术与人力实地巡护相结合，人的作用是无可替代的，当你通过天地空一体化遥感监管体系发现了盗采盗猎行为，最终还得靠人力去制伏这些违法犯罪分子，去救护那些野生动物。在这人类的生命禁区，依然只能用生命去守护生命。

生死路上

巡山，一直是打击盗采盗猎犯罪、拯救藏羚羊等野生动物的最原始、最艰险的方式，也是最重要的手段。从索南达杰带领的西部工委到扎巴多杰率领的野牦牛队，从可可西里管理局的主力巡山队员到以森林公安为骨干的巡山队伍，巡山，这一方式一直延续至今。尽管可可西里的保护机构几经更迭，但可可西里第一线的巡护者，一直沿用着一个通俗的名称——巡山队员。

有人说，在可可西里，你踩下的每一个脚印，都有可能是地球诞生以来人类留下的第一个脚印。还有人说，在可可西里无人区只要有人走过的地方就有巡山队员的脚印，只要有脚印的地方就有巡山队员的身影。谁也不知道这些话是谁最早说出的，而一切的真相就是如此。

巡山又大致分为两种，一种是执行常规任务或例行巡山，一种是执行紧急任务或特殊任务，无论哪一种都是生死考验。可可西里是人类难以忍受的生命禁区，每一次进入可可西里巡山都有可能是最后一次，因为随时都会遭遇双重的危险，一是地球第三极那种处于极端状态下的自然环境，一是那些神出鬼没的武装盗采盗猎团伙，在这双重的危险之下，牺牲成为最大的可能。

迄今以来，可可西里国家级自然保护区一直是严禁外人擅自进入的，除了巡山队员，任何擅自进入可可西里保护区尤其是核心区的人员都是非法的，如那些盗采盗猎分子和非法穿越的探险者。一旦发现这种情况，那就要执行紧急任务或特殊任务。

这里就从2001年6月初的一次特别行动说起，那正是藏羚羊迁徙产仔的季节，可可西里管理局接到线人举报，一伙盗猎分子正在花土沟一带做盗猎前的最后准备。花土沟，因诸多土质山包常年受风蚀雨刷，形成菊花状沟槽而得名。这花土沟有一个同名的小镇，位于青海和新疆的交界处，北与新疆若羌县接壤，是青海省海西蒙古族藏族自治州最偏远的一个乡镇。说它小，是镇街很小，一支烟工夫就能把镇街走个遍。但从行政区域看，这个镇大得无边，面积将近三万平方公里，跟海南省的陆地面积差不多，大部分是人迹罕至的荒原，与可可西里无人区连绵一片，这也让盗猎分子有了空子可钻。自索南达杰和扎巴多杰相继撒手人寰后，盗猎者对藏羚羊的猎杀一直难以遏止。为了逃避执法人员的打击，盗猎分子变得越来越狡猾，他们往往选择在青新藏三省区的交界地作案。这里原本就是无人区，又是"三不管"的交叉地带，几乎成了法外之地，而花土沟就是他们的集散地。每到藏羚羊迁徙产仔的季节，新疆阿尔金山一带的藏羚羊便翻山越岭向可可西里无人区的卓乃湖西岸迁徙，不法分子也进入了最疯狂的盗猎季节。在可可西里管理局成立之初的几年里，盗猎分子甚至表现出了最后的猖狂，枪声一次次在可可西里响起，藏羚羊种群数量依然在急剧下降。

接到举报后，可可西里管理局立即组成特别追捕行动组。这次行动由第一任局长才嘎指挥，这是一位驰骋沙场二十多年的军人，有着丰富的指挥作战经验，对于他，这就是一场战斗。他从全局上下挑选了一批精兵强将，由可可西里管理局第一任主力巡山队长王周太带队执行追捕行动。

王周太，这是一个在可可西里响当当的名字。那时王周太才三十多岁，是一位高大威猛的藏族汉子，往那儿一站就是一副顶天立地的姿态，而他一旦发力奔跑起来就像高原上的黑旋风。别看他平时不吭不哈，一听说追捕盗猎分子就来了劲儿。

索南达杰保护站第一任站长才仁桑周也是这次行动的一员干将，接到命令后，随即同队员们一起连夜出击。

那时，从索南达杰保护站到花土沟一带千里迢迢，几乎要从东到西穿越整个可可西里无人区。一旦进入无人区，就走在了一条生死路上。这原本就没有路的巡山路，对于每一个巡山队员来说都是生死考验。有人说他们是用生命保护生命，有人说是用生命换取生命。而在苍茫无际、变幻莫测的荒原上，每个人的生命却太渺小、太脆弱了，谁也不知道下一秒钟会发生什么。才仁桑周是一个早已习惯于沉默的汉子，却也充满了对生命的感慨："在可可西里，每个人都很渺小，渺小得随时都会消失，但心里的志向却与昆仑山一般高。"

设若没有与昆仑山一般高的志向，谁又能在这条生死路上走下去？

那时巡山队的装备很差，他们驾驶着三辆车，有老式北京吉普，有租来的或从盗猎分子手中缴获的东风卡车，这些车辆忽而爬坡，忽而过坎，在坑坑洼洼的路途上只能挂一挡加大油门驱驰，一路上跌跌撞撞，"哐当哐当"直响，仿佛要散架了。巡山队员长时间蜷缩在车里，一个个抱着脑袋，或把脑袋栽在膝头上，一会儿风驰电掣像坐过山车，一会儿云里雾里像在荡秋千。为了避开障碍，司机左打右转，连续急转弯，他们只能紧紧抓着扶手，一颗颗脑袋随着车身来回摇晃，跟皮球似的弹来弹去，忽而撞向车顶，忽而又重重砸下，脑子时不时出现间断性空白。长时间的颠簸摇晃，竟然把支撑帐篷的铁杆都摇折了。每个人都感觉自己的骨头"嘎吱嘎吱"作响，整个身体也快要散架了。这些生长在高原上的藏族汉子，一开始都信心满满，都觉得自己不会发生高原反应，可没过多久，他们就觉得嘴皮发干，胸口渐渐堵得慌，又加之晕车，一个个头昏脑涨、身心俱疲，就像醉酒后什么堵在心里，说不出那心里和脑袋里是怎样一种憋闷和难受。但再苦再累他们也不能停车下来歇息，若是行动组在途中休息，盗猎分子就会抢在他们前面下手，那些成群结队迁徙的藏羚羊，随时随地都会倒在盗猎分子的枪口之下。看着车窗外那些长途跋涉、即将分娩的生命，每个人都感到形势严峻、任务紧迫！

这一路上，他们连续驱车六天六夜，只在途中用喷灯烧水泡了一顿方便面，其余时间都是一边赶路一边啃干饼子和干方便面充饥，喝冷水解渴。他们在卓乃湖一带兜兜转转，直到第六天的凌晨两点左右，才发现盗猎分子的车灯。这是一伙正准备实施盗猎的不法分子，驾驶着三辆车正远远地朝着藏羚羊栖息的荒原开过来，"那三个车灯跟鬼火一样，感觉像大漠深处的幽灵"。

当盗猎分子发现巡护车辆后，慌忙掉头逃跑。才嘎猛地把手一挥，率巡护车穷追猛赶。那盗猎车辆比巡护车辆马力大，速度快，追了好长一段路，他们才追上最后边的一辆盗猎车，那车上的盗猎分子一看遭受拦堵，慌忙跳车逃窜。在这苍茫的荒野上，若继续追击非常危险。那时巡山队员大多没有配枪，只携带了一把刀，一旦与持枪的盗猎分子短兵相接，很可能遭遇不测。才嘎作为局长，先要顾及队员的安危，以最小的代价实施抓捕。而才仁桑周眼看盗猎分子就要消失在黑暗中，哪里还顾得上这么多，他率先冲过去，一看盗猎分子扔在车上的半自动步枪，子弹已经上膛，但是卡壳了，好险！

这时，才嘎已带领队员对几个跳车逃窜的盗猎分子迅速实施包抄，王周太一马当先，那威猛的身影还真像一股黑旋风，一下就扑倒了一个盗猎分子，紧随而上的队员们又将另两个盗猎分子抓获了。随后，他们又追上了另一辆盗猎车。这车上的盗猎分子更猖狂，他们一边拼命驾车逃窜，一边用半自动步枪向巡护车辆开火。才嘎打开车窗，抬手就是一梭子，他这枪法是当骑兵时在飞奔的马背上练出来的，手起枪落，一下就打瘪了盗猎车辆飞奔的车轮和油桶，汽油瞬间外流，好在这地方太缺氧了，没有发生爆炸。那盗猎车辆摇摇晃晃地开了一阵就趴窝了。王周太旋即掀开车门，猛地跳下车，带领队员们冲向盗猎车辆。那些盗猎分子跳下车后，一边逃窜一边开枪，子弹从他们的耳畔"嗖嗖"地飞过，但大伙儿没有一个退缩的。当才仁桑周冲上去抓捕一个盗猎分子时，那家伙竟然用枪瞄准才仁桑周的脑袋，冲他喊叫："你要想成为第二个索南达杰，那我就成全你吧！"

这些盗猎分子还真是说对了，从局长才嘎、巡山队长王周太到才仁桑周和每一个队员，在来到可可西里之前就已做好了准备，用自己的生命来保卫可可西里。正是这样的一种如巍巍昆仑一般的意志和气势，首先就震慑了那些盗猎者，最终他们采取包围的方式，将马某某等六名武装盗猎分子全部制伏抓获，缴获了五支枪和一万发子弹。据这伙人交代，他们原本计划在这里打一个月，猎杀五千只藏羚羊。五千只，又岂止是五千只，这正是藏羚羊产仔的季节，每头母藏羚羊都怀着羊羔呢，若是他们得逞了，至少有一万多只藏羚羊倒毙在他们的枪口下。

后来，也曾有一些年轻队员好奇地问过才仁桑周："你们真的一点也不害怕吗？"

才仁桑周总是微微咧嘴一笑说："嗨，遇到这种情况，你连害怕都来不及呢，一挺身子就直接上呗！后来，哈，后来想起来还是有点后怕，生死就在一刹那啊！"

在接下来的几年里，随着可可西里管理局组建了一支森林公安队伍，那些盗猎分子再也不敢大规模捕杀藏羚羊了。从 2005 年开始，他们改变了此前在无人区长时间、大规模猎杀藏羚羊的犯罪手段，将武装盗猎团伙化整为零，采取短平快的"游击战"。由于枪械作案容易暴露，有的盗猎分子还通过地下渠道购买了具有麻醉作用的化学毒剂，这种毒杀对野生动物更具欺骗性，在作案时更具隐蔽性，一时间盗猎分子屡屡得逞。而那种化学毒剂，给这世界上最后一片净土带来了严峻的生态灾难。要打击这些散兵游勇式的盗猎分子比对付那些武装盗猎团伙更难，他们一旦得手后，旋即便带着刚剥下来的藏羚羊皮仓皇而去，以最快的速度撤出可可西里无人区，到周边的地下窝点将藏羚羊皮销赃后,再伺机进入无人区以同样的方式继续作案。可别小看了这种散兵游勇式的"游击战",由于作案频率高,对藏羚羊的猎杀往往还要超过大规模的围猎。然而,无论你这犯罪手段有多狡猾,终归是,魔高一尺,道高一丈。可可西里管理局对一系列零星猎杀藏羚羊的案情进行分析后,他们抓住了一个要害,盗猎分子销赃如此之快,在距离保护区不远的区域内一定藏有收购藏羚皮的地下窝点,很可能就在青藏公路沿线的沱沱河、雁石坪一带。打蛇打七寸,只有坚决端掉这些非法窝点,打掉了这盗猎链条上最关键的一环,才能将那些盗猎分子一网打尽。

为了摸清非法收购和窝藏藏羚羊皮的地下窝点,可可西里管理局选派两名经验丰富的侦查人员前往沱沱河、雁石坪一带秘密侦查,执行这次侦查任务的又有王周太。他们出发时,已是 2005 年 12 月下旬,在他们奔走的路上,狂风夹杂着雪片,将漫天灰沙席卷而起,连哪里是河哪里是路都看不清。在这样的极寒天气里,哪怕裹着厚厚的大衣也冷得要命,但他们只能裹紧大衣迈着僵硬的脚步,在河谷和山谷之间艰难行进。而此时,眼看离年关越来越近了,那些深藏不露的盗猎分子都急于将藏羚羊皮出手,然后带着那血腥的财富回家过年。这也正是实施抓捕的最佳时机。

王周太将计就计,装扮成收购藏羚羊皮的商人,打入了盗猎走私团伙内部。那些不法分子一个个老奸巨猾,具有很强的反侦查能力,一旦被他们察觉,不但前功尽弃,侦查人员还有遭遇暗算的生命危险。在那风雪肆虐的日子,王周太就像闯进了威虎山的杨子荣,几乎是提着脑袋与不法分子斗智斗勇。经过十几天艰苦而机智的周旋,他终于摸清了那些非法收购和窝藏藏羚羊皮的黑窝点,还顺藤摸瓜,侦查到了盗猎分子的藏身处。当管理局接到他们的情报,一支由十一名森林公安警察和林政人员组成的特别行动组,于 2006 年 1 月 8 日 0 时赶到了距雁石坪三十多公里的一个窝点,对暗藏于此的一个盗猎团伙实施抓捕,连夜对犯罪嫌疑人进行紧急讯问。根据犯罪嫌疑人交代的线索,特别行动组又连续作战,在雁石坪捣毁了一个长达八年在青藏公路沿线从事藏羚羊皮等珍稀野生动物产品交易的非法窝点,缴获了大批作案工具、车辆和藏羚羊皮,在暴风雪中凯旋。

第三章 以索南达杰的名义

罗延海是可可西里管理局的第一批巡山队员，也是继王周太之后的第二任主力巡山队长。这是一位出生在玉树州、从小同藏族孩子一起长大的汉族子弟，长得与康巴汉子一样高大挺拔。格萨尔也是他从小敬仰的英雄，这造就了他深厚的英雄情结。"我长大了也要当英雄！"但那时，这个梦想就像可可西里一样遥远。说来，可可西里就在玉树州辽阔的版图上，但那里离玉树州府所在地太遥远了，罗延海在少年时代从未听说过玉树州还有一个可可西里。直到上世纪90年代初，罗延海上中学时，才从广播、电视里知道了索南达杰、可可西里和藏羚羊的故事。一个中学生的视线被深深地吸引到那伟大的荒原上，当他追踪着索南达杰的背影，他突然觉得那遥远的距离一下被拉近了。

1997年春节刚过，一场暴风雪也刚刚过去，雪云密布的天空还闪烁出一些阳光。这雪白的世界，连太阳也是雪白的，而被阳光照亮的雪山冰峰愈加冰寒刺骨。那天一大早，罗延海就裹着一身棉大衣，扛着一只大箱子，坐上一辆东风大卡车，从玉树藏族自治州州府所在地结古镇出发，一路向西，经曲麻莱县奔赴可可西里。

那时可可西里还是省级自然保护区，正在申报国家级自然保护区，玉树州政府在格尔木市设立了可可西里自然保护区的前沿基地。那同一辆卡车上拉来的，还有才仁桑周、拉龙才让、詹江龙、赵新录、文尕宫保、嘎玛才旦、尕玛土旦、旦正扎西等，一共是十三人。这每个人后来都成了可可西里反盗猎第一线的主力巡山队员。如果把索南达杰、扎巴多杰以及野牦牛队视为可可西里的第一代巡山队员，这一批则是可可西里的第二代巡山队员，他们大多是上世纪70年代出生的。若从可可西里进入自然保护区时代算起，他们则是可可西里的第一代巡山队员，有人把他们称为可可西里的"十三太保"。

那时罗延海刚刚二十出头，是巡山队里比较少有的汉族队员，队员们半开玩笑地说他是"少数民族中的少数民族"。这还真不是开玩笑。罗延海虽说从小生长于玉树州，但那里的海拔比可可西里低了一千多米，当海拔一下升高到四五千米，同世世代代生长在青藏高原的藏族同胞相比，这高寒缺氧的极地环境对他同样是极限挑战。这不是一天两天的坚守，这是日复一日、年复一年乃至一生一世的坚持。最难熬的就是最初几年。令人惊奇的是，罗延海不但经受住了严峻的考验，还在二十四岁时挑起了大梁，担任了第二任主力巡山队长。

在盗猎分子最猖獗的岁月，一位主力巡山队长的第一职责，就是追捕打击盗猎分子，他先后破获一百多起盗猎案，抓获了三百多名盗猎分子。这些案件太多了，哪里还记得那么多啊。但一旦记住，一辈子也忘不了。罗延海还记得，2003年6月，他带着主力巡山队员，循着藏羚羊迁徙的路线，进入可可西里腹地后，发现了盗猎分子的踪迹。当时，夜幕正在降临，天色半明半暗，那些正准备围猎藏羚羊的盗猎分子，一边搜寻藏羚羊，一边又提防着巡山队员，一个个就像警觉的沙狐。他们的眼神也特别犀利，一眼就看到正在驶近的巡逻车辆。

逃！几个盗猎分子猛踩油门，在腾起的灰尘中一溜烟地逃窜了。

追！罗延海一挥手，率领巡山队员紧追着那一溜烟。

当他们追到一个车辆无法通过的山沟口，盗猎分子把车一扔，灰溜溜地窜进了那山沟里，眨眼间就像鼠兔一样不见了踪影。而此时，夜幕降临，天昏地暗，罗延海在夜幕下观察了一下沟口，但看不清山沟内的地形。那些盗猎分子扔掉了车，但绝不会扔掉武器，若是带着队员贸然追进去，那就非常危险了，若是不追，这些盗猎者就会在夜色中趁机逃走。罗延海果断决定，让一名队员守住沟口，对着沟口鸣枪示警，用正义的枪声击溃盗猎分子的心理防线，把他们逼出来。这招心理战术还真是奏效了，三名盗猎分子从山沟里钻了出来，缴械自首了。而另外还有三名盗猎分子，一听枪声又开始逃窜。罗延海一边鸣枪追赶，一边冲盗猎者喊话："你们已经无路可退了，赶紧自首吧！"在海拔五千多米的可可西里，无论是逃跑还是追赶，那都是玩命。罗延海听见了盗猎分子像拉风箱一样呼哧呼哧地喘气声，他自己也早已气喘吁吁。一个盗猎分子眼看就不行了，选择了自首。还有两个盗猎者，依然在没命地奔逃，又逃进另一个沟口。这是为了躲避，也是为了寻找片刻喘息的机会。罗延海却不能喘息，他捂着口鼻压住呼吸，把脑袋探进沟口去观察。这一探，让他悚然一惊，一只黑洞洞的枪口正瞄着他呢，离他还不到一米。罗延海的第一反应就是开枪还击，但他的枪膛里只剩一发子弹，却要对付两个荷枪实弹的盗猎分子，这样硬拼太被动了。罗延海急中生智，突然对着天空打出了那最后的一颗子弹，一道呼啸的曳光掠过山沟，紧接着又是一声断喝："不准动，谁动就打死谁，把枪放下！"那两个盗猎者早已跑得精疲力竭，一听这枪声和如炸雷般的怒吼声，最后的心理防线和顽抗的意志彻底崩溃了，两个人一下就瘫倒在地上，把早已上膛的枪给放下了。

这是一场有惊无险的战斗，也是惊心动魄的战斗，最惊心动魄的战斗往往就是心理和意志的较量。罗延海最终凭一己之力和最后一颗子弹，战胜了两名负隅顽抗的盗猎分子，这也是他在可可西里创造的一段传奇。

可在罗延海和巡山队员看来，最考验他们意志的还不是盗猎分子，而是可可西里挑战人类生命极限的自然环境。人们总是说可可西里的自然环境极为恶劣，罗延海从来不说这样的话，在他看来，大自然的一切都是自然存在，而他们正是为了保护可可西里的自然生态环境而来，这甚至是他们生命的全部寄托。但走在漫长而艰险的巡山路上，又实在是太苦了，有句通俗而生动的话语这样形容他们："前襟长，后襟短，吃饭没时间，睡觉没地点。"这没什么，最要命的是，随时都有可能遭遇生命危险。每一个队员心里都非常清楚，只要你往这生命禁区一走，就有可能是最后一次。而当你问起他们巡山最危险的是哪一次，最苦的又是哪一次，他们都是一脸不知所措的苦笑。对于他们，每次巡山都有难以预测的风险，都是苦不堪言，谁也说不清哪一次最苦、最危险，更说不清是夏天最苦还是冬天最苦。

夏天，藏语为"亚尕"，意思是"借来的季节"。这短暂的夏天亦是"水深火热"，头顶上，在高原阳光的直射下，每个巡山人的脸庞都被炙烤得如焦炭一般，时间一长就会烙下被烈日灼伤的疤痕。而哪怕烈日当头，却也是寒从地起，即便穿着双层冲锋衣，依旧感到冷风飕飕，一双手露在外边，很快就会冻得乌紫。更何况，一路上天气更是瞬息变幻，忽而太阳高照，忽而风雪交加，人道是，"六月雪，七月冰，八月封山九月冬，一年四季刮大风"。在夏天，再冷的天气也能挺过去，可最恐怖的还是经常性陷车。从索南达杰保护站进入可可西里无人区，看似一马平川，实则陷阱密布。由于冰雪融化，大地解冻，此时的可可西里就像没有尽头的沼泽，到处都是洪水河和翻浆的草滩，巡山车辆随时都会陷入一个接一个的烂泥坑。别说车，就是人，走着走着，脚一蹉就陷进去了。而你今天走过的是干得冒烟的戈壁滩，明天回来时又变成了坑坑洼洼的烂泥滩。

罗延海一次次走在巡山路上，在挑战生命的极限环境中不但练就了超强的意志和强健的体魄，更有着缜密而周全的思维。每次巡山，他都是带着两辆车结伴而行，这样前后有个照应，一旦在泥泞中陷车，就可以相互搭救。走在前面的车往往是一步一回头，生怕后面的车跟不上。在可可西里一掉队也许永远就跟不上了。哪怕是这样前后照应，也经常是这辆车刚被救起，那辆车又陷进去了，甚至是两辆车全都沦陷了。

一年夏天，罗延海记不清是哪一年了，他带着巡山队员追捕一伙盗猎分子，每天只能在野外生火吃上一顿饭，但陷车却是家常便饭，一天要陷下去十几次，这样折腾下来，在可可西里巡山，一次往返就要十天半月。这还是顺利的，若是出了更严重的状况，那就说不好得多少天了，一旦被困，往往就会陷入断粮断水的绝境。而这次追捕行动，他们途经一大片烂泥滩。乍一看，这烂泥滩被太阳晒干了，土黄色的沼泽和土黄色的草甸看上去差不多，但车一开上去，才发现那草甸软乎乎的像海绵一样，车轮底下全是烂泥和积水，还没等你反应过来，"咕隆"一声，前边的一辆车就陷进去了，后边的车一个急刹车，哪里还刹得住，"哧溜"一下就滑下去了。

坏了，坏了！这两辆车不能相互搭救了，只能靠队员们自救了。罗延海连犹疑也来不及，"咕咚"一声跳下车，几个队员也跟着他一起"咕咚咕咚"跳进那烂泥坑。大伙儿先得把车上的物资卸下来，扛过烂泥滩，这是救命的食物和饮用水。接下来就是推车，还能有什么办法，赶紧推吧！但那烂泥淹过了膝盖，你动弹一下，那烂泥就淹到大腿根。罗延海说，从来没见过那样的泥巴，像沥青一样又黏又稠，车轮在泥潭里不断打滑，你刚刚使劲推出了一小步，又"咕隆"一声滑下去更深。大伙儿又到处捡石头，用石头垫着轮胎一点一点往前挪，却怎么也挣脱不出那烂泥滩。

别看这些巡山队员大都是生长在青藏高原上的康巴汉子，个个膀大腰圆，大个子，但在这极度缺氧的生命禁区，他们也受不了。尤其是干搬运、推车和挖车这样的体力活，每个人都是拼着性命在干。车推不出来了，就只能挖车。在海拔五千多米的高原上，每挥动一次铁锹都会消耗很大的能量，大伙儿累得像棕熊一样呼哧呼哧直喘粗气。若是在平原上，你会越挖越热，在这里却是越挖越冷，那冒出来的热汗眨眼间就变成冷汗，连同雪花一起往下掉，雪化在眼睛里，汗化在雪水里。这样一挖就是大半天，挖到深处，铁锹伸进那烂泥巴里，一下也给陷住了，怎么使劲也拔不出来。结果是，他们带来的三把铁锹就挖坏了两把。队员们干脆扔了铁锹，赤手一把一把地抠着烂泥巴，把车轱辘一点一点地挖出来，而刚挖出来一点又被那烂泥淹没了。就这样，他们从中午一直挖到傍晚，终于挖出一条出路，那辆沦陷的皮卡车终于开上来了。大伙儿像孩子一样欢呼雀跃，正准备洗脚洗手上车呢，忽听"咕咚"一声，那车又陷下去了。唉——大伙儿长叹一声，只能挽起裤腿撸起袖子接着挖。

一个叫拉龙才仁的队员挂着铁锹站在烂泥滩里，他实在挺不住了，喘息着说："队长，我的眼前全是星星，我能不能坐一会儿……"

罗延海放下手中的铁锹，看着拉龙才仁干裂的嘴皮和颤抖的身体，瞬间眼里涌出了泪水。

拉龙才仁也是那一辆东风卡车拉来的第一批主力巡山队员。这是一位曾经在第二炮兵某部服役、当过火箭兵的退伍军人，大伙儿都说他："尕兄弟从部队下来的，发嘛！"发嘛，是青海方言"厉害"的意思。这样一位特别厉害的硬汉子，干什么都是打头阵，若不是实在挺不住了，绝不会轻易说出这样的话。

要说陷车、爆胎、抛锚，拉龙才仁经历得多了。陷车还可以挖出来，爆胎也有备胎，但在可可西里一两只备胎完全不顶用。有一次拉龙才仁和队友们去布喀达坂峰一带巡山，一路上爆了十一次胎。而车辆一旦抛锚，有时候比陷车、爆胎还可怕。2001年冬天，昆仑山发生了"11·14"大地震，拉龙才仁那时在二道沟保护站，也就是现在的沱沱河保护站。二道沟是离昆仑山最远的一个帐篷保护站，当时震感非常强烈，几个人感觉到天也在晃，地也在摇，人更是摇晃得特别厉害。一开始他们都以为是突然发生了剧烈的高原反应，这感觉确实和剧烈发作的高反差不多。后来才知道，昆仑山和可可西里一带发生了大地震。拉龙才仁和队友们旋即驱车去无人区察看地震带，一路上余震不断。看完地震带，天快黑了，就在他们急急往回赶时，那破车"咔嚓"一声就熄火了。司机鼓捣了半天，怎么也修不好。而在这无人区，一旦车辆抛锚，只能在野外露宿，那驾驶室又小，几个人只能蜷缩成一团挤在里边，青藏高原的司机们把这戏称为当"团长"。车子熄了火，车里没暖气，这大冬天的夜晚零下几十度，会活活把人冻死，他们只能在冰天雪地里围着车子一圈一圈地跑步取暖，一口一口地喷出白气。

拉龙才仁忽然想，这样绕着一辆抛锚的车子跑，还不如直接走出去，到青藏公路上求援。他带着几个队员，背着几盒方便面，一连走了七八个小时，终于看见了青藏公路上的灯光。那一刻，他们忘了一夜长途跋涉的疲劳，像是飞蛾扑火一般扑向那有车灯的地方，站在路边招手拦车。一辆辆车从他们身边疾驰而过，却没有一辆停下来，只有被车辆席卷而起的风雪扑向他们。那种冷啊，如刺骨锥心一般。拉龙才仁浑身发抖，他忽然冲到了路上，这太危险了，难道他不要命了？拉龙才仁当时还真是豁出了一条命，撞死了就撞死了！他们最后拦住了一辆开往格尔木方向的邮车，那位好心的司机将他们捎到了不冻泉保护站，几个人热乎乎地吃上了一顿面条，又带着救援车进山去拖车……

看看，就是这样一位硬汉子，在可可西里巡山路上也有扛不住的时候。人哪，毕竟都是血肉之躯。罗延海挥拳拭掉满脸的汗水和泪水，让拉龙才仁歇一会儿，又攥紧了锹柄，几个人轮着挖，你三下，我三下，他三下，一把铁锹在几个人手里轮流转。就这样，一边挖，一边开，挖一段，开一段，那车子这头刚刚挖出来，那头又一下陷进去，他们用了整整一天才前进了四米。而当他们终于从那烂泥滩里走出来，短短的一公里多路，竟然走了七天七夜。这速度，说出来，恐怕全世界的人都不会相信，连蜗牛也比这爬得快啊。

罗延海和巡山队员验证了，一个人在可可西里能走多慢，他们创下了世界上最缓慢的行驶纪录。这就是可可西里时间，极其缓慢而又漫长。

第三章 以索南达杰的名义

罗延海和巡山队员也验证了，一个人在这伟大的荒野上能够走多远。从1997年年初进入可可西里，罗延海带领主力巡山队在可可西里无人区巡山四百多次，有人粗略地统计了一下，他这么多年来的行程至少有七八十万公里，相当于绕地球赤道走了二十圈。而今，这艰险的路程还在他的脚下延伸。当我于2023年早春季节在格尔木见到他时，这位早已不再年轻的汉子，又匆匆奔向了可可西里无人区……

在可可西里巡山，无论你怎么讲述或描述，那都是一般人难以想象的。

在可可西里开车，那也是一般司机难以想象的。在无路可走的高原绝域，随时都会遭遇暴风雪、泥石流和激流险滩。那所谓的路，在冻土上大坑连着小坑，有时候还要从像刀锋一样的岩浆土石带通过，那惊险而剧烈的颠簸，真的就像是行走在刀尖上的舞者。这就需要驾驶技术特别高超、脑子灵活、反应敏捷又特别能吃苦的司机。只要说到可可西里的司机，巡山队员们第一个就会提到吕长征，一个个跷起大拇指说，发嘛，那可真是高手！

吕长征是青海省海东市民和回族土族自治县的土族，在可可西里管理局成立之前就加入了野牦牛队。那是1995年，索南达杰牺牲的第二年，吕长征正给治多县委书记当司机，扎巴多杰当时正在组建野牦牛队，他找到吕长征问："能不能吃苦？"吕长征点了点头，他一个从小在草原上长大的山里娃，什么苦没有吃过啊。扎巴多杰又问："会吃炒面吗？"他又点了点头。扎巴多杰在他肩膀上拍了一巴掌，"那好，跟我去可可西里吧！"

那年吕长征已三十二岁，担任了野牦牛队的第一位主力司机。在无路可走的可可西里无人区，汽车就是巡护的生命线。他第一次跟随扎巴多杰进山时，一共是七个人、两辆车，一辆是索南达杰留下的老式北京吉普212，还有一辆是从盗猎分子手里缴获后修好的东风卡车。吕长征一开始根本不知道在这没路的荒原上怎么走，连东南西北都分不清。扎巴多杰也不知道怎么走，他带着索南达杰留下的一张地图，一边走，一边画，吕长征一边开一边看着他画。这地图上有很多索南达杰原来画出来的记号，扎巴多杰又在空白处标上了沿途经过的湖泊、沼泽、沙漠、戈壁、冰川、雪山。这一趟走下来后，吕长征感觉扎巴多杰已把可可西里画进了自己的脑子里。

自那以后，吕长征就养成了一个习惯，一路上在脑海里"画地图"，时间一长，他不看地图，就能根据山的形状、河的流向、湖泊的位置辨识方向。可一旦遇到了能见度很低的大雾天或风雪天，十几米远都看不清，那就只能跟着以前的车辙走。但可可西里就像个迷宫，时常发生一些匪夷所思的事情。一次大雾天，吕长征和队友们一大早从宿营地出发，翻过一座山后，又云里雾里地转悠了一阵，终于发现了两道新的车辙。他们还以为这是盗猎分子留下的，赶紧跟着辙痕追，从一大早追到傍晚，当一条道走到黑，眼看夜幕降临了，却一直没有看见盗猎者的踪影。追到这里，他们又看见了一座山，几个人都觉得这座山越看越熟悉，好像此前来过。大伙儿仔细一看，嗨，这不就是他们早上翻过的那座山吗？他们竟然用一整天时间转回了原地！你都不知道是怎么转回来的，而那车辙就是他们在前一天留下的。

在可可西里无人区迷路是经常发生的，那些盗猎分子有时也会迷失方向。有一次，巡山队员在太阳湖抓捕一伙武装盗猎分子，其中有两人趁混乱之际驾车逃窜，几个主力队员们赶紧去追，吕长征因车辆出了故障，只得留在原地看守车辆。他正等得心急火燎呢，忽然看见一辆车"呼哧呼哧"开了过来。这可真是冤家路窄，正是那两个开车逃窜的盗猎分子。这两个家伙大约是昏头转向了，竟然又兜兜转转开回来了。吕长征猛地冲了过去，一下就蹦跳到驾驶员的车门边，一把抓住那盗猎司机的头发就直接给撂下去了。另一个坐在副驾驶上的盗猎分子一时还没反应过来，手里还拿着一把枪，一只手紧拉着枪栓。吕长征眼疾手快，一把夺了过来，冲天开了一枪，砰——这枪声在荒原旷野上特别响。这是对盗猎分子的震慑，也是给队友们报警。队友们听到枪声赶过来，把这两个盗猎分子逮住了。

这是一次惊险的经历，吕长征想来多少有些后怕，但那些盗猎分子心里其实更加恐惧，否则他一个人赤手空拳是对付不了两个盗猎分子的。而在这高寒极地，吕长征还有更危险的经历。一年夏天，正值藏羚羊产仔的季节，扎巴多杰带着几个队员在卓乃湖畔搭帐篷蹲守了半个多月，眼看补给食物即将告罄，扎巴多杰派吕长征去格尔木采购。吕长征驾车出发时，天上还挂着明晃晃的太阳，谁知半路上遭遇了一场暴风雪，洼地上的积雪都能达到吉普车的引擎盖。吕长征原以为这条"路"是自己以前走过的,只要加大马力就能闯过去。他猛踩一脚油门,只听"咕咚"一声,车身一歪,一边的轮子陷在了雪洼下的烂泥里,另一边的轮子还在疯转,溅起的积雪竟有一丈多高,雪在阳光中纷纷扬扬地飘散,眼看着车轮越陷越深……当他从车里钻出来时,那倾斜的吉普车已被积雪和烂泥淹没了一半。这车上当时就他一个人,他被困在这里,连最后一包方便面和两根冻成了冰棍的火腿肠也吃完了,如果没有救援,那就只有死路一条。那时候没有任何通信设备,一进无人区就意味着与外界失去了联系。到了这深陷绝境的地步,他一咬牙,决定到离他最近的一个金矿去借推土机。说是最近,也有一百多公里。他走了一天一夜,徒步穿越一百多公里的无人区,一路上竟然没有遇见一滴水,对于一个快要渴死的人,一小摊泥水也具有巨大的诱惑力。当他走到离那矿场不远处时,终于看见了车辙里积存的泥水,一见水他就瘫倒在稀泥地上,像牲口一样埋头去喝那一点儿泥水。如果没有这一点儿泥水支撑,那最后的几里路,他可能就走不动了。那矿上派了一辆推土机,又开了大半天,到了陷车的地方,用了七个多小时,才把陷入烂泥的吉普车给推出来。

大伙儿都说吕长征命大福大,总能逢凶化吉。但有两次,他还真是踏进了鬼门关。

2002年12月,那是可可西里最寒冷的季节,吕长征和队友远赴新疆、青海、西藏三省区交界地带巡山时,在暴风雪中几次陷车,几次排除故障,他受了风寒,开始流鼻涕,打喷嚏。这也是他在可可西里巡山七年来第一次感冒,谁都知道,在这高原上感冒了那是要命的。但那时候吕长征的身体还壮实着呢,他赶紧吞服感冒药,以为自己可以对付过去。到了第三天,他在徒步巡山时,突然感觉"肺里的气不够用"了,这个清醒的意识刚刚一出来,还没走几步就一头栽倒在深厚的积雪里。队友们赶紧以最快的速度把他送往格尔木,但那上千里的路,一路上车辆颠簸摇晃,哪怕最快的速度也要一天一夜。赶到格尔木医院时,局领导和病人家属都匆匆赶来。经过两天一夜的抢救,吕长征依旧昏迷不醒。主治医师凝视着他还沾着一层泥土、已经不会闭合的眼睑,沉痛地摇了摇头,向局领导和病人家属发出通告:"如果病人第二天中午十二点还没醒,那就准备后事吧。"到了第二天上午十一点半,吕长征还是昨天的那个样子,医院里连抬他出去办后事的担架都准备好了,吕长征竟然眨了眨眼皮醒过来了。他醒来的第一个反应是发现下肢失去知觉了,这让他急得喊叫起来:"完了完了,这半截身子都废了,还怎么巡山啊!"他这一喊,把守护在身边的人都惊呆了,几个人一看他醒过来了,都不敢相信这是真的。吕长征这才看见妻子和孩子跪在床前,早已哭得有气无力,他吃惊地问:"你们哭啥?"

这一场大病过后,吕长征病休了一年,他的腿脚倒是没事,但肺水肿落下的后遗症是难以治愈的,谁都以为他再也不会巡山了,大夫也警告他不要进可可西里,局里也准备给他另行安排工作,可他再三请求要继续巡山。他还拍着自己的胸脯说:"养了一年,没毛病了,我这身子骨比以前还壮实呢!"而在五年后,吕长征刚进山就出现了感冒、咳嗽、发烧的症状,接下来又感到"肺里的气不够用"了,只有喉管上半截还在吸气。好在这一次还没有深入可可西里腹地,队友们护送着他从无人区快速撤出,他被送到格尔木医院里打点滴、吸氧气,才保住了一条性命。

一直到现在,吕长征都把这两次死里逃生的经历归于奇迹,这也让他对可可西里越来越敬畏了,"之前两次回来了,第三次有没有那么幸运我就不知道了。"是的,一听这话你就知道,这是一位普通得不能再普通的巡山队员,从来就不是无畏的勇士,他像我们一样珍惜生命,热爱生命,然而,他在可可西里当了二十多年的司机,这么多年很多人来了又离开,但他却从来没想过离开。而今他已年过天命,所谓天命即是天道的意志,天道主宰众生的命运,这其实不是什么宿命论,而是人类占有时空的局限,生命有限而时空无限。但一个巡山队员从来不在乎自己的天命,只在乎自己的天职,他说:"从走进可可西里的第一天起,我就知道再也放不下了。可可西里之所以有今天,就是大伙儿舍命拼下来的!"

拉巴才仁也是一位与吕长征同年加入野牦牛队的老队员。他这名字由两个词根组成,拉巴,藏语意为"星期三",他是星期三出生的;才仁,健康长寿。他是玉树本地人,从小在草原上长大。1990 年,拉巴才仁高中毕业,应征入伍，在玉树军分区独立骑兵连服役。1994年初，大雪纷飞，长风呼号，玉树军分区为杰桑·索南达杰举行了沉痛的追悼会，这次追悼会上，拉巴才仁被索南达杰用生命保护生命的壮举深深震撼了，也被可可西里猖狂的盗猎活动震惊了。眼看服役即将期满，他的第一个想法就是奔赴可可西里，像索南达杰一样保护藏羚羊。1995年9月，拉巴才仁加入了以退伍军人为主力的野牦牛队，跟着扎巴多杰从玉树州出发。他还清楚地记得，野牦牛队当时只有两辆车，一辆是扎巴多杰驾驶的北京吉普212，一辆是吕长征驾驶的东风卡车。他们挤在东风大卡的车斗里，从玉树州到了可可西里，走了整整两天两夜，正赶上藏羚羊迁徙产仔的季节，他们就在青藏线旁的一条山沟里搭起了帐篷，第一个任务就是守护迁徙的藏羚羊。

那时候巡山车辆紧缺，司机更紧缺。一次，野牦牛队在豹子峡抓获了一个盗猎团伙，缴获了两辆车，这一定程度上解决了巡山车辆的燃眉之急，却没有司机驾驶，而拉巴才仁是骑兵出身，干练利索，大伙儿便把他推了出来，跟着吕长征学开车。这位骑兵战士还真是不负众望，没过多久就练出了一身车技，一变而为可可西里的铁骑兵。在野牦牛队成立初期，只有吕长征和拉巴才仁两个司机，每次进入可可西里无人区巡山，别的队员还可以轮班，这两个司机却是一个也少不了，只要车轮不停，他们就得像车轮一样连轴转。

在可可西里开车，车要经得住折腾，人也要经得住折腾。拉巴才仁开的那辆车，在颠簸和折腾中疲惫不堪，有时候方向盘松动了，那就只能用钢丝捆紧后继续开。若是底盘的钢板跑断了，那就把木头甚至铁锹柄绑在下边当钢板，开起来直挺挺的，没有弹性，但他也能像赶马车一样把车开到青藏公路上。在可可西里爆胎那是经常发生的事，那就把被子塞进轮胎里，一样可以开出来。更让人不敢相信的是，油泵坏了后，拉巴才仁也发明了一种土办法，那就是给车子"打点滴"，用油壶装上油，通过导油管绕开油箱接通发动机，照样也能开。

一位骑兵出身的康巴汉子，比这车还经得起折腾，开了几年车，那身子骨一直棒棒的。就说高原反应吧，到了海拔五六千米的太阳湖，哪怕像拉巴才仁这样经得住折腾的康巴汉子，也流过几次鼻血。那血流得挺吓人的，大伙儿看着都挺着急,他却大大咧咧地把血一抹,咧嘴一笑,然后用两个纸团堵住鼻孔,抓紧方向盘继续呼呼往前开,没一点儿事啊。

走在一条巡山路上,生与死往往就在一瞬间。拉巴才仁在可可西里虽说有过一次次历尽奇险、绝处逢生的经历,但多年来还真是没出一点儿事。2001年1月,野牦牛队解散后,拉巴才仁又和吕长征一起加入了可可西里管理局主力巡山队。随着可可西里保护机制逐渐走上正规化,巡山的车辆装备也一年比一年好。到了2005年5月,拉巴才仁已是一位开了十年车的老司机,却偏偏在这时出事了。这年5月,正值藏羚羊开始迁徙的季节,原青海省林业厅和可可西里管理局联合进行野生动物普查,拉巴才仁开着一辆牵引车从格尔木出发,沿青藏线驶往索南达杰保护站。这青藏线比可可西里无人区的路况好多了,车况也挺好的,偏偏天公不作美,一进昆仑山就下起了雨夹雪,而雨夹雪又容易在路面上产生凝冻,又溜又滑。一位老司机,一路上也开得小心翼翼。行至昆仑山玉珠峰下西大滩,峡谷崖壁之间是近乎直立、阴森险峻的雪山冰峰,只听那冰川融化的雪水从山间轰鸣而下,雪水云雾弥漫,能见度还不到五十米,这一带又是急转弯道。拉巴才仁一直紧绷着神经、睁大眼睛观察前方的路况,只觉眼前突然一黑,"轰"的一声,黑压压的像是一座山撞过来了。那一刻他突然一下把紧绷的神经放松了,在放松下来的一瞬间,他直接昏了过去。后来他才知道,他没有撞在山上,而是迎面而来的一辆大卡车突然失控,撞上了他的车,这一撞,把他连人带车撞翻在路边的沟里。

那肇事司机吓坏了,手足无措不知如何是好。幸好有一辆开往拉萨方向的军车从事故地经过,几位解放军战士一看出了事故,立马停车救人,他们用钢丝缆绳把翻倒在沟里的车子拉上马路。当时,拉巴才仁的整个身子夹在压瘪的车子里,但他还真是扛得住折腾,在解放军的救护下他竟然苏醒过来了。他也没有觉得有什么痛苦,只感觉整个身子都麻木了,左腿已经血肉模糊,膝盖烂得像爆米花一样,一小块骨头穿过血肉龇在外面,还连着一点点皮。拉巴才仁看了看,眼看那一小块骨头就要掉下来,白森森的特别刺眼,他索性将那块骨头揪下来,随手扔到了路边上。

尽管拉巴才仁依然表现出一副大大咧咧的样子,但几位军人一看就知道他伤势危重，赶紧把他送到了格尔木医院。经检查，拉巴才仁从左脚脚趾到左边胯骨全部粉碎性骨折，伤得最重的就是膝盖，连膝盖骨都不见了。拉巴才仁一听自己的膝盖骨不见了，才猛地想起自己扔掉的那块骨头。主治医师是一位中年女大夫，一听他把自己的膝盖骨给扔了，一下尖叫起来："你没事扔那块骨头干嘛，接上去还能长好啊，扔哪里了？"

拉巴才仁咧了咧嘴说："扔在可可西里了。"

大夫连声叹息，没有了这块骨头，按格尔木医院当时的治疗条件，若要保住一条性命，那就只能锯腿截肢了，但拉巴才仁宁死都不肯锯腿，那就只能送到省城的大医院去救治了。当时，正好有一列从格尔木开往西宁的列车，已经准备发车了。为了抢救一个可可西里的伤员，铁路部门还特意推迟了五分钟的发车时间。谁都知道，一趟列车晚点，全线的运行图都要做出相应调整，但时间就是生命，这一趟晚点的列车最终为拉巴赢得了宝贵的抢救时间。

由于抢救及时，拉巴才仁不但救回了一条性命，也保住了一条腿。对此，他一直心怀感恩。一个常怀感恩的康巴汉子要感谢的人实在太多，而他最感恩的是信仰，他深信这次大难不死是大自然保佑了他，可可西里的生灵保佑了他。当他说到自己的信仰，我看见了他眼里闪烁着明亮而纯真的光，他用带着康巴口音的普通话喃喃地说："我保护了藏羚羊，藏羚羊也保佑了我！"

而对于他，还要经历漫长的乃至一生的痛苦。一直到2009年，拉巴才仁在四年多时间里总共做了九次大手术，还有不计其数的小手术，从左脚脚趾到左边胯骨布满了大大小小的伤疤，伤疤下面则是钢板和钢钉。一个把膝盖扔在可可西里的巡山队员，一身铮铮铁骨的康巴汉子，被鉴定为五级伤残，从此只能借着由十几枚螺丝固定的人造股骨头，才能迈着机械的腿脚僵硬地行走。每到雨雪天气，疼痛都会发作，从左脚脚趾到左边胯骨如刮骨一般，那尖锐的疼痛连止痛药都不起作用，只能靠坚韧的意志来对付了。

拉巴才仁最遗憾的是，他再也不能开车巡山了，只能在后勤线上从事库房管理工作，这是极为繁杂琐碎的工作，每一次巡山队员出发，他都要提前准备好后勤物资，从吃的、喝的、用的，还有一顶顶帐篷、一个个巡山工具、一个个汽车零件，每一样都要他经手登记、仔细检查，既要保障到位，又要考虑车载量。而巡山队员回来后,对各种工具又要一五一十登记入库和保养,这么多年来他没有出现任何差错。而今,没有人叫他铁骑兵了,一个个都叫他"老黄牛"。但这位老黄牛却一直做着他的铁骑梦,他多么想再去可可西里走走、看看啊,那是他魂牵梦绕的地方,他的膝盖,他的骨头还扔在那里呢。

有人说,在可可西里,走进去就是传奇,走出来就是故事。这里的每个人都是有故事的人,只要说到可可西里的巡山路,每个人都有从生命里直接掏出来的故事,这些故事在可可西里巡山队员中一代一代延续。

才仁桑周作为索南达杰保护站的第一任站长,在可可西里巡护了近二十年,二十年差不多就是一代人啊,这保护站的下一代都是他们这些老队员一手一脚带出来的。

我第一次走进索南达杰保护站时,才仁桑周带着几名队员巡山去了,只有一位叫洛松巴德的年轻队员在站上值守。别看小伙子才二十六七岁,脸上还长着几颗青春痘,却已有了近十年的巡山经历。但他很幸运,这十年正是可可西里最平静的岁月。他从未经历过前辈们与盗猎分子殊死搏斗的危险,却也时常陷入另一种危险。这小伙子不愿意讲述自己的经历,同索南达杰、扎巴多杰、王周太、才仁桑周等这些老一辈的巡山人相比,他都不好意思讲。你要问起巡山路上的那些经历,他就更不愿意讲了,哪怕讲一遍,也是重新经历那艰险而又苦难的历程。

每次巡山,短则十天半月,长则一个多月。洛松巴德跟着才仁桑周最长的一次巡山长达四十八天。出发之前,才仁桑周和老队员先要指点年轻队员,把各种生活物资、巡山工具准备好,尤其是铁锹、千斤顶、喷灯,这都是关键时刻能救命的东西,老队员还要教他们一样一样试,这铁锹把儿会不会松动了?千斤顶是不是坏的?喷灯的气孔有没有堵住?洛松巴德是个勤学好问的小伙子,一路上不停地向才仁桑周等老队员问东问西,巡山时如果遇到暴风雨了怎么办?如果下雪了,白茫茫的看不清路了怎么走?而他问到的这些问题,在一趟巡山路上都遇到了,才仁桑周和老队员根本不用跟他们怎么说,而是实实在在地教他们这些年轻队员怎么做。

那些第一次进入无人区的队员,首先就是让他们记住巡山路线,沿途经

第三章 以索南达杰的名义

过的那些山脉、河流、湖泊叫什么名字，长什么模样，有什么特征，这些都要往心里记，先要记住你是怎么进来的，才知道怎么走出去。但有的愣头青一开始对此还不太理解，心想只要一直跟着老队员走，一路上不掉队就没事。一个叫龙周才加的小伙子就是这么想的，加之没日没夜巡山，连续几天都睡不成一个囫囵觉，他感到特别困，一路上迷迷糊糊打瞌睡，队长一次一次把他推醒，还不断掐他的大腿，非要他打起十二分精神来认路。他觉得这个队长特别讨厌，连抽空睡个觉都不让。当他一脸委屈地睁开眼睛时，队长语重心长地对他说："一旦出了什么事，我们这些老队员肯定会冲在前面，但如果我们出了事，你得自己走出去啊！"龙周才加一听，这才明白队长为什么要逼他们认路了。只有把每条巡山路线走遍了，走熟了，到了生死攸关的时候，你才会找到一条活路啊，而那一路上的经历也将成为他们接下来的巡山经验。

随着巡山车辆逐年增加，巡山队员大多学会了开车，那些驾驶经验丰富的老队员，还要手把手教新队员如何检修车辆，选择在怎样的地方扎营露宿。在可可西里搭帐篷是一门比检修车辆更难的技术活儿，第一是选择什么样的地方扎营，若是背有靠山、近有水源，又背风向阳，那就是风水宝地，但这样的地方在可可西里无人区打着灯笼火把也难找，大多数时候只能在呼啸的狂风中搭帐篷。才仁桑周是搭帐篷的高手，再大的风，也不会把他搭起的帐篷撕裂和刮走。大伙儿都说他掌握了一手绝活，其实又哪是什么绝活，这是每一个巡山队员在可可西里都必须掌握的野外生存经验。到了晚上，夜宿帐篷，哪怕在夏天的夜晚也寒冷难耐。冻得实在受不了，大伙儿只能更紧密地挤在一起，用彼此的身体温暖着对方，那是真正的抱团取暖。才仁桑周还要给这些刚来的小伙子们揉脚，这种上一辈对下一辈的细心呵护和传帮带，也是从索南达杰、扎巴多杰传下来的野牦牛队的作风。

但无论你经验多么丰富，在巡山路上也有太多难以预料的意外发生。洛松巴德记得，有一年夏天，他跟着才仁桑周去卓乃湖一带巡山，六个人、两辆车，在一片烂泥滩里被困整整一个月。每次被困后，他们先要采取自救，实在是难以自救时，他们才会用卫星电话向管理局请求救援。而在这次被困后，一场风雨紧接着一场风雨，可可西里无人区原本就没有路，在连日风雨的摧残之下，请求的救援车辆一再受阻。当五位救援人员终于赶到时，被困人员已经断粮两天了。谁知在施救过程中，又遭遇了一场暴风雨，连救援车辆也陷入了烂泥滩，六名被困人员一下变成了十一名。他们只能再次向管理局求援，而第二批救援队员何时才能赶来，这些被困人员何时才能获救，谁也不知道，只有天知道。为什么藏族同胞那么相信天命，在这样难以预测的极端环境下，一切的挣扎和努力只能是"尽人事，听天命"，人类实在是难以掌握自己的命运。

如果说可可西里的夏天是"借来的季节"，这里的冬天却是最漫长的季节，哪怕在夏天也有冬天，每年从10月份到次年4月下旬，可可西里在大半年里都是冰冻大地。那是怎样的严寒啊，就跟南极和北极差不多。这里原本就是世界第三极，也是极端寒冷的极地气候。在零下四十多度的严寒中，巡山队员依然要外出巡山或在青藏线上巡护。早上一开门，一阵冷风吹得他们直打冷战，狂风夹杂着冷飕飕的雪片，像刀片一样刮在脸上，划出一道道伤口，血刚一流出来，旋即又被冻成了红珊瑚一样的冰凌。他们还要时不时下车察看，风从耳畔吹进脖子里，就是戴着护耳也会被风吹开。最容易冻伤的就是耳朵，一开始还能感到那种如撕裂般的生疼，但疼痛很快就会过去，最冷的感觉是没有感觉。有一次，一个刚来的小伙子感到耳畔冷飕飕，他下意识地用手焐一下耳朵，耳朵竟然没有了！他吓坏了，难道耳朵被风刮走了？他下意识地再摸摸，两只耳朵还在！只是冻得像两块冰凌一样，没有感觉了，若是当时一使劲，还真有可能硬生生地掰掉。那冻得像石头一样僵硬的脸上也会绽开一条条裂缝，这是皲裂的冻伤。这些巡山队员，每个人的耳朵、手指、脚趾，几乎没有一个好的，那原本阳刚帅气的脸庞更是伤痕累累。这难以愈合的伤痕，是巡山队员们在可可西里的冬天留下的标记。

这冰天雪地的季节也有一个好处，巡山路都冻得硬邦邦的，陷车的频率大大降低了。但在冰凌上行驶，车辆极容易打滑，一不小心就会滑进冰河或湖边的冰窟窿。洛松巴德这小伙子还记得，一年冬天，才仁桑周站长带着几个队员进入可可西里无人区巡山，大地上的一切都被白茫茫的积雪掩盖了，连以前走过的车辙也看不见，在雪地上可以清晰地看到野生动物踩下的脚印，但巡山队员对这积雪不知深浅，一不小心就会把车开进积雪下边的沼泽或河沟，这沼泽或河沟下边往往就是冰窟窿。这次，他们刚刚进入库赛湖湖盆带，只听"咔嚓"一声，乍一听就像底盘钢板断裂了。"不好！"才仁桑周叫了一声，那走在前边的皮卡车一下掉进了大雪底下的冰窟窿。他猛地掀开车门跳下车，一头钻进冰窟窿里，才发现不是底盘钢板断裂了，而是冰块断裂了。他使劲用肩膀顶住正在不断下滑的车轱辘，但这靠人力是顶不住的，车轮还在不断下滑，人也在不断下滑。才仁桑周冲几个队员大喊："赶紧去找几块石头来啊！"可几个人在冰天雪地里四处找，连块鸡蛋大的小石头都没有，他们只能把车上的帐篷和被褥抱下来，垫在车轮前面，才算是把下滑的车轮给堵住了。当前轮从帐篷和被褥上碾轧开过去后，后边的车轮又陷在冰窟窿里。他们又把帐篷和被褥从冰雪中拽出来，铺在后轮前边，但那后轮怎么也爬不出来。几个汉子只能跳进冰窟窿里，一边"嘿呦嘿呦"地喊着号子，一边挺起一副副肩膀把车拼命抬起来。当他们抬着车一步一步地挪出来后，几个人的靴子都变成了冰靴，裤子变成了冰裤，皮手套也变成了冰手套，一个个都像熊一样呼哧呼哧地直吐白气……

才仁桑周在可可西里巡山路上走了这么多年，从一个二十出头的小伙子走成了四十多岁的壮汉子，长年累月在极端严酷的自然环境下奔波跋涉，也让他在生存极限的挑战中练就了超强的野外生存技能。如果不出意外，他打算在巡山路上一直走下去，然而，一个看上去那么粗豪壮实的汉子，却在2014年初突然昏倒了。真是病来如山倒，经诊治，他得了眩晕综合征。这其实是他长期在难以承受的极限状态下积劳成疾的一次集中爆发，他在病床上昏睡了二十多天才从死神手中挣脱。尽管他再也无法奔赴可可西里无人区巡山了，但作为一位曾经沧桑、历经艰险的老队员，一位森林公安干警，他依然在给年轻队员传授和分享自己的经验，对于他，对于可可西里，这是一种生命和使命的延续……

在一代代巡山队员的坚守下，那些气焰嚣张的盗猎分子渐渐偃旗息鼓了。特别值得一提的是2006年，那是可可西里和藏羚羊命运的一个转折点，在可可西里无人区，再也没有响起过盗猎者的枪声。而这历史性的转折，一方面与可可西里持续十多年的反盗猎行动直接相关，另一方面也有其历史大背景。

从国际背景看，就在这一年，在乔治·夏勒博士等国际野生动物保护专家的推动下，藏羚羊正式被列入"世界自然保护联盟"（IUCN）濒危物种红色名录——濒危（EN），还被《濒危野生动植物种国际贸易公约》（CITES）列入严禁贸易的濒危动物。为了保护这一岌岌可危的珍稀物种，各国政府相继制订了藏羚羊绒制品的贸易禁令。沙图什，从一个美丽的谎言到血腥而高贵的软黄金，从此便逐渐走进了历史。

从国内背景看，盗猎之所以渐渐绝迹，除了巡山队员对盗猎分子一直保持高压态势，法律也是最有力的武器。上世纪 90 年代，由于野生动物保护的法制还不健全，对于那些盗猎者甚至是无法可施，结果是抓了放，放了抓，恶性循环。那些盗猎者甚至公开扬言，哪怕抓十次，只要成功一次就赚回来了。如今不行了，你杀一只藏羚羊就可以立案，杀两只就是重大案件，而藏羚羊一打就是一片，那就要判十五年到十八年不等徒刑了，有的连牢底都要坐穿。加之国际上严禁藏羚羊绒制品出售，这条产业链给斩断了，就算你通过地下走私的黑市交易，也抵不上你的付出，谁都觉得划不来。

从那以后，随着藏羚羊种群数量不断增长，危险警报也在一步一步降低。到了 2015 年，原环保部与中国科学院联合发布《中国生物多样性红色名录——脊椎动物卷》评估报告，根据藏羚羊当时的种群数量，这一濒临灭绝的物种，终于摘掉了"受威胁物种"的帽子。尽管藏羚羊的危险等级已经大大降低，但可可西里的守护者们依然不敢掉以轻心，巡山，依然是他们"用生命守护生命"的主要方式，每年都要组织巡山十多次，巡山队一般分五人一组或七人一组，这可可西里的每一座山、每一条河、每一个湖都留下了他们的足迹。但可可西里如此苍茫辽阔，即使是像才仁桑周这样在可可西里守护了二十年的巡山人，他们的足迹也难以抵达可可西里的每一个角落，这让盗猎分子依然有空子可钻。若要堵住这些空子，你也只能日复一日地巡查，年复一年地坚守。

如今，那种同盗猎分子的殊死搏斗再也没有发生过了，巡山装备也比索南达杰、扎巴多杰的那个年代好了不知多少倍，巡护车辆都是马力强大的越野车和皮卡车。而可可西里管理局对于巡山也有了更人性化的制度，原来的巡山队员一般就局限在特定的二十几个人，上次去了这次还有可能再去，有的几乎是高频率连轴转。现在每次巡山前，先在全局范围内挑选队员，凡是四十五周岁以下的都在候选之列，尽可能将巡山队员休整的时间拉长，将轮岗的频率降低。一个巡山队长，以前每年要巡山十次左右，现已降低到一年两三次。

然而，制度可以改变，这片荒原却是不能人为去改变的，更是不能修路的。可可西里无人区一直是沟壑遍地、沼泽密布，这才是一个自然保护区最原始的自然状态。为了尽最大可能保护可可西里的原生态，那就只能让巡山队员吃苦受累了，一旦走上那步步泥淖、处处沼泽的巡山路，依然是凶险莫测，随时都有可能陷入绝境。

不仅仅是为了拯救

大凡到过索南达杰保护站的人都知道，在保护站一旁的清水河畔，还设置了一座可可西里野生动物救护中心。相对于可可西里其他地区，这一带地势平坦、交通方便，还有一大片草滩，便于对野生动物进行救护和放归。

自 1997 年 12 月，可可西里国家级自然保护区管理局成立以来，就一直把野生动物救护放在重要位置。由于盗猎分子大肆捕杀藏羚羊等珍稀野生动物，又加之滥挖滥采黄金造成野生动物的生存环境遭受严重摧残，致使可可西里原有的生态平衡和食物链被打破，给各类野生动物种群的自然恢复造成了严重后遗症。尤其是藏羚羊，多年来由于惨遭盗猎分子的血腥杀戮，它们对人类的行踪保持高度的警觉，一旦嗅到人类的气味就会远远地逃开。这是一种源于生命本能的条件反射。它们也是长记性的，这种记性甚至进入了基因传承，在它们眼里，人类已是最凶残的天敌。为了对野生动物的种群恢复给予有效的帮助，更为了人与自然的和谐相处，在可可西里管理局成立之初，巡山队员就开始对藏羚羊等野生动物进行救护。

藏羚羊既是可可西里的旗舰动物，在弱肉强食的食物链里它们也是弱势群体，这荒原大地上四处都是它们的天敌，如在地上追逐它们的狼群、棕熊、猞猁，在天上追逐它们的则有秃鹫、大鵟等猛禽，这是陆空天敌的立体捕猎。对于长途跋涉的藏羚羊来说，它们也和巡山队员一样，走在一条生死路上。那些野兽时不时袭击藏羚羊，导致许多母羊在拼命逃跑时流产或早产。尤其是那些正在分娩的藏羚羊，在它们周边是一个个虎视眈眈的天敌，最多的就是狼群，等待着小羊羔呱呱坠地，伺机噬食藏羚羊带血的胎衣和刚出生的羊羔。有的狼甚至还把玩猎物，咬着小藏羚羊扔来扔去，这是弱肉强食的生命游戏。

在最初的几年里，巡山队员还没有系统的生态保护意识，他们往往会凭着善良而朴素的人间情感来保护藏羚羊。当他们听着羊妈妈的哀号和小羊羔的惨叫，就会冲上去将那些凶残的狼群撵走。在他们看来，当羊群无忧无虑地啃食着草棵、小羊羔欢乐地吮吸母羊的乳汁时，那才是最和谐的自然生态。但若换一种眼光看，用纯自然的眼光，在野性的世界里从来就没有什么凶恶和善良之别，一切都是源于生命的本能，为了物种生存和繁衍的需要，这是弱肉强食的自然法则，也是成就可可西里生物多样性的基础。可可西里不只是藏羚羊的世界，更是众多野生动物的天堂，并自然形成了一条环环相扣的生物链或食物链，在弱肉强食和优胜劣汰中保持着整个生态系统的健康。

在可可西里，高原狼一直是藏羚羊的主要天敌。尽管狼在人们传统意识里一直是残暴和狡诈的象征，但在自然界，狼也是生态平衡的重要一环，对自然界的生态物种平衡起到不可或缺的调节作用。狼和藏羚羊的种群数量是整个生态系统健康的标志性数据，如果没有狼的存在，藏羚羊等各种草食野生动物就会疯长。如果藏羚羊多了，而狼的数量没有增多，则表明整个生态系统是不健康的，长此以往会造成草原大面积的退化甚至沙漠化。

每一种动物都有自己的天性，藏羚羊从未改变过世世代代的天性，它们温驯、胆小又特别机灵，尤其是奔跑速度非常快，那些健壮的藏羚羊一旦发力连狼也追不上，这让它们可以逃避天敌而生存下来。而那些年老力衰的、体质虚弱的、跑得慢的、跟不上队伍的藏羚羊，就被追赶而来的狼群给吃掉了，这是它们的命。在这样严酷的生存环境里，这些老弱病残的藏羚羊命定是要给狼啊、熊啊等食肉动物吃掉的，若用自然选择的眼光看，它们其实是被自然淘汰的。狼还是草原的清洁工，它们把草原上被遗弃的动物尸体吞食干净，净化了草原，减少了细菌滋生和病菌瘟疫的传播。

巡山队员，是可可西里国家级自然保护区的保护者，而不是藏羚羊这个单一物种的保护者，不能以狭隘的人类物种思维为核心干涉或改变自然界中生物的习性和生活环境，要放下人类主宰一切的自我意识，遵从自然界生物的生存规律。大自然的事，应该交给大自然自己去解决，弱肉强食，生生死死，都是自然法则。只要人类不侵入它们的领地，不对它们肆意残杀，它们甚至根本就不需要人类的保护。哪怕沦为弱肉强食的牺牲品，那也是自然死亡。哪怕国家二级保护动物把一级保护动物给吃掉了，你也是不能干预的，最好的自然生态就是任其自然，这才是对自然生态最好的保护。

又不能不说，在可可西里管理局成立之初，这些巡山队员大多是从小生活在玉树大草原和可可西里缓冲区的康巴汉子，他们和自然生灵一样，天生就与这苍茫大地融为一体，这也形成了他们善良朴素的生态伦理观。眼看着狼群捕食藏羚羊，他们觉得藏羚羊"实在太可怜了，我们看不下去"，在情感上下意识地产生了拯救弱者的强烈愿望，有时候忍不住就会撵走狼群，甚至"虎口夺食"，将小羊羔从狼嘴里救下来。但你救得了一次也帮不了第二次，而这种看似善良的行为，从自然法则看，其实也是对生物链乃至生态系统的一种人为干扰。

许多的自然法则，巡山队员们都是逐渐觉悟的。直到现在，当他们看到狼群捕食藏羚羊，在情感上还是想冲上去救护，可在理性上，他们又只能猛地收回脚步，眼睁睁地看着那血腥而残忍的一幕。在自然法则面前，人类还真不能感情用事，更不能无条件地救护野生动物，只有在特殊情况下才能施救。譬如说，那些遭受人类伤害的野生动物，那些由于各种原因受伤无助的野生动物，还有那些和父母走失的、迷途的羔羊，人类才应该施以援手。

巡山队员第一次救护藏羚羊，是2000年夏天。一天，罗延海和几个巡山队员在卓乃湖畔发现一只受伤的小藏羚羊。经检查，这是一只刚出生不久的小羊羔，大约是被秃鹫的爪子抓伤了稚嫩的背部，撕裂的伤口正在流血，柔软的绒毛一片殷红，这可怜的小羊羔正发出一声声柔弱的哀鸣。队员们赶紧把它抱回了野营帐篷，给它仔细包扎好了伤口。这是可可西里的巡山队员救护的第一只小藏羚羊。但当时，罗延海和几个巡山队员都是年轻小伙子，根本没有任何救护野生动物的经验，面对这个无助的小家伙，他们也感到同样无助。这小羊羔还不会吃东西，张着嘴"咩咩"叫着，像是呼唤着妈妈，它的妈妈又不知道在哪里，是否还活着，谁来给这小家伙喂奶呢？这让大伙儿一下犯难了。若要丢下小羊羔，大伙儿又于心不忍，想救它又不知如何是好，在这远离人间的无人区，又上哪儿去找奶粉和奶瓶呢？

为了让这可怜的小羊羔活下去，他们也只能从头开始摸索了。罗延海先将自己吃的干饼子嚼化了，然后嘴对嘴给它喂食。到了晚上，他们又怕小羊羔冻着，便轮流搂着它在自己的被窝里睡觉，用体温去温暖那柔弱的身体。在救助小藏羚羊的同时，罗延海还用卫星电话向可可西里管理局报告了。当时的局长是才嘎，他立即吩咐巡山队派专人专车将小藏羚羊护送出来。局里同时派了一辆专车，准备好奶瓶、奶粉和药品，从格尔木基地赶往青藏线一带接应。罗延海和护送队员用自己的棉袄作为襁褓，像对刚出生的婴儿一样包裹着小藏羚羊，经过两天两夜的奔波，以当时最快的速度送到了格尔木。

那时可可西里管理局还处于初创阶段，只有几间租来的房子，为了救护小藏羚羊，局里专门腾出一间房子，还特意给房间装了空调，像对待特护病人一样，安排专人护理。为了让小藏羚羊喝上新鲜羊奶，他们又买来一只母山羊给它当奶妈。大伙儿还给它起了一个祝福的名字——祖塔才仁，藏语意为"长寿的藏羚羊"。可到了第二天，这小羊羔由于连日辗转，眼看着就不行了，它拉了一天肚子，吃不下一点儿东西，随后又因伤口感染而发起了高烧。

罗延海一看不对劲，赶紧抱着小羊羔赶到兽医站去救治。那天正好是星期天，兽医站大门紧闭。此时小羊羔已奄奄一息，却依然睁着一双天真无邪、惹人怜爱的眼睛，仿佛想要最后看一眼这世界。罗延海来不及多想，又抱着小藏羚羊赶到格尔木市人民医院抢救。进了急救中心，医生护士还以为襁褓里是个孩子，打开包裹一看，一个个都傻了眼。他们还从未见过藏羚羊，心想这人怎么抱来了一只奇怪的小羊羔，莫不是疯了？这可是治病救人的医院，不是兽医站。罗延海还真是快急疯了，他一脸急切、气喘吁吁地解释："大夫啊，我可不是来给医院找麻烦的，更不是和你们开玩笑的，救救它吧，这是一只小藏羚羊，国家一级保护动物，请你们救救它！"医生护士一听是国家一级保护动物藏羚羊，也急了，可他们从未救治过动物，也没有兽医的诊治器械，危急之中，只能冒险给小藏羚羊打了一剂强心针。然后，几个人默默地看着小藏羚羊，都静静地等待着奇迹出现。但人类最终还是无能为力，过了一会儿，小藏羚羊抽搐了几下，心脏停止了跳动，那一双惹人怜爱的眼睛紧紧闭上了。

　　那一刻，急救中心一片肃静，在场的人都难过得低下了头。

　　医生连连道歉，为自己没能救活这只小藏羚羊而深感愧疚。

　　当罗延海抱着襁褓里的小藏羚羊走出急救中心的大门，才发现局里上上下下连家属都出动了，他们全都守候在门外，眼巴巴地看着他和襁褓里的小藏羚羊。罗延海的泪水夺眶而出，他还从未感到这样伤心和失落，原来生命如此脆弱。

　　这次救护藏羚羊的失败，既让人痛心也令人反思，可可西里管理局从中吸取了教训，此后，对野生动物采取就近救护、产地救护的原则，将救护工作放在各保护站进行。2001年6月的一天，沱沱河保护站负责人木玛扎西带队在青藏线巡逻时，发现了一只正痛苦挣扎的小藏原羚。这小家伙显然是和母亲走散了，又不知道怎么从荒原上跑到了青藏公路上，踩到公路边晒化的废沥青，一下把腿脚粘住了，在挣扎中腿脚受伤了。队员们把它抱到保护站，小心翼翼地给它清除掉沥青，包扎好伤口，还给它起名"信原"，希望藏原羚能够信任人类的真情关爱。这小家伙生下来可能才半个来月，大约出生于5月底或6月初，队员们便将它的生日定为6月1日，让它也能过上儿童节。那时的沱沱河保护站还是一个设在二道沟的帐篷保护站，也是距格尔木市最远的一个保护站。尽管条件非常艰苦，但在保护人员的精心照料下，信原的伤势渐渐好转，越来越活泼可爱了。白天，它和其他野生动物一起玩耍、觅食。夜晚，这小家伙十分顽皮，还要抢先"占领"保护人员的床铺，和大伙儿挤在一个被窝里睡觉。到了 2002 年 5 月 26 日，信原快满一周岁了，大伙儿正准备给它过生日，谁知信原突发一场疾病。大伙儿心急如焚，赶紧抱着它奔向七十公里以外的唐古拉乡兽医站抢救，但这偏远的兽医站也没有治疗野生动物的经验和条件，信原最终失去了生命。

信原之死，又给可可西里管理局提出了一个如何及时、高效、规模化开展野生动物救护的问题，这就需要建立一个救护中心，但那时管理局经费紧张，他们只能向社会各界讲述野生动物救护的必要性和面临的困难，争取爱心人士的捐助。2003 年，可可西里管理局与恒源祥（集团）有限公司正式签订协议，由恒源祥集团捐资一百万元，在索南达杰保护站旁建设"恒源祥可可西里藏羚羊救护中心"。随着一期工程如期竣工，可可西里自然保护区进入了对藏羚羊等野生动物进行集中救护的时代。2010 年，可可西里藏羚羊救护中心二期工程开工，包括重建生态宣传展厅，新建救护用房、急救室，可可西里驿站等工程。如今，这个救护中心建起了占地三千多亩（333 公顷）的钢板网围栏和 108 平方米的动物暖棚，另设有动物急救室和可可西里展示中心，里面陈列了可可西里的动植物标本、动物保护历史展品等。看了那些没有血肉、没有生命气息的标本，更能唤起你救护那些无助的生灵的善意。

这里，就从第一只在可可西里被成功救护的藏羚羊说起。这可怜的羊羔，是一场血腥屠杀的幸存者。那是 2001 年 7 月 14 日凌晨，木玛扎西和几个巡山队员在卓乃湖畔巡山时，抓获了一个武装盗猎团伙。一群藏羚羊刚刚惨遭杀戮，在遍地的血泊中，他们发现一只还拖着脐带和胎盘的小羊羔，正在母亲的尸体旁踉踉跄跄地徘徊，一只秃鹫正在其上方盘旋。那可怜的母亲被穷凶极恶的武装盗猎分子杀害了，连羊皮都给扒掉了，血肉模糊的，真惨呐。据此推测，它应该出生在 13 日，巡山队员发现它时，这可怜的小羊羔出生还不到四五个小时，可能连一口母乳也没有吃到，看到有人走过来，那双眼睛又可怜又惊恐，躲着不让人们接近，想跑又跑不动。木玛扎西在救护过藏原羚信原后积累了一些经验，每次巡山，车上必备一个奶瓶。他拿着奶瓶，模仿着母羊的声音慢慢靠近小藏羚羊，拿起奶瓶给它喂奶。这小藏羚羊天生就会吃母乳，却不会吃这奶瓶里的奶。木玛扎西就先自己喝一口奶，含在嘴里，再将小藏羚羊抱在怀里，嘴对嘴地给它喂。看着小藏羚羊的喉咙一点一点地吞咽，木玛扎西那浸着奶汁的嘴角也绽出了一丝笑容，这小藏羚羊终于有救了啊。

那时，野生动物救护中心还没个影子，野生动物一般都是送到沱沱河保护站进行救护，木玛扎西又一路抱着它将其送到了沱沱河保护站。为了让小藏羚羊喝上新鲜羊奶，木玛扎西每天从二十多公里外的牧民家买来鲜奶，每天早、中、晚按时喂养。夜里怕它冷，木玛扎西就抱着它一起睡，这小家伙在他的被窝里又拉又尿的，但木玛扎西一点也不嫌脏，就像自己的孩子一样精心呵护着它。木玛扎西和大伙儿也给这小家伙起了个名字——爱羚，寓意为"人类给予真爱的藏羚羊"，希望人类的关爱能够抚慰它身上和心灵的创伤。

小爱羚在被救后的第三天，突然间就站起来了，这是它第一次站起来。

木玛扎西长年累月在可可西里奔波，他连自己的女儿怎么站起来的也没见过。

小爱羚长到第三十二天，就开始自主觅食青草。三个月后，随着爱羚渐渐长大，此时可可西里进入冬季，草甸干枯，队员又给它补喂青稞等饲料。十个月后，爱羚长出了只有中指长短的黑犄角，这是藏羚羊典型的雄性特征。一见木玛扎西，它就撒娇一般地蹭着他的腿，又顽皮又可爱。

值得一提的是，当小爱羚长到四个多月大的时候，一反过去的温驯可爱，忽然变得躁动不安起来。那是2001年11月上旬，可可西里已进入初冬季节。爱羚的躁动不安是不是与季节变化有关呢？在沱沱河保护站，最了解爱羚的就是木玛扎西，但他也不知道爱羚到底是怎么了，无论怎么安抚它，它都越来越紧张，甚至发了疯似的四处乱窜，一双大眼惊恐地睁着，仿佛大难降临。

接下来的几天，木玛扎西感觉越来越不对劲，甚至越来越诡异了。他带队在青藏公路上巡逻时，那沿线的电线杆上，平日傍晚就蹲满了红隼、褐背拟地鸦等鸟类，可在爱羚惊恐不安的那几天里，竟然一只鸟也看不到了。更奇怪的是，往年初冬季节，可可西里的野牦牛种群数量大约有三四百头，而在那几天里，从库赛湖以南到五道梁西北，野牦牛突然增多了，最大的群体竟有上千头。木玛扎西是一个经验丰富的巡山队长，当可可西里出现这种反常现象，他更加紧了对沱沱河保护站管护区的巡逻。到了 11 月 14 日，木玛扎西正带队在可可西里腹地西部的西金乌兰湖一带巡山，下午五点多，他们先是看到野牦牛、藏野驴、藏原羚、狼、狐等各种野生动物四处狂奔，仿佛遭受了巨大的惊吓，纷纷争先恐后向东奔逃。这是怎么了？木玛扎西的第一个条件反射，就想到了那些武装盗猎团伙，他立马下令队员们做好战斗准备。随后，一阵猛烈的轰鸣声由远而近，震得大伙儿的耳朵嗡嗡作响，顷刻间地动山摇，大伙儿都摇摇晃晃站不稳了，那风平浪静的西金乌兰湖像开水一样沸腾，翻涌起层层巨浪，掀起两米多高的浪头，猛地扑向湖岸，溅起一团团白雾……

后来，他们才知道，在昆仑山和可可西里一带发生了里氏 8.1 级的强烈地震，那些野生动物奔逃的方向，都是远离震中的方向。置身于荒原旷野之中的巡山队员，个个都安然无恙。而几天来的谜团，木玛扎西也终于恍然大悟了。他不禁感叹，人类总说自己是万物之灵长，在大自然面前，那些野生动物却早就预感到了这一场灾难，这些高原精灵，真是比人类更有灵性啊。

爱羚在沱沱河保护站生活了两年多，一直到 2003 年，可可西里藏羚羊救护中心一期工程竣工并交付使用后，才和其他被救护的野生动物一起入住救护中心，从此过上了"集体生活"。它带领每年救护的小藏羚羊、藏原羚，在清水河畔的围栏草滩上无忧无虑地生活、嬉戏，与保护人员、志愿者和各界友人建立了难舍难分的感情，在人们的心目中，它们那矫捷闪亮的身姿是美的化身。

藏羚羊一般三岁时性成熟，到了 2005 年冬天，爱羚已经三岁了，其成熟的标志就是头上的犄角。只有雄性藏羚羊才长角，那犄角呈弓形弯曲的长圆锥形，像竹笋一样一节一节地外延，呈黑色，平滑而有光泽，像两把威风凛凛的钢叉。每年 11 月中旬到 12 月中旬是藏羚羊的交配期，它们用头上的"钢叉"殊死拼杀，只有最强壮、最勇猛的公羊才能最终胜出，以王者风度与成群的母羊进行交配，如此才能繁育出强壮而勇猛的后代。而那些争偶失败的雄藏羚，被刺死的情况时有发生，一部分沦落为与未成年藏羚羊一起生活，还有一部分则远距离追随母羊群，仍想伺机进行交配。说来也很悲凉，大多数藏羚羊终其一生，也没有获得交配权。这也是优胜劣汰的自然法则。

尽管爱羚从小是在人类的圈养下长大的，但它依然保持着争夺交配权的野性，这也足以证明人类对它的救护是成功的。在救护中心也上演了藏羚羊激情迸射的一幕，爱羚与雌性藏羚羊欢欢和迎迎交配成功。但不幸的是，爱羚在与同类争偶的激烈角斗中，被另一只雄性藏羚羊一头撞来，一下刺穿了心脏，当时就死在围栏里头了。那是2005年12月1日，多少年了，这保护站的工作人员一直铭记着那个令人痛心的日子，就像铭记着一个亲人的忌日。爱羚是为爱而死啊！那些在生死路上从不退缩的汉子们，在爱羚死后都纷纷掉下了眼泪，把爱羚从小养大的木玛扎西更是痛哭失声。

为了昭示生命的平等，唤醒人们对野生生命的尊重，在爱羚死去的第二天，可可西里管理局为它举行了隆重的葬礼。全体工作人员和来自全国各地的环保志愿者胸戴小白花，怀着依依惜别的心情，为爱羚送行。在那天寒地冻的日子，在给爱羚挖墓穴时，大地冻得根本挖不动，他们只能拿着喷灯一点一点地烤，把冰雪融化了，才挖出了一个墓穴，把爱羚安放在里边。大伙儿都站在它的墓前，为爱羚默哀，为所有的野生动物祈祷。

在爱羚的墓碑上，镌刻着这样一段碑铭——

> 爱羚者，盗猎者戕害藏羚羊遗孤也。受人孳乳，因爱获生，遂成雄壮，追爱取义，魂之所归，人间大爱。可可西里，人烟绝迹，神兽天降，引盗者狙。爱羚无言，唯泪千行，戕父母者，人也，再生父母，亦人也。人于爱羚，亦恨亦爱，世间四载，见证关爱，禁区生命，始得自然。今立此碑，与后人共，同爱自然，永念爱羚。

爱羚是可可西里自然保护区第一只人工喂养长大的藏羚羊，也是和保护人员、志愿者一起生活时间最长的一只藏羚羊。尤为重要的是，它还是第一只在人工饲养条件下成功交配繁殖的雄性藏羚羊。它死了，但它的生命血脉却得以延续，2006年6月，欢欢和迎迎先后产下一雌一雄两只小藏羚羊，这是世界首次在人工环境下繁殖的藏羚羊，标志着藏羚羊人工驯养的一大突破。

从 2006 年开始，如今在救护中心长成的藏羚羊已成功实现五次繁殖，先后繁殖小藏羚羊十一只，这为今后开展藏羚羊人工繁育、异地繁育等科学研究奠定了基础。这一切，都是从爱羚开始。

说来还有一段机缘巧合，如前文提及，爱羚是在 2001 年 7 月 14 日得到巡山队员救护的，按救护时间推测它的生日应该是 13 日，那天正是 2008 年北京奥运会（第二十九届奥运会）申办成功的日子。为了积极参与北京奥运会，经可可西里管理局第一任局长才嘎提议，于 2003 年向北京奥组委提出了将藏羚羊确定为北京奥运会吉祥物的申请。刚开始，有人对才嘎的提议还不理解，甚至有人嘲笑他异想天开。而才嘎之所以提出这样的设想，当然不是因为那冥冥中的机缘巧合，最终目的是通过申请吉祥物的过程，进一步宣传藏羚羊保护，特别是让国际社会理解国际藏羚绒制品的消费和非法贸易是藏羚羊遭受大肆捕杀的根本原因，从而使全世界关注藏羚羊的命运，拒绝使用藏羚绒制品，从根本上堵塞猎杀藏羚羊的犯罪根源。

才嘎是一位倔强而执着的康巴汉子，为了将藏羚羊确定为北京奥运会吉祥物，他不记得自己去过北京奥组委多少趟、打过多少个电话，当时奥组委总机的接线员一听是他的声音，就会脱口叫出"才嘎局长"。而藏羚羊也确实是特别适合的奥运吉祥物，这高原精灵可以在海拔四五千米的可可西里健步如飞，正契合了"更高、更快、更强"的奥运精神。最终，藏羚羊以活泼可爱的形象，正式当选为北京奥运会吉祥物之一——福娃迎迎。这是以爱羚为原型设计的卡通形象，它代表了藏羚羊这一物种，彰显了这一物种在严酷环境生存的顽强生命力和挑战极限的精神，更以"羊"字谐音意喻"喜气洋洋"。这是以可可西里的名义向世界递出了一张金名片。多少人在这吉祥物的背后看到了一个"藏羚羊的保护神"，如果没有索南达杰的牺牲引起了世界上对藏羚羊的关注，藏羚羊也许不会在众多的野生动物中脱颖而出。

多年来，藏羚羊和野生动物的救护一直深受世人关注，每一个到过可可西里的人，都要到救护中心看看。自救护中心建成以来，从爱羚入住开始，这里已救护、喂养、治疗各类野生动物五百多只。这都是人类应该救助的对象，它们大多已成功放归大自然。

洛松巴德告诉我，从去年至今，巡山队员们一共救护了八只小藏羚羊，有一只救来时太柔弱，没过多久就病死了，现在还有七只。这些藏羚羊，有的是从悬崖上跌落下来摔伤的，有的是同母亲走失的，有的是被太阳或积雪灼伤眼睛的，还有的是被狼或其他野兽咬伤的，这些都是需要救治的野生动物。

我也想看看围栏里的藏羚羊，洛松巴德爽快地答应了。刚好也到了给小藏羚羊喂奶的时间，这小伙子就像一个"奶爸"一样，一边熟练地洗奶瓶、煮牛奶，一边哼着轻快的藏族小曲，那嘴角带着一丝笑意，这样的忙碌对于他是开心的。牛奶煮好了，小伙子将牛奶倒入一只只奶瓶，每只小藏羚羊一瓶牛奶，为防止交叉感染，每只都有贴着标签的专属奶瓶。小伙子把奶瓶装进铁桶，等待滚烫的牛奶冷却后，才带着我走近救护中心的围栏，那些小藏羚羊正等待着"奶爸"的到来呢。小伙子刚刚打开围栏，小家伙们就一窝蜂地跑了过来，围成一圈，又蹦又跳地抢着奶瓶，嘴里发出"咩咩"的叫唤，有的还用舌头舔着嘴巴。小伙子瞄一眼每只小藏羚羊的外形和毛色，就将一只只专属奶瓶准确递到了小羊的嘴边。这些个小藏羚羊就像闹成一团的孩子，有的很贪嘴，吃完自己的还要抢别个的奶瓶；有的很淘气，爱乱跑，你还得用手托着这小家伙的下巴给它喂奶。

洛松巴德给几只小羊喂完奶，手里还拿着一只奶瓶，他轻声呼唤："小俄，小俄！"

一只看上去更小的藏羚羊从一群小羊的背后钻过来，那毛茸茸的脑袋钻进洛松巴德的怀里，萌萌地磨蹭着他。小伙子一边给小羊喂奶，一边跟我讲起这只小羊的来历。那是一个多月前，他和一位队友在卓乃湖待了一个月零四天，在返回索南达杰保护站途中，车子陷进了烂泥滩。当时天快黑了，雨下得非常大。就在他下来推车时，忽然听到一阵"呼哧呼哧"的喘息声。他瞟了一眼，天啊，竟然是七只棕熊，黑乎乎的，在风雨夜幕下正一步一步朝他逼过来。这一逼，竟然逼出了一股拼了命的力气，他猛地一下把车给推出来了，也算是运气好，那车陷得不深。洛松巴德正要爬上车，又听见一阵咩咩的叫唤声。他伸头一看，是一只陷在泥潭里的小藏羚羊。他赶紧把小羊搂抱起来，钻进车里，对开车的队员猛喊一声："快开！"

若不是拼命加速开车，那棕熊很可能就会追上来。洛松巴德后来也想过，那几只棕熊也许不是冲他们来的，而是嗅到了小藏羚羊的气味，听到了它的叫唤声，冲着它来的。小伙子把小羊带回了救护中心，还给它取了名字：小俄，藏语的意思是"小兄弟"。他特别喜欢这个"小兄弟"，一有空，他就会走近围栏，一声呼唤，小俄就欢快地过来了。这些被救助的小藏羚羊很聪明，知道谁对它亲，谁对它好。每次小伙子一来，小俄就像孩子一样围着他转来转去，那滴溜溜的眼睛也转来转去。洛松巴德也特别喜欢盯着小俄那双波光流转的眼睛看，无论有多苦多累多郁闷，只要看看这双温驯而明净的眼睛，他感觉一天的云都散了。

但要养活这个"小兄弟"还真不容易，三个月前每天三顿奶，半岁改为每天两顿，十个月后每天一顿，一岁之后就不再喂奶，得让它们自己吃草，练习独立生存的本领。而藏羚羊的活动区域，也随着年纪的增长，从五亩地的小围栏一步步扩大到几百亩的三层区域外，直至最终野化放归，这至少需要两三年的时间。眼下，小俄还小呢，在离开父母之后，它也只有靠人类来养育了。在人工饲养环境下，野生动物的生存能力和适应力都会自然降低。有一次小俄因受了风寒拉稀，怎么也治不好。洛松巴德想起自己小时候也得过小俄一样的病，母亲给他缝了一条厚厚的腹带系上后，那病不久就好了。他根据儿时的记忆，给小俄缝制了一件暖肚的腹带，这土法子还真灵，小俄戴了一周左右就好了。

洛松巴德和小俄之间那超越了人间的温情，像我这样一个外人是难以理解的。每次轮到小伙子外出巡山，他最放不下的就是这个"小兄弟"。临别时，他一遍一遍地摩挲着小俄的脑袋和柔软的皮毛，小俄似乎也有心灵感应，伸出舌尖舔着他的手心手背。洛松巴德说，藏羚羊的嘴巴不会说话，但它们能用眼睛说话，每次离别时，看着小俄那楚楚可怜的眼睛，他实在忍不住，一把抱起这"小兄弟"，嘴对嘴地亲一下。而每次巡山归来，他连一口茶水都没顾上喝，就直奔围栏来看看他的"小兄弟"。小俄远远地嗅到了他的气味，就咩咩地叫唤着，小伙子也咩咩地回应着，小俄叫得更欢了，那稚嫩的叫声带着令人心疼的颤音，像它柔软的绒毛一样软绵绵的，也像羊绒一样干净，能触动你内心最柔软的部分，真是叫得让你的心都萌化了。

　　这还是我第一次近距离地打量藏羚羊，小俄眨巴着圆圆的大眼睛怯生生地看着我这个陌生人，在外人面前它是如此羞涩。当我看着小伙子和小俄那亲热劲儿，我也下意识地伸出一只手，想要摸摸它，它竟然也用温热的舌尖舔着我的手心，那轻灵的气息也是温热的。但我闪开了，我怕我这肮脏的手伤害了它。可小俄没有走开，扑闪着两只大眼睛，一脸迷茫地看着我。这惹人怜爱的生灵，对于人类已没有任何警觉，只有依恋，它是那么善解人意，能灵敏地觉察到人类的善意。当我和它的眼睛对视时，那一刻我与这高原精灵也有一种心心相印的感觉。

　　生为人类我突然倍感惭愧，如果人类对这样的生灵都下杀手，那就不是人了。

　　这救护中心不只有藏羚羊，还有其他众多的野生动物。从爱羚入住中心以来，这里被救助成活的藏羚羊已有五百多只，还有野牦牛、藏原羚、藏野驴和斑头雁、猎隼、黑颈鹤等各类受伤、失去母亲或被不法分子非法捕捉的野生动物。

　　在这些野生动物中，最桀骜难驯的就是野牦牛。洛松巴德告诉我，在清水河一带的草滩上就活跃着一个野牦牛群，而凡是野牦牛活跃的地方一般都拥有大面积的草滩，否则你根本养活不了这些大型草食动物。前不久，洛松巴德和几个小伙子沿清水河巡山时，发现一群狼正在追捕一头刚出生不久的小野牦牛，这些狡猾的狼群，对那些剽悍的成年野牦牛是不敢轻易下手的，它们也懂得用最小的代价去捕食野牦牛，往往会挑刚出生的小野牦牛作为目标。但这小野牦牛也不是好惹的，它对着狼群又顶又撞，左冲右突，狼群把它撕咬得血淋淋的。几个巡山队员于心不忍，便把这小牦牛救回来了。还好，它只是受了一些皮肉伤，治疗一段时间就痊愈了。现在，你看看，这小家伙长得多棒啊！队员们还给它起了个藏名，意思是"从旷野里捡回来的宝贝"。现在这宝贝儿只有两三个月大，还没有什么野性。你摸摸它，它还很乖，以为你又要给它什么好吃的，哞哞地叫唤着，就跟牧民家里养的小牦牛差不多。如果这头小野牦牛一直这样温顺可爱，一直对人类如此亲近，那可不是好事，只能说是这次救护最终失败了。而最终，必须把它放归可可西里的荒原上，让它长成剽悍的、让我们敬而远之的高原之王，那才是一只真正的野牦牛。

说来有趣，有一群藏野驴被一群狼给围追到了清水河畔，那驴眼好像也认得字，一看这儿是野生动物救护中心，它们纷纷跳进了围栏里，一共十几头呢。如果它们只是借助救护中心躲避天敌，那没说的。但这些野驴一看这里有吃有喝，还有人守护着，多安全呐，"既来之则安之"，这十几头野驴竟然不想走了。这可让救护中心的工作人员犯难了，这些野驴既没有受伤，一个个好胳膊好腿的，又没有生病，能吃能喝，吃饱了闲得慌，还在这围栏草场里打打闹闹，干扰别的野生动物。这可不是救护对象，必须把这些家伙赶紧撵走。可任你怎么撵，它们也不走，死活就赖在这里了。后来，队员们开来了几辆皮卡车，把能撵走的都撵走了，还有几头撵不走的家伙，那就只能绑上车，拉到可可西里无人区去放归。这些藏野驴一个个都是驴脾气，在撵走时个个又踢又叫，好像只要一撵出去就会被狼给吃掉。那也没办法啊，这是它们的命，在野性的世界里，你作为野生动物也只能认命啊。

这里还养着一只两岁的藏原羚，大伙儿叫它"小仙女"。这小仙女长得挺漂亮，还特别有灵性。藏原羚原本就是性情温驯、活泼可爱的野生动物，它像藏羚羊一样，对养育自己的人特别亲近。洛松巴德给小藏羚羊喂完奶后，就会来看看小仙女。小伙子走到哪里，它就一直乖乖地跟到哪儿。哪怕把它放在野外活动，它也不会走远。洛松巴德说，如果有人想去看看爱羚，这小仙女还会带路，把人们一直带到爱羚的墓前。这还真是神了！

但无论多么温驯而又灵性的野生动物，在救护之后都要有意识地赋予它们独立性。它们从来不属于人的社会，而是可可西里真正的主人，一旦它们恢复了野外生存能力，就必须将它们放归山野，那才是真正属于它们的世界。而今，巡山队员们谁都明白，对可可西里的保护，绝不是为了拯救几只藏羚羊或别的野生动物，而是为了保护整个可可西里的自然生态系统。然而，从感情上来讲，这又是一个矛盾而艰难的过程。一方面，人类在救护野生动物的时候，就在一点一点地培养它们对人类的感情，重建野生动物对人类的信任感，这在救护过程中是很有必要的。而一旦人与动物建立了深厚的感情，又要将其放归自然，无论是人类还是野生动物，又实在是难以割舍。洛松巴德说："这些小羊就像我们的孩子一样，每次放生的时候，谁都不舍得啊，大伙儿都是含着眼泪把它们撵走的……"

随着一道道围栏打开，眼看着藏羚羊和各种野生动物走向可可西里荒原深处，就像目送着自己的孩子走向一条凶险莫测的生死路，每个人都泪眼模糊。有的藏羚羊跑了一段路，还会回头瞅瞅，再往前跑一段路，又回头瞅瞅。藏羚羊的视力比人类看得远得多，你也不知道它们这一路要回首多少次，但巡山队员都知道，这一别也许就是永别。当野生动物回到属于它们的种群中，过不了多久，队员们就再也认不出它们了。谁又知道，它们是否还记得那些救护和收养过它们的人类？

对于这些大自然的精灵，人类有时候还真得狠下心来。洛松巴德还记得，有一年四月，可可西里还处于严寒逼人的封冻期，荒原大地上寸草不生，清水河还结着厚厚的冰块，一只刚刚长出犄角的雄性藏羚羊在救护中心的围栏周围徘徊复徘徊，像是在找水喝，又像是觅食。面对这种健康的野生动物，救护中心一般是不会施救的，不是爱莫能助，而是爱不能助啊，否则就会让它们产生对人类的依赖。大伙儿只是长久地打量着它，越看越觉得，这可能是一只他们此前救护过的小藏羚羊，现在长大了，它心里是有记忆的，对这里还充满了依恋。这样的想法充满了人情味，却不是什么好事。生为野生动物，一旦对人间还有留恋，那就不是成功的回归，最好是让它们彻底忘掉在人间经历的一切，自自然然地融入野性的世界。

第四章　铁打的营盘

第一道门户

铁打的营盘流水的兵。可可西里的守护者中有不少是军人出身,如治多县西部工委第二任书记、野牦牛队第一任队长扎巴多杰,可可西里国家级自然保护区管理局第一任局长才嘎,都曾在骑兵部队服役。"一日为军人,终身有军魂",对于他们,到可可西里只是换了一个战场,在同武装盗猎盗采团伙的斗争中,依然要面对血与火、生与死的考验。

才嘎和扎巴多杰是同龄人,都是1952年出生的康巴汉子,他们的人生经历几乎如出一辙。才嘎出生在玉树藏族自治州通天河边的一个小村庄,出生后不久母亲便带着他来到当时的玉树县结古镇(现更名为玉树市结古街道)。他从小和母亲相依为命,在玉树大草原上放羊,但无论生活多么艰难,含辛茹苦的母亲一直咬牙坚持送他上学。1968年,他从玉树民族师范学校毕业时还是一个十六岁的少年,但却有着比同龄人高出一头的强壮体魄,还有一身康巴少年从小练就的骑马本领。凭着这些突出优势,他被破格招进解放军某部,成为一名剽悍的骑兵战士。在他二十多年的军旅生涯中,历任班长、排长、参谋、武装部长和政委等职,一直在马背上冲锋陷阵。他最难以忘怀的就是那叱咤风云的军旅生涯,"骑马冲锋的感觉真好"!上世纪90年代初,他带着难以割舍的眷恋之情,从部队转业到三江源区的曲麻莱县,担任主管政法、民政等工作的副县长。尽管摘下了帽徽领章,但他却舍不得脱下一身军装,而那一身刚毅且硬朗的军人气质,早已化入了他的骨子里、灵魂里。

　　才嘎在部队时就去过可可西里,而曲麻莱县境西部的一些地区也属于可可西里,也曾组建曲麻莱县西部工委。作为一位主管政法工作的副县长,才嘎对可可西里的反盗猎行动也是义不容辞、责无旁贷。他和扎巴多杰一样,对可可西里的盗猎盗采现象既深恶痛绝又忧心忡忡。1997年12月,国务院正式批准设立可可西里国家级自然保护区,才嘎向组织请求加入可可西里的保护工作。当时,可可西里自然保护区还只设立了管理处,1999年正式更名为"青海可可西里国家级自然保护区管理局"。为了就近保护可可西里,随后将管理机关从距可可西里一千六百多公里的玉树州府所在地——玉树县结古镇前移至距可可西里一百六十多公里的格尔木市区。才嘎是可可西里管理机构的主要创始人,也是可可西里国家级自然保护区管理局第一任局长,后又兼任可可西里森林公安局首任局长。

　　才嘎受命于危难之际,那正是盗猎分子猖獗之际,可可西里荒原上到处都是藏羚羊血淋淋的尸骸、阴森森的白骨。而在管理局初创之际,人手短缺,经费紧张,既没有办公场地,又没有栖身的住处,十几个人只能挤在从一家小饭店租用的几间房子里,白天是办公室,夜里是宿舍,在办公桌上铺上被褥就是床铺。而当时,可可西里管理局连巡护车辆、通信工具和武器装备都没有,几乎无法开展正常的保护工作。才嘎只得上下奔走,到处求援,在原青海省林业局的支持下解决了格尔木基地的办公用房和住房问题,而巡山是用借来的汽车。随后,巡山队从盗猎分子手中缴获了两辆北京吉普车,才有了必备的巡山车辆。才嘎这位局长实际上就是一位巡山队长,他带领巡山队员深入可可西里无人区,查处采金、采盐、开矿、捕捞卤虫等破坏自然生态的非法活动,对盗猎分子进行长途奔袭、穷追猛打。他仿佛又回到了那纵横驰骋的军旅生涯,"骑马冲锋的感觉真好"!

　　1999年9月,巡护队员在青藏线查获了一起盗猎案,抓捕了四名盗猎分子。

第四章　铁打的营盘

盗猎分子何其猖狂，他们还有七八个同伙，同伙得知他们四人被抓非但没有逃之夭夭，竟然闯进了才嘎的局长办公室。当时，局机关工作人员寥寥无几，而那些精兵强将都在可可西里一线巡查，这也让盗猎分子钻了个空子。这些盗猎分子仗着人多势众，一拥而上把才嘎围了起来，他们挥舞着白晃晃的匕首逼着才嘎放人："不放人就要你的脑袋！"才嘎一下瞪大了眼睛，一声不吭地直视着气势汹汹的盗猎分子和那白得耀眼的匕首。这位倔强的康巴汉子长着一双牛铃般的大眼睛，那犀利的穿透力和威慑力，让色厉内荏的盗猎分子一下子产生了深深的恐惧感，那白晃晃的匕首简直跟纸片儿一样。

才嘎看着盗猎分子那熊样，一下哈哈大笑起来。

后来有人说，他仅凭一双眼睛就制伏了一群盗猎分子，才嘎却说："在国家法律面前，他们只能是一群貌似强大的乌合之众。"

可可西里管理局成立之初，不仅要与盗采盗猎分子斗争，还要理顺可可西里的管理机制。由于历史原因，当时参与可可西里保护工作的既有国家部门，也有地方政府，还有一些民间团体，由于没有理顺错综复杂的关系、形成统一的管理机制，在管理职能和管理区域上重叠交叉，各自为政，一度乱象丛生。这是才嘎走马上任后最伤脑筋的事情，他打了一个形象的比喻："五根手指可以攥成一个拳头，一致对付那些盗采盗猎分子，但五个指头也可以相互掐，个个都想出头，那就乱套了！"而可可西里国家级自然保护区管理局是负责保护管理区内资源和环境的唯一合法机构，依法行使国家有关法律、法规赋予的职责。对于才嘎这位第一任局长，这也是他的第一职责。当他大刀阔斧地对可可西里的混乱局面进行整治时，又难免有人站在各自的立场上指责他，误解他。但只要是认准的事，才嘎决不会退缩半步，他对那些不理解自己的人说："我可以容忍别人的误解，但我们的国家是法治国家，可可西里的管理同样需要纳入法制的轨道，这是必经之路。"

由于可可西里不同于别的自然保护区，在当时几乎无经验可借鉴，管理局只能从尝试开始，而每一次尝试都是在开创新的模式。在人类跨入新世纪的第一个年头，可可西里管理体制上的混乱局面终于理顺了，逐渐建立起了一整套保护体系，使保护工作逐渐走上了法制化、正规化的道路。这个体系，先是在距可可西里最近的城市格尔木市区开辟了基地，这又多亏了才嘎局长超前的想法和长远的布局，在格尔木当时的郊野买下了一片荒地，因陋就简地建起了办公楼和宿舍楼。大伙儿从租住房里刚刚搬过来时，这地方还没有街道，只有一条灰扑扑的土路，四周都是干打垒的土坯民房。如今，这里已是一个比邻闹市又闹中取静的地方，可可西里管理局已是这里的一座标志性建筑，看上去踏实又低调。

这个基地也是可可西里保护者的大本营，随后又组建了可可西里森林公安局，并在不冻泉、楚玛尔河、五道梁、沱沱河先后建起了四座常设保护站。2001年1月，随着治多县和曲麻莱县西部工委走进历史，其业务和部分人员归并可可西里国家级自然保护区管理局，杨欣和"绿色江河"的志愿者将索南达杰保护站正式移交给可可西里管理局，管理局原设的楚玛尔河保护站也并入了索南达杰保护站。此外，管理局还在可可西里腹地的卓乃湖畔建起了一座季节性的卓乃湖保护站，那里是藏羚羊的天然大产房。整个可可西里自然保护区现共有五座保护站。这些保护站最初都是利用青藏公路沿线的兵站、公路道班的废旧房屋和临时帐篷而设立的，几乎都经历了从帐篷到板房、再到砖混建筑的发展历程。

这一座座处于可可西里最前沿的保护站，如同一座座铁打的营盘，沿纵贯可可西里的青藏线自北向南一字排开，绵延两百余公里，为这个国家级自然保护区构筑起了一道坚固防线。这每一座保护站就像一座山门，前边是自北向南纵贯可可西里的青藏线，背后是可可西里自然保护区，而每一座保护站都拱卫着、纵深守护着与之对应的区域。这些保护站既相对独立，又相互配合。驻守各站的保护人员既要在自己的管护区域内巡山或沿青藏线巡查，还担负着接应和支援主力巡山队的后勤保障工作。在这五个保护站之间，为了调节长期单一的工作方式和单调乏味的无人区生活，各保护站的工作人员要不定期地更换站点、互相交流。时间一长，每个保护人员几乎在各个保护站历练过。

若从时间看，索南达杰保护站是可可西里最早成立的保护站，从地理位置和设备设施看，堪称是一座中心保护站。

第四章　铁打的营盘

若从空间看，从格尔木市出发，在翻越昆仑山后，我们自北向南穿越可可西里的第一站为不冻泉保护站，它坐落在昆仑山口南麓脚下的不冻泉畔，海拔4601米。这个海拔在可可西里不算高，但从海拔2800多米的格尔木市区陡升至这样的高度，这个落差实在太大了，大多数人都会发生高反。这里还是个风口，往这儿一走，"大风起兮云飞扬"，那风是从昆仑山口呼啸而来的西北风，那云是从昆仑山东段最高峰——玉珠峰飞扬而来的雪云。

在这高寒区域，居然有一个经年不冻的泉水潭。这泉眼很小，大约只有八平方米，远远一看，就像可可西里的一滴眼泪。为了让它不受污染，四周围了一圈铁围栏。透过清澈见底的泉水，可以看见泉水一直不停地从地下喷涌而出。在民间传说中，这是一眼神泉，相传玉皇与王母之女那月与格萨尔王互生爱慕之情，两人在昆仑山下幽会时被王母发现。为了拆散这一对跨越仙界与人间的恩爱鸳鸯，王母把那月锁在天宫深处的闺房中，再也不许他们相见。那月终日以泪洗面，满头青丝化作白雪皑皑的玉珠峰，泪水化作了这冷冽甘甜的不冻泉。这涓涓清泉在草滩上流淌成一条小溪，终归也是注入江河的源泉。一位仙女与英雄的绝恋，虽是神话传说，却也与这绝美的自然风景着实对应，可可西里就是格萨尔王的降妖伏魔之地，那玉珠峰的倒影清晰地映现在不冻泉的粼粼波光之中。

这一眼小小的泉水还是一个重要的交界处，往东，是三江源国家级自然保护区，往西，则是可可西里国家级自然保护区，青藏公路与青藏铁路从此穿过。一看就知道，只要你想进入可可西里或三江源区，这都是一道谁也绕不开的咽喉和关卡。这里是进入可可西里自然保护区的北大门，由于它位于保护区的最东边，又称"东大门"。而不冻泉保护站，就是扼守两大国家级自然保护区的第一道门户。从前，可可西里的这第一道门户形同虚设，那些淘金客和盗猎者就是从这里进入可可西里腹地的。自从这里建起了保护站，这道大门从此有人严加看守了。

这是离格尔木市区最近的（约180公里）一个保护站，也是五座保护站中唯一拥有饮用水源的保护站。可可西里最缺的就是饮用水，这里守着一眼不冻泉，近水楼台先得月，连索南达杰、五道梁保护站也要来这里打水。这里还是青藏线上的一个重要驿站，沿青藏线建起了一条短短的小街，街边上大多是铁皮屋，开着几家小卖铺、小饭馆、小客栈和补胎充气的修车铺，南来北往的司机、骑行者和背包客都会在这里歇歇脚。几家开店的人，有汉族、回族和藏族，你在这里可以吃到汉族的饭菜、回族的拉面、藏族的糌粑和酥油茶。有人告诉我，走过路过，有一家小店千万不要错过，那是一位藏族大姐开的扎西超市。这个小超市其实是小卖部与藏餐馆相结合，屋子虽说简朴，却收拾得像家里一样温暖而舒适，中间摆着两排藏桌，铺着干净整洁的桌布，摆放着风干肉、糌粑和酥油饼。无论你何时进来，那炉子都烧得红红火火的，女主人在炉火旁手脚不停地忙活着，那被火光映红的脸庞看上去热乎乎的。她在这里开了二十多年的店，很多来来往往的人都认得她，这里的巡山队员亲热地叫她"阿佳拉"，在藏语里，阿佳拉就是"大姐"的意思。队员们每次巡山归来，在回保护站之前都会先钻进扎西超市喝一碗热气腾腾的酥油茶，感觉一身的寒意和疲乏都消除了，那精气神儿又"噌噌噌"地回来了。

　　这位阿佳拉也有太多的故事，这里暂时不说了，先留下一个伏笔。

　　无论从哪方面看，不冻泉都是可可西里条件最好的一个保护站。然而这只是我用一个外人的眼光看，只有在这里长久守护过的人，才知道个中滋味。

　　这里就从一个叫詹江龙的巡山队员说起吧，一听这名字我还以为是汉族，其实他是一位在青藏高原土生土长的康巴汉子，也是与罗延海被同一辆卡车拉来的第一批主力巡山队员之一。那时詹江龙还是一个二十二岁的小伙子，浓眉大眼，天生一头略显蜷曲的头发，几年戎伍历练，又练就了一身英武的军人之气。刚来时，可可西里还没有一座保护站，不冻泉也没有什么驿站或小街。那是可可西里最寒冷的季节，冰雪覆盖着高原上的一切。在阴风怒号的荒野上，只有几只乌鸦在他们头顶一边盘旋，一边发出"哇哇哇"的嘶鸣。可可西里的乌鸦特别大，看上去像一只只老鹰，那声音也特别尖锐。在这荒无人烟的地方，这些乌鸦仿佛看见了一群突然闯入这里的不速之客，你也不知它们是在发出警告，还是灾难性的预兆。而詹江龙他们当时连睡袋也没有，只能在冰天雪地里挖个避风的土坑，从马褡子里拽出帐篷。那时搭帐篷连钢支架也没有，只能用带来的木棍支撑，再在雪地上直接铺上一层塑料布，一个个裹紧被褥挤在土坑里边，挤得越紧越好，这样才能用彼此的体温相互取暖。而比被褥更暖和的是纷纷扬扬落在他们身上的大雪，一早起来，大伙儿发现，他们都躺在厚厚的大雪里。

随后，他们在这里搭起了一顶帐篷，这就是最初的不冻泉保护站，一开始还叫观察站。为了加强对青藏公路沿线的监控，他们在进入可可西里无人区的岔口都做好标记，每天都要去检查标记处是否有别的车辆进入。詹江龙和几个巡山队员白天分组轮流巡守，一边沿青藏线巡查，在进出可可西里保护区的道口设卡检查可疑车辆，一边拿着藏羚羊等野生动物的图片，问那些过往司机和游客看没看见藏羚羊和别的什么野生动物，劝导他们如何远离野生动物，千万不要伤害野生动物。那正是藏羚羊种群数量濒临灭绝的低谷时期，很多人对藏羚羊也只闻其名却未见踪影，他们总是拦着巡山队员盘问："藏羚羊在哪里呢，长什么样儿啊？"面对这样的盘问，詹江龙总是露出一脸的茫然和尴尬，他是奔着藏羚羊而来，他的职责就是守护藏羚羊等野生动物，但那时在青藏线和不冻泉附近几乎看不见藏羚羊，他也没有近距离看见过藏羚羊，只是远远地瞥见过一两次，还没有看清藏羚羊长得是啥样儿，一晃就不见了。他看得最清楚的也只是藏羚羊的图片，一张纸片儿。

那时他们都挺年轻，谁也不觉得白天的巡护有多累。要说累，还是晚上，他们挤在一个帐篷里睡觉，大伙儿的神经都绷得紧紧的，连做梦都是睁一只眼闭一只眼。尤其是深更半夜，只要听见有车辆驶来的声音，他们一下就惊醒了，立马就要出来检查，严防盗猎分子偷运贩卖藏羚羊皮和其他非法物品。詹江龙还清楚地记得，1999年9月的一天深夜，几个队员拦下一辆从格尔木开往拉萨的货车。那是一辆康明斯大卡车，几乎是冲着他们飞驰而来，一看就是想要闯关。一个队员赶紧放下栏杆，大卡车才"嘎"地一个急刹，车轮卷起一股带着橡胶焦臭味的尘土，灰扑扑地直冲队员。他们哪里还顾得上这些，一个个敏捷地翻上车去检查。结果却让大伙儿很失望，那车上堆着一袋袋尿素，码得层层叠叠、整整齐齐，看不出一点儿破绽。而在当时，从青海运化肥去拉萨的车辆也是十分常见的。又看那货车司机和押车人员，两人站在车边上抽烟，也是一脸的淡定，看不出一点可疑的神色，仿佛什么事也没有。而恰好是这种格外的镇定,让詹江龙感觉有事。在手电的照射下,他把第一层化肥全都翻起来了,还是没有发现异常情况。当他开始翻第二层时,眼里蓦地一红,看见了一片从化肥袋里渗出来的血迹。那货车司机和押车人员一看露出了破绽,随即露出了惊惶的神色,连手里的烟头都开始发抖了。果不其然,当詹江龙和队员们把第二层化肥袋翻开后,那底下全都是压着的藏羚羊皮。几个队员愣愣地看着,每一双眼睛都是血红的。

谁也没想到,他们来这里第一次近距离看见的藏羚羊,竟然是一张张血淋淋的羊皮。

每一个保护站的工作人员,除了守护着青藏线上进入可可西里无人区的道口,还要深入可可西里荒原深处巡山。多少年来,这些巡山队员,谁又记得自己一共巡了多少次山?但谁也不会忘记自己第一次巡山的经历。

詹江龙还记得,他第一次巡山是乘一辆租来的东风大卡车,大伙儿将车斗用油布一蒙,既可以装东西又可以坐人。一大早,巡山队员们就往卡车上装运燃油、食物、淡水,该装的一样也不能少,不该装的一点也不能多。为了车上多坐一个人,多装一点必备的生活物资,还要留下空间来装缴获的藏羚羊皮,每个人都将行李减到最少的程度。当一切准备停当,这些奔赴无人区的巡山队员便与留守在不冻泉营地的兄弟们一一拥抱和贴面告别。这是藏族的传统礼仪,也是巡山队员一直延续至今的一个神圣而庄严的仪式。谁都知道,这一别有可能是生离死别啊,此刻,没有人多说一句话,一个个粗犷的汉子,一条条粗壮的胳膊,只是相互紧紧拥抱在了一起,久久不愿分开。

可可西里自然保护区地势高耸,昆仑山脉绵亘境北,可可西里山横穿中西部,乌兰乌拉山横贯境南,整个地形呈西南高东北低,从海拔6860米的布喀达坂峰巅到东部海拔3850米的通天河沿岸,高差三千多米。而从青藏线进入可可西里腹地巡山,就是一直向海拔越来越高、地势越来越凶险的地方走。在长途跋涉的巡山途中,就算是夏天,车外也是寒风凛冽、沙尘漫天飞舞,那油布车篷也抵挡不住寒风与沙尘。在连续奔波中,饿了就啃一口干饼子,渴了就喝一口冷水,没水了,就只能喝冰川雪水甚至是浑浊的泥坑积水。途中歇息时,若能用喷灯打着火烧上一壶热水,泡一包方便面或煮上一顿半

第四章　铁打的营盘

生半熟的挂面吃,那就是奢侈的大餐。詹江龙还记得,他们第一次进入无人区时,由于帐篷太重车拉不动,就没有带帐篷进山,七八个人除了下车巡山,不管白天黑夜都猫在车里,夜里只能裹着大衣挤在车里睡。这些巡山队员都是手长胳膊粗的大块头,挤成一团,手臂伸不直,腿更伸不开。睡到后半夜,大伙儿都在说梦话:"哎哟我的脖子疼啊""哎哟我的腿上像压着石头啊"……一旦冻醒了,就再也睡不着。为了节省一点宝贵的燃料,谁也舍不得开暖气,冻得实在受不了,就下车去转圈圈小跑,跑得浑身有了一点热气,再上车挤在一起。

一开始,谁也不知道这条路有多远,这一趟要走多长时间。别看这小小的保护站只有寥寥数人,其管辖范围却荒凉无边。从地图上看,不冻泉保护站的管护区域大致是一处对角线的位置,这一带为可可西里东北部昆仑山脉南缘太阳湖—库赛湖湖盆带,有人说这里是可可西里最"贵"的地方,这些河谷和湖盆周边分布着大片高寒草甸,在沙砾遍布的粗砺色彩中,艰难地生长着针茅、蒿草、早熟禾、苔草、莎草、镰叶韭等低矮的高原植被,低得几乎像苔藓一样紧贴着地皮。就是这样贫瘠的草地,养育着藏羚羊、藏原羚、藏野驴、野牦牛等珍稀野生动物,而这地底下还蕴藏着令人垂涎的金矿。

从不冻泉向可可西里自然保护区西北角的卓乃湖、太阳湖一带行驶,沿楚玛尔河谷有一条进入可可西里无人区的便道,这所谓的"道",最早是那些盗采沙金者的大型机械辗轧出来的车辙,后来又成了盗猎者的路径。这车辙在车轮的反复辗轧下越来越深,就像两道被撕裂的伤口,向着苍茫无尽的天边延伸。在这高寒极地,植被的生长极其艰辛而缓慢,亿万斯年才能长出一层薄薄的草甸,庇护着这脆弱而贫瘠的土地,而一旦遭到破坏,那无遮无挡的风便会乘虚而入,轮番盘剥裸露的土壤,从草滩变成沙滩,从沙滩变成荒漠,这种不断沙化的结果对于可可西里的自然环境是毁灭性的,而若靠自然修复是极其缓慢而漫长的。为了不让脆弱的高寒草甸再次遭受辗轧,巡山队员也只能循着盗采盗猎者留下的车辙走。这一路上要穿越沙漠、戈壁、沼泽、河流、湖泊,而从昆仑山、马兰山到可可西里山等山脉又广布千年冰川,除了看得见的危险,随时随地还会遭遇暗藏的凶险。

尽管一路颠簸、头昏脑涨，但头一回进入可可西里腹地的詹江龙和队友们一直充满好奇地睁着眼睛，在荒原上搜寻藏羚羊的身影。那时因正处在藏羚羊种群数量的最低谷期，加之盗猎分子的猎杀让藏羚羊高度警觉，它们大都远远躲在人类的视野之外，想要看见藏羚羊还真不容易。他们在路上跑了两天，别说藏羚羊，除了几只窜来窜去的黑唇鼠兔，很长时间连一只野生动物都看不见。而在被淘金客挖得千疮百孔的草滩与粗沙砾石之间，犹见白骨森森，那是经过长时间风化剥蚀的藏羚羊头骨和犄角。这让大伙儿心里一阵阵发凉，难道藏羚羊都被盗猎分子打光了？直到第三天，他们才看到四五只野生动物的踪影，只是隔得远远的，在阳光的照射下像幻影一样，还没看清是什么动物就一掠而过了，就这几个幻影也让大伙儿一下提起了精神。

一次，有个小伙子由于高反憋得慌，正对着车外哇哇呕吐，忽然惊喜地叫喊起来："看，藏羚羊！"

詹江龙兴奋地一下蹿了起来，顺着小伙子手指的方向远远望过去，那一眼望不到尽头的荒原上，只见大片大片的滩涂和稀稀落落的草甸。他是军人出身，那视力是不用说的，连遥远天际的一只雪鹰的翅膀也看得一清二楚，可他把眼睛瞪得再大，就是看不见一只藏羚羊的影子。可那小伙子仿佛出现了幻觉一般，还在手舞足蹈地喊叫："看看看，就在那儿，大概有五六只！"

詹江龙一边揉着眼睛一边仔细看，这次他终于看见了，在远方那雾气升腾的地平线上，依稀浮现出几只黄褐色的身影，一边低头吃草，一边警觉地朝他们这边打量，但他根本看不清楚那是藏羚羊还是藏原羚。只要人们向其靠近，它们就会随着延伸的地平线向远处移动，似乎永远也不让你接近半点，永远也不让你将它们看清楚。詹江龙一直眼睁睁地看着，可还没等他看清楚，又猛地被一个颠簸摔得跌坐下来。

这就是当时的实情，由于盗猎分子多年的猎杀，可可西里的野生动物种群数量跌入低谷，若能远远地一瞥那神秘的踪影，哪怕是一掠而过或惊鸿一瞥就非常幸运了。倒是那些神出鬼没的盗猎分子，他们更懂得藏羚羊的习性，知道藏羚羊在哪里。巡山，就是一路巡查追踪盗猎盗采的线索，看有没有车辆进入自然保护区，然后根据车辙分析是不是盗猎或盗采的，若是，那就必须一追到底。而那个时候，巡山队员的装备还远远比不上那些武装盗猎团伙，他们一晚上就可以猎杀几十甚至上百只藏羚羊，一张藏羚羊皮就是一千多块钱，一夜之间，就是上十万块钱的收入。有了钱，他们买的都是好车，好多都是最新款的，这东风大卡根本追不上。巡山队员只能跟他们比意志、比毅力，你歇息，我不歇息，你睡觉，我不睡觉。在连续不断的追击中，队员们每天的睡眠顶多能保证四个小时，有时更少。

卓乃湖、太阳湖一带是藏羚羊的天然大产房，一直是藏羚羊惨遭屠杀的重灾区。那时卓乃湖一带还没有设立保护站，只在夏季设有一个临时观察点。从不冻泉保护站到卓乃湖的直线距离只有一百四十多公里，是所有保护站离卓乃湖直线距离最近的，詹江龙第一次巡山时，他们来回竟走了一个半月，行程四万多公里，差不多沿赤道绕了地球一圈。当巡山队员回到格尔木基地，连才嘎局长都不认得他们了，一个个蓬头垢面，裹着灰扑扑的、被风撕裂了的大衣，那乱蓬蓬的胡子几乎遮住了半个脸孔，看上去就像一群刚从原始森林里钻出来的野人。

这巡山有了第一次，接下来就会有第二次、第三次，但在那巡山路上走上二十年，谁也记不清走过多少次了。詹江龙还记得一年夏天，他和队友们在卓乃湖一带巡山的途中发现了盗猎分子的踪迹，巡山队长随即率其他队员全部投入了追捕行动，只留下詹江龙一个人、一辆车驻守在卓乃湖畔，守护正在这里产仔的藏羚羊。坚守其实比追捕更难，尤其是一个人。一开始，他也没想到会有那么漫长的坚守，只以为队友们打掉盗猎团伙后就会赶回来会合，最多也就是三五天吧。然而，一个多星期过去了，他站在卓乃湖畔的黄昏里，望着队友们走过的那条蜿蜒曲折的车辙，却不见一个归来的身影。这让他的心一下悬了起来。他不是为自己担心，而是担心队友迷路或陷车，他们去追击时车上没有带多少食物和饮用水，而当时的巡山队员还没有卫星电话一类的通信工具，如果发生了这样的情况，他就是离战友最近的救援队员。随后，他便带上食物和饮用水，循着队友的车辙一路驱车往前寻找。从一大早走到夜幕降临，他也没有发现队友的踪影，最后只能返回卓乃湖保护站的帐篷里。而实际上，那些巡山队友也确实完成了抓捕任务，并将盗猎分子押解到了格尔木基地，但就在重返卓乃湖的途中，遭遇了一场暴风雨，一条归途变成了烂泥滩，任你左冲右突，那车辆再也开不进来了。这些情况，一个与世隔绝的守望者又怎能知道？可可西里往往是那边下大雨，这边出太阳，他也不知道队友们或救援队员们遭遇了怎样的天气，只能日复一日地继续坚守，几乎望眼欲穿，从清晨到天黑，在空茫茫的大地尽头却看不见一个人影，然而又一个漫长的黑夜降临了……

詹江龙一个人在卓乃湖没日没夜地守护了二十多天，每天坚持沿卓乃湖巡护。夜里回到帐篷里，他才打开煤气罐和小火炉，煮一些简单的速食填饱肚子后，又开始为第二天的巡护做准备。由于身体严重透支，他可能是没有足够的力气拧紧煤气阀，遭受了一次煤气中毒。在头晕目眩中，一开始他还以为是高原反应，旋而感觉越来越不对劲，仔细一看才发现是煤气泄漏。这一切都只能靠他独自挣扎和自救了。第二天一早，当他挣扎着爬起来时，卓乃湖天气骤变，刚刚还见鲜亮的朝霞披挂在天边，转眼间天色阴沉下来，不一会儿，狂风便夹裹着冰雹猛地袭来。这看似突兀的变天，其实也是季节变化的标志，可可西里短暂的夏季就要结束了。藏羚羊对天气或季节变化也有更为灵敏的反应，在此之前它们已产仔完毕，纷纷踏上了归途。随着藏羚羊安全撤离，一个守望者的使命也就告一段落了。詹江龙朝着东北方向引颈长望，依然没有看见队友或救援人员的身影，于是决定独自返回。在可可西里，孤旅是最危险的。他驾驶着吉普车顶着狂风艰难地行驶着，纷飞的雪花弥漫了整个天地间，能见度极低，根本看不见前边的路。途中，车子陷入了烂泥滩。他爬下车一看，还好，车轮陷得还不深。若是和队友们在一起，这样的陷车几个壮汉一推就能爬出来。而眼下，只能靠他一个人的力气了。他用锹挖了几分钟，就开始呼哧呼哧喘气。一个身体严重透支又刚遭受煤气中毒的人，在这海拔五千多米的高原上，想要把车挖出来，那就只能豁出命来了。他倚靠在车轮上，坐在烂泥滩里歇了一会儿，又挣扎着起来接着挖。就这样，他挖几分钟再歇一会儿，断断续续一直挖了六个多小时，只觉得整个手臂的力气乃至整个生命都快要耗尽了，可那车轮依然陷在泥潭里。当救援人员发现他时，他已满头冰花，连胡须和眉毛上也结了冰，紫黑色的嘴唇已完全爆皮，

第四章　铁打的营盘

血珠从皲裂的嘴唇一滴一滴往外冒……

从第一次巡山到如今，詹江龙在这漫漫巡山路上一走就是二十年，从一个毛头小伙子走成了一个年过不惑的中年汉子。我见到他时，他已担任不冻泉保护站站长和可可西里森林公安局不冻泉保护站派出所所长。那早已在旷野长风中吹干的皮肤、被高原强烈的紫外线炙烤过的脸庞，像可可西里的荒原一样雄浑粗犷。

或许，只有透过这个康巴汉子粗犷的身影，才能真正看清镇守可可西里的第一道门户：从最初一个土坑、一顶帐篷的观察站开始，到2001年正式设立不冻泉保护站，这里的守护人员从帐篷搬进了板房，几年后又从板房搬进了砖混结构的房子。如今的不冻泉保护站几经改造和扩建，看上去更像一座铁打的营盘了。这是一座带庭院的"山"字形建筑，乳白色的瓷砖外墙镶嵌着天蓝色的不锈钢玻璃窗，柔和的光色与硬朗相结合，特别强调采光、避风、保暖和防紫外线辐射的功能化设计。这庭院中间是由锯齿形砖块围成的一个圆环，摆放着一块硕大的花岗岩标志石，一看就能感觉到一种坚如磐石的意志与定力。这磐石烘托着一面五星红旗和一面绿色的旗帜，在玉珠峰飞扬的雪云映衬下猎猎生风。特别值得一提的是，在保护可可西里的同时，可可西里管理局和青海大学医学院还在不冻泉保护站联合设立了可可西里高原医学研究基地。这是目前国内海拔最高的医学研究基地，主要从事高原生物和医学、高原病防治等方面的研究，并为过往患者提供医疗服务。像我们这些远道而来的内地人，一旦高反发作、头疼欲裂，往往感到特别无助，而在绝望之中，一眼看见这个保护站，下意识地，就感觉自己卑微而脆弱的生命也多了几分保障。

对于坚守在一线的保护人员，可可西里管理局一直在竭尽所能地为他们创造更好的工作条件和生活条件。可在詹江龙的内心中，最看重的从来不是这些，而是可可西里的自然生态。这里就透过他的眼光来看看吧——

他二十多岁时，时常被往来于青藏线上的人们拦着问："藏羚羊在哪里？藏羚羊长什么样儿？"那时他只能把藏羚羊的图片儿拿给他们看。哪怕到可可西里腹地巡山时，他们也很少看见藏羚羊和其他野生动物的踪影。

他三十多岁时，又时常被青藏公路上拿着望远镜和长焦镜头的游客追着问："那是什么动物？是藏羚羊吗？"尽管那时可可西里再也没有响起过盗猎的枪声，但藏羚羊依然对人类保持高度警觉，只有用高倍望远镜和长焦镜头才能捕捉到其邈远的身影。

现在，他四十多岁了，那巡山的路他不知走过多少遍，早已是他走得烂熟的一条道。只是，再也没有谁拦着他、追着他问这问那了。曾经，这高原精灵温驯而善良的天性给了盗猎分子可乘之机，在血腥的屠杀下它们视人类为最可怕的天敌，只要看见了人类的影子或嗅到了人类的味道就会远远逃离。二十多年来，人类的友善又渐渐赢得了它们的亲近，青藏线上的过往游客，哪怕隔着车窗也能近距离观察和拍摄到藏羚羊的身影。

每当詹江龙看到藏羚羊矫健的身姿在可可西里飞奔，他那粗犷的脸上便绽开了自豪的笑容："看着那些活蹦乱跳的野生动物，哪怕一辈子的辛苦都值了！"

生命通道

从不冻泉一路南行，经过清水河畔的索南达杰保护站后，一条路越来越难走了。

这一带原本就是冻土地带，又有着极为悬殊的季节性温差，夏季最高温度达三十八摄氏度，冬季最低温度达零下四十六摄氏度。在这样的极端气候条件下，冻土区就会出现热融湖塘、暗河、冻胀丘等现象。除了在地表能看到的热融湖塘外，到了夏季，随着气温升高、冻土融化，还会在地下二三十米之间形成暗河。入冬之后，热融湖塘和暗河又因气温的急剧下降而形成突出地表的冻胀丘。在热胀冷缩的作用下，青藏公路不断扭曲变形，变成了一条典型的"搓板路"。而夏天是可可西里的暴雨多发季，一场暴风雨过后，楚玛尔河上游洪水猛涨，将青藏公路冲刷成了一条沟沟坎坎的翻浆泥路，而路况最差的就是从清水河到秀水河这一带。

这儿已是五道梁保护站的管护区域。若从空中俯瞰，在一片巨大的高原平台上，由北向南凸显出五道层次分明的山梁，这就是五道梁之名的由来。这一带位于治多县索加乡与曲麻莱县曲麻河乡的交界处，为可可西里无人区南部边缘。若从地图上看，这一带还真是个好地方，北有清水河，南有秀水河，海拔高度只有 4675 米，比索南达杰保护站还低一百多米。从昆仑山到唐古拉山，海拔超过五道梁的地方占大多数，但由于五道梁土壤含汞量较高，植被稀少，这里一直是可可西里自然条件最为恶劣的地带。在五道梁的纵深地带，还有磁性很强的玄武岩，那些基岩能释放出三千高斯的强磁场，令人头晕胸闷，连 GPS 等无线电仪器都会失灵。加之这一带正处于昆仑山与唐古拉山之间的一个大风口，人道是"一年只刮一次风"，从大年初一刮到大年三十。一下车，我就猛地打了个趔趄，那一股大风一下就能把你的腰吹弯。

关于在五道梁的说法，多得不得了。从青海至西藏，走青藏线，都要经过昆仑山纳赤台，那边过来，很多人在那里也会发生高反，但同五道梁相比，纳赤台算得了什么？人道是："纳赤台得了病，五道梁要了命。"意思是，在纳赤台得了病还没事，一到五道梁那就没救了。哪怕是健康的人，"到了五道梁，哭爹又喊娘"。还有更吓人的话："到了五道梁，难见爹和娘！"这还真不是吓唬你，那种强烈的高原反应还真是让人受不了。我在不冻泉和索南达杰保护站时，还只是感觉走路有点发飘，看东西恍恍惚惚，可一到五道梁，那种头疼欲裂的感觉一下就上来了。别说人，连面包都有强烈的反应。我从格尔木买了面包当途中的干粮，到了五道梁正好是午餐时间，那包装袋里面是充气的，打开一看，这些面包竟然"噗噗噗"地爆开了一大半，那些没爆的也个个鼓胀起来。而在高海拔和低气压的状态下，人体内部也是有压力的，随着海拔增高、气压变低，空气越来越稀薄，肺腑内的氧分压随之降低，血红蛋白不能被氧饱和，出现血氧过少，这就会给人们带来呼吸困难、心跳加剧、脑袋肿胀的高原反应。到了这里，我就只有喘气的份儿了，心口"咚咚咚"

地跳的慌，尤其是头疼，疼得你恨不得把脑袋从脖子上拧下来。

五道梁是青藏线上最难过的一道关，甚至是一道传说中的鬼门关，"到了五道梁，一脚阴来一脚阳"。过得了五道梁，那接下来你翻风火山和唐古拉山口都没什么问题了。像我们，再难受只是这里的匆匆过客，而五道梁保护站的工作人员却要长年累月在这里驻守。有人说，这里的巡山队员，一个个都是在鬼门关里闯荡的汉子。

这里是从格尔木过来的第三座保护站，也是可可西里管理局建起的第一个保护站。那是1998年，可可西里管理局成立不久，就在五道梁兵站的一个废弃机务站里设立了一个保护站。这里位于长江北源楚玛尔河畔，楚玛尔河又译为"曲麻莱河"，藏语意为"红水河"，发源于可可西里山黑脊山南麓，自西北向东南一路弯弯曲曲流淌而来，在五道梁一带转头流向东南，然后汇入长江上游干流通天河。

二十多年来，这座保护站伴随着楚玛尔河流逝的岁月，几经改造升级，而今已是一座充满了现代感的保护站。主体建筑是两排平房，还有一排彩钢板房，建筑风格看上去跟不冻泉保护站差不多，站房位于可可西里保护区东部边缘的青藏线上，坐落在一处背风朝阳的凹地里。这里正好处于沿青藏线四站的中线上，是连接各保护站的枢纽，也是方圆百里唯一还有人迹的地方。五道梁保护站的管护区域约一万五千平方公里，位于可可西里自然保护区中部，横贯两个狭长的湖盆地带，北为勒斜武担湖—卓乃湖湖盆带，南为西金乌兰湖—多尔改错湖盆带。多尔改错是可可西里最大的淡水湖，也是长江源头第一大湖，位于长江北源楚玛尔河上游，承纳楚玛尔河源头水流，然后由东端出口再汇入楚玛尔河，东西长约三十公里，南北宽约五公里，面积约为一百四十二平方公里。而这个面积是不准确的，由于湖面渐趋缩小，枯季出口断流，只有涨水时才有湖水溢出，注入楚玛尔河。随着湖水减少，水域退缩，矿化度不断增高，这个宝贵的淡水湖正在逐渐演变为咸水湖。在湖的南岸与远处缓丘岗地之间有宽约五公里的沙砾地，散布在这块沙砾地上的许多小湖泊，就是多尔改错退缩的残迹。

在五道梁保护站还附设了可可西里野生动物研究站和野生动物监测站。

第四章　铁打的营盘

野生动物研究站由中国科学院动物研究所和可可西里国家级自然保护区管理局联合建立，双方通过优势互补开展高原珍稀野生动物生态学和保护生物学研究。野生动物监测站以青藏铁路五北大桥为主要监测点，对藏羚羊迁徙、候鸟迁徙、其他野生动物活动及其相关数据进行详细监测和记录，为珍稀野生动物的保护、管理提供科学依据。

藏羚羊的迁徙种群大致可分为三部分，一是青海省境内的藏羚羊群，它们从楚玛尔河大桥和五道梁区间通过，在穿过青藏铁路和青藏公路后自东向西穿越可可西里腹地，向卓乃湖东岸迁徙，而从索南达杰保护站到五道梁，这段近百里的青藏线就是藏羚羊在青海省内的主要迁徙通道，又主要集中在五道梁北部楚玛尔河沿一带；二是位于藏北羌塘的藏羚羊群，它们越过青藏公路后从沱沱河北面的二道沟一带进入苟鲁谷地，从东南进入可可西里腹地向西北的卓乃湖迁徙；三是位于阿尔金山地区的藏羚羊群，它们由西向东经过鲸鱼湖，到达卓乃湖西边产仔。

追溯藏羚羊的迁徙通道，据那些曾世居在可可西里一带的藏族雅拉部落的人口耳相传，阿卿羌塘大致有三条藏羚羊产仔的迁徙通道，但一直以来，许多人都认为那只是传说，在索南达杰之前几乎没有人认真地去细究过，更没有实地考察过。索南达杰当年寻访了不少雅拉人，通过一些传说中的地名，找到了打开藏羚羊迁徙之谜的钥匙。据他考证，藏羚羊迁徙通道在藏语中称为"阿卿祖兰"，这是一个古老的地理名词。藏羚羊大规模迁徙是为了产仔，由于怀孕待产的母藏羚羊爬不了山，下不了坡，它们只能选择地势平缓、水草丰茂的河流宽谷长途跋涉，千百年来自然形成了三条神秘而古老的迁徙通道，大致沿南、中、北三条路线通往卓乃湖和太阳湖一带，那里是藏羚羊的天然大产房。南线以雅玛河谷为起点，沿着冬布勒山—乌兰乌拉与格勒山脉—查森山脉间的宽谷一路向西北方向延伸；中线从沱沱河保护站所在地二道沟开始，沿格勒山脉—查森山脉与可可西里山脉之间的宽谷穿行；北线则是可可西里山脉与昆仑山脉之间的宽谷。这三条东西走向的宽谷，就是藏羚羊产仔的千年迁徙通道。索南达杰通过实地考察，在格勒山脉间的格勒湖以西，他发现了一大片茫茫平川，在地名记录本上用藏语写下"巴毛秀拉"这个地名。巴毛,指格萨尔史诗中最勇敢的女将阿达拉姆,她是阿卿羌塘(可可西里)的主人。秀拉,意思是畜圈,泛指野生动物的栖息地。索南达杰还在这个地名下标注:这里有上中下三大藏羚羊平原。那一刻,他坐在巴毛秀拉被阳光照亮的草甸上,仿佛看见:"阿达拉姆正依偎在一群藏羚羊身旁,是那么的温柔和恬静……"

这三条藏羚羊的迁徙通道,每一条都堪称生命通道,而其中最重要的就是五道梁一带。这条东西走向的藏羚羊迁徙通道,大致就是巡山队员从青藏线各保护站进入可可西里腹地的巡山路线,这是历史与现实的巧合,又何尝不是人类与自然生灵不约而同的选择,一切都是自然而然的。而从沱沱河保护站到索南达杰保护站之间,就是藏羚羊迁徙通道的中线,五道梁和楚玛尔河一带正好处于中间位置,这是藏羚羊迁徙通道的核心区。

据野生动物专家多年的监测和考证,藏羚羊的正常迁徙与它们的繁殖生育直接相关,除个别地区的个别小群体外,绝大多数藏羚羊群落都有长途迁徙、集中产仔的习性,这对藏羚羊种群的生存和繁衍是有利的。除了短暂的夏季,藏羚羊一群群分散栖息在辽阔的高原大地上,每一个群落都有自己觅食的草原和栖息的家园。每年的 11 月至 12 月,藏羚羊进入交配期,妊娠期约两百天。每年 5 月至 8 月,藏羚羊开始大规模迁徙,7 月集中产仔,迁徙的高峰期一般持续十天到半月。藏羚羊每胎一仔。在野生动物中,藏羚羊的繁殖率是较低的,若不加以保护,藏羚羊的种群数量就会锐减。每年 4 月底或 5 月初,随着积雪逐渐消融,雪线下的高寒草甸开始萌发生机,公羊母羊开始分群而居。当可可西里的夏天将至,那些怀孕的母羊仿佛于冥冥中听到了神秘的召唤,从各个分散的栖息地开始陆续聚集,然后踏上漫长的迁徙之路。而根据当年的环境和气候因素,藏羚羊开始大规模迁徙的时间也会随之提前或延后。

这是纯母系的迁徙大军,在母羊集中迁徙产仔的季节,公羊则带着上年出生的小藏羚羊一起在它们原来的栖息地结成较小群体生活。有人猜测,公羊和小羊不加入迁徙队伍,有可能是为了不与母羊在迁徙途中或迁徙地争食。也并非所有的藏羚羊都会迁徙,有部分会留在原来的栖息地待产,但大规模迁徙产仔一直是母系藏羚羊的主流。世世代代的母系藏羚羊从来没有忘怀它们的迁徙季节和路线，即使上世纪末，正值可可西里的盗采盗猎给藏羚羊带来灭绝性的灾难时期，一到迁徙季节，它们依然会踏上那条危险的迁徙之路。

迄今为止，藏羚羊夏季产仔的大迁徙和非洲角马、北极驯鹿的大迁徙，并称为地球上最为壮观的三种有蹄类动物大迁徙。历史上，藏羚羊数量最多、规模最大的一次迁徙高达十万多只，那该是多么神奇而壮观的景象。藏羚羊的迁徙之谜也为可可西里增加了更加神秘的色彩，无论从哪一个方向出发，它们都会穿越苍茫无际的可可西里无人区，沿着三条迁徙通道向可可西里西北腹地的卓乃湖、太阳湖一带长途跋涉，年复一年，周而复始，如藏地密码，早已存储在藏羚羊母亲的基因之中。

在这"路漫漫其修远兮"的迁徙途中，藏羚羊每天的行程可达二十公里，大约需要长途跋涉近一个月的时间，一路上将遭遇种种不测，它们不但要逃避天敌的围猎，还要遭遇风暴、雨雪、冰雹、洪水、荒漠等恶劣的自然环境，而楚玛尔河就是它们迁徙途中最大的一道天然屏障。藏羚羊一旦踏上这条危机四伏的迁徙路，很可能就一去不返。对于一切自然因素，无论多么恶劣，人类只能任其自然，但对于人为改变的自然环境，如藏羚羊西迁途中必须跨越的青藏公路和青藏铁路，沿线各保护站的巡护人员则要对其迁徙采取保护和疏导措施，这也是人类对自然的一种必要的弥补方式。

青藏铁路是世界上海拔最高、线路最长的高原铁路。一般铁路修到哪里，沿线原有的自然生态环境难免都会遭受不同程度的改变。而青藏铁路地处地球第三极，沿线要穿越可可西里、三江源、羌塘等国家级自然保护区，这一带是地球上生态最脆弱的高原极地，一旦遭受破坏就难以修复乃至万劫不复。在青藏铁路设计期间，一直秉持生态优先的理念，把保护原始生态环境和野生动物作为一项重要内容。这里就看看清水河特大桥吧，这座大桥位于可可西里国家级自然保护区核心区和缓冲区的交接地带，全长 11.7 公里，是世界上最长的高原冻土铁路桥。在冻土地面上修筑铁路，是否会像青藏公路一样变成高低不平的"搓板路"？而铁路对路基稳定的要求比公路更高。还有一点也是必须优先考虑的，如何才能尽最大可能保护可可西里的自然生态，怎么才能保障野生动物在迁徙过程中无障碍通行？勘测设计专家在反复考察和论证后，最终决定采取以桥代路的措施，清水河特大桥就是为了解决这双重的难题而设计建造的。

  一开始，可可西里自然保护区的管理人员非常担忧，那些野生动物早已形成了自然习性，它们能乖乖地按照人类的设计路线走吗？他们把这些想法和疑问跟铁路部门提出来后，铁路部门和自然保护区的专家一起开了多次论证研讨会，并深入野生动物迁徙的现场，观察藏羚羊等野生动物习惯从哪个地方经过，便在哪个地方预留通道。为此，铁路部门还取消了原来不方便动物通过的涵洞设计方案，一律采用以桥孔为主的野生动物通道。在大桥建造施工过程中，为了保护可可西里的生态环境，施工单位的每一处采石场和取土场都要与可可西里管理局进行协商，经实地勘察后确定。在一些不宜采石取土的地段，施工单位还得付出巨大的成本到保护区以外的地区采石取土。施工人员在采石取土之前，先要把地表的土壤植被像揭地皮一样小心翼翼地揭开，一块一块集中堆放养护，当主体工程完工后，再将原来的土壤植被回铺到桥梁或铁轨两侧，恢复地表原貌，仅这一项投资就达两亿多元。而桥墩浇筑时，由于恶劣的气候条件，有三个桥墩在拆除模板后出现了龟裂纹。这种裂缝长度不等，深度也比较浅，有人认为这只是影响混凝土桥墩墩身的外观，可以采取修复的方式来弥补。但负责施工的中铁十二局指挥部考虑到后期开裂面积还会继续增加，容易渗入雨雪，尤其是在这样的高海拔、高寒地区，会使其产生冻融膨胀应力，存在桥墩发生开裂、剥落的隐患，因而痛下决心，不惜代价，炸毁了这三个开裂的桥墩。如今，这巨龙般凌空飞架的大桥已运行十多年，经受住了严酷自然环境的考验，那桥墩间的一个个桥孔，既是跨越冻土带的隧道，也是藏羚羊等野生动物的生命通道，又被戏称为藏羚羊的"贵宾通道"。这一设计在我国铁路建设史上尚属首次，环保总投资15.4亿元，这在当时也是国内最高的。

  青藏铁路五北大桥一带，一直是藏羚羊的主要迁徙路线。五北大桥，即五道梁北边的一座大桥，施工单位在修建大桥动物通道时，正好赶上藏羚羊迁徙的季节。当时，工地上彩旗招展，机器轰鸣，那些早已习惯于从这一带经过的藏羚羊，一个个用惊愕的眼神远远地看着这一切，仿佛感觉走错了地方。

这些美丽而又特别敏感的高原精灵，在愕然、茫然和犹疑中反复盘桓，个个战战兢兢，迟迟不敢穿过通道。这可把五道梁一带的巡护队员和志愿者们急坏了，他们向施工单位请求，停工，暂时停工，等藏羚羊通过后再复工。可这暂时停工的损失多大啊，停工一天的损失就是上百万。但为了让藏羚羊顺利通过，施工单位还是把所有的彩旗都拔了，直至藏羚羊群穿越施工路段后才开始施工。有时候藏羚羊群长时间犹豫观望，他们只能把所有的机器都停了、施工人员撤离了，一个人声鼎沸、热火朝天的工地仿佛又回归了从前寂静的荒原，藏羚羊才会壮着胆子通过。这样停停歇歇，持续了半个多月，给施工单位带来的直接损失超过两千万。停工期间，施工单位倒也没有闲着，他们派人协助巡护队员在这一带站岗放哨，观察着它们的动向，守护着它们的通道，让这些提心吊胆的藏羚羊安安静静走过去，然后目送着这高原精灵走向荒原深处……

2006年7月1日，青藏铁路终于全线通车了，这一举世瞩目的伟大工程，不仅仅是工程本身的伟大，它还解决了高寒缺氧、冻土层和生态脆弱等一系列难题。这是一条真正的生态环保的铁路，为保护高原生态环境开创了一个可推广模式，更为大型工程建设中如何保护野生动物做出了典范。

最初的一段时间，那呼啸而过的火车在藏羚羊眼里也许是一个令其惶恐不安的巨兽，比它们祖先见过的史前巨兽还恐怖。经过十几年运行，可可西里的野生动物渐渐习惯了飞驰而过的列车，藏羚羊也逐步适应了青藏铁路为它们设置的通道，藏羚羊的大规模迁徙已成为青藏铁道线上的一道靓丽风景线。这一带的巡护队员最喜欢看火车经过五道梁的一瞬间，那一刻，途经的火车都会向巡护队员鸣笛致意。那些坐在车窗边的孩子们，兴奋地指点着穿过迁徙通道的藏羚羊，和母亲一起绽放出灿烂的笑容，这也是可可西里的守护者最幸福、最欣慰的时刻。

据青藏铁路沿线野生动物迁徙监测数据显示，野生动物通道的使用率已从初期的百分之五十逐步上升到2011年以后的百分之百。换句话说，这一人类的智慧设计放之于自然世界百分之百成功了。

除了青藏铁路，在藏羚羊的迁徙路上还有一道人工屏障——青藏公路。

这条修建于上世纪 50 年代初的公路，是世界上海拔最高、线路最长的公路，那时候车辆不多，人们也没有太多的生态保护意识，没有预留野生动物的迁徙通道。如今，青藏公路每天车流量极大，尤其是夏季，除了重型卡车之外，还有大量自驾游车辆，经常堵车。而无论是迁徙还是回迁，藏羚羊都要跨过横亘在可可西里自然保护区和缓冲区之间的青藏公路。为了保障藏羚羊安全通过公路，每年 5 月，藏羚羊开始向可可西里腹地迁徙，一直到 7 月底或 8 月初，藏羚羊产仔后携带幼仔回迁，都是巡护人员最紧张而忙碌的季节，他们要使出浑身解数为藏羚羊撑起"保护伞"。这几个月，可可西里管理局要集中力量组织多支巡山队，在保护区全境和周边藏羚羊迁徙道路上进行撒网式巡山，沿青藏线各保护站的巡护队员和环保志愿者，都要上路维护交通秩序。在青藏公路沿线，可可西里管理局和交通管理部门携手为野生动物迁徙设置了很多专用的路段关卡和红绿灯。这里远离人烟，交警和路政都难以全路线执勤，若能看见穿警服的工作人员，十有八九就是可可西里自然保护区的巡护人员，他们在人类与动物之间扮演着交警的角色。尤其是五道梁保护站的巡护队员，每天都要严阵以待，只要远远地看到藏羚羊群过来了，他们便会挥舞手中的小红旗拦下南来北往的车辆。

楚玛尔河大桥是青藏公路上穿过五道梁的一座大桥，也是藏羚羊迁徙途中要跨越的一座桥。在大桥的南端，我看见了一位穿着警服、站在桥头值守的中年汉子，乍一看，这汉子长得挺酷的。仔细看看，却又让人感觉到另一种酷，那是自然环境的残酷。此刻，时近中午，天高云淡，太阳当顶，高原的烈日晒得他脸庞通红，热汗滚滚，连警服背后都湿透了。他似乎浑然不觉，正拿着望远镜观察着可可西里缓冲区的动静，藏羚羊都是从那边过来的。他看了一阵，把望远镜放下了，又看看我，以为我也是一个好奇的看客，便随口说了一句，藏羚羊大约还有一个多钟头才会过来。趁着藏羚羊还没过来，我便跟他攀谈起来。一问，我才知道他就是五道梁保护站的副站长孟克。对他我已久闻其名，还从可可西里管理局听说过他不少故事呢。

孟克是一位海西蒙古族汉子，1980 年出生在德令哈柴达木盆地的草原上，祖祖辈辈以放牧为生，一个草原之子，从小就在草原上长成了像野马一样的性子。但草原上有草原上的规矩，大人们告诉他，你可不能在河水里洗脚撒尿、扔脏东西，不能在草原上随便挖土，要不你脸上就会长疙瘩、身上就会长疥疮。你别以为这是大人吓唬小孩子，那河水给弄脏了，草原给破坏了，你喝下去的是脏水，吃的是脏东西，那脸上和身上还真是会长出疙瘩疥疮一类的坏东西。而孟克虽说顽皮淘气，但这草原上的规矩他一直是遵守的。他上学后，又从书本上、电视上知道了可可西里遭受的劫难，索南达杰为保护藏羚羊而牺牲的壮举，更是让他立下了一个誓愿，长大后也要到可可西里当一名环保卫士，那才是一个男人该干的事业。

2008年，孟克从西北民族学院毕业后，还真是走进了距家乡两百多公里的可可西里，他们这一批算是可可西里管理局成立后的第二代巡山队员，大多是上世纪80年代出生的。还在路上，他就想象着自己将戴上大盖帽，扛着八一大杠，在可可西里冲锋陷阵，多威武、多神气啊。可到了可可西里，他却发现这儿没有他想象的血色浪漫和英雄传奇。对于刚来的队员，一开始都不会安排巡山，先要在保护站值守一段时间。孟克进入可可西里的第一站是索南达杰保护站，大半年里，他几乎是日复一日地在站上值守。每次看着巡山队员穿着警服带枪进山，他就会站在路口一直目送着巡护车驶向远方的天际，那是一种说不出的羡慕和憧憬。为了看得更远，他时常爬到保护站的屋顶上，举着望远镜远眺着那片神秘的土地，那里才是真正的可可西里啊，而他却一直在可可西里的边边上打转儿。

对于一个从小在草原上长大的小伙子来说，一天到晚待在保护站里不知有多憋屈，简直像个呆子，每天的工作和生活重复而单调，不是在周边监测记录，就是在室内抹桌扫地，再就是从书本上学习生态知识、了解野生动物习性。好在，孟克是个开心果，像个天生的喜剧演员，还时常自导自演搞节目，每次都能给人带来出人意料的快乐。一次，轮到孟克打扫卫生，这小子干起活儿还真是仔细，他把里里外外打扫得干干净净，窗户擦得明光透亮的，桌椅擦得一尘不染。当一切收拾得井井有条时，他又把一双白手套戴上，模仿着来站里视察的上级领导，这里看看，那里看看，又用手指在桌子上抹一下，然后竖起大拇指说："同志们好，一擦，没有灰尘，工作干得不错嘛！"

大伙儿一下哈哈大笑起来。一个队友说："在这地方如果不开开玩笑，还真不知怎么熬得过去呢！"

直到第二年夏天，孟克才正式加入了巡山队，跟着七八个老队员进入令他倍感神秘的可可西里无人区巡山。一个初出茅庐的小伙子，就像上前线一样热血沸腾。越往荒原深处走，他心里越激动。这个第一次进入可可西里无人区巡山的小伙子，和十年前第一次进入可可西里巡山的詹江龙，看到的可可西里早已不一样了，这十年的变化太大了，第一个变化是可可西里再也听不见枪声了，盗猎盗采现象基本绝迹，这让一个怀揣英雄梦而来的小伙子，再也没有同武装盗猎团伙真枪实弹干一场的机会了；第二个变化是巡山队员的装备设施好多了，每次巡山都是驾驶两辆车，一辆越野车，一辆皮卡车，带着帐篷、卫星电话和武器，还有挂面、风干蔬菜等易储存的食物和矿泉水。而经过十来年的保护和自然修复，呈现在孟克眼前的是一个几近完美的可可西里，天空蓝得一尘不染，那直插云霄的冰峰、逶迤起伏的雪山、晶莹剔透的冰川、星罗棋布的湖泊和蓝天白云交相辉映，一望无际的草甸像一直铺展到天边的绿毯，撒满了星星点点、形形色色的野花。小伙子恍若走进了一个平安祥和的仙境。这次巡山一路顺风顺水，那陷车啊、挖车啊、烂泥坑啊几乎没有遇到过，倒是遇到了成群结队的藏羚羊和各种各样的野生动物，这让小伙子心情格外舒畅，他甚至怀疑那些老队员讲述的经历是不是真的发生过。到了9月下旬，眼看这次巡山任务进入尾声，他还有些意犹未尽，心里暗暗期盼再多走几天。

谁知，老天爷仿佛听到了小伙子的念叨，当他们走到青海和新疆的交界处，刚才还是晴空万里，顷刻间一场暴风雨猛地袭来，荒漠戈壁水流汹涌，那些干涸的季节河里河水陡涨。他们的第一辆车已开进河滩，尽管在可可西里开车的司机都有着过硬的技术、丰富的经验和敏捷的反应，但在突如其来的自然灾害面前有时也难以做出准确的判断。譬如这次，司机一看河水还不深，猛踩一脚油门，试图以迅猛的速度抢渡，若能成功，那就是临机果断的选择，若是犹疑不决，河水一旦上涨，这车就不知拖到何时才能过河了。不幸的是，这车还没冲到河心就"咕隆"一下陷进了河底深深的淤泥里。几个队员赶紧

第四章　铁打的营盘

跳下车，这时候没有别的选择，只能让紧跟其后的第二辆车把失陷的车子拉出来，但那河岸在洪水的冲刷下突然崩塌，又把第二辆车冲进了河道里。

遇到这种情况，有些人往往会埋怨第一个冒险抢渡的司机，但这是一群肝胆相照、情深义重的兄弟，他们从来不会埋怨，第一个想到的就是自救，甚至连想也不用想，他们就一个个"扑通扑通"地跳进河里，先是将车里所剩不多的食物、帐篷和被褥赶紧转移出来。随后，他们又抄起铁锹，在齐腰深的污泥浊水里你一铲、我一锹，挖着河中的泥沙，想把车挖出来。但河水越来越湍急，不一会儿，两辆车就被汹涌的洪水淹没了，只能看见一个车顶。

孟克看着那个在洪水中飘摇的车顶，却也只能徒劳地、眼睁睁地看着这"没顶之灾"，那是一种从未有过的绝望感。他一下紧张慌乱起来，连腿肚子都开始发抖了，这可怎么得了啊？

"别慌，常事！"巡山队长拍拍小伙子的肩膀安慰他。

的确，他们已陷入难以自救的绝境，两辆车、六七个人，一下被困在可可西里最遥远的无人区。对于他们，这不是第一次，也不是最后一次。只有到了这样无法自救的境地，他们才会用卫星电话向远在格尔木的可可西里管理局发出求援信号。卫星电话是荒野求生的唯一生命线，但当时没电了，在荒野里也没法充电。他们没有放弃自救，不知用了多长时间，他们竟然把一辆北京吉普212从烂泥坑里挖了出来。这车已经没法开了，里面塞满了泥沙，轮胎全部爆胎，所有的钢板都断裂了。接下来，他们便陷入了漫长而渺茫的等待，当可可西里管理局发现他们失踪后，一定会来搜救他们。但谁也不知道要等多久。还是那句话，只有天知道。

风雨一直不停，在他们被困一个多星期后，救援人员迟迟没有出现。这不能怪救援人员，只能怪老天爷，这风雨若一直不停，救援人员是根本赶不过来，他们只能困守在这里。随着一个一个的日子在邈远的等待和难以忍受的迟缓中挨过，孟克的心也一天天地沉了下来。最要命的还是食物越来越少了，那抢救出来的方便面和挂面只能省着点吃。他们每顿煮一袋方便面或者一小把挂面，即便煮得半生不熟，这点儿食物只能勉强维持生命，吃不饱也饿不死。

到了9月25日，这天是农历八月十五，中秋节，老天爷终于开眼了，一天的云都散了，一轮又大又圆的月亮终于爬上了天空。大伙儿仰望着月亮，感到终于有救了。他们决定在这个远离人间的中秋节煮一包挂面吃。对于饿了一星期肚子的七八个壮汉而言，这一碗清水挂面两口就吃完了。但面刚分好，几个老队员就把自己碗里的挂面往孟克的碗里捞了一口："你最小，又是第一次巡山，多吃点，吃饱了不想家。"

孟克看着这些大哥的脸，生怕眼泪掉进碗里，连忙抬起头，呆呆地仰望着天上的月亮。那又大又圆的月亮真像一个月饼啊，他恍惚间闻到了月饼的醇香，感受到了家人般的温暖。

这是被困后孟克吃过的最丰盛的晚餐，但他依然担心地问："要是这些东西都吃完了，救援队还不来，咱们该怎么办？"

巡山队长拍拍他的肩膀说："这不是你操心的事儿，放心，有老哥在。"

这天晚上，孟克在月光下做了个梦，梦到救援队终于找到了他们。

当救援人员找到他们时，他们已经被困一个多月了。

时隔多年，孟克还笑哈哈地告诉我，那辆从烂泥坑里挖出来的北京吉普212，还真是经得起折腾，车修好后，又开了两三年，但一颠簸起来就会抖落出簌簌的沙子，只要坐上这辆车，谁都灰头土脸。

众所周知，在可可西里无人区，最厉害的就是高原反应，这也是最让我头疼的。孟克笑着说，高反没那么可怕，有的高反其实是一种心理作用。这位爱开玩笑的小伙子还真是搞笑，有一次，他送一位考察人员进山，那人是头一回进入可可西里无人区，一到海拔四千米就发生了强烈的高反，头昏脑胀，连气都喘不过来了。拉巴才仁赶紧给他戴上氧气袋，一会儿就缓过气来了。随着海拔越来越高，考察人员的高反更严重了，车上的氧气袋原本是救急用的，由于车载有限，这样频频使用，很快就用完了。眼看考察人员就要昏倒，这可把拉巴才仁急坏了。他也是急中生智，背着考察人员，用打气筒给氧气袋里打满了气，那考察人员吸过之后，连声说："好，好，吸几口氧气好多了！"到了海拔五千米，那考察人员眼看又不行了，喘息着问这地方有多高？拉巴才仁安慰他说："这里的海拔还不到四千呢！"那考察人员一听，紧张的

第四章　铁打的营盘

神情一下缓解了,还长长地吁了一口气。可见,这种心理作用还真是非常重要,你越是紧张,越是害怕高反,那高反就越是厉害。但又不能不说,高寒缺氧确实是客观存在的。所谓高原反应,其实是一种垂直递减效应,海拔每升高一千米,气温下降五六摄氏度,空气也越来越稀薄。

在布喀达坂峰一带,孟克就有一次危险的经历。他已记不清是哪一年了,高原缺氧会损伤记忆力,但他记得那是5月份,那次由赵新录带队巡山。赵新录也是第一批主力巡山队员,有着丰富的巡山经验。当他们抵达太阳湖畔,天黑了,几个人便在一个山窝子里搭帐篷住了一晚。那一带是可可西里的寒极区域,一夜风雪交加,连帐篷都被寒风吹歪了。孟克一早起来便头疼、咳嗽,这是典型的感冒症状。这小伙子虽说对高反满不在乎,但他也知道,在高寒缺氧的状态下一旦感冒,接踵而来的便是肺气肿、肺水肿,随时都有可能夺去生命。他赶紧吃了一把感冒药,以为可以缓解症状,继续完成巡山任务。但这感冒药一到这样的海拔高度也失效了,吃下去根本不管用,孟克头疼加剧,又发起了高烧,一度烧得昏迷不醒,呼吸越来越急促。赵新录一看就知道,这是典型急性肺水肿症状,他立马决定,暂停巡山,以最快的速度将孟克送往格尔木医院抢救。由于从可可西里返程的路途太难走,他们只得冒险翻越布喀达坂峰,从新疆阿尔金山一带绕道赶回格尔木。

布喀达坂峰是昆仑山脉中段的最高峰,从车前挡风玻璃仰望那高耸于群峰之上的冰峰,这座伟大的神山令人充满敬畏。越往高处走,风雪越来越大,雨刮器硬生生地刮着,"呱——呱——",刮走了雪花却刮不掉冻结的冰凌。从可可西里向陡峭的布喀达坂峰攀爬,一路峰回路转,每上一次陡坡、每一个小半径的急转弯,都要"打手冲",这是高原上最具挑战性的驾驶技术。为了防止车辆向后溜滑,先得用三角木或石头垫在车辆后轮胎下。在驾驶员左脚踏下离合器的同时,右脚掌还要将油门一踩到底,使发动机产生最大功率。在发动机发出的轰鸣声中,驾驶员的左脚突然抬起离合器踏板,右脚跟同时配合松开刹车踏板,右手同时放松手刹柄,车辆便向陡坡冲去,而驾驶员双手同时向左右打方向盘,这就是打手冲。待一次打手冲动作完成后,驾驶员又要赶紧用左脚踏离合器踏板,右脚跟死死踩下脚刹,右手同时拉紧手制动,车辆后面的队友再次用三角木或石头垫在后轮下。在这样的连续操作下,一辆车才能在陡峭的山道上一拱一拱地向上爬,这不只是靠熟练的技术,更需要队友们心有灵犀、眼疾手快又高度默契的配合。

当车子爬到半山腰,一条在悬崖峭壁上的挂壁便道呈五十度倾斜,几乎到了行车极限。车辆靠峭壁的一侧,到处都是泥石流和雪崩形成的塌方体,而车辆的另一侧则向着悬崖倾斜,车轮时而悬空,稍有不慎就会摔下万丈深渊。为了保持车辆的平衡,队员们只能在车子的另一边使劲拽着,生怕车掉下去了。与此同时,一个个还得像牦牛一样绷紧了身体,用肩膀使劲把车顶着,在大雪中一步一步地走了三公里。到了那海拔六千多米的雪山上,冰雪的厚度和越野车的引擎盖一样高,几个人用铁锹挖了三个多小时的冰雪,才硬生生挖出了一条活路。几个队友轮换开了一天一夜的车,终于翻过了布喀达坂峰。蓦然回首,他们走过来的一条路就像犁铧从冰雪上划开的。

这一切,一直处于昏迷状态的孟克什么也不知道,赵新录时不时剥开他的眼皮,看看还有没有生命迹象。当他们走过西大滩,海拔降到三千多米后,孟克突然清醒了,喃喃着说:"飞机,啊,我看见了飞机……"这不是清醒,而是致命的幻觉。说也奇怪,他在幻觉中说着胡话,却又在清醒地交代后事,还准确地说出了银行卡的密码,这又是生命中难解的秘密了。这一路,他们走了五天,在当时已是最快的速度。队友们把他送到了格尔木人民医院,经检查,他的肺部出现了血迹,这已是肺气肿的危重症状,若没有顽强的意志和生命力,一般人是扛不过来的。孟克在重症室里抢救了七天七夜,终于转危为安。一出院,又是一个生龙活虎的小伙子,仿佛什么也没有发生过。

其实,这次死里逃生的经历,也让孟克有了关于生命的更深刻体验和感悟,在大自然面前,人啊,其实什么也不是。每当有人问他害怕过没有,他总是微微一笑道:"你生的时候没有害怕,你死的时候又有什么害怕呢?"

这一次死里逃生的经历,也让孟克进一步认识了可可西里,对这伟大的荒原更加充满了敬畏。几乎所有的巡山队员,都有过和孟克相似的经历,从不了解到逐渐认识可可西里,从对可可西里的好奇到对大自然的敬畏,再到深深地爱恋上这片土地。孟克有了自己的孩子后,还把四岁的女儿带上过可可西里,让她从小就看看可可西里和藏羚羊。女儿那一双大眼睛像藏羚羊一样水灵灵的。当他在可可西里守护时,有时好长时间都见不到女儿,但每次看见活泼可爱的藏羚羊,他就会想起女儿。而好不容易回到家里,看见女儿水灵灵的眼睛,他竟会想起藏羚羊,对可可西里又归心似箭了。

我见到孟克时他已不是那个初出茅庐的小伙子了,现已是可可西里的中坚力量了。论年岁,他还是个青年呢,但长年的风吹日晒,他的皮肤早已变得像戈壁荒漠一样粗犷,高原强烈的紫外线在他脸上也留下了深深的烙印,看上去比实际年龄要大十岁。这也让我看走眼了,把他看成了一个中年汉子。十年啦,对于他确有一种历经沧桑之感,这其中的艰辛是每个巡山人用生命体验过的,如此才能把漫长的煎熬变成执着的坚守,心甘情愿"把一辈子扔到这里"。

孟克说:"可可西里对我来说就是半个生命吧,真的,我的灵魂就在这个地方,就是死也在这里。"

当一个人像爱护生命一样深爱着这片土地,这里的每一棵小草、每一个生灵都成了他生命里的东西。对可可西里的一切,他开口闭口就是"我们家的",那荒原上的野草他说是"我们家的草",那藏羚羊他说是"我们家的羊"。当他发现有些司机在堵车时为了绕开青藏线,把车开到了可可西里保护区的草甸上,他心疼地喊着:"哎呀,把我的草都压坏了!"有时在巡山时没看到藏羚羊,他又喊:"哎,我们的羊跑哪儿去了?"

这蒙古族汉子豪爽而又健谈,他一边跟我谈着这些往事,一边时不时举起望远镜观察着缓冲区那边的动静。这路边上还有几名巡护队员和志愿者,手里拿着红绿小旗,正在指挥过往车辆。这时候还不见藏羚羊群,车辆一路畅通无阻,但司机们都默契地遵守着一个不成文的规则,没有一个人按喇叭,生怕惊扰了远处的藏羚羊。

我也一直等着藏羚羊群出现。藏羚羊迁徙的时间,一般是早上一拨、中午一拨、下午一拨,从每天清晨六点半至晚上十点左右,这段时间里藏羚羊随时都有可能出现,而高峰期一般在下午,这也是孟克和巡护队员重点守护的时间。

过了一会儿，孟克突然压低声音说："羊来了！"

我赶紧举起相机，瞄准孟克手指的那个方向。一群攒动的身影正在褐色的草甸上缓缓移动，那褐色的皮毛几乎与大地浑然一体。由于隔得太远，镜头里的藏羚羊看上去还是有些虚。渐渐地，才看见了一大群藏羚羊站在一道低矮的山梁上，它们没有下山，仿佛在紧张地观望着什么。藏羚羊也是长记性的，这一带也曾是盗猎分子的杀戮现场，一次，巡山队员在桥底下发现藏着七十多张血淋淋的藏羚羊皮。那血腥味儿人类早已闻不到了，可藏羚羊或许还能嗅到。突然，藏羚羊像是受到了惊吓，纷纷掉头向山梁西侧飞奔而去。这是怎么了？我没有看清楚，但孟克用望远镜看清了，在青藏公路东南、西南方向的草滩上各蹲守着两匹狼，而在青藏公路西北方向还蹲守着一匹狼，这五匹狡猾的高原狼在藏羚羊的必经之路布下了一个三角形的口袋阵，正等着藏羚羊群往里边钻呢，却被警觉性极高的藏羚羊给识破了。

对于这几只围猎藏羚羊的狼，巡护队员只能遵循自然法则，不能人为地去驱赶它们，野生动物生存的难题只能交给野生动物自己去解决。而那些藏羚羊群逃跑之后，就不知何时再穿过青藏公路了，这是一个悬念，巡护队员只能悬着一颗心继续等待，谁也不知道那逃走的藏羚羊何时才会重新出现，还会不会出现？对于巡护队员，这是特别考验耐性的时候，有时候连狼群都难以持续这缓慢而难以预测的等待。一直等到太阳偏西，一群藏羚羊又慢慢在那道低矮的山梁上聚拢了，不知是不是刚才那一群，而此时，那五匹狡猾的高原狼已然不见了踪影。藏羚羊观望了一阵，慢慢开始下山，朝着青藏公路这边走来。孟克挥了挥手，这个手势只有巡护队员才能看懂，有的队员随即跨上皮卡车，向楚玛尔河大桥的另一头驶去。有的队员则站这边的公路中间，对着迎面而来的车辆挥着小红旗。很快，楚玛尔河大桥两头的车辆都停在一公里外，在公路中间留出了一公里长的空白地带，这就是预留给藏羚羊的迁徙通道。孟克还一路小跑奔向司机，一边给他们举手敬礼一边喊道："麻烦一下，等藏羚羊过去了你们再过去！"

此刻，人们和车辆都在大桥两头耐心地等待着，几乎所有人都朝一个方向看着。藏羚羊离青藏公路越来越近了，这一大群藏羚羊大约有三百多只，

第四章　铁打的营盘

它们显得有些自由散漫，一边摇着尾巴在楚玛尔河谷的草滩上吃草，一边不紧不慢地走着。有些藏羚羊已走得离我们只有几十米远了，我甚至能听见它们低头吃草的声音，从那沙沙沙的声音里，我能感觉到这高寒草甸在短暂的夏日里萌发的生机，也能感觉它们舌头的柔韧。渐渐地，一大群羊都走到楚玛尔河边。听孟克说，若是这桥下水浅，藏羚羊群一般选择从桥洞子里通过，若是水大了，藏羚羊就只能从桥上通过。而水深水浅，那就由藏羚羊自己来判断了。我弓着腰，蹑手蹑脚地移向河边，俯身看去，一群藏羚羊先是静悄悄地伫立在水边，像在虔诚地举行着一个宗教仪式，然后才开始低头喝水。藏羚羊从来不像藏野驴、野牦牛那样搞得水花四溅，它们是那样安静，安静得能听见它们吸水的声音。楚玛尔河的波光映衬着它们的身影和倒影，这高原精灵是那样的优美而高雅，像是给河流镶上了一道美丽的花边。

藏羚羊一边低头喝水，一边不时抬头张望，似在寻找着穿过青藏公路的机会。过了片刻，一只健壮的藏羚羊率先爬上了公路。那是一只头羊。

孟克悄声说："快过了，快咯，只要头羊上了路，马上就过了。"

但那头羊却没有径直横穿公路，还在试探，后退，试探，后退。孟克猜测，兴许是那公路上明黄色的交通线和遗留的轮胎气味让它有些警觉。在头羊的反复试探和犹疑中，这时候千万要沉住气，不能闹出什么动静。这头羊一旦受了惊吓，整个羊群就会炸群，那就乱套了，这羊群一旦到处乱窜或退回去，那又不知什么时候才能过去了。好在，从车上下来的人一律都压低了声音，都静悄悄地注视着它们。那头羊好像终于放心了，这才领着成群结队的藏羚羊缓步而从容地走过公路，而所有的人都默默地注视着它们，仿佛在向这高原精灵行注目礼。这也是人与自然和谐相处的一道风景线。这些生性胆小、连看见自己的影子都吓得要跑几里路的藏羚羊，这些遭受过人类大规模残杀的可怜生灵，此刻，再也不用那种战战兢兢的神情看待人类了，有的羊还转动着好奇的脑袋以一种好奇的眼神，打量着这些一声不吭、眼睛一眨也不眨的人类，在它们眼里，人类一定很傻吧。

当人类看上去很傻的时候，或许才是他们最聪明的时候。

十几年前，藏羚羊在迁徙、产羔、回迁的过程中，由于气候条件和人为因素，尤其是盗猎分子的猎杀，回迁成活率只有百分之三十至四十。如今，每年从五道梁一带的迁徙通道进入可可西里腹地产仔的藏羚羊数以万计，而回迁的数量则要翻一倍，一只母羊进去就会带着一只小藏羚羊回来。除了藏羚羊，这一带的其他野生动物也越来越多了。同温驯胆小的藏羚羊相比，那些野蛮生长的藏野驴、野牦牛随处可见，三五成群地在离路边或近或远的草滩上吃草。这些家伙好像知道人类不会伤害它们，对青藏公路上来来往往的车辆他们也早已见惯不惊了。尤其是那些藏野驴，它们时常大摇大摆地横穿青藏公路，哪怕听见汽车鸣笛，它们也只是抬头张望一下，一副爱理不理的神情。司机没办法，只得将喇叭按得山响，这些犟驴才犟着脖子跑开。除了草食动物，那些狼啊、棕熊啊等嗜血的猛兽偶尔也会在人们视野里闪烁一下，然后消失在远方。

尽管人们对自然生态的保护意识越来越自觉，但可可西里的守护者依然没有掉以轻心，有时防不胜防的事情仍会发生。近年来，从青藏线穿越可可西里的自驾游游客越来越多了，由于兴奋和缺氧导致精神不太集中，一路上车祸频发。有的自驾游游客看到路两边草地上觅食的藏羚羊，一边停车拍照，一边追逐，甚至导致藏羚羊在惊吓逃奔时流产。为此，巡山队员几乎每天要到藏羚羊和野生动物出现较多的公路沿线劝导游客，每隔两三天就要沿青藏线巡护一遍。现如今几乎没有发现过盗猎分子，但有一些擅自穿越可可西里无人区的探险者，一旦发现后就要对其进行教育并劝离，有时还要一直把他们护送出无人区。对于造成严重后果者，则要扣押肇事车辆及人员，移交公安机关处理。巡护队员在公路沿线巡护时，最担心的还是公路堵车，有时候一堵就是二十多公里，既阻挡了人类自身的通道，也阻碍了藏羚羊迁徙的通道。有些司机一看堵车了，还会驶下公路从可可西里自然保护区的草甸上通过，这样就会轧坏高寒草甸。这极为单薄脆弱的植被一旦被轧坏，一百年都难以恢复。而最令巡护队员痛心的则是那些被车辆撞伤、碾死的藏羚羊和其他野生动物。

一次，孟克在青藏线上巡护时，发现了一只被车撞伤的半大藏羚羊，那纤细的腿儿只剩下一根筋挂着，他的心也像被撕裂了一般，赶紧把它抱到野生动物救助中心去救治,"你们可一定要把我的羊治好啊!"这只小藏羚羊还算幸运,救治人员给它做了手术,养了几年后,已成功放归自然。但也有救不活的时候。孟克还救护过一只被车撞伤了肚子的小藏羚羊,给它取名"小石头"。藏羚羊认人,谁是它的第一个救护者它就跟谁亲。小石头一见孟克就跟在他屁股后面摇头晃脑地走,而别的队员一靠近它,它就露出怯生生的眼神,那眼神里满是莫名的惶恐。孟克给小石头喂奶时就像逗小孩一样。当小石头咬着奶嘴吃得正欢时,他一下把奶瓶给抽走了,小石头就一直张着嘴"咩咩咩"地叫唤着找他要奶吃,而他就像一个顽皮捣蛋的孩子,一脸的坏笑又那样纯真。一位大哥搧了他一拳头,"你这家伙知不知道自己有多大了啊?"孟克笑道:"只要跟这小家伙在一起,我就变得跟它一般大了。"这话,你还真得当真。只要跟小石头在一起,还真像两个天真的小孩子,絮絮叨叨地有说不完的话。大伙儿问他:"你跟它说那么多,这小家伙听得懂吗?"孟克却一脸认真地说:"它听不懂我知道,但我没办法呀,我不跟它聊跟谁聊呢?"可惜,这小石头由于肚子撞伤后一直没有痊愈,总是拉肚子,怎么也治不好。没过多久,它就病恹恹得连站都站不起来,但那眼睛还是一睁一睁地看着他。这眼神让孟克看了特别伤心,他一闭眼,一转身,强忍着悲伤走开了,在外边的寒风中转了好长时间,再回来看时,小石头只剩一口气了,那眼睛像晶莹透亮的宝石,一直依恋地看着他。小石头走后,孟克把它抱在怀里,给它轻轻合上眼皮,将它埋到了清水河畔的土堆里。他点了根烟,在袅袅青烟中絮絮叨叨,仿佛还有说不完的话……

这可爱又可怜的小藏羚羊,若不是被车撞伤了又怎么会这么早早走掉啊。为了防止这样的悲剧发生,孟克和巡护队员在沿青藏线巡护途中拍下许多血淋淋的照片或视频,发布在朋友圈,他们痛心疾首地呼吁过往司机和自驾游客:"当你驾车行驶在青藏线上,经过昆仑山口到唐古拉山口这一段路时,请一定开慢点,开慢点,千万不要让这悲惨的一幕重演!"

可可西里的南大门

从五道梁到沱沱河保护站，要翻越横亘于昆仑山南麓和唐古拉山北麓之间的"风火山"，也称"烽火山"，藏名"隆青吉布"，为昆仑山南麓的支脉。这是两座大山之间的最高峰，海拔五千一百多米。人类对一座山的命名绝非望文生义，而是一个精准的定义，这是一座风与火交织的山，冰火两重天。乍一看，就像走近了火焰山，那赫红的山岩仿佛被烈火煅烧了无数次。然而，这寒冷的火焰，却冷到了冷酷的程度。为了仔细看看这座山，我下了车，徒步翻越风火山垭口。哪怕裹着厚厚的棉衣，浑身也冷得直打寒战。山风如刀，阳光耀眼，亦如刀片儿一般扎人，阳光里还漫卷着纷纷扬扬的飞雪。这雪花不一定是从天而降，兴许是从雪山冰峰上刮来的。

此山地质构造独特，气候酷寒而变化剧烈，山麓周围全是终年不化的永冻层，其主峰托托敦塞为冰斗冰川，终年为积雪覆盖。由于冰川作用，这里的许多石头形成奇形怪状的石碑林和石海，这是研究地壳运动和冰川冻土的原生地带。

从水系看，风火山地处长江北源楚玛尔河畔的群峰中，山巅被终年积雪覆盖，又属横亘于北麓河与沱沱河之间的冬布里山的一段。北麓河为长江干流通天河左岸支流，也是通天河的源流之一。尽管水系纷繁复杂，但都属于长江源头水系。若撇开人类划分的边界，可可西里既是青藏高原的一部分，也是三江源的一部分。可可西里的主要外流水系属于长江源水系，而可可西里自然保护区和三江源之长江源区也大致是重叠的。如今，可可西里国家级自然保护区已被整体纳入三江源国家公园的一部分，它原本就属于三江源这个大自然。

翻过风火山，唐古拉山脉在风起云涌中依稀可见，那也是一座横着生长的山。

在高原上其实很难看见高峰，你根本看不清哪一座山峰是最高的。"近看是山，远望成川"，那山脉仿佛一条波澜壮阔的大河，正从另一个时空里奔涌而来。一路上气象变化万千，进入唐古拉山脉北麓的二道沟，一场冰雹突如其来，那倾斜的太阳没有在喧嚣的冰雹中消失，反而变得更加明亮刺眼。

二道沟，是一个可以避风的山坳。走到这里，我们已从可可西里自然保护区的北大门抵达了南大门，这儿也是可可西里无人区南部的边缘。这一带位于通天河上游、沱沱河沿，属唐古拉山镇所在区域。山坳里，趴着一幢涂着迷彩图案的平房，看上去像一座小小的兵站，这就是自北向南穿越可可西里自然保护区的第四站。在可可西里沿青藏线的四座常驻保护站中，这是离格尔木基地最遥远的一个，距格尔木市区三百六十余公里。这也是海拔最高的一个保护站，海拔4779米。早在1998年，这里就建站了，那时还是一个扎在山沟里的帐篷保护站，就叫二道沟保护站。直到2005年10月这里才正式建站，定名为沱沱河保护站。沱沱河是长江正源，重新命名之后，这个保护站的职责和使命也一下凸显出来了，那就是保护长江源。

这个海拔最高的保护站，有一位海拔最高的站长——普措才仁，这是一个身高一米九的大个子，看上去像一座铁塔，在夏天的阳光下闪射出青铜般的光泽，那眉宇间又有一股厚重的正义之气。当他伫立在保护站门口，我蓦地发现，这铁打的营盘还有一种坚硬而又有温度的存在，这就是可可西里守护者的血肉之躯。

从普措才仁身上，你可以看出索南达杰的英武和扎巴多杰的刚烈，这是源自血脉的传承，他是索南达杰的外甥、扎巴多杰的长子。1979年，普措才仁出生在青海省玉树藏族自治州，父亲给他的名字，在藏语里是"圆满而长寿"的意思。那时他父亲扎巴多杰和母亲白玛都在玉树州机关工作，他从小在通天河畔的玉树城里长大。扎巴多杰既是一位牧民的儿子，又是一位骑兵出身的军人，为了让儿子从小练就一身康巴汉子的血性，普措才仁八九岁时，刚放寒假，就被父亲送到了"天边的索加"，让他去牧区过年。那时舅舅索南达杰正在索加乡担任党委书记，而索加一直是雪灾频发的地方。1988年春节前夕，索加又发生了一次大雪灾，那是普措才仁童年经历的一个最寒冷的冬天。当他冻得手脚冰凉时，舅舅便为他脱下冻得冰硬的靴子，敞开自己的军大衣，把他冰凉的小脚丫子紧紧贴在温热的胸口上，又用一双大手捂住他的一双小手。他感觉舅舅的心口在有力地跳跃，就像一团跳动的火焰，一股暖意从脚底和手心一直升腾到他小小的心里，这是那个寒冬里最温暖的记忆。当他浑身刚刚暖和过来，舅舅便把他托付给一位同事照顾，一转身便裹紧了军大衣，戴上厚厚的雷锋帽，一头扑进了门外狂暴的风雪……

那个在风雪中远去的背影，多少年来一直在他的眼前晃动，永远不会消失。普措才仁后来一直觉得，昆仑山口那尊索南达杰的雕像，几乎就是舅舅在他心中的形象。那时候，舅舅的目光还没有转向可可西里，作为索加乡党委书记和抗雪救灾总指挥，他最重要的工作就是带着救灾物资奔向索加高原的每一个角落，去救助那些深陷在冰雪里的牧民。一直到春节来临，普措才仁也没再见过舅舅几面，但这却是他在牧区度过的一个最难忘的春节。此后，舅舅担任治多县西部工委第一任书记，组建了我国第一支武装反盗猎队伍，一年到头风风火火地在可可西里奔波，他见到舅舅的时间更少了。直到一个噩耗传来，他才猛地发现，再也见不到那个像一团火一样的舅舅了。那时普措才仁已是一个十五岁的高中生，一天傍晚放学回家，只见阿爸低着头，一声不吭，像僵硬的木头一样杵在沙发上，整个脸庞都被额头的阴影遮住了，看上去特别阴郁。普措才仁还从未看见过父亲这个样子，他一下子也僵住了，又听见卧室传来阿妈的抽泣和哽咽声。这到底是怎么了？他愣愣地望着阿爸，阿爸挪了挪僵硬的身体，用沙哑的嗓音告诉他："你舅舅出事了……"普措才仁心里更是一惊，出事了？舅舅出什么事了？他懵懵懂懂地看着阿爸，却被一阵突如其来的号啕恸哭惊呆了。一向善于克制自己情感的阿爸，竟然还会这样地嚎啕大哭！

当普措才仁终于明白，舅舅牺牲了！他一下子傻了，又仿佛从来没有这样明白过。

父亲办完舅舅的后事不久，就接下了舅舅留下的担子，担任了西部工委书记，带着野牦牛队队员奔赴可可西里。舅舅的壮烈牺牲和父亲的毅然抉择，也让这位懵懂少年在心里做出了一生的决定，他一定要报考警察学校，或是去当兵，将来做一个像舅舅、父亲那样的硬汉，去可可西里！那时父母亲还

第四章 铁打的营盘

不知道这孩子的心思,但父亲确实有这个想法。每到寒暑假,父亲便带着普措才仁和弟弟秋培扎西小哥俩到可可西里无人区巡山,他们可以说是年龄最小的野牦牛队队员。随着普措才仁一天天长大,个头比同龄人几乎高出一头,那身板也像钢板一样坚实。父亲偶尔会瞟他一眼,那眼神里透出一个父亲的欣赏和自豪。但父亲从没夸奖过他一句,只是多次叮嘱过他:"小子,以后我在也好,不在也好,你毕业后必须到这里来工作。"

必须!一个军人出身的父亲,这就是对儿子的命令。这话他牢牢记在心里了,却没有琢磨父亲那话中还有话。1997年,普措才仁高中毕业后,那年他刚满十八岁,一开始计划应征入伍,去部队历练几年再来保护可可西里,这也是父亲走过的一条路。但母亲白玛觉得他性子莽撞,从小就天不怕、地不怕,若他去当兵还不知会惹出什么乱子来呢。由于母亲的阻拦,普措才仁当兵不成,气呼呼地在家里冲冲撞撞,连门板都被他撞得哐当哐当响。母亲看着这个憋了一肚子火气的犟小子,却露出一脸微笑说:"看来啊,还真得磨磨你的性子!"那什么才能磨性子呢?母亲早就想好了,要他报考省财经学校学会计,这还真是特别细致又要有耐心的专业,母亲就是玉树州检察院的会计,干什么事都是慢条斯理、细致而又有耐心,那脾气不知有多好,普措才仁从小到大从来没见母亲发过火,哪怕发脾气都是笑眯眯的。但这微笑背后的那一种倔强、那一种执着,却让普措才仁深深地领教了,结果是,普措才仁报考了财经学校会计专业。在满目朴实无华的女生中,这位来自玉树的高个子男生成了一片赫然醒目的绿叶,有人说他是鹤立鸡群,有人说他是玉树临风。

那三年在枯燥的数字和表格中度过的日子,对于普措才仁真可谓度日如年,一天到晚坐在那里填表格、写数字、打算盘。那时都进入电子计算机的时代了,这每天噼里啪啦苦练打算盘有什么用呢?这算盘几乎把他都快搞崩溃了。不过,母亲还真是说得对,这样的日子还真是特别磨炼人,而这样的磨砺也确实是很有必要的,他那莽撞的性子还真是一点一点地磨好了,干什么都变得细致、耐心、有条不紊。一个刚进校门时的愣头青,一天一天变得成熟了,在第一学期他就递交了入党申请书,第二年就被批准为中共预备党员。

那是1998年，普措才仁还记得，那年11月，父亲应"自然之友"之邀赴京演讲，从北京回来路过西宁时，把他从学校叫出来一起吃了一顿饭。父亲听说他入党了，还高兴地喝了几杯酒。谁知，父亲回玉树家中不久就在那谜一般的枪声中猝然离世，这是继舅舅之后第二位为可可西里献祭的生命。当普措才仁接到噩耗，那是怎样的震惊、错愕和痛苦啊。那一刻他眼前一黑，感到整个天都塌了下来，一下压在了自己身上。而就在倒下的一瞬间，他使劲挺住了身子，作为家中的长子，他决不能倒下，他要像父亲一样成为这家里的顶梁柱，用自己壮实的身躯和肩膀扛起这个家，还有父亲未酬的壮志……

人间至痛，莫过于斯。普措才仁忍受着丧父之痛，咬着牙完成了财校的学业，揣着毕业派遣单回到了玉树。人事部门原本要把他分配到地税局，那是谁都羡慕的好单位，但对于工资、福利、待遇什么的他压根就不去考虑，一心想做一个像舅舅、父亲那样的环保卫士。一想到舅舅和父亲，他就悲从心起，眼含热泪，他向领导再三请求："我舅舅、我爸爸出事，我从来没找过组织，这里头有很多辛酸就不说了，我只有这么一个心愿，我从小就熟悉可可西里，我要到那里去抓坏人！"

这种急于抓坏人的心态，也让初出茅庐、血气方刚的普措才仁变得特别急切，一旦发现盗采盗猎的踪迹就没日没夜地追，由于缺少执法方面的专业训练，全凭一腔滚烫的热血，难免出现处置不当的情况。为了提升自己的执法水平，普措才仁又于2000年考入了南京森林公安高等专科学校（现南京森林警察学院）特警班，在这里他还真是找到了用武之地。经过刻苦的专业训练，他在全国警校技能比赛中连续三年夺得重量级散打冠军，而在校园文化节上，他还以一曲《一个妈妈的女儿》摘得校园歌手比赛冠军。这是父亲生前最爱唱的一首歌，普措才仁一边歌唱，一边追忆着父亲和野牦牛队在巡山路上跋山涉水的身影，那像可可西里一样苍茫、像高原的蓝天白云、雪山草原一样悠远的歌声，把人们深深地带进了那片太阳和月亮轮回映照的伟大的荒原和神奇的秘境……

2003年，普措才仁以优异的成绩毕业后，江苏警界向他伸出了橄榄枝，但他还是从繁花似锦的江苏回到了荒无人烟的可可西里。在别人看来他是"一意孤行",而对于他则是义无反顾。他掏心窝子地说:"这个事儿不能用社会上的眼光看,那些转山的、磕长头的,在世俗看来,他们图啥呢?我的选择也是一样的,在我看来,回可可西里是件天经地义的事情。"

当普措才仁再次回到可可西里,可可西里管理局已正式组建森林公安队伍。以前,可可西里巡山队员的身份大多是林业执法人员,还有一部分编外人员,只有行政处罚的权力,在打击盗猎盗采行为时难免束手束脚,而作为森林公安,则兼有刑事执法和行政执法职能,这也是可可西里保护工作走上法制化、正规化的一个重要标志。而普措才仁作为一名正式的森林警察和可可西里的主力巡山队员,他的执法水平也比以前大大提高了,在执法过程中也从容多了。

从沱沱河保护站的管护区域看,主要是可可西里自然保护区南部的乌兰乌拉湖—苟鲁错湖盆带。乌兰乌拉湖位于唐古拉山镇北部,是位于藏北羌塘高原东缘与可可西里之间的一个大型咸水湖,海拔5300米。在可可西里自然保护区核心区的南部和长江源保护区的西南部,往东是横亘于可可西里南部的乌兰乌拉山脉,再往东便是长江正源沱沱河,往北则是治多县原西部工委管辖区的北麓河乡。北麓河是一条自西向东的季节河,又名"勒池勒玛曲",意为"红铜色的河",这是通天河上游左岸的一级支流,河床多为沙砾石,两岸遍布沙漠戈壁。乌兰乌拉湖虽说是一个咸水湖,却接纳了长江源区的众多支流水系,周边补给水系的水源有高山冰帽冰川消融水和中—新生代碎屑岩系的泉线涌水,水域面积544.5平方公里,为可可西里最大的湖泊、青海省第四大湖,但其总面积实际上超过了青海第二大湖、黄河源头的鄂陵湖。这个大湖并非一个整体,而是由北湖、西湖和东湖三个水系相通的湖泊组成,大致呈环状排列,环湖为锯齿状的曲折湖岸,湖中有几个岛屿。这些高原咸水湖,每年封冰期长达半年,尽管海拔高、水温低,但在可可西里这个地球上弥足珍贵的生物基因库里,鱼类从来没有缺席。这湖里的鲤科的裂腹鱼是最常见的优势种,此外还有由高原鳅属的四种鳅和裂腹鱼亚科的裸腹叶须鱼和小头裸裂尻鱼组成的鱼类种群。这些鱼类历经漫长岁月的进化,不仅在漫长的冬季在洞里休眠,在夏季的部分时间,也以休眠的方式躲避高原太阳的强烈辐射和晚间的低温。这些鱼类虽说种群较少、区系简单,与可可西里纷繁复杂的水系格局形成明显对照,但这些珍稀鱼类却充分证实了可可西里冷酷的自然环境对鱼类生存的巨大影响,它们甚至是比明星动物藏羚羊更值得保护的活化石。

在沱沱河保护站的管护区域内,还有一个较小的湖泊——苟鲁错。我在前文提及的苟鲁谷地,实际上就是苟鲁错湖盆谷地,"错"或"措",在藏语里是湖泊之意。这也是藏羚羊迁徙的一条必经之路,离青藏线不远,从风火山口沿着乌兰乌拉山脉的走向一路西行,大约三十多公里,就进入了海拔5167米的苟鲁错湖盆地带。这个咸水湖没有乌兰乌拉湖那么引人注目,却是可可西里气候和生态环境变迁的一面镜子。1998年,一批专家进入这里考察时发现,湖水已全部干涸,连原来最深处的湖中心都已干得像岩土一样坚硬。这样的干涸程度,至少有几十年了。专家在湖中心采集了一米长的连续沉积岩芯,对各项环境指标进行综合分析,并对湖泊现代沉积与气象记录资料进行对比,认为该湖泊近几十年萎缩干涸的主要原因是该流域温度波动上升、降雨量波动下降、暖季蒸发量增大。说穿了还是气候变暖所致,其湖泊沉积敏感地记录了该流域气候变化的过程,并为中世纪暖期在可可西里地区找到了一个有力的湖泊沉积证据,这也是特别值得保护的珍贵证据。

为了保护这些原生态的珍稀野生动植物资源、湖泊、河流和湿地资源,普措才仁和沱沱河保护站的巡山队员也只能采取最原始的方式,去乌兰乌拉湖－苟鲁错湖盆带巡山。他们不但要守护可可西里的南大门,还要参与可可西里管理局组织的统一行动,支援和策应兄弟保护站,在藏羚羊迁徙产仔的夏季,他们还将在可可西里无人区穿越更漫长的路线:风火山口—苟鲁错湖—乌兰乌拉山脉和乌兰乌拉湖—西金乌兰湖—勒斜武担湖—太阳湖—布喀达坂峰—卓乃湖。这条巡山路线也是藏羚羊的迁徙之路,而乌兰乌拉湖位于可可西里保护区的西南,卓乃湖地处可可西里保护区的东北,这两大湖泊连接的线路几乎贯穿了整个可可西里自然保护区,对于迁徙、产仔、回迁的藏羚羊来说,这是自然生命的一个大循环。而对于沱沱河保护站的巡山队员,这也是沿青藏线各保护站中最遥远、最艰险的一条巡山路,只有经验丰富、技术高超的司机才能蹚过这条路,一路上要经历世界上最复杂的地貌,泥潭、沼泽、

第四章　铁打的营盘

戈壁、沙漠、流沙……

　　普措才仁的车技在可可西里是有名的，他从小就对汽车特别着迷，十来岁时就带着小伙伴偷开汽车，为这事没少挨父亲的打。十三岁时，他随野牦牛队一起巡山，一进可可西里无人区，感觉世界一下大了，这无边无际的旷野若不开开车简直是浪费了。那些开车的司机叔叔看着这小子摩拳擦掌的，若不是执行紧急任务，也会把方向盘交给他，让他试一试。这无人区嘛，没有红绿灯，没有别的车辆，也没有那么多规矩。谁知这小子猛得很，那飞奔的速度与激情一直是藏在他心底的渴望，现在终于得以释放，他把一辆吉普车开得像野牦牛一样横冲直撞，差一点就闯进了烂泥滩里。吕长征也不是好惹的，拿起扳手就给了他一下，还问他打疼了没有？只有打疼了才能长记性。这一扳手还真是把他打得"哎哟"一声惨叫，这教训一辈子都忘不了。接下来，司机叔叔一直坐在副驾驶上紧紧盯着他的一双手，一个动作不对拿起扳手又是一下。就这样，他那些莽撞的、不规矩的野路子动作，在扳手的打击下一下一下给纠正过来了，他还悟出了一些道道。这开车，一要练手，他看着司机叔叔手上的操作，一招一式跟着练。若是遇到了坑坑洼洼，那就要看司机叔叔怎么把车开进去，又怎么把车开出来。这手上的功夫练熟了，还得练眼力。开车时，要提前看看有没有沼泽或水坑，要不要提前绕道，遇到沼泽和水坑时该怎么换挡。但隔着玻璃窗看出去，那沼泽有多宽、水坑有多深，往往跟实际情况是不一样的，如何才能做出准确判断，这就得靠眼力了。由于可可西里遍布沼泽水坑，加之冰川融化，湖水溃决，今天一个模样，明天又是一个模样，即便你看见前边有沼泽或水坑也很难绕过去，那就只能由人先下水探路，看看能否冲过去。而一旦陷车，你就要仔细观察，这车是怎么陷进去的，如何才能避免陷车，你得记住当时的地形和情形，下次遇到同样的情况就知道怎么处理了。就这样，一个十几岁的小孩子练出了一身好车技。说来好笑，那时候他个头还小，大伙儿都开玩笑说："这小子开车不见人，只能看见两只白手套在开车。"

　　现如今，普措才仁在可可西里开车，他说第二，别人不敢说第一。除了开车，他还练就了许多令人叫绝的本领，大伙儿都称他为"万能才仁"。这个巡山队长说不上是个多大的官，那个责任却是大如天。在"呼天天不应，唤地地不灵"的无人区，巡山队长要在复杂多变的环境中做出正确的判断，通过观察天气、地形、车辆状况，包括队员的情绪和身体状况，做出准确的选择，决定下一步行进的路线，否则就可能会让全体队员面临生命危险。譬如说，一旦发现了盗猎盗采分子的踪迹，他一看车辙和脚印就能判断有多少车辆、多少人进入了无人区。只要抬头看看天上的一块乌云，他就能大致判断一场雨的时间和雨量。他还可以在驱车奔驰时分辨出几公里外的藏羚羊和与之相似的藏原羚。更绝的是，他在巡山途中几乎不用 GPS，队友们说，他本人就是沱沱河保护站的 GPS。而他自己说，哪有那么神，其实就是跟着感觉走。走得多了，看得多了，你对这荒原上的一切就一清二楚了。白天，一看太阳在哪里，夜里，一看月亮或北极星，他就能准确定位。想来也是对的，只要你遵循自然规律，只要你对大自然有着敏锐的感知，大自然总会以各种方式校正人类的坐标或经纬度。而一旦你偏离了大自然指引的方向，就会迷失或深陷在茫茫荒原。若是阴云密布，连日不开，看不见太阳和北极星，怎么办？普措才仁还可以根据山川地形来定位，只要跟着河流走，小河会把你带到大河，大河会把你带到湖泊，如乌兰乌拉湖、苟鲁错、卓乃湖、太阳湖，往那儿一走，你就知道自己在哪里了。

  无论到了哪里，到了何时，每一次进入可可西里无人区巡山，都是在赴一场生命的冒险。2008 年 8 月的一天，那是一个阳光灿烂的日子，普措才仁带队进入乌兰乌拉湖一带巡山，天格外蓝，水格外清，一绺儿白云长长地萦绕着水天交映的乌兰乌拉山脉，那山巅的积雪也蓝盈盈的。大伙儿都被这如梦似幻的风景深深迷住了，但他们的幻觉很快就被打破了，一个眼尖的队员在一个山坡下发现了一头野牦牛的尸体。这让大伙儿一下绷紧了神经，难道又出现了盗猎者？野牦牛是国家一级保护动物，而这湖盆地带的高寒草甸正是它们的主要觅食地。若盗猎分子卷土重来，把枪口瞄准野牦牛，那又是可可西里的劫难了。当大伙儿如临大敌、四处搜寻可疑踪迹时，普措才仁先是仔细查看了野牦牛的尸体。这身上伤痕累累、血迹斑斑，还有拖拽的痕迹，但又不像是人为的伤痕，看样子是被狼群撕咬过。问题是，这种强壮而凶猛的庞然大物，在可可西里几乎没有天敌，连棕熊都不是它们的对手，而一只狼也绝对不是野牦牛的对手，一群狼也难以对付一头野牦牛，从不敢轻易下手。那么，到底谁是凶手呢？普措才仁一步一步爬上山坡，这山看上去不高，但在海拔五千多米的高原上，每往上攀登一步都是在挑战生命极限。尽管多年的巡山生活，让一个康巴汉子练出了一双健壮的腿脚和强有力的肺活量，但他依然在呼哧呼哧地喘气。这里含氧量极低，加之山高风寒，哪怕晴空万里，那刺骨的寒风还是让裸露在外的每一寸肌肤像被刀割一样。当普措才仁踩着一道道岩坎爬到山头，他厚厚的嘴唇已冻得乌紫。而对于一个巡山队员，尤其是巡山队长，这每一步都是必须迈过的坎，绝不能放过任何一个疑点。

普措才仁在仔细察看山坡上的痕迹后，一个疑团解开了。每一个物种都有自己的天性，那些年老力衰、行将就木的野牦牛，对大限将至是有预感的。它会独自离群，向上攀爬，当它拼尽一生最后的力气爬到一座偏僻而险峻的山岗上，就会趴在那里，一边静静地等待死亡的降临，一边看着远处草甸上的牛群，那是曾经属于它的群体，那草甸就是它的家园。一切，终将在它依依不舍的注视下告别，直至它永远闭上眼睛。而这头野牦牛，应该是一头自然死亡的野牦牛，在死亡后被狼群从山上一直拖拽到了山坡下，山坡草地上还留下了被使劲拖拽的印痕。

大伙儿一听野牦牛是自然死亡的，那紧绷的神经这才放松了，普措才仁真是一个高明的侦探啊。而在接下来的巡山途中，普措才仁的判断又进一步得到了验证。他们在离这道山梁不远处看见了一大群野牦牛，那头死亡的野牦牛大约就属于这个群体。普措才仁一见野牦牛群，赶紧打了个手势，示意队员不要惊扰这些野牦牛，最好不要让野牦牛发现他们。他停下车，熄了火，俯下高大的身躯，蹑手蹑脚地爬向一道缓坡，卧倒隐蔽，悄悄观望着那群野牦牛。这些野蛮生长的草食动物，尽管不像棕熊和狼群那样处于食物链的顶端，却也是叱咤风云的高原之王。巡山队员曾见过一个硕大的野牦牛头骨，两角之间竟然能盘腿坐下一个壮实的汉子，想那体型该是多么高大威猛。它们强健的肩背从腰以上的部位凸显出来，那粗长而浓密的黑褐色的皮毛闪闪发亮，胸腹部的毛几乎垂到地上，既可遮风挡雨，更足以抵御零下四十多度的严寒。

其强健的四肢和似马蹄铁一样坚硬的蹄壳，随处都可攀岩走壁。而野牦牛虽是草食动物，却凶猛善战，一旦发现敌手，它那肩背就如弓弩一般绷紧，连每一根鬃毛都抖擞起来，这是一种剑拔弩张的进攻姿态，哪怕没有发起进攻也可以将对方吓得望风而逃。一头成年野牦牛的体重超过一吨，加上奔跑起来的冲击力，可以轻易将一辆越野车顶翻在地。当成群结队的野牦牛飞奔时，整个荒原大地都在轰轰的蹄声中震动，在可可西里，还没有哪一种动物可以制造出这种地动山摇的震撼。面对这一物种，谁会成为它们的天敌？而说来又匪夷所思，如此庞大的身躯，竟然只靠高寒草甸上那些矮小的、稀稀拉拉的小草来养活。这就是大自然，永远都让人类不可思议的大自然。

从小就跟着父亲和野牦牛队一起巡山的普措才仁，对于野牦牛还有一种超越自然的特殊感情，"每次进入可可西里，看到野牦牛，我就会有一种肃然起敬的感觉。我有时觉得，舅舅和父亲，也许化成了可可西里的一头野牦牛。"

这次巡山，他们驾着三辆车，也带足了备胎、油料和生活物资，这准备是相当充足的。一开始天公作美，万里无云，他们在一天时间里就赶到了乌兰乌拉湖，原本预计用十天时间完成这次巡山任务，在8月底返回保护站。然而人算不如天算，在进山的第二天，他们突遭一场暴风雨，风雨过后气温陡降，接踵而至的又是一场铺天盖地的暴风雪。以往，夏日的暴风雨或暴风雪都是一阵风似的过去了，而这一次特别反常。接下来的十多天里一直是黑云压顶，雨雪交加，一路上泥泞湿滑，小坑连着大坑，那些坑洼里边不是积水就是冰雪，你闯过来了算你走运，掉进去了算你倒霉。尤其是在乌兰乌拉湖这样的湖盆地带，江湖水系错综复杂，遇上这样的鬼天气，纵使你经验再丰富、技术再高超，也没有谁能躲得过那些泥潭和沼泽，一不小心就陷下去，任你猛踩油门，只见车辘辘转得泥水飞溅，那车身却一动也不动。大伙儿只得风里雨里雪里使劲推车，有时候推出来了，有时候推不出来，推不出就靠前后的车辆来救驾。在烂泥坑里拖车也是非常危险的。一次巡山途中，一辆车陷入了泥泞，当普措才仁站在一边指挥前边的司机拖拽陷车时，那牵引用的钢丝绳在紧绷的状态下突然一下断裂了。巨大的反弹力下，钢丝绳像一条钢鞭一样狠狠抽打在他的腰上，他当时就昏厥过去了。队员们把他送到格尔

第四章　铁打的营盘

木医院抢救时才发现,他的肠子都从伤口中露了出来。万幸,他被抢救过来了。但由于错过了最佳手术时间,他在术后留下了后遗症,腰部留下了一道很深的伤痕,一遇天气变化便疼痛难忍。而在拖车时往往还会发生最糟糕的情况,就是在拖拽的过程中前后车辆都失陷了,那就只能靠大伙儿用铁锹来挖车了。那十来天,普措才仁和队员们一路走一路陷,三辆车一共陷下去八十九次,有时候一公里内就陷车十几次,这在可可西里是创纪录的。

其实,在日复一日、年复一年的巡山途中,陷车、推车、拖车、挖车如家常便饭,你能够记住的很少,每一次都像是重复,而一旦能够记住的,一辈子也不会忘记。在这次巡山途中,最严重的三次陷车,他们用千斤顶顶,用绞盘拉,拿铁锹挖,前两次他们连续挖了一天一夜,才把车给挖出来,而最后一次,他们开着的三辆车一辆损坏,两辆陷进了烂泥潭。那湿透的泥土都变成了胶状的软土,车辆还在不停地下陷,这烂泥潭足以把一整辆车吞下去。为了阻止车子进一步下陷,队员们只能站在齐腰的烂泥里用铁锹挖,挖出来又陷进去,陷进去了再挖出来。他们在烂泥潭里一直不停地挖,那挖车的土方堆起来都可以盖一间小房子了。到最后还是没能把车挖出来,反而越陷越深了。这不是陷车,这是陷入了深深的绝望。

越是面对这种深陷绝望的险境,越要冷静。当时,他们的汽油已所剩无几,三辆车的备胎也已全部用尽,即便把车挖出来,他们也无法走出可可西里无人区了。万般无奈之下,普措才仁只得用卫星电话向管理局求救。接下来,他们一边等待救援,一边继续自救。他们先要在风雨中搭帐篷,这里已找不到一片干燥的土地,晚上只能把被子铺在烂泥堆上睡,一个个浑身沾满了泥巴,黑乎乎的像泥人一样。谁都知道,一旦被困,最重要的就是保命的粮食。当时,他们早已超过了预定返回的时间,吃得只剩下了一箱面片和一些洋芋疙瘩。在这雨雪连绵的荒原上,谁也不知道救援队什么时候才能赶来。这些个高大壮实的汉子,只能节衣缩食,每人每天只吃一碗清汤面片和一个洋芋疙瘩。那洋芋疙瘩放得太久了,都有点发绿了,而在这海拔高、沸点低的地方又煮不熟,吃起来夹生,特别涩,咽下去就想吐。但没办法,为了活命,你只能咬牙切齿地一口一口吃下去,硬着头皮一口一口咽下去。

可可西里

在这荒凉沉寂的旷野上,普措才仁眼看着大伙儿默默无语地躺着,一双双眼睛在夜幕下幽幽闪烁,他们或是在为此时的困境而忧心忡忡,或是在思念遥不可及的家人。普措才仁又何尝不是与他们一样的心情。此时,必须有一种声音来打破这被阴郁和沉闷笼罩的情绪,一曲《可可西里》从他雄健浑厚的嗓门里奔涌而出——

> 可可西里,你遥远又神秘
>
> 可可西里,你在我的心里
>
> 悠远的天际是谁的声音
>
> 像划破千年沉寂,却又归于沉寂
>
> 羚羊的眼泪,谁会再记起
>
> 那永恒的泪滴,是我们的哭泣……

这歌声一旦响起,你才感觉这个世界还是活的。而一曲唱罢,普措才仁才发现在呼呼的风声中充满了和声,大伙儿都情不自禁地跟着他一起在合唱呢。

一天晚上,风雪初歇,他们望着东边的山梁,那风雪过后的星光特别亮,连山顶都照亮了。乍一看,他们还以为是救援队连夜赶来了,一个个欢呼着站起来:"来了,救援队来了!"可看着又有些不对头,这其实是高原寒夜的星光带来的幻觉,他们把天边的星星当成了救援队的车灯。经历了这样一场空欢喜,接下来又是极其渺茫焦虑的等待。在他们被困二十一天后,从东边的山梁上终于开来了两辆救援车,这一次不是幻觉,是真的。后来才知道,这是管理局接到他们求援后派出的第三批救援队。而在之前,第一批救援队被风雨困在半路上,第二批救援队前去又被大雪困住了,这第三批救援队在途中也连着困了两个晚上,直到天气转晴,他们才终于赶来了。而在他们赶来的两天前,被困队员的面片和洋芋都已吃光了。当他们看到了救援队带来的饼子,一个个扑了上去,那身上和手爪上糊满了泥巴,谁也管不了这么多了,一只只泥巴兮兮的手抓着饼子狼吞虎咽,那大嘴巴里也沾满了泥巴,你都不知道他们吃下去的是饼子还是泥巴……

第四章　铁打的营盘

这也是普措才仁所经历的最危险的一次巡山，这次他整整瘦了十五斤。多少年后，他还带着劫后余生的侥幸和余悸感叹："差一点就出不来了。"

除了极为恶劣的自然环境，他们还要面对盗猎分子的枪口。普措才仁在可可西里巡山的前几年，盗猎分子依然在可可西里神出鬼没。由于可可西里主力巡山队在卓乃湖、太阳湖一带加强了打击力度，有些盗猎分子便转移到可可西里保护区南部一带来盗猎。沱沱河保护站同青藏线其他保护站有一个最大的不同，其他保护站的管护范围都是无人区，而在沱沱河保护站的管护区域内还有四十多户散居牧民。有的还不属于青海省管辖，是西藏自治区那曲市安多县雁石坪一带的牧民。这种在行政区域上错综复杂的关系，是历史原因造成，这也给沱沱河保护站的巡护工作带来了比较复杂的情况。这里不说别的，只说那些盗猎分子，他们往往假扮成牧人，在这地广人稀的地方，随时随地实施盗猎，盗猎后又假扮牧人去山外采购生活用品，将盗猎的藏羚羊皮偷运到雁石坪一带的地下窝点销赃，由此形成了一条从盗猎、贩运到销赃的多环节犯罪链条，每一环都沾满了藏羚羊的血迹。为了斩断这条血腥的链条，普措才仁带着巡山队员从可可西里无人区到青藏线雁石坪一带穿梭巡查。一次，他们在巡山途中与一伙盗猎分子狭路相逢，盗猎分子利用这一带如迷阵一般复杂的地形，想要甩掉巡山队员的追踪。可惜他们这一次遇到了一个怎么也甩不掉的克星，普措才仁对这一带的地形比他们还要熟悉。最终，普措才仁带着巡山队员几经周旋，将一个武装盗猎团伙全部抓获。当巡山队员搜查盗猎车辆时才发现，这些盗猎分子不但带有充足的汽油和柴油，在一只塑料桶里还装了五十斤子弹。巡山队员还缴获了几支半自动步枪和小口径步枪。普措才仁审问他们时，一个盗猎分子说出实话："我们的小口径步枪是留给藏羚羊的，半自动是留给你们的。你们人少枪少，我们用子弹耗也能把你们耗死！"

这样与盗猎分子狭路相逢的故事还有很多。如今一致认为，自 2006 年以来，可可西里再也没有听见过盗猎者的枪声了，但可可西里的盗猎行为在其后几年里并未绝迹。2010 年，普措才仁和巡山队员还在雁石坪抓获了一个盗猎团伙，缴获了八十多张藏羚羊皮。这也是他们最后一次抓获盗猎分子。

尽管盗猎分子已销声匿迹，但在可可西里盗采沙金的现象在此后的数年里一直屡禁不止，这又牵涉到行政区域上的复杂关系。可可西里与新疆阿尔金山只有昆仑山一山之隔，这是两个国家级自然保护区，又都是荒无人烟的无人区。尽管两省区在行政区域图上有着明确的分界线，但在自然世界却是连绵一片，浑然一体。每年进入采挖沙金的季节，那些淘金客就会越界进入可可西里采金。每到此时，普措才仁便带巡山队员驻守在青海和新疆交界处一个进入可可西里的沟口上，在这里搭起一座帐篷检查站，对从阿尔金山进入可可西里保护区的人员进行严格登记检查。这个检查站位于一个拐弯处，从山里向外走，两公里外看不到检查站，但从检查站往山里看，就是一马平川的荒原，从望远镜里可将三十公里内看得一清二楚。

一个像铁塔一样的康巴汉子，威风凛凛地往那帐篷门口一站，还真有那么一股"一夫当关，万夫莫开"的气势，很多人都叫他"帐篷队长"。他这名号，很快就从淘金客的口里传开了，有的人也会知难而退。但那些财大气粗的金把头，从来是不会轻易退却的。一般来说，盗猎藏羚羊的启动资金很少，而开采金矿就不一样了，要购置或租用大型设备，还要雇用大批沙娃子，没有几百万元资本开不了张。这些金把头深信钱能通神，用钱开道，又特别善于钻法律的空子。而一直以来，对盗采者还没有像对付盗猎者那样严厉的法律，即便抓到了他们，大多也是以罚款处理，哪怕罚几十万乃至上百万对他们也不算事儿，运气好的，只要挖几天金子，这些钱也就挖出来了。

除了设卡检查，还要定期组织巡山。2013年7月25日一大早，普措才仁和五名队员进入盗采案频发的大山沟巡山，参加这次巡山的还有可可西里第一批主力巡山队员赵新录、普措才仁的弟弟秋培扎西，个个都是好身手。但老天爷好像故意跟他们作对，一路上先是下起了冰雹，继而又纷纷飘起了鹅毛大雪。在这盛夏时节，格尔木市区的人们正穿着短袖、单裤或裙子拣阴凉的地方走呢，他们却一层层地往身上套上毛衣、绒衣，到最后每个人都穿上了厚厚的棉大衣，这真是冰火两重天啊。这样的风雪天，尽管路途艰险，却也有一个好处，这雪地上的车辙和脚印看得一清二楚。他们历经八天八夜、一千多公里的艰难跋涉，终于在一个山沟里抓获一个五十多人的非法采金团

第四章 铁打的营盘

伙,查扣八辆翻斗车、两台挖掘机、两台装载机,还有一辆小汽车和一辆牵引车。这样一个盗采团伙,简直是一支机械化部队。这也是普措才仁进入可可西里巡山以来破获的一个特大盗采案,大伙儿都挺兴奋,普措才仁却显得异常冷静,从这里到格尔木基地有着一千一百多公里的路程,几乎要从西到东穿越整个可可西里无人区,押送路途远、时间长,加之天降大雪,这寥寥六个巡山队员如何才能把这么多盗采分子安全押送出去呢?这是以一当十的比例啊。谁都知道,索南达杰之所以牺牲,只因众寡悬殊,盗猎分子在押送途中突然发难。而每一个突发事件的背后都有处心积虑的阴谋,这押送途中的每一个细节都要仔仔细细考虑,这就像他当年攻读会计专业一样,一个小数点错了就会出大错。

当时,眼看天色已晚,为了不让这么多盗采分子趁着夜色逃跑,他们决定先就地将这些盗采分子看守一夜,等到天亮了再押送到格尔木基地。擒贼先擒王,巡山队员商量之后,先将两个盗采头目关在一顶帐篷里,由普措才仁和秋培扎西兄弟俩看管,其他盗采者则被安置在另外几顶帐篷里,由其他几个队员分别看管。这是他们度过的最漫长的一个晚上,普措才仁兄弟俩从小就在父亲的训练下练出了一手好枪法,他们将手里的"八一杠"顶上膛,一人紧盯着一个头目,几乎睁眼挨过了漫长的一夜。而在押送途中,随着路途越来越艰险、环境越来越恶劣,这些盗采分子的情绪变化大,几次深夜都出现群体性躁动,一旦失控,那将是不可收拾的局面。这一路上,巡山队员们都紧绷着神经,普措才仁几乎没有合眼,一直紧扣着"八一杠"的扳机紧盯着盗采头目,既要将他们蠢蠢欲动的势头打压在萌芽状态,还要最有效地布置十分有限的警力,不断给队员提振士气。这一路长途跋涉历经奇险,但却有惊无险。最终,他们将这个特大盗采沙金的团伙连人带车一起押送到了格尔木基地。这也是普措才仁反盗猎盗采生涯中最艰险的一次经历。

尽管抓捕盗猎盗采分子非常危险,但普措才仁对可可西里、对大自然更加敬畏:"对于那些不法分子,我从不害怕,他们手里有枪,我们手里也有枪,我们是执法者,心理状态比他们好,比枪也好,论打也好,我们都打得过,但天灾真的没办法,一旦天气变化或是车子陷了进去出不来,搞不好真的会把人困死在里头。人斗不过天！"

这话让我蓦然一惊，一个从小就天不怕、地不怕的藏族少年，一个像铁塔一样充满了力量感的康巴汉子，竟然说出这样一句"无能为力"的话，这与他的性格和形象形成了强烈反差。仔细一想，他其实是以最朴素的方式说出了一个必须重新确认的自然真理。

第五章　从卓乃湖到太阳湖

藏羚羊的天然大产房

卓乃湖和太阳湖，这两个原本鲜为人知的神秘湖泊，如今早已是和可可西里相关的两个高频词。这广袤的湖盆地带既是藏羚羊的天然大产房和新生藏羚羊的摇篮，也是藏羚羊真正意义的故乡。故乡，就是生命诞生的地方。

藏族同胞把藏羚羊叫"祖"（音 zu），卓乃湖是藏语，意为"藏羚羊聚集的湖泊"。

若要全景式观察藏羚羊那史诗般的迁徙之旅，用人类的眼光几乎是不可能完成的，只能用上帝视角。这里我们可以假设一下，如果你真有一种凌驾于时空之上的全景式眼光，就会看到这伟大的荒原上那神奇而壮观的景象，从四面八方如潮水一般奔涌而来的藏羚羊，几乎都朝着一个方向涌动。一路上，它们要走一个多月时间，途中，一个藏羚羊种群又会与相遇的其他藏羚羊种群聚集在一起结伴而行。这途中的不断相遇、加入、聚集，一如众多的支流汇入主流，最大的群体数量可达三千多只。当浩浩荡荡的藏羚羊群抵达卓乃湖、太阳湖等湖盆地带时，那是一种无法用语言描摹的壮观。又无论它们从何时何地开始踏上漫漫迁徙之旅，最终抵达的日期却是惊人的一致。有人说，它们的每一个步子好像都经过了精确的推算。

迄今为止，对于这种高原精灵，人类还有太多解不开的谜团，第一大谜团就是，它们为何千里迢迢来到卓乃湖和太阳湖一带产仔？从安全性看，这里和可可西里别的地方一样，天敌遍布，危机四伏，那高原狼群、棕熊等猛兽以及秃鹫等猛禽一直尾随在羊群后面，随时都会对它们发起攻击。从水草情况看，这一带并非水草丰美之地，卓乃湖又是一个高原内陆咸水湖，这水是不能直接饮用的，湖边大滩上植被也是稀稀拉拉，大部分都是寸草不生的赤裸荒滩，这么多藏羚羊在这里吃什么？据巡山队员长时间观察，成千上万的藏羚羊都是白天进山，去湖滩南边的山谷里觅食，晚上再返回湖边栖息。若以人类的思维，这些即将分娩的藏羚羊，拖着大肚子奔来跑去又有什么好处呢？当人类对藏羚羊的行为无法从情理上做出解释时，那就只能猜测了。有人推测，由于可可西里历史上曾经发生过大的地质、气象灾害，如地震、洪水、雪崩、泥石流等，这些灾难都有可能将藏羚羊逼到了这里。但这一推测很快就被专家推翻了，如果是因为这些事件导致藏羚羊迁徙，理应是藏羚羊种群一起迁徙，而事实上只有母藏羚羊才进行这种大规模、长距离迁徙。最近又有一种猜想，卓乃湖和太阳湖的水质可能含有某种特殊物质，有利于藏羚羊母子存活。那么到底又是怎样一种特殊物质呢？迄今还没有一个令人信服的科学解释。

人类离开自然世界实在太久了，对于自然世界的猜测往往难以自圆其说。而每一种自然生灵的行为，无不源于其自然本能或习性。对于藏羚羊，这是一次迎接新生命的漫漫之旅，它们之所以历经艰辛赶往这里，只为在这里产下自己的孩子，延续这一种群的血脉。它们将在这里稍事休息，调整好自己的身体状态后，接下来就会在此诞生新的生命。数以万计的藏羚羊大多会在7月初的三天里集中产羔，少数则要延迟到8月上旬，甚至更晚。母羊在产仔后一边精心哺育小羊羔，一边休养恢复，过不了几天，小羊羔就活蹦乱跳的，母羊就会携带新生的小羊羔沿原路返回。这回迁之旅又是一次漫长的生命跋涉。它们回归原来的栖息地，同留守在那里的公羊和上年出生的小藏羚羊会合，然后共同等待下一个交配期的到来。还有一部分藏羚羊在回迁途中，有可能加入了别的藏羚羊群体，这有利于基因交流，增加物种的遗传多样性，从而有助于藏羚羊种群的健康繁衍。这就是藏羚羊的生命密码，如此生生不息、代代繁衍，延续着一个物种源远流长的生命。

设若没有人类的大肆杀戮，人类也没有破坏它们栖息的自然环境，这自然世界和野性的生命，生生死死，一切都是自然而然的，哪里又需要人类来保护？人类诞生之前它们早已诞生了，那时谁来保护它们？而一旦人类威胁到了它们的生存，甚至把它们逼到了濒临灭绝的边缘，那人类必须要反思了，而且要以实际行动来保护了。卓乃湖和太阳湖一带作为藏羚羊的天然大产房，一度成了盗猎分子杀戮藏羚羊的血腥屠场，所以成为可可西里自然保护区的重中之重。

赵新录是卓乃湖保护站最早的见证者之一，他也是同罗延海、才仁桑周、詹江龙等被一辆东风卡车拉到可可西里的第一批主力巡山队员之一。那时他还是一个二十出头的小伙子，刚从部队复员，满头乌黑发亮的头发令他尽显风采。尽管在军营里淬炼过几年，但他刚来时还带着几分腼腆，不善言辞，对谁都和和气气，露出一脸微笑。用战友们的话说，这是一个"干得比说得多、做得比说得好"的小伙子。而在当年夏天，他就随主力巡山队奔赴卓乃湖、太阳湖一带巡山。

那也是赵新录第一次进入可可西里无人区，从五道梁进山，沿着藏羚羊的迁徙通道走。若按直线距离，从五道梁到卓乃湖只有两百多公里，正常速度两三个小时就能到。但他们一路上十几次陷车，走了约十七个小时，直到凌晨一点多才抵达卓乃湖畔。谢天谢地，这已算是非常顺利了。他们来了，第一件事就是在风高夜黑的荒野上搭帐篷。这是人类与狂风的搏斗。大伙儿马不停蹄一齐上阵，用了四五个钟头终于将一顶帐篷搭好了。若要追溯卓乃湖保护站的历史，这就是最早的卓乃湖保护站，一顶遥对雪山的白色大帐篷，一个设在帐篷里的季节性保护站。在这无边无际的荒原上，这也是唯一看得见人烟的地方。随后，他们便在冻土上铺上塑料和被褥，大伙儿又累又饿，却连生火做饭的力气都没有了，一个个都裹着厚厚的军大衣和棉被躺下了。虽说此时已是初夏季节，可卓乃湖畔依然冷得刺骨，帐篷里边阴冷潮湿，大伙儿刚迷糊了一会儿就被冻醒了。而对于他们，一切还只是刚刚开始。

巡山队员们都说，在卓乃湖、太阳湖一带巡护，每个人都要有一颗超大的心脏。

可可西里的自然环境是"两高三低"，高海拔、高纬度、低气温、低气压、低含氧量，最典型的就是卓乃湖和太阳湖一带。卓乃湖一带海拔近五千米，太阳湖一带更是海拔高达六千多米，夏天的含氧量还不到正常含氧量的一半，冬天只有正常含氧量的百分之四十。高寒缺氧造成的身体不适，一直困扰着这高寒极地的守护者。在这样的海拔高度上，最可怕的是感冒，最难受的是头疼。即便不得感冒，一般人来这里，两三天就会发生胸闷、失眠、呼吸道感染等各种不适症状。睡觉前，每个人都只能服用止痛片缓解头痛。尤其是像赵新录这样的汉族队员，第一个难关就是氧气稀薄带来的高原反应。早晨起来，整个脸都是肿胀铁青的，嘴唇干裂，擦鼻涕也会擦出血丝。无论高反有多厉害，每天还是要坚持巡山巡湖。在巡山途中，队员们带着一块风干的牦牛肉，这在巡山路上已经是奢华的享受了，几个康巴汉子用刀削下肉一片一片吃，一个个咂吧着嘴吃得还挺香。赵新录一看那肉片，怎么也张不开嘴。那些康巴汉子告诉他，这牦牛肉是最来劲的，不吃的话体力就跟不上。赵新录不想拖累大家，只得硬着头皮嚼，一边狠狠地嚼一边直想吐。当这种恶心的感觉和高原反应叠加在一起，他更是呕得一塌糊涂。

高原反应不止是身体反应，你感觉整个世界都有反应，这绝非是短时间内能够适应的。一次，当巡山队员沿着卓乃湖周边巡逻时，由于前几天下过一场大雪，湖盆地带积雪更深，一脚踩下去没至膝盖，而那雪底下还隐藏着更深的坑洼。好在，巡山队长王周太挺有经验，一支巡山队伍，他总是走在第一个，拣那些冻硬了的冰雪上走，大伙儿再踩着他的脚印一步一步走。赵新录一直紧跟在王周太后边，走着走着，他忽觉脑袋像肿胀一般越来越大，腿脚越来越轻，像风吹过一样轻飘飘的。这是高寒缺氧的危险症状，他飘飘忽忽地一脚踏空，整个人一下栽倒在深深的雪坑里，王周太死死拽住他的手才把人给拉上来。尽管有惊无险，但赵新录觉得这是一次深刻的教训，若要在可可西里干下去，这高寒缺氧的环境你是必须适应的。

这一带的严酷又岂止缺氧,还有寒冷的极地气候。在这个季节性保护站里,巡护人员一般要从每年 5 月中旬坚守到 9 月,直到所有的藏羚羊产仔完毕回迁后,巡护队员才能从这里撤出。这几个月算是卓乃湖最温暖的一段时节,但卓乃湖的冷,几乎是一年到头的冷。哪怕太阳当顶的中午,从湖上刮来的寒风依然冻得人瑟瑟发抖,那被寒冷凝固的波浪,形成一圈圈蓝色的波纹,目光触到哪里哪里也是冰寒刺眼。温度从来不是一个空洞的数值,天气的寒冷程度远超外界的想象,哪怕在这湖边站一会儿,都会出现急性失温症状。裤腿上一旦沾上水,立马就会结冰,到了晚上,钻进帐篷就像钻进了冰窖,那被水打湿的裤子早已冻成了冰裤,脱下来后,都能直挺挺地站起来。每次巡山途中,队员们最怕看见的就是从布喀达坂峰那边飘来的乌云,他们称之为"恶魔的翅膀"。一旦出现这样的乌云,旋即,那呼啸的狂风就会裹挟着大雪席卷而来,有时候还会恶狠狠地砸下一场冰雹,而在这大漠旷野之上,连躲都没个地方躲,只能抱紧脑袋,任那鸡蛋大的冰雹砸得你手臂乌紫生疼,甚至会砸出一个个疙瘩。

每每说起这些,不善言辞的赵新录就会下意识地搓着手,那双手关节处核桃一样大的疙瘩,是在巡山途中落下的永久性伤痕。

自从 1997 年初夏开始,卓乃湖、太阳湖一带的无人区再也不是索南达杰所说的"无法区"了,每到藏羚羊产仔的季节,可可西里管理局就要提前开始部署,从不冻泉、索南达杰、五道梁和沱沱河四个保护站各抽调一人来这里守护。可可西里的每一个巡山队员,或早或迟,都在这里巡守过。赵新录作为最早一批进入卓乃湖的巡山队员,一度担任这个帐篷保护站的站长。说到这个站长,他咧咧嘴,露出一脸苦笑道:"我这个站长实际上是个光杆司令,这保护站没有编制,几个兵都是借来的。"

最初的几年里,这里除了一顶被寒风吹得哗啦哗啦作响的帐篷,几乎一无所有。尽管其他保护站都非常艰苦,但都在青藏公路沿线,而卓乃湖保护站直到今天,乃至未来都是可可西里保护区唯一不通公路的保护站,这里是保护区的核心区,绝对是不能修公路的。这里的守护者,也只能处于几乎与世隔绝的状态。由于离青藏线路途遥远,加之气候恶劣,生活物资很难运进来，一切只能因陋就简，做饭取暖只能去捡拾野牦牛粪和野驴粪，吃的大都是易于长时间储存的食物，最简单的就是方便面。队员们在这里守护一两个月，就要吃上一两个月的方便面，别说这么长时间，就是吃个几天，你试试看，一闻到那味儿就直想吐。这荒天野地既没有通讯信号，更不可能通电，只能点蜡烛照明。当夜幕笼罩了一切，一顶孤零零的帐篷被茫茫无际的黑暗所包裹，从帐篷里隐约透出的那一星烛火，就是可可西里无人区唯一的光亮。高原的夜晚又特别漫长，为了节省一点儿蜡烛，他们还要在每根蜡烛上划几条线，眼看着到了划线处，赶紧将烛火吹灭，大伙儿在黑暗中待上一会儿，再点亮。这一点儿摇曳的烛光，就这样断断续续地映照着他们在高原熬过的一个个寒夜。

有人说，这里的守望者每年比藏羚羊来得更早，每天比藏羚羊醒得还早。

若是天气晴朗，云开日出，这无人区那云遮雾绕的神秘面纱就会被阳光一层一层揭开。远处，布喀达坂峰的雪山流云映衬着天地间亘古如斯的空旷。近处，卓乃湖泛着纯净而冰寒的光泽，像高原的天空一样深邃幽蓝。那遍布沙砾碎石的荒野，从湖畔向南边逶迤的山峦延伸，在这广袤的宽谷、湖盆地带，浮现出一层泛绿的苔藓和低矮的小草，竟然也开出了星星点点的花朵儿。这些花几乎都紧贴着地皮，又小得可怜，若不俯下身子根本就看不清这是些什么花。赵新录和队员们刚来这里时，大多认不出这里的花花草草，更叫不上它们的名字。好在，队员中有不少土生土长的高原汉子，在他们的指认下，赵新录渐渐认得了垫状点地梅、镰形棘豆、千叶棘豆、多刺绿绒蒿、风毛菊、黄芪、红景天、匍匐水柏枝、喇叭花、雪灵芝……这些叫得出名字的或叫不出名字的都是可可西里常见的植物，却也是青藏高原的特有物种。海拔越高，植被越矮，这许多植物都呈低矮、垫状的形态，构成了地球上少有的大面积垫状植被景观。在这高寒、干旱、强辐射和风暴肆虐的荒原上，这些垫状植物既是见证残酷自然环境的活化石，也是这生命禁区的坚韧而顽强的存在，而它们对原始生态环境尤其是保护土壤有着不可替代的作用。

在这低矮的垫状植被和星星点点的小花间，偶尔也会冒出一朵盛开的鲜花，看上去特别鲜艳又格外突兀。在这贫瘠的荒野上，若是第一次看见如此艳丽的花朵，谁都会表现出一种出乎意料的惊喜，一下就会兴奋地凑上去，去看看那花蕊，嗅嗅那花香。然而，若是在可可西里看见了这样的花朵，你就得收敛些了，那是狼毒花——狼毒草开的花。狼毒草又称"断肠草"，这种植物根系发达，有着极强的吸水能力，能适应干旱寒冷气候。然而其根系越发达，毒性就越大，从根茎、枝叶到花朵均含有极大的毒性，甚至可制成农药，古人早已发出警示："人畜绝不能食之。"那些野生动物虽听不懂人类的警示，但它们天生就知道它不能吃，这就给了狼毒花生长的机会，周围的草本植物均难与之抗争，因此才会长得如此茂盛、绽放得如此艳丽。这可不是什么好征兆，狼毒草现已被视为草原荒漠化的一种灾难性警示，一种生态趋于恶化的潜在指标。

赵新录和许多队员就是从认识这些花花草草开始，一点一点地认识了可可西里。

要说呢，赵新录和其他巡山队员一样，第一次进入藏羚羊的天然大产房，他们最想看见的就是藏羚羊。而那时藏羚羊正处于种群数量锐减的最低谷，别说外界，就连这些深入卓乃湖一带的巡山队员，对藏羚羊也倍感神秘，也不知它们躲在何处。那时的巡护车辆和监测设备都非常落后，加之卓乃湖四周云遮雾绕，监测范围最多到一二十公里，同现在相比，简直像坐井观天。刚开始，他们一早起来就在这片草滩上巡护，心想藏羚羊肯定会过来吃草。但一连好几天，他们都没有看见藏羚羊的踪影，倒是在沙砾和草棵间发现了不少藏羚羊残缺不齐的骨骸，还有一个个弹壳。一看就知道，这里就是曾经盗猎者屠杀藏羚羊的现场，难怪那些藏羚羊都躲得远远的，在这些高原精灵眼里，那时最大的天敌就是可怕的人类啊。

看，藏羚羊！一个眼尖的小伙子忽然指着远处的一道山梁说。顺着他手指的方向，几个人一下压低了呼吸，静静地朝那边望去，只见一长溜藏羚羊正络绎走下山脊，朝着卓乃湖畔的一片草滩走去，那应该就是它们分娩的地方。几个小伙子还想凑近了看看，却被赵新录的一个手势给制止了。这都是即将分娩的藏羚羊，一旦发觉有人向它们靠近，就会拼命奔跑逃离，这会造成胎儿流产，甚至会导致母子一起殒命。若要保护它们，就要同它们保持一段距离，最好是躲在一个你可以看见它们、它们看不见你的地方。

赵新录找到一个小山包作为掩体，然后趴下来用望远镜观察。一群藏羚羊已走进那片草滩，仿佛正在等待着新生命的降生，阳光透过渐渐消散的云雾，为藏羚羊镀上了一层迷人的金色，犹如一幅色彩明艳的油画。然而，藏羚羊分娩和所有怀孕生育的母亲一样，都要经历一个爱与受难的过程。一次分娩，大约需要四十多分钟。当胎体露头，母羊就进入了最痛苦的时刻，伴随着一阵一阵的抽搐，它会频繁趴下或站起，并不断甩动后半身，使小羊羔就势一点点地从母腹中滑出。当羊羔的头部能抵达地面时，藏羚羊妈妈就会趴下来，一次一次地使劲，仿佛要拼尽自己的生命，才能让一个新的生命从流血的母腹中诞生。那呱呱落地的小羊羔，脑袋上都沾着被羊水和鲜血染过的泥土，妈妈会伸出舌尖给它一点一点地舔干净。待小羊羔那萌萌的胎毛一干，可爱的小家伙就能摇摇晃晃地站起来，几个小时后，小羊羔就能跟随妈妈行走甚至能小步慢跑了，一边跑一边发出咩咩的叫声。

从藏羚羊分娩到小羊羔刚刚出生的这段时间，就是它们最危险的时候。在盗猎分子最猖獗的时候，如果没有巡山队员在这里守护，黑洞洞的枪口早已瞄准了它们。除了盗猎者，在这野性的世界里，还有狼群、棕熊、秃鹫、老鹰等众多的天敌也在伺机捕猎它们。藏羚羊的胎盘则是猛禽的美食。为了对付天敌，藏羚羊除了超强的奔跑能力外，还有不少躲避的方法，无论迁徙、觅食还是产仔，它们都习惯于结群行动，这能减少被天敌捕食的危险。而藏羚羊产羔后，一旦发现异常情况，立马就会把刚生下的小羊羔叼到一个隐蔽的地方，然后慢慢地从一个比较显眼的地方离开，这是故意暴露自己，把天敌的注意力从小羊羔身上引开，直到它感觉安全了，才会迅速回到隐蔽处寻找自己的小羊羔。而在小藏羚羊刚出生不久，一旦和母亲走散，它们一般也不会到处乱跑，而是躲藏在原地等待妈妈回来，那小模样儿还特别乖。说来真是令人惊奇，这些小羊羔在出生三天后，就可以跑得比狼还快了。

巡山队员除了在藏羚羊聚集的一些重点区域日夜蹲守，还要大范围地巡山巡湖。巡山不易，巡湖更难。他们保护的重点区域大致分为两片，一片是卓乃湖及周围藏羚羊产仔区，约六百五十平方公里，还有一片是太阳湖及周

第五章　从卓乃湖到太阳湖

围藏羚羊产仔区,约三百平方公里。这加起来上千平方公里的荒原,只有几个巡山队员守护。他们一般是按顺时针方向环湖巡护,一圈走下来最少也得两三天,若遇上风暴雨雪、烂泥沼泽,那就不知道要走多久了。这里先说卓乃湖吧,这个湖分为上湖和下湖,上湖指的是湖西边,那是藏羚羊产仔最密集的区域,而野生动物密集的区域,往往就是人迹罕至的地方。去那里比往返五道梁的路更难走,途中要经过两片沼泽区,一片叫小烂泥滩,一片叫大烂泥滩。夏天正是可可西里的雨季,又赶上冻土消融,天上下雨,地下冒水,往这路上一走,简直像下地狱一般。

赵新录头一次带着几个队员去上湖,那时他们只有一辆又破又旧的北京吉普212,那帆布车篷既不挡风也不防水,一路跋山涉水,车里溅满了泥水浆浆。那陷车、推车、挖车的故事就不说了,这一路上还会遭遇各种猛兽,它们也是奔着藏羚羊去的。这些野兽对于人类的闯入不知是充满了好奇还是警觉,时不时就会逼近他们。在这荒无人烟的无人区,若是突然看见个人影,你也许会下意识地感到惊喜,终于看见了自己的同类。这是危险的错觉,那是棕熊,千万不要接近!俗话说"一猪二熊三老虎",猪指野猪,据说它对人的主动攻击性是最厉害的,但可可西里没有野猪也没有老虎,只有这"二熊",这家伙就是雄踞食物链顶端的猛兽,它们往往会模仿人类直立行走,那大摇大摆的派头就像是十足的高原之王,它们确实是高原之王。在人类眼里这里是无人区,在棕熊的眼里这里是属于它的谁也不可侵犯的领地,它就是这里的主人。

若是看见了汽车,棕熊一般不会躲避,更不会落荒而逃,它就站在那里看着你,甚至还会大摇大摆地朝你走过来。你瞪着眼睛看它时,它也瞪着眼睛看你,这是一种较量,在这荒原上到底谁怕谁啊!这时候你可千万要沉住气,这家伙随时有可能伤害人类,而人类却不能伤害它,它也是国家二级保护动物,是人类的保护对象。面对它,你既不能退却,也不能因紧张而发抖,更不能有任何挑衅的动作。这家伙一旦被激怒,就会猛扑上来,那熊掌一巴掌拍下来,就像拍黄瓜一样一下把这车子拍扁。最好的方式就是这样沉着而冷静地看着它,一直看着它,这家伙往往会突然一埋头,一俯身,绕过车子朝另一个方向奔去。这其实是棕熊惯用的恶作剧,先是给人类一个下马威,谁让你侵入了它的领地？若是没有把人类吓到，它就自己先跑了，这家伙跑得最快的时候还是撒开四条腿。

由于棕熊智商很高又性情乖戾，你对它们的行为还真是难以捉摸。有一次，赵新录他们巡山归来，一个个都傻眼了，这帐篷竟然被撕烂了，里边的东西也被搞得乱七八糟。谁来了？难道是那些盗猎分子？一个小伙子突然发现了什么，伸手一指，老天，一头大白熊竟然躺在被子上边呼呼大睡呢。乍一看，你还以为闯进了一头北极熊。这就怪了，可可西里到处都有熊出没，但还从未碰见过大白熊啊。赵新录仔细一看，才看清是一头大棕熊，这家伙把他们储存的面粉全都撒在地上，大约是在地上打了一个滚，就变成了这白乎乎的熊样。几个人都哭笑不得，又不敢吱声。为了不惊动这头棕熊的好梦，他们又悄悄退了出去。几个人又冷又饿又困，就着凉水吃了个饼子，就裹着大衣在车上坐着，一直坐到第二天清晨，那头棕熊睡醒后才大摇大摆地走出了帐篷。眼看着这家伙走得老远了，赵新录和队员们才长吁一口气，去收拾乱糟糟的帐篷。而棕熊的一次侵袭就吃掉了他们好几天的口粮。

在可可西里的猛兽中，最多的还是高原狼，在巡山路上随时随地都会遇见。按藏族的传统习俗，狼并非什么可怕的野兽，反倒是祥瑞之兆。牧民们在迁徙转场途中若是看见了狼，一个个都很庆幸，预示这次迁徙转场将非常顺利。但他们对狼也高度戒备，谁也不想让自己的牲畜被狼给祸害了。这是传统习俗和生存的悖论，背后其实是生态与生存的博弈。从个体看，狼只能算是中型肉食动物，它们最厉害的是有组织的群体性进攻。但那些独狼也非常可怕，这些离群索居的独狼一般都是有本领、有野心的狼，它们往往是在向狼王发起挑战失败后被驱逐出狼群，全靠一己之力在荒野上生存。这些独狼大多在争战的撕咬中受过伤，而它们心里也是伤痕累累，这让它们在痛苦和孤绝中变得特别顽强和凶残，一旦招惹了它们，后果不堪设想。一天中午，赵新录和巡山队员沿卓乃湖畔巡山时，看见一只狼叼着什么东西在湖边奔跑，它的右前腿明显受过伤，跑起来一甩一甩的，看起来很可怜。巡山队员并未追赶这匹狼，但它一直在车前撒开三条腿一路狂奔，跑了一阵后，就累得趴在草地上一动不动了。赵新录决定开车去看个究竟，在距离它还有一百多米远的时候，那只趴在地上的狼又突然发力开始狂奔。这次赵新录看清了，狼嘴里叼着的是一只还在挣扎着的小藏羚羊。这让赵新录一下犯难了，狼是国家二级保护动物，而藏羚羊是国家一级保护动物，怎么办？难道就这样眼睁睁地看着国家二级保护动物把国家一级保护动物给吃掉了？那时候，赵新录和大多数巡山队员一样，还没有建立对生态系统的科学认知，他们把藏羚羊放在野生动物保护的第一位，有时候还真是从狼口夺食。当然，他们只是驱赶狼，尽可能不去伤害狼。然而，当狼嘴里的食物被人类给夺走了，这不也是对它们更深的伤害吗？这些朴素的自然真理，他们都是后来渐渐觉悟的。

除了棕熊和高原狼，还要小心野牦牛的攻击。如何才能有效防止大型猛兽的袭击，确保巡山队员的人身安全？一开始，他们也没有什么经验，最好的方式就是不去惊扰它们。赵新录在多年的巡山中渐渐积累了一些经验，如野牦牛作为大型草食动物，在正常情况下，只要你不去侵犯它们，它们一般不会主动攻击人类，如果你看到一群野牦牛就更不会有什么事儿。但若遇上一头孤独的野牦牛，那就得特别小心了。它们也像独狼一样，大多是争夺交配权的失败者，充满了落寞、狂躁、凶悍的复仇心态。每次，赵新录遭遇孤独的野牦牛时，一看那血红的眼睛和尖锐的犄角，他连喇叭也不敢按，赶紧小心翼翼地绕开这庞然大物。但有时候还是防不胜防。一次，他们在巡山途中遇到了一头孤独的野牦牛，那家伙凶巴巴地盯着他们，鼻孔中喷出一股白气。赵新录一看这嚣张的气焰，惹不起躲得起，赶紧倒车、调头，往回开。那家伙不知怎么突发雷霆之怒，举着犄角猛地一头撞过来，一下就把他们乘坐的吉普车给顶翻了，几个人也只能趴在翻滚的车子里，要多憋屈有多憋屈。野牦牛是国家一级保护动物，你又能把它怎么样？直到这家伙耍够了威风，才扬头奋蹄，一声长哞，举起那旗帜一样的尾巴扬长而去。几个人一听那蹄声跑远了，才从车里钻出来，把车扶正了，在野牦牛卷起的风尘中灰扑扑地往前开。

无论遭遇了多么凶猛的野生动物，巡山队员在自我保护的同时都要尽可能保护野生动物。而他们真正要对付的是那些盗猎盗采者。在盗猎分子最猖獗的那些年，也是巡山队员最艰险的时候。由于枪支和子弹严重缺乏，卓乃湖保护站只有赵新录一个人配有枪支，这一把枪、几发子弹怎么对付那些全副武装的盗猎团伙？说到此事，赵新录又露出了苦涩的微笑，他向我透露了一个秘密，而在当时那可是绝密。局里给每个巡山队员发了一个枪套，但那空荡荡的枪套太轻，仔细一看就会露出破绽，队员们就在枪套里装上石头，每当他们逼近盗猎分子，就会拍着枪套大声喊道："赶紧蹲下，把手举起来，要不就开枪啦！"那些盗猎分子一看巡山队员个个荷枪实弹，加之他们一身凛然正气，有时候还真是被巡山队员这种先声夺人的方式一下给镇住了。然而，反盗猎行动又怎么会有这么轻松和简单，这些盗猎分子中有许多吓不住的亡命之徒。有一次，赵新录带队巡山时，发现了一个武装盗猎团伙，当他们拍着枪套逼上前去时，那边的盗猎者大约是看穿了巡山队员靠枪套吓唬人的把戏，一转身拔腿就跑。赵新录把枪一挥，追！

若是遇到这种情况，那就到了玩命的时候，在这海拔五千米的生命禁区，连走路都气喘吁吁，这样一路穷追猛赶，赵新录感觉肺都要炸裂了，连呼吸都带着血腥味儿，但你就是豁出命也不能放过那些盗猎分子。这样的追赶，拼的不止是体力，更是耐力和毅力。追到最后，那些盗猎分子实在跑不动了，腿软得一下瘫倒在地上，但他们也绝不会放弃最后的挣扎，有些亡命之徒会在绝望中举枪拒捕，此时你必须以最快的速度猛扑上去，在扑倒对方后"咔嚓"一声给他们铐上手铐。而当他们制伏盗猎分子后，紧接着自己也"咕噜"一下倒在地上，一边喘息，一边咳嗽，好一段时间才缓过气来。当他们搜查盗猎分子时，才发现对方的子弹已经上膛，其中一发子弹已经击发，不知道是对着谁开的枪。万分侥幸，这是一发没有打出去的哑弹。而当时巡山队员一心只想着逮住盗猎者，回头一想才感到有些后怕，好险啊。

还有一次，赵新录、詹江龙和拉龙才仁一起去库赛湖一带巡山，发现了一只掩埋在沙堆里的塑料桶。赵新录扒拉出来一看，里边竟然还装着一些小口径子弹。这肯定是盗猎分子留下的，还是一个不小的团伙。他们一路追着车辙，当赶到盗猎现场时，在这里产仔的藏羚羊已被打光了，那湖畔草滩上到处是藏羚羊横七竖八的尸体和刚剥下来的羊皮。几个盗猎分子一边哼着小曲，一边慢悠悠地生火做饭，他们就一屁股坐在藏羚羊的尸体上。这些盗猎分子或是太得意忘形了，没料到巡山队员会突然出现。赵新录和巡山队员们迅速制伏了盗猎分子，给他们戴上手铐后，赵新录才猛地看见，一只被剥了皮的母羊还保持着下跪的姿势。这可怜的母亲，在惨遭杀戮之前或许还在向凶残的盗猎分子下跪求饶，盗猎分子却没有放过它。而在它身边，一只带着胎盘的小羊羔还试图寻找母亲的乳头，吮吸一口母乳。那个瞬间，这个平时一脸和气的汉子，突然显出他怒目金刚的一面，一双血红的眼睛喷射出愤怒的烈焰，他一把抓住那个盗猎团伙的头目，使劲摁着他跪下来，给那些可怜的藏羚羊下跪。

这是一个特大盗猎案，盗猎团伙有九个人，巡山队员只有七个人，但几位军人出身的巡山队员，干脆利落地把这个盗猎团伙拿下了，没有一个漏网的。每抓捕一个盗猎团伙，就要将犯罪嫌疑人押送到格尔木基地。由于巡山队员人手太少，武器装备又差，押送途中往往是最危险的时候。即使押解人员连续几天几夜不合眼地盯着这些盗猎分子，时不时还用冷水浇头让自己保持清醒，但有时候实在太疲惫了，不知不觉就会眯一会儿。而在押解人员极度疲惫时，盗猎分子就会趁机打伤他们，然后逃之夭夭。有时候还有更诡秘的办法。有一次，赵新录在带队押送盗猎分子途中，有两名盗猎分子突然跳车逃跑了。这让赵新录百思不解，这两个家伙都戴着手铐和脚镣呢，怎么被他们给解开了？难道巡山队里有"内鬼"？经过一番调查，赵新录才发现漏洞。由于巡山队员的手铐钥匙都是通用的，这两个盗猎分子都是经验丰富的惯犯，他们事先就在衣服袖子里藏着打开手铐的钥匙或锯条，在漫长的押送途中，他们利用车上的座椅作掩护，趁着守队的人疲劳时，就偷偷打开了手铐、锯开脚镣。而这些盗猎分子对可可西里非常熟悉，他们知道选择哪里的逃跑地点和路线，可以迅速摆脱巡山队员的追捕。赵新录对这次脱逃事件一直耿耿于怀，他一个军人出身的森林警察，竟然就这样被盗猎分子给耍了。而这次深刻的教训，也让他充分领教了盗猎分子的狡猾。从此，他变得更加谨慎，一是在抓捕盗猎分子后要仔细搜查，绝不能让他们暗藏什么，再就是堵塞管理上的漏洞。当教训变成了经验并在巡山队员中推广，再狡猾的盗猎分子也没有了在他们手里逃跑的机会。

到了 2000 年，可可西里管理局森林公安分局正式成立后，卓乃湖保护站和巡山队员的装备设施都为之一变，赵新录在脱下军装几年后又穿上了警服、戴上了警徽，拥有了执法的身份和标志，这是他们在几年艰苦的打拼中赢得的尊严，也从侧面反映了可可西里保护机制的发展轨迹。一座季节性帐篷保护站从此走进了历史，他们搬进了一座活动板房保护站。这保护站坐落在离卓乃湖几公里外的地方，是一座被钢板围墙包围着的方形建筑，在茫茫荒原上显得格外醒目。这保护站依然是一个季节性保护站，但看上去也像是一座铁打的营盘了。在选址上，为了减少对野生动物的人为干扰，他们特意避开了藏羚羊产仔区域。整个建筑采用整体的彩钢板结构，这样就不用在高原冻土上开挖地基，还可根据环境变化拆装或移动。为了防止棕熊等猛兽的侵扰和盗猎分子的报复，他们还用钢板围圈出了一个四百多平方米的院子。那一排九间房子是宿舍和厨房，煤气灶、柴油发电机一应俱全。这带暖气的房间，被巡山队员戏称为可可西里的"五星级宾馆"。这里还附设了卓乃湖国家级野生动物疫病疫源监测站、生态和野生动物监测站，负责卓乃湖、措达日玛湖、可考湖、布南湖、太阳湖一带的野生动物疫病疫源监测和防控，并对藏羚羊迁徙、产仔、回迁以及藏羚羊与其他各种野生动物的关系进行观测记录，以便进行汇总分析和深入研究。这小楼后边空出来的一片土地，将建起一座小型太阳能发电站，以后用电就更方便、更环保了。但无论条件有多好，这里注定是一片远离人间的无人区和生命禁区，在这里守护的巡山队员不但要抵御恶劣的自然环境，还要奋战在反盗猎、打击盗采的最前沿。

在那与世隔绝的荒原上，巡山队员每年都要在卓乃湖、太阳湖一带陪伴着藏羚羊度过一整个夏天，几乎日夜守护着这个天然的大产房，守护着藏羚羊母子平安，而他们自己的孩子降生时，这些做丈夫、做父亲的汉子却没有机会守护在妻子和孩子的身边。在这里，除了现场保护，他们还要及时救护需要救护的大小藏羚羊和其他野生动物。一直守护到藏羚羊产羔后踏上回迁之旅，他们才会从这个季节性保护站撤离，而在撤离路上还要一路护送远去的藏羚羊。

那两个多月真是度日如年啊，几条汉子一天到晚大眼瞪小眼，瞪得眼睛都不会转动了，整个人几乎都呆掉了，但只要看见越来越多的藏羚羊，那呆滞的眼神又活泛了。同他们刚来这里守护时相比，藏羚羊一年比一年多，如今，每年都有数万只孕育着生命的藏羚羊汇聚在这如子宫一样的湖盆地带。这是一年一度最盛大的野生动物聚会，在此迎接一轮又一轮的生命诞生。据巡山队员多年来观察，在藏羚羊集中产羔的几天里，无数呱呱落地的小羊羔简直像下冰雹一样，看上去非常震撼。而这些藏羚羊的出现和消失，在巡山队员看来也是那么神奇。突然有一天，当他们一大早地朝门外一看，浩浩荡荡的藏羚羊都奔向这湖边来了，这些曾经远远躲着他们的藏羚羊，现在离他们这么近，越来越近了，连保护站四周都围满藏羚羊，看上去就像自己家里的羊群。这高原精灵还真是充满了灵性，在巡山队员二十多年的守护下，它们渐渐消除了对人类的提防和警觉。就连巡山队员在羊群中行走，藏羚羊也不会逃避，这人呐，这羊啊，就像两个互不干扰又和谐相处的物种。等到小羊羔长大一点后，能奔跑和撒欢了，突然有一天（一般在入秋前的某个夜晚），那数万只藏羚羊就像在冥冥中接到神秘的指令一样，一夜之间就从卓乃湖和太阳湖一带全部消失了。这一切，在巡山队员看来，神秘，太神秘了！随着人类对这种高原精灵的习性越来越了解，又逐渐发现，大自然的很多东西其实没有那么神秘，说到底还是那句话，一切都是自然而然的。

赵新录在可可西里守护了二十多年，这么多年长时间坚守在这生命禁区，高寒缺氧最明显的体征就是严重脱发，从罗延海、赵新录到孟克，一个个都是从顶着满头乌黑发亮的头发走进可可西里，如今皆已早早谢顶，为了巡山方便，赵新录干脆剃了个大光头。这还只是表象。从骨子里看，高原强烈的紫外线和风霜雨雪早已让他们脱胎换骨。这是绝对的，可可西里会把你变成另一个人，你必须长出一副新的肝肺才能适应这稀薄的空气。这是一个漫长的进化过程，罗延海经历了二十多年的进化，如今他早已长出了一副高原汉子的面孔，由于缺乏维生素，他嘴唇干裂发紫，嘴、脸都脱皮溃烂，稍一张嘴嘴皮就会撕裂，说话时血还不时从嘴唇皲裂处流出。他还患有多种慢性高原性疾病，每次巡山途中都要抓着大把的药片往嘴里送。乍一看，你断然猜不到这是一位汉族兄弟。面对这样一个人，我下意识地想，二十多年前的赵新录还认得眼前这个赵新录吗?

  一个人常年驻守在人迹罕至的无人区,在精神上也会有明显的高原特征。每次休假回家,赵新录和城里的朋友偶尔聚会时,这个原本就不善言辞的汉子总是一声不吭地坐在旁边,听着别人谈笑风生,他既插不上一句嘴,也不想插嘴。他就像一个生活在世界之外的人,除了可可西里,他感到这外边的一切都与自己无关,可可西里仿佛就是他的整个世界。只有讲到可可西里时,他才会打破沉默,但一开口就非常直爽和刚烈,下意识地流露出一股执法的威严。一旦说到藏羚羊时,他那神情和话语一下就变得柔和了起来,那神情就像一脸慈悲的罗汉。

只有信仰才能支撑

  每天清晨或黄昏,在卓乃湖畔的一座山岭上就会出现一个伫立着的身影。那是一个身材魁梧的康巴汉子,他双手叉腰,直挺挺地站着,迎着太阳站着,那宽厚的脸庞上焕发出黑里透红的光泽,那坚毅的眼睛像布喀达坂峰的冰峰一样雪亮。

  这汉子就是卓乃湖保护站现任站长秋培扎西。他的长相酷似父亲扎巴多杰,同舅舅索南达杰也有几分神似。每次说起舅舅和父亲,秋培扎西心里总要酸楚好一阵子,随之而来的却是一种与生俱来的自豪。他还记得小时候,舅舅在"天边的索加"工作时,他坐在舅舅的红色摩托车后边,用双手环抱着舅舅健壮的腰身,从夏天青黄色的草原上驶过,那是离天空最近的草原,一朵朵白云,白得像是神仙驾来的。那些骑在马背上的康巴汉子,一边放声歌唱,一边挥舞着抛石绳,仿佛正撑着飘舞的白云——草原上的羊群也像白云一样。这一切,在一个小孩天真的目光看来,太美了,太神奇了,他梦想

第五章 从卓乃湖到太阳湖

自己长大后也会成为这样一个牧羊人,谁能想到,命运交给他放牧的竟然是世界上最大的一群羊——可可西里的藏羚羊。当舅舅进入可可西里后,给他和兄长普措才仁讲可可西里和藏羚羊的故事,讲他们怎样在荒原上与盗猎分子搏击,这让他从小就有很深的英雄情结。舅舅牺牲时,他还小,而他当时也像兄长普措才仁一样感到非常痛心又非常震撼。那时候,他还难以想象是怎样的一种精神和意志,支撑着一个人在生命的最后时刻还保持着射击的姿势,直到被可可西里的暴风雪塑成一座不倒的冰雕。

秋培扎西还是个少年时,寒暑假期间就会和哥哥普措才仁一起,跟着阿爸和野牦牛队一起去可可西里巡山。他还记得第一次和盗猎分子对峙的情景。那是1997年的夏天,父亲率领野牦牛队到卓乃湖、太阳湖一带巡山,途中发现了一伙武装盗猎分子。由于他和哥哥当时都在现场,大人们不想让这小哥俩看见那残酷的场面,也担心伤着他们,因而没有直接抓捕,而是安排两辆车去包抄,让这小哥俩暂时避开了。这次行动,野牦牛队抓获了四个持枪盗猎分子,晚上把他们关在一顶帐篷里,准备第二天一早押送格尔木基地。那天深更半夜,荒原上一片死寂,一个看守队员突然大声惊叫起来:"跑了,跑了一个!"更可怕的是,那个盗猎分子逃跑时还夺走了一支枪。大伙儿从睡梦中猝然惊醒,旋即组织追捕,谁也没想到,第一个冲上去的竟然是一个十三岁的少年——秋培扎西。秋培扎西随手操起一支枪,一路猛追,当在夜幕下远远看见一个逃窜的身影,他一扣扳机,鸣枪示警。在父亲的训练下,他的枪法很准,但他并未瞄准盗猎分子开枪,只是对其发出警告,谁知那凶狠的盗猎分子竟然反手一枪,一颗呼啸的子弹几乎是贴着他的发梢掠过。这小牛犊子愣是一点也不害怕,直接开枪同盗猎分子对打起来。在"砰砰砰"的枪声中,大伙儿迅速赶来了,最终把那个盗猎分子逼到了一个黑乎乎的石洞里,活捉了。这是秋培扎西第一次参加真枪实弹的战斗,他不知道这有多危险。凯旋的路上,他唱起了自己最爱唱的京剧《挑滑车》中的一段唱词:"看前面黑洞洞,定是那贼巢穴,待俺赶上前去,杀他个干干净净!"

几个队员看着这个勇敢的少年,都说,这小牛犊子真是命大!

而这次行动,阿爸既夸奖了他的勇敢,也责备了他的莽撞。父亲还对他说过，等哥哥普措才仁长大了，就让他去守护可可西里。秋培扎西当时听了很不服气，他冲着阿爸发脾气："为什么只让哥哥去？我也要去！"

阿爸摸着他的脑袋说："让你哥哥去就行了，你是弟弟，要留在家里陪伴阿妈，你阿妈一个人孤零零地守在家里，太可怜了。"

没过多久，阿爸就撒手人寰，阿爸的这一番话，成了遗言，也是遗嘱。哥哥普措才仁长大后，便遵照父亲的遗愿进入了可可西里，在打拼十几年后，现任沱沱河保护站站长。而秋培扎西最终还是违背了阿爸的遗愿。2006年夏天，他大学毕业后被分配在治多县森林公安局工作，这是一份令人羡慕的工作。还有成都、广州的一些单位也纷纷向他伸出了橄榄枝，那都是多少人憧憬的大都市，但这对秋培扎西没有丝毫的吸引力，他心心念念的就是追随父辈去保护可可西里。但几经申请，单位领导考虑他母亲需要照顾，一直没有同意。直到2009年6月，终于有了一个借调的机会。秋培扎西给可可西里管理局递交了一份申请书，请求调到可可西里森林公安分局工作。由于当时没有编制，他最终以借调的方式进入可可西里森林公安分局，当了一名协警。当他出发时，可怜的阿妈哭着劝阻他："你哥哥也加入了巡山队，你还去干什么？我们家已经牺牲了两个人，再也不需要多一位英雄！"

身边的好友也劝他："你风华正茂，为啥一定要跑到荒无人烟的地方去？"

他说："我愿意用生命守护可可西里。"当他从牙缝里挤出这句话时，声音低沉得几乎听不见，但他自己听得见，他就是在对自己说，对自己的心灵发誓。就这样，秋培扎西终于来到父辈奉献了热血和生命的可可西里。每一个奔赴可可西里无人区的人，都有一种痛别家人之感，他却觉得自己回到了家。

或许，对于秋培扎西来说，可可西里才是他的精神原乡。

自从进入可可西里，秋培扎西和巡山队员每年夏天都要在卓乃湖驻守两个多月。而每次深入可可西里腹地巡山，他们都要感受大自然带来的死亡恐惧。秋培扎西从小就养成了写日记的习惯，进入可可西里后他便开始记《西行日记》，现在有了手机，一旦有啥感触，他就会随手记下来。他原本就热爱文学，很有文采，这苍茫辽阔的荒原更赋予了他苍劲的文笔："向着远处的西边望去，那金灿灿的余晖正对着我们在微笑招手，在那笑容背后我看不清是泥泞还是沼泽，或许冰冻的雨雪在冲着我们龇牙咧嘴地狰狞斜视。"

从青藏线驶往卓乃湖、太阳湖一带，一般都是从五道梁进入可可西里无人区，离五道梁不到四十公里就能看到一条小河，这是长江北源楚玛尔河水系的一条支流——秀水河，多美的名字啊！然而，这却是巡山队员难以逾越的一片烂泥潭。一次巡山时，车子在河中间抛锚了，秋培扎西第一个跳下去，想要看看哪里出了故障。那是初夏季节，冰冷的河水一下刺激得他浑身冒冷汗，几分钟后他的腿脚就被冻得没有知觉了，感觉像两根木头戳在水里。他是修车的高手，可那一双手冻得不听使唤，哆哆嗦嗦的，连扳手也握不住。一个小故障，他用了半个多钟头才排除。回到车里，第一件事就是赶紧脱掉手套和靴子，打开暖气慢慢地恢复知觉。随着知觉渐渐恢复，痛苦也随之而来，先是那冻僵的地方像刀割一般的生疼，之后是痒，奇痒难忍，恨不得使劲儿去挠，但绝对不能挠，一挠就会撕裂出一道伤口，这冻伤往往是终生难愈的。

从卓乃湖到太阳湖，海拔更高了，六千多米，气候更寒冷了。

当年，索南达杰就是在这里壮烈牺牲的，太阳湖又被誉为"英雄湖"。这里还有一条发源于太阳湖的无名河流，索南达杰殉难后，这条河流被命名为"阿卿达杰藏布"。达杰，指索南达杰，藏布，在藏语中指江河。这是一条流淌过索南达杰鲜血的英雄河。

无论太阳湖还是太阳河，由于地处雪峰冰川之下，一年四季都冰寒冷彻，加之处在昆仑山和可可西里之间的地震带上，湖面上常出现冰层断裂现象，那深蓝色的冰块横亘在湖面，就像打碎的水晶宫。而这冰冻大地又蕴藏着丰富的地热资源，在布喀达坂峰南坡就有一股热气腾腾的泉水喷出，喷泉激活了前边的太阳湖水，又映衬着后边那高耸入云的冰峰，形成的冰与火、冷与热的共聚现象，构成了一种奇异而矛盾的山水关系和自然景观，这又是大自然神奇的造化了。

在太阳湖畔就有一汪温泉，泉眼周边有着大片温润的草甸，这一带也是藏羚羊产仔的密集区域。曾几何时，盗猎分子在这大肆屠杀藏羚羊，把这温润的草甸变成了血腥的屠宰场。自可可西里自然保护区成立后，甚至在更早的野牦牛队时期，每年夏天，巡山队员都要在这里搭帐篷重点守护。

每次秋培扎西到太阳湖一带巡山，舅舅索南达杰的身影就会出现在他眼前，仿佛在指引着他前行的方向。这其实并非幻觉，而是儿时的记忆或梦中的情景在这里重现。索南达杰就安葬在太阳湖南岸，这湖边的山坡上有一个光秃秃的、寸草不生的小山包，索南达杰的墓地位于半山腰，那也是他的殉难地。这个原本无名的小山包被藏族同胞命名为"巴郭奔索格"，"巴郭"指英雄，"奔索"指墓地，"格"指半山腰。这个地名意为"位于半山腰的英雄墓地"。巡山队员每次途经这里，都会向索南达杰的英灵敬献哈达和他生前爱喝的青稞酒，向空中抛撒象征吉祥的风马旗。这里也是个风口，那墓碑和防护栏早已被风吹得倾斜了。秋培扎西每次来这里拜祭，看着舅舅躺在这样一个荒凉孤寂的地方，他总是眼含泪水、满腹惆怅。他长跪在地上，先要把墓碑前的杂物整理一遍，用手掌轻轻擦掉碑上的尘土，再把被风雪刮歪的牛头和嘛呢石一一摆正，然后将一条雪白的哈达系在墓碑上，另一条则系在牛头上。那是一个硕大的野牦牛的头骨，两只犄角之间差不多有一米宽，根部有小碗口那么粗，在这残酷的自然环境中经过多少年的风化，那犄角布满了一道道粗糙的裂纹，但看上去依然是那样倔强。

　　秋培扎西像哥哥普措才仁一样，从小就对野牦牛有一种崇敬之情。但那时他还太小，还不太知道崇敬源于一种超越了自然的精神和信仰。而现在，秋培扎西和兄长普措才仁继承了父辈的信仰，这个英雄家族用两代人的生命与忠诚守护着这片伟大的荒野。通过这些年的坚守和磨练，秋培扎西在这与世隔绝的生命禁区才渐渐体悟到，信仰就是爱与受难，爱到极致便是信仰，难到极致只有信仰才能支撑难以承受的生命之重。每次拜祭之后，秋培扎西都要在舅舅的墓前坐很长时间，想多陪陪他，陪他说说话，告诉舅舅的在天之灵：这些年可可西里的藏羚羊一年比一年多了，那些盗采盗猎分子越来越少了，他们那一代人的付出现在有了回报。而在告别舅舅时，他都要把一面五星红旗在风中展开，以太阳湖和布喀达坂峰为背景，举起拳头对着舅舅的灵魂宣誓，他也要像舅舅和阿爸一样，用生命来保护可可西里的生命！

　　有人说，这如同秘境一般的可可西里，秋培扎西熟悉得就像自己家的院子。他可从来不敢这么说，越是熟悉，越是敬畏，而在绝美的风景背后，残酷的自然法则才是可可西里最本质的模样。就说开车吧,他像兄长普措才仁一样也是一个开车的高手,而随着他的经验越来越丰富,技术越来越高超,他却越开越小心。一年冬天,秋培扎西和几个队员到太阳湖一带巡山,途中遭遇了一场暴风雪,山谷里的积雪深到能陷进去半个轮子,车子根本走不动,他们只能冒险去走半山腰,在攀爬过程中,整个车都是倾斜的,一不小心就会翻下山去。秋培扎西和几个队员全部发生了剧烈的高原反应,那车也像出现了高反,忽上忽下,左右摇晃,几个人一路走,一路吐,连肠胃都快吐出来了。大伙儿都希望赶紧开出这个鬼地方,偏偏,由于冰雪塌方,那滚落的石块和积雪将一条山道掩埋了二十多米,司机原本想从一边小心翼翼地绕开,哪知越小心越出错,前面的车轮过去了,后边的车轮却"咣"地一下陷在冰槽里……

我一听,就知道,他们又到了玩命的时候。但这些巡山队员有一个共同的特点,他们都不愿讲自己的故事。秋培扎西绕开了自己,讲起了他的好哥们、卓乃湖保护站现任副站长郭雪虎,这也是个来自玉树的藏族汉子。说到他,先要说他创造的一个第一,他是从新闻记者转行为可可西里巡山队员的第一人,也是迄今为止的唯一一个。十几年前,他在玉树电视台工作,听说可可西里招募巡山队员,他随即辞职报名。这让他的家人和同事都非常震惊,电视台、记者,那是多好的单位和多体面的职业啊,虎子怎么会做出这样的选择?那时他还是个二十多岁的小伙子,大伙儿都亲昵地叫他"虎子",也再三劝说他要三思而行。年轻人啊,有时候头脑发热就会断送一辈子的前程。但郭雪虎却说他为这事想了好多年了,他的理由很简单:"我从小就崇拜索南达杰,我当不了他那样的英雄,但我可以像他那样去守护可可西里,守护藏羚羊!"

当你用现实的眼光难以理解一个人的行为时,那就只能用理想或信仰去理解了。如果没有这样的信仰支撑,谁也不会做出这种"不明智"的选择,即便一时冲动走进了可可西里,你也不会一走就是十几年,甚至一辈子。他就是这样告诉家人的:"我要在可可西里一直做下去,除非哪一天我干不动了,就把我拉走。"

还别说,在可可西里无人区还真是不能缺少这样一位记者出身的巡山队员,那随身携带的一台高档相机和长焦镜头就像他的命根子,这是手机不可替代的。当他在风里雨里巡山，第一个想到的就是给相机包罩上防水布，而自己时常被雨水淋得浑身透湿。为了拍摄藏羚羊壮观的迁徙场景，他时常站在车顶上用双手举着相机，用最大的取景框摄入画面。为了不惊扰野生动物，他通过长焦镜头进行远距离监测。郭雪虎凭专业的摄影摄像水平，拍摄了大量高清照片和视频。在他的影响下，巡山队员们也不再满足于手机随手拍，大多购买了相机，跟着他一起学摄影。为了鼓励大家拍照，可可西里管理局还要定期举办职工摄影比赛。若从可可西里的特殊背景看，这还真不是单纯的摄影爱好，由于外人无法进入可可西里腹地，他们拍下的每一幅照片都是来自第一现场的珍贵影像，为生态环保决策和科研科普提供了生动形象的第一手素材，这也是无可替代的。

　　郭雪虎不仅是摄影高手，更是开车和修车的高手。就说那次陷车吧，说起来又是重复，一是把挡道的石头、冰块搬开，再就是抡起铁锹挖车了。几个队员都因剧烈运动严重缺氧，头疼得像快要炸开，而在这高寒极地，连手臂被震得发麻也浑然不觉，有的人双手虎口都震裂了，鲜血直流。挖到边角时，铁锹铲不下去，他们只能用手去刨，即便戴着手套，那刺骨的寒冷也能穿透手指传遍全身，感觉浑身都已冻僵了，只有鲜血还在从他们的伤口流出，那冰雪和石头都被鲜血染红了。当他们终于把车挖出来，又用棉被垫在车轮前，那辆车才呼哧呼哧地开出来。谁知经过一番折腾，这家伙又"咕叽"一声，像咽气似的趴窝了。

　　这时候，大伙儿都眼巴巴地看着郭雪虎，他们能不能从这里走出去，就靠这个修车高手了。郭雪虎仔细检查了一遍，还好，这车没大毛病，只是因为螺丝松动导致油箱渗入了雪水，修理起来很简单，只要把螺丝拧紧就行了。但郭雪虎那双粗糙的大手，当时冻得连扳手都握不住了，一拧就连连打滑。一只手不行，他就加上另一只手一起使劲，还是滑溜溜的使不上劲。几个人又纷纷搭上手，这一只只麻木得没有感觉的手，一起缓慢机械地使劲扳着扳手，几乎是靠本能的力量才把那松动的螺丝拧紧了。

　　修好车，郭雪虎和队友们都冷得实在受不了了，由于气温太低，那沾了冰水的手套也被死死冻住了，撕都撕不下来，就是开车这冻僵了的双手，也没法握紧方向盘。郭雪虎就把备用汽油拿出来，倒了一些在沙子里，用打火机点燃，这就是"冬天里的一把火"。这种取暖的办法还是普措才仁的一个发明，他还带头围着火焰跳起了锅庄，没有音乐，太阳湖畔一阵一阵的风雪声就是为他们伴奏的音乐，这是真正的天籁啊。可这一次，那火苗才刚刚点燃，大伙儿从冻僵的状态下缓过神来，只听"嘭"的一声，郭雪虎修车时溅在裤腿上的油水混合物突然爆炸了，火苗从他的裤腿上呼啦啦直往上蹿。一个叫尼玛扎西的小伙子眼疾手快，赶紧拽起刚才垫车轮的被子裹在了郭雪虎身上，郭雪虎连同那拖泥带水的被子就地一滚，才把那火焰给扑灭了。

尼玛扎西好像还没反应过来，瞪着眼，凶巴巴地对郭雪虎说："如果火再不灭，我就一脚把你踢回冰窟窿里！"

郭雪虎也瞪着眼说："你不踢，我也要往这冰窟窿跳呢！"

经历了这一场惊吓，这哥俩一时间又哭又笑，那种逃过一劫的复杂心情不知该怎么形容才好，他们就像亲兄弟一般紧紧抱在一起，久久地体会着兄弟间抱团取暖的感觉。而大伙儿围在一边看着他们，一个个热泪盈眶。在可可西里的寒风中，泪水，仿佛比火焰更温暖。

这样的故事在可可西里数不胜数，他们的讲述和我的转述如同一次次重复，一如他们单调而重复的命运。但在他们看来，一切的付出都是值得的。而今，一代代巡山队员的打拼已换来了可可西里的安宁，他们的职责和使命也从反盗猎和打击盗采等非法活动这一重心转向了监测和救护。

卓乃湖保护站现在承担的第一项任务，就是对野生动物的动态监测，只有掌握保护区内野生动物的种群数量、分布范围、生活习性和活动规律，才能更精准地做好藏羚羊等野生动物的保育和生物多样性保护工作。由于可可西里保护区苍茫辽阔，荒无人烟，没有任何交通和通信设施，截至目前还没有条件广泛布设红外相机与视频智能监测系统。对保护区内的野生动物监测，全靠巡山队员的一双双眼睛，这是巡山途中随时随地的监测，也只有他们才能深入野生动物活动的第一现场。但凭肉眼观测野生动物非常难，在自然环境中，每一种野生动物为了达到隐蔽自己的目的，都有天然的保护色或隐蔽色，并带有形形色色的斑纹，这些色彩和斑纹模糊了身体的轮廓，由此把身体"隐蔽"起来，如同穿着天然的迷彩服，还能随着环境颜色的变化而变化。就说藏羚羊吧，这高原精灵的毛色每个季节都不一样。夏天是藏羚羊毛最长的季节，那深黄的毛色与高寒草甸的颜色浑然一体，哪怕近距离也难以分辨。入冬之后，草甸枯萎，奇怪的是，在这赤裸的荒原上，藏羚羊反而长得膘肥体壮，毛茸茸的越发漂亮了。此时也正值藏羚羊求偶的季节，它们如此漂亮甚至有些炫耀，或是为了吸引异性。如果赶上风雪天，在雪花纷飞中更是让人眼花缭乱，你越想看清楚却越是模糊，只能看见一片闪烁的光影。对于巡山队员，眼力也是慢慢练出来的，时间一长，他们都练出了一双双火眼金睛，哪一片荒原上有什么野生动物，大约多少只，哪怕野生动物闹成一团数也数不清，他们一看心里就有数，那数据八九不离十。

2016年7月的一天清晨，秋培扎西爬到卓乃湖保护站的屋顶上拍日出，当他迎着太阳升起的方向一眼望开去，在漫涌的乳白色雾潮中，忽然看到湖盆上布满了白花花的东西，仿佛正四处飞溅，曳出一道道光影。这是怎么回事，难道又出现了幻觉？他揉了揉眼睛，把镜头拉近一看，我的妈呀，全都是活泼泼的藏羚羊！如今这高原精灵终于在属于自己的土地上找回了自由，它们不再一步一惊心，全然把自己放松了，那矫捷的身姿宛如飞跃，四蹄仿佛轻点水面，凌波而行。这也是秋培扎西到卓乃湖巡山和值守以来看到的最多的藏羚羊群。而就在这一年，世界自然保护联盟濒危物种红色名录（IUCN）对藏羚羊的危险级别进行重新评估，从2008年的濒危物种调整为近危（NT），一下就降低了两个等级。作为近危物种，意味着这一物种在当下的危险程度已大大降低，但在不久的将来仍有濒危或灭绝的风险，必须进行持久的保护。

秋培扎西作为可可西里管理局的第二代巡山队员，已形成了系统的生态保护意识，从藏羚羊扩展到了所有的野生动物，又延展到了更大的生态圈，从生态植被、江河湖泊、沼泽湿地到冰川冻土，整个可可西里保护区的自然资源都是保护的范围和对象，换言之，他们要守护的是整个可可西里自然保护区。而对自然生态的保护，秋培扎西觉得真正需要关注和警惕的还是人为干扰因素。这里就以藏羚羊为例，藏羚羊作为可可西里乃至青藏高原的旗舰动物或优势物种，其种群数量的变化是衡量可可西里自然生态系统的关键数据。若排除了人为的因素，那么影响藏羚羊种群数量或成活率的重要因素便是气候和天敌，这是自然规律。可可西里无人区是众多野生动物相互依存的共同乐园，种群变化受气候、地域、食物链等多种自然因素制约，对于这些自然因素，无论你出于怎样的愿望，人类都是不能干扰和改变的，这才是可可西里作为国家级自然保护区的完整意义。如果说他们以前是用生命保护生命，现在则是用生命保护生态。

这么多年来，秋培扎西一直守护在卓乃湖、太阳湖一带，可以说是离藏羚羊最近的人，这么多年来他也一直在琢磨一个难解之谜，藏羚羊为什么会选择在卓乃湖和太阳湖一带产羔？他通过长时间的观察后发现，这一带的水草和自然环境同可可西里别处相比，确实没有什么特别或神秘之处，而藏羚羊的所谓生命密码，其实就是自然选择。谁也不知道是从何时开始，这是人类永远无从考证的，但可以根据藏羚羊的自然习性来猜测。或许，在某个久远的岁月，某个藏羚羊种群在迁徙的过程中无意间发现了这样一个偏远安静、依山傍水的产羔环境，它们觉得这里挺好的，便留在这里产仔了。从此，它们便年复一年地来到这里，一代代传承下来，在传承的过程中也吸引了别的藏羚羊种群的加入，越聚越多，从而形成了这样大规模集中产羔的奇观。

除了藏羚羊，在可可西里还有更需要保护的濒危野生动物，如雪豹，这是亚洲高山高原地区最具代表性的物种，被称为"高海拔生态系统健康与否的气压计"。20世纪，雪豹在可可西里基本消失了，近几年可可西里又陆续发现了雪豹。这是一种孤傲而灵敏的动物，昼伏夜出，行踪诡秘，那毛色又和自然环境浑然一体，有时候在眼皮底下你也未必能够发现。一次，秋培扎西和几个队员在昆仑山南麓的豹子峡一带巡山，这里是可可西里海拔最低点（4200米），也是红水河横穿博卡雷克峰的拐弯处，这种海拔较低又有水源的地方，也是野生动物的理想栖息地。豹子峡，顾名思义应该就是雪豹的栖息地，但多年来他们一直没有发现雪豹的踪迹，这让大伙儿都很揪心，雪豹是否在这里绝迹了？这次巡山，当他们从一道山崖下经过时，秋培扎西忽然觉得一侧有些异样，他下意识地一抬头，竟然看见一只雪豹趴在一块光秃秃的岩石上。说来，这次发现还真是有些意外的巧合，那雪豹的毛色跟那块岩石的颜色恰好形成了鲜明的反差,刚好光线又照在那一块儿,他们这才发现了这只雪豹。可当他们想要仔细观察和拍照时,这精灵一眨眼不见了踪影。就是那么快,快得你都没看清它是怎么消失的。这次意外的发现让大伙儿都非常惊喜,既然发现了一只雪豹,那就绝对不止一只,至少会有一个群体,这正是高海拔生态系统越来越健康的标志啊。

在监测野生动物种群数量的同时,卓乃湖保护站作为可可西里最前沿的保护站,还要承担另一项任务,那就是救护需要人类救护的野生动物。是的,这是有前提的,也是有限度的,只有"需要人类救护的野生动物"他们才能施以援手。对此,秋培扎西显然比上一代巡山队员更加理性了,他说:"看到这些可爱的高原精灵,呵护之心油然而生,我们能做的就是怎样进一步消除人为干扰。"如今可可西里的盗猎盗采活动已基本绝迹,但人类的干扰并未绝迹,特别是在藏羚羊迁徙产羔的季节,还有很多游人下路追逐拍摄藏羚羊以及其他野生动物,甚至擅自穿越可可西里无人区,这给野生动物、生态植被都带来了很大的干扰和伤害。有的野生动物被车辆撞伤了,有些怀孕的藏羚羊在人们的追逐下流产了,有的小藏羚羊在羊群逃奔时同母亲走散了,沦为无助的孤儿。这些"需要人类救护的野生动物",说穿了就是受到了人类伤害的野生动物。

2017年7月7日,联合国教科文组织在波兰克拉科夫举行第四十一届世界遗产大会,这是可可西里的保护者一直翘首企盼的日子,但谁也不知道最终的结果,秋培扎西和大伙儿都在格尔木基地静静等待着。当联合国教科文组织世界遗产委员会主席雅采克·普尔赫拉宣布将青海可可西里列入《世界遗产名录》时,一直紧攥着手机的秋培扎西长吁了一口气,大伙儿爆发出了热烈的掌声和欢呼声。这是中国第五十一处世界遗产、青藏高原上唯一一个世界自然遗产,也是我国面积最大的世界自然遗产地。当晚,秋培扎西穿起藏袍,端起水酒,同大伙儿一起围着篝火跳起了欢乐的锅庄舞。他在日记中写道:"今夜,这个无人的旷野属于我们,也属于端起的水酒,属于满脸的笑容,属于心酸的痛处,属于平凡而不平凡的昨天、今天和明天。此刻的我是如此的平静,以至于可以清晰地听见自己的心跳。"

对于第一代巡山队员来说,他们感觉自己"完成了一生的使命"。

对于秋培扎西等第二代巡山队员,以及更年轻的第三代巡山队员来说,从此成了世界自然遗产的保护者,他们将肩负起保护三江源国家公园和世界自然遗产的双重职责和使命。

孤独的守望者

尽管现在卓乃湖保护站的条件好多了,但这里注定是一片远离人间的无人区和生命禁区。而在这里守护的不止是卓乃湖保护站的几个人,从可可西里主力巡山队员到各保护站的队员们,几乎都来这里守护过,他们不但要抵御恶劣的自然环境,更要忍受常人难以忍受的孤独和寂寞。

如果没有亲身经历过、体验过,你无法想象他们在无人区的孤独与寂寞。他们都有手机,但在可可西里无人区没有手机信号,隔上十天半月,他们才能用站上唯一的卫星电话给家里报个平安。每次拿起电话时,都感觉有满肚子的话要说,一旦电话接通却又不知从何说起,结果每次通话都是短短的一两分钟。待电话挂了,然后又陷入满腹惆怅和长久的沉默。在这孤独而漫长的守望中,忍受身体和心理漫长煎熬的同时,还得找到一种排遣的方式,要不,整个人都要憋疯了、闷坏了。秋培扎西习惯于到大自然中去寻找力量和慰藉,每当太阳在卓乃湖、太阳湖畔升起,在布喀达坂峰降落,他都会伫立在朝晖夕阴间,静静地感受那一种神奇的力量。这里的天黑得很晚,直到晚上九点多,夜幕才徐徐降临。有时候,布喀达坂峰上的夕阳还没有降落,雪峰上又升起了一轮又圆又大的月亮。日月同辉,是卓乃湖畔神奇而庄严的景象。当苍茫大地笼罩在无边的夜幕之下,苍穹间繁星闪烁,清晰而明亮的北斗七星,还有一道道流星在头顶上闪烁而过,如梦似幻,又仿佛伸手可及。此时此刻,你会情不自禁地调动全身所有的感官去感受这大自然的一切,不觉间就会深深地沉浸其中、融入其里,你也只是大自然的一部分,而且只是极渺小的一部分,"寄蜉蝣于天地,渺沧海之一粟"……

当可可西里沉入茫茫夜色中,一如深不见底的大海,一座保护站又是何其渺小,仿佛大海中的一座孤岛、一叶扁舟。对于这些远离人间、与世隔绝的守望者,每一个夜晚都是漫长而孤独的。好在,这些天性浪漫的康巴汉子,每个人都有克服孤独、打发时间的法宝。他们都是天生的歌手,一旦闷了就会放声歌唱。有的队员还带来了吉他,边弹边唱,载歌载舞。秋培扎西和他哥一样,最爱唱的是《可可西里》:

> 可可西里,你遥远又神秘
> 可可西里,你在我的心里
> 苍茫的大地,为万物的灵气
> 那灵魂的污迹,让风雪来荡涤
> 暖暖的怀里,是慈悲的圆寂
> 有谁来保佑我,让她生生不息……

这苍劲、深沉、穿透力极强的歌声,一如荒原旷野的天籁之音,每一个音符和旋律都让你深受感染。队员们都打着拍子跟着他一起唱,一个人的独唱变成了众声合唱。

歌唱,给他们带来了无尽的快乐,但也有为唱歌而打架的。这里就说他们的老大哥文嘎公保,他也是可可西里自然保护区的第一批主力巡山队员,从1997年走进可可西里以来,几乎每年夏天都要来卓乃湖、太阳湖一带巡山。他特爱唱歌,走到哪里都唱个不停,可那歌声实在不敢恭维。一次文嘎公保正在引吭高歌,一个叫索隆格来的队员捂着耳朵冲他大喊:"别唱了,求求你吧,别唱了,你这是唱歌还是宰牛啊!"文嘎公保就像只长了嘴巴、没长耳朵似的,反而越唱越来劲了。索隆格来突然冲过来,用胳膊一把勒住了文嘎公保的脖子,两人扭在一起,在地上滚来滚去。这两人都是"十三太保"之一,还真是势均力敌。文嘎公保是一个威猛的康巴汉子，索隆格来是军人出身，他在河南洛阳当兵时，和詹江龙、木玛扎西是同一个战壕的战友，那功夫还真是非同一般。眼看这两人打得不可开交，大伙儿也没有一个劝架的，都在一旁乐滋滋地袖手旁观，像是难得看上一场好戏。

别看他们时常打打闹闹，那可都是生死之交。有一次，文嘎公保驾车和几个队员在巡山后返回五道梁保护站途中，车突然翻了，一个叫尕玛土旦的队员摔伤了头部，整张头皮连着头发从头顶一直撕裂到后脑勺，满脸是血，当时就昏过去了。还有一个叫更嘎的队员摔断了几根肋骨，正在痛苦地呻吟。文嘎公保赶紧把他俩抱上另一辆车，送往三百公里外的格尔木医院。为了抢救这两个兄弟的生命，他简直是"疯了一样往格尔木赶"。车开快了，更嘎在颠簸中疼得不停地惨叫，开慢了，尕玛土旦头上的血流个不止，加之他心脏原本就装了支架，若不赶紧送到医院去抢救，恐怕性命不保。这慢也不行，快也不成，文嘎公保急得都快要哭了。

当车终于开到昆仑山纳赤台一带，海拔开始下降，这一带开始出现茂密的草滩和泉水。随着含氧量的提升，尕玛土旦的神志似乎清醒了一些，但越是清醒他越是感到自己快不行了。他吃力地睁开眼睛，看到了车窗外的草滩，听见了潺潺的流水声，呻吟着说："兄弟，这么好的草滩，水也流着呢，把我放下来，我在这里躺一会儿吧，能躺在这片草地上离开人世，我死而无憾，赶紧去救更嘎吧……"

更嘎也忍着剧痛说："别管我，赶紧把尕玛土旦送到医院去！"

文嘎公保放声大哭："我们是一起活着进山的，就要一起活着回家！"

幸运的是，这两位兄弟后来都得救了。

在可可西里，巡山队员从来不缺少生死之交的兄弟情，他们最缺少的就是爱情。

别看文嘎公保的歌唱得很难听，在可可西里却是一个有名的恋爱高手，还有一段流传至今的爱情传奇。这个当年的穷小子竟然从一千多公里外"拐"来了一个漂亮的拉萨姑娘。那姑娘叫扎西德吉，其实是和文嘎公保一起长大的小老乡，他们都是玉树藏族自治州囊谦县吉曲乡人，两人从小就在吉曲草原上一起放牛羊、挖虫草、唱歌跳舞，两小无猜。然而，没过多久，这对青梅竹马还是分开了。扎西德吉十几岁时，跟随父母迁居拉萨做虫草生意，从此便与文嘎公保失去了联系。一晃过去了七八年，文嘎公保连扎西德吉现在长什么模样都不知道了，但对她的思念却与日俱增。他想方设法找到了她们家的电话号码，一场只闻其声、不见其人的电话恋爱就此开始了。在卓乃湖保护站值守时，那卫星电话分分秒秒都是金子般的时间，但只要是文嘎公保打电话，大伙儿都会把跟家里通话的机会让给他，这不是文嘎公保的特权，这是爱情的特权。就这样，文嘎公保连续不断地给拉萨姑娘打了一年多电话，却还是没有时间去拉萨见面。

直到1999年秋天，文嘎公保完成了在卓乃湖的巡护任务，好不容易有了轮休一周的假期，他决定趁机发起一场爱情总攻。但这短短一周的时间又怎么能攻下来呢？他鼓起勇气，向局长请假一个月。局长的眼睛一下竖起来了，"一个月？你小子想得美啊！这可可西里一颗螺丝一根钉，你问问谁请过这么长的假？"文嘎公保一看局长不批假，还真像一根钉子似的钉在局长办公室。这让局长感到奇怪了，又问他为什么要请这么长的假？文嘎公保这才涨红着脸老实交代，他要去拉萨谈恋爱。局长一听哈哈大笑："这是终身大事啊，我给你批四十天假吧，用四十天换你一生的幸福，值！不过，你小子要是不把拉萨姑娘带回来，你就别回来！"

文嘎公保几乎是带着"政治任务"跑到了拉萨，一开始他还不好意思说明来意，而是以到拉萨朝拜为名借住在扎西德吉家里。藏族人是最讲情义的，扎西德吉的父母对这个玉树小老乡也特别热情，文嘎公保更是每天拼命表现，啥家务活都抢着干。那四十天里他和扎西德吉一家子亲亲热热地生活在一起，几乎就是一家人了。眼看假期一晃就要过去了，文嘎公保感觉再不发起总攻这一趟就白来了，他终于向姑娘的父母亲摊牌了。对于这样一个忠厚老实、勤快踏实的小伙子，姑娘的父母亲自然是看得上的，他们也早已看出了小伙子那点心思，但他们也有他们的心思。于是向小伙子提出了一个条件："你要是真心喜欢咱们家的姑娘，那你在结婚后就要辞掉可可西里那边的事，这人呐，可不是藏羚羊，不能在那荒天野地过日子、生孩子。"这可让文嘎公保一下犯难了。不过，你别看这小子一副忠厚老实的样子，那心里可活泛着呢。他决定先来个缓兵之计，在口头上先答应了，再慢慢做起了扎西德吉和她父母的思想工作。而他这思想工作，就是给扎西德吉一家子讲可可西里的故事，讲那些活泼可爱的藏羚羊，这还真是把扎西德吉和她父母亲都深深迷住了。

这一趟拉萨之行，文嘎公保"凯旋而归"，看看那股子得意劲儿，队友们说他像是一头"翘起尾巴的野牦牛"。接下来一切进展顺利。这年冬天，两人已开始谈婚论嫁，那未过门的新媳妇也要去见公婆了。文嘎公保的父母还在囊谦县，两人在电话里商定好，扎西德吉先从拉萨赶到格尔木，然后两人再一起回家。那时从拉萨到格尔木还没有火车，只能坐长途班车，在那条世界上海拔最高、线路最长的公路上，扎西德吉颠簸了七天。当她赶到格尔木时，腿脚都肿得迈不开步了。她拖着一只半人高的旅行箱，这箱子里装满了孝敬公婆的礼物，却没有看见来接站的未婚夫。她一个人在车站周围转了老半天，在风雪弥漫中转得昏头转向，还是不见文嘎公保的踪影。一种不祥的预感像寒风一样袭来，难道？对可可西里的凶险她是知道的。她只能不停地给文嘎公保打电话，手都在寒风中都冻僵了，才把电话打通。文嘎公保那边的风声更大，他几乎是声嘶力竭地呼喊着，但话一出口就被风吹断了，他不得不加大嗓门，每说一句话就会喘息一阵，扎西德吉终于断断续续地听清楚了。他们在巡山时抓到三名盗猎分子，要直接押送到玉树去，不能去格尔木接她了，更不能陪她一起回家了。扎西德吉一听就"哇"的一声大哭起来，长这么大，她还从来没有这样悲伤和委屈过。想来真是后悔得肠子发青啊，那臭小子也不知给她灌了什么迷魂汤，让她这样昏头转向地投奔他。她原本打算掉头就走的，回拉萨，回到她自己的家，那才是知冷知热的家啊。可哭了一阵后，她又开始为那臭小子担心了，这冰天雪地的，他们还要在那荒野里抓坏人，还要把坏人押送到那么远的玉树去，这一路上不知要经历多少风险。她实在不敢往下想了，也不再想回家了，无论怎样，她都要等着他回来……

对于扎西德吉，这担惊受怕的等待仅仅是开始，而这样一次几乎让她绝望的经历，也使他们的爱情经受住了一次从未有过的考验。到了2001年，文嘎公保终于把这个拉萨姑娘"拐"来了，在格尔木基地举行了一场简朴而隆重的藏式婚礼，由局长担任主婚人，全局上上下下不知有多开心，每个人都觉得是自己家里办喜事。可两人刚刚度过蜜月，文嘎公保就违背了自己的诺言，他怎么也不肯辞职了。那"拐"来的新媳妇气得抡着小拳头对文嘎公保的胸口又打又骂："骗子，你这个骗子，我一辈子都不信你的话了。"文嘎公保却露出一脸老实忠厚的憨笑："你嫁给了我，就等于嫁给了可可西里，我怎么能离开可可西里呢？！"

这还真是一句大实话，那些嫁给了巡山队员的女人，就等于嫁给了可可西里。

诸位，还记得那个在不冻泉被巡山队员亲热地叫着的阿佳拉吗？这是一个埋了很久的伏笔，这位阿佳拉就是文嘎公保"拐"来的拉萨姑娘扎西德吉，扎西超市就是她开的。说来，扎西德吉也不容易，家中有十个兄妹，她是家里的大姐，从小就帮着父母撑起家里的一片天。自打她嫁到了可可西里就再也顾不上娘家了，为了离丈夫近一些，多照顾他一些，少一些担心，她带着自己三四千元的积蓄在不冻泉开起了这家小店。扎西，是她的名字，也是小店的名字，在藏语里也是一种祝福，意为吉祥。扎西德吉还记得刚来这里开店时，这里一片荒凉冷寂，她觉得"这里连鬼都不会待"，没想到这一开就是二十来年，一条小街就是从她脚下延伸出来的。而今很少有人知道她的本名，大伙儿都一口一声地叫她"阿佳拉"，好像她就是天生的阿佳拉，连她老公也这样叫。阿佳拉在藏语里有多重意思，也可以作为丈夫对妻子的称呼。

这家小店既是文嘎公保在可可西里的家，也是巡山队员们共同的家。不冻泉保护站如铁打的营盘流水的兵，队员们换了一茬又一茬，但阿佳拉一直是这里的阿佳拉。巡山队员每次进入无人区之前，阿佳拉都会为他们准备早餐，还有路上带的干粮，她对他们的口味像对自己的家人一样了解。队员们登车出发时，阿佳拉还要像家人一样为他们煨桑祈福。当队员们巡山归来，阿佳拉又会为队员们扫去衣服上的灰尘，端上香喷喷的酥油茶，摆上为他们准备好的饭菜。

扎西德吉不止是巡山队员的阿佳拉，她的热心肠在青藏线上远近闻名，尤其是那些从内地冒冒失失闯进可可西里的骑行者和背包客，只要谁有危难她都会及时伸出援手。说来，这些年轻人的想法真是千奇百怪，有个小伙子说，他来这里只想喝一碗热乎乎的酥油茶、喝一杯地道的青稞酒。还有的说，他就想穿一回藏袍、挎一次藏刀，穿上一双高筒藏靴在可可西里的大草原上走一走。他们还以为可可西里是呼伦贝尔大草原呢！一年夏天，一个骑着自行车穿越青藏线的小伙子，在这小店里吃完午餐后便继续上路了。阿佳拉一看他那初生牛犊不怕虎的神态，不禁为他捏了一把汗，再三提醒他，接下来的几百公里路要从可可西里无人区的边缘上穿过，一个人孤身骑行很危险，一定要准备好氧气袋和干粮，最好是与其他骑行者结伴而行。而那小伙子特别自信，他觉得自己身体棒得很，从内地到这里一个人骑行了几千里，一路上遭遇多少艰险他都闯过来了，那么多困难他都征服了，接下来的几百公里根本不在话下。他也听说可可西里是生命禁区，不就是海拔高嘛，不冻泉的海拔这么高，他也没出现高原反应，没什么可怕的。不过，他还是挺感激这位萍水相逢的大姐，临行前还加了阿佳拉的微信。他也没想到，这微信在危急时刻救了他一条命。那天晚上十点左右，阿佳拉的手机突然收到一条求救信息："救命啊，救命啊……"她一看是那小伙子发的，赶紧拨回去，却一直无人接听。不好，那小伙子可能昏过去了。她赶紧叫上也在不冻泉开店的弟弟，沿青藏线开着车一路追寻过去。在黑沉沉的夜幕下，阿佳拉一直睁大眼睛在车灯的斑驳光影下搜寻，生怕一不小心错失了搜救的机会。当车开到五道梁一带，她在一条上坡路边上看见一辆歪倒的自行车，那小伙子已经晕倒了。阿佳拉急忙拿出氧气袋，抱起他的脑袋给他吸氧，又给他喂了一点糌粑，小伙子才慢慢睁开了眼睛，一滴眼泪从他眼角滚落，滑入了他微微张开的嘴里。一问，这小伙子在使劲往上蹬车时，一下感到喘不上气来了，脑袋疼痛得像要炸裂一样，那狂跳的心脏仿佛要冲出胸腔。这是严重的高反症状，幸亏他在昏倒的一瞬间发出了一条求救信息，否则在这高寒缺氧、狼熊出没的生命禁区，他还真是凶多吉少。阿佳拉见小伙子恢复过来了，还是不放心，又把他接到小店里住了好几天。这小伙子的身体养好了，心理也健康了，他再也不敢一个人去挑战这生命禁区了。这天地间，确实还有你不能随意去挑战的东西，更别说去征服了。

谁都知道，可可西里是无人区和人类的生命禁区，但巡山队员们都觉得自己就是可可西里人。他们从来不是生命禁区的挑战者和征服者，而是大自然的忠诚守护者。阿佳拉也是守护在这里的一位可可西里人，她对老公说过这样一句话："你守护可可西里的藏羚羊，我来守护你！"

这每一个巡山队员背后，或迟或早，都会有这样一位阿佳拉。

当她们的丈夫孤独地守望着可可西里无人区时，这家里也仿佛成了无人区，她们也在孤独中默默地守望和等待他们的归来。这样的等待和守望，从索南达杰的妻子多沙才仁、扎巴多杰的妻子白玛就开始了，而今又轮到她们的第二代了。这么多年来，秋培扎西觉得自己最亏欠的就是母亲、妻子和孩子。尤其是可怜的母亲，父亲生前一再嘱咐他要陪伴母亲，但他却违背了父亲的意愿。而一旦走进可可西里，尤其是卓乃湖保护站后，他一年到头很少有时间能陪伴母亲、照顾家人，哪怕在没有特殊任务的正常状态下，他也是每隔两三个月才能回一次家。每次回家都是顶着一头乱蓬蓬的头发，胡子遮得连嘴巴都看不见了。一回到家里，连年幼的孩子都不认得这个阿爸了，一下被这个突然闯进家里的怪物给吓坏了。这倒不是他们不修边幅，在野外，这头发胡子多少能遮挡一些高原烈日的紫外线，抵挡那呛入口鼻的风沙。

说来，秋培扎西没有文嘎公保那样的爱情传奇，他的妻子柴文芬是一位青岛姑娘，现在三江源国家公园管理局执法监督处工作。他俩是大学同学。初次见面，她就觉得秋培扎西身上有一种特殊的气质。那到底是怎样的一种气质呢？她也说不清楚。当她听说他舅舅就是英雄索南达杰时，她突然觉得自己找到了这种气质的源头，这就是源自青藏高原、源自可可西里的那种粗犷、苍凉、充满野性的气质。这气质像磁场一样深深地吸引着这位在大海边长大的姑娘，最终她穿上了藏族的嫁衣，嫁给了一位康巴汉子。

这位青岛女婿第一次跟着媳妇去青岛探亲，为了盛情款待这个从三千公里外来的新姑爷，岳父岳母弄了满桌的海鲜，可这个从小吃羊肉、牦牛肉长大的康巴汉子，此前连虾米都很少吃，此时看着那些稀奇古怪的海鲜，他露出了一脸无助的神情……

那是秋培扎西第一次看见大海，他还特意尝了尝海水的味道。当他望着

第五章　从卓乃湖到太阳湖

碧海蓝天、云海变幻的风景兀自出神时,媳妇柔声问他第一次看见大海是什么感觉,他带着一种梦幻般的神情说:"跟我们卓乃湖太像了,水也是蓝盈盈的,喝起来也是咸的。"

媳妇娇嗔地说了一句:"你的魂都丢在卓乃湖了。"

当爱情与蜜月的浪漫过后,秋培扎西又急不可耐地奔赴卓乃湖了,一位新婚妻子,从此便开始了孤独的守望和无尽的牵挂。为了安慰妻子,秋培扎西每次巡山回来,都会把他在卓乃湖拍摄的照片一幅一幅翻开了给她看,一边啧啧赞叹:"你看,这就是卓乃湖,像不像青岛的大海啊!"她也被那些蓝盈盈的湖水深深地迷住了,一直想要跟秋培扎西去卓乃湖看看。她不知道,这只是可可西里美好的一面,而秋培扎西每次在回家前就把手机里那些艰苦、危险的照片都删了,生怕让她看见可可西里的另一面真相。每次妻子嚷着要去可可西里看看时,他总是一推再推。直到有一天,秋培扎西终于答应带妻子去卓乃湖看看,可她刚刚翻过昆仑山口,高原反应就发作了,到了不冻泉保护站,她更是头痛恶心,一路呕吐。她知道,到了不冻泉才刚刚挨到可可西里的边呢。她整个人几乎崩溃了,这还没进入可可西里无人区,更别说去海拔更高的卓乃湖了。这么多年,她都不知道丈夫是怎么在那里度过的。当丈夫驱车向可可西里无人区进发时,她抱着丈夫号啕大哭:"你别再骗我了,可可西里一点儿都不美!"

自那之后,每一次丈夫走进可可西里无人区、奔赴卓乃湖,她都感到特别紧张,特别害怕。但她知道,纵使有一千个一万个不愿意,她也阻挡不了一个康巴汉子奔向可可西里的脚步,他只能对丈夫再三叮嘱:保重,保重,千万保重!随着丈夫出门巡山的次数越来越多,两口子经历了太多的分别,从一日长如百年的等待,到十几年如一日的守望,她再也不说那些叮嘱的话了,心中纵有千言万语,可一说出来就是一遍遍重复。于是,不知从哪一天起,夫妻之间有了一种心照不宣的默契,丈夫出门时,只是淡淡地说一声"走了";回来的时候,她只轻轻地说一句"回来了"。这看似平平淡淡的分别,反倒更让人揪心。每次离别,她都要煮一锅秋培扎西最爱吃的手抓羊肉,给他送行。然后一个人站在门口,看着丈夫一步一步走远。接下来又是两三个月的等待。

每到归期，不管有多晚，她都会再煮一锅他最爱吃的羊肉，然后把家里所有的灯都点亮，等待着、谛听着，那个远行者回家的熟悉的脚步声。

又不知是从什么时候起，在巡山队员们的家属间开始流传一种秘密的小仪式。据说，最早是虎子（郭雪虎）的妻子点燃一把柏香，一个人悄悄跑到可可西里管理局的院子里，在巡山的车辆四周熏一熏，连虎子背的枪支、带的行李她都要熏一熏。这其实源自藏族的煨桑仪式，就是用松柏枝焚起的烟雾来祭告天地诸神，祈祷佛佑平安。渐渐地，其他队员的妻子都相继加入，一起为即将远行的丈夫祈祷和祝福。

巡山队员把海拔两千七百多米的格尔木市区称为山下，回格尔木家中就是下山。由于人手太少，每次守护到期，好不容易有了下山轮休的时间，有时刚刚休整两三天，一有紧急任务立马又要进山，甚至是神秘消失了，一两个月杳无音信。那是因为有些行动事先要严守秘密，连他们最亲的亲人也不能透露。这也难免会遭到妻子的责备，可怜的女人带着一丝哭腔喊："你当这个家是旅馆呢，你还要不要这个家啊？"

还别说，这些巡山队员在无人区待久了，还真不知道自己的家到底在哪儿，对于他们，"身后和远方都是家园"。每次进山，当汽车开到离卓乃湖一公里多处时，有的队员一眼看见那连绵的雪山和蓝盈盈的湖水就会忘情地呼唤："卓乃湖，我回家了！"

一旦走进无人区，走进这一片超尘出世的净土，每个人的心灵都变得像雪山冰川一样干净。这与世隔绝的荒野让你一下就回归到最原始、最纯朴的价值体系。在这里，你拥有再多的金钱也无用，最宝贵的是燃料、水和食物，还有阳光和空气。然而，谁又能真正达到超凡入圣的境界？每到夜深人静，就是秋培扎西和巡山队员最思念亲人的时候。当月光透过窗户洒进屋内，卓乃湖的夜晚显得格外静谧。秋培扎西听着窗外的风声，映着星光和月光写下了对家人的思念："天色渐黑，点点星光在夜空中争耀，多想让这星星捎句话给思念的人，告诉父母，孩儿一切平安；告诉妻儿，我们健康如初；告诉生命里的过往，我们今生无悔……"

我们，是的，秋培扎西写出的不止是他一个人的思念，而是每个巡山队员的心声。这里每一个人都是孤独的守望者，那无尽的思念往往在绝望的境地化作一种救赎自己的信念。

一个叫达才的康巴汉子，在可可西里巡山多年，至今还是一名普通协警。他父亲曾任可可西里管理局党组书记，他还记得，一家人从玉树州搬到格尔木后，父亲便一头扎进可可西里无人区，一去就是半个多月。格尔木市也是"一座火车拖来的城市"，这座新兴城市的人口以汉族为主。达才的母亲世世代代生活在玉树草原，刚来时，一句汉语也不会说，连买个馍馍都不知道怎么表达，只能连比带划地打手势。加之市场里大多是以汉族饮食习惯为主的食物，很难买到藏族人爱吃的茯砖、酥油、炒面和奶渣，有时候她只能带着孩子饿肚子。那时达才还是一个少年，他还记得，每次父亲回来时，母亲都要抱着父亲哭好久，想要带着孩子回玉树生活。但父亲的一番话，很快就让母亲擦干了眼泪，她明白了丈夫做的是一件了不起的大事，他们这辈子，甚至下一辈都要住在格尔木了。这个朴素的藏族女人，从此开始学习汉语，从一个字到一个词，再到一句话，如今她早已与汉族同胞亲亲热热地打成一片了。

达才长大后，加入了可可西里巡山队，一夜之间就从热热闹闹的格尔木市区走进了孤独的荒原，感觉进入了另一个世界。越是极端的环境，越是会创造极端的纪录。一次，达才和五位队友遭遇暴风雪，被困在卓乃湖畔的一条小河边，他们在自救无望后，只得用卫星电话向可可西里管理局请求救援。局里先后派出四批救援队，全都被阻隔在风雪之中。随着一个个日子在风雪中熬过，六名被困队员携带的干粮越来越少。为了在这生命禁区尽可能延续生命，他们从一天只吃一顿，到两天、三天吃一顿，一个个饿得前腹紧贴着背脊，饥饿还在蚕食他们那越来越消瘦的身躯。为了保持最后一点生命能量，他们几乎一天到晚躺在车上。就这样熬过了四十多天，最后只剩下一个拳头大小的土豆。六个人，一个小土豆，连塞牙缝也不够啊。这个土豆，在几个人手里让来让去，谁也不肯啃一口。当土豆传到达才手里，他一咬牙说："要饿就一起饿死！"他们干脆把这小土豆给扔了，一个个埋下头，去吃车辙下的泥土。那咸涩的泥土在他们嘴里慢慢抿着，咀嚼着，多少能缓解一点饥饿。其实，只要他们手指轻轻一扣，就有充足的食物。即便这里到处都是野生动物，但哪怕饿得吃土,也没人提出去猎杀一只野生动物充饥。他们到这儿来吃苦受累、忍饥挨冻,不就是为了保护野生动物吗?

当一个人被推到生与死的边缘,最思念的就是自己的亲人,那是他们难以尽孝的父母、难以团聚又很少照顾的妻儿,谁都想跟自己最亲的亲人说几句话。而当牺牲成为最大的可能,这几句话很可能就是遗言了。但为了保留卫星电话的电量,随时同外界保持联系,谁也没有提出给家人留下只言片语的要求,只有牵肠挂肚的思念,而绝境中的思念往往充满了痛彻肺腑的愧疚,只有活着走出去才有弥补的机会,这就是他们活下去的信念。

达才后来说:"当你拼命想着他们的时候,你才会拼命想活着,活下去!"

直到被困一个半月后,早已饿得昏昏沉沉的达才突然在小河对岸看见了开来的车辆。一开始他还以为是在濒死前出现的幻觉,他使劲拍拍脑门,脑子一下清醒了,那的确是赶来营救他们的救援队,但他不知道这已经是第五批救援队了。眼看救援车辆越来越近,连车上的警徽都能看清了,达才这才赶紧推醒了几个正在昏睡的战友,他带着哭腔喊:"兄弟们,有救了,咱们有救了啊!"

几个战友睁眼一看,救援队员已经下车,正在小河那边挥手呼唤着这边被困的队员。大伙儿一个个大哭起来。那一刻,此岸,彼岸,几乎所有人都在风中哭泣。随后,这边的被困队员和那边的救援队员几乎同时跳进了冰冷刺骨的河水,他们在河中心会合了,紧紧拥抱在一起。

这六个被困队员最终能够生还,该要多么顽强的意志,才能挺过来啊!

对于这些特别顽强的汉子,这还不是最可怕的遭遇。一个男人最惨痛的遭遇和命运就是"妻离子散",而这样的遭遇和命运不幸降临到了达才头上,他的妻子由于无法忍受这种聚少离多、家里长年没个男人照顾的日子,给达才下了最后通牒:"要么回家,要么离婚!"许多人都知道,康巴汉子既能狂放不羁地在大草原上纵横驰骋,对家庭和爱情也特别忠诚。当他们回到家中,在酥油和藏香的氛围中往往会在爱人面前低眉俯首,体贴入微。为了这个家,达才也曾在心里打过退堂鼓,他几次想要离开荒无人烟的可可西里,守着妻儿在酥油和藏香中过日子,这才是人过的日子啊。然而,他又实在无法割舍

第五章 从卓乃湖到太阳湖

他守护着的那片荒原和那些高原精灵，哪怕轮休回家，他也魂不守舍，他的魂就像掉在那里了。妻子知道这个男人已经"无可救药"了，一咬牙，跟他离了婚。达才永远都忘不了妻子临走时那哭得通红的双眼，还有孩子看着他的那对天真纯净的眼睛。可怜的孩子啊，都不知道这家里发生了怎样的变故。达才也是一位救助和抚养过多只小藏羚羊的"超级奶爸"，可一说起自己的孩子，他一脸的委屈很快就变成了深深的愧疚。妻子分娩时，他还远在卓乃湖守护着藏羚羊生产，他那么细心地给救助的小藏羚羊冲奶粉，却从来没给自己的孩子冲过一次奶粉。这样一个丈夫，一个父亲，又有哪个女人愿意跟他一起过日子？这日子根本就没法过啊。

对妻子的离去，达才从来没有一句怨言，他也后悔没在家多陪陪妻子和孩子。但对于康巴汉子，离婚不止伤感情，还是一件特别伤自尊的事情，那心中的屈辱连烈性的青稞酒也难以浇灭。在离婚后的一段时间里，达才变得更孤独了，他总是一个人呆呆地看着卓乃湖，一句话也不说。藏羚羊带着小羊羔在身边奔来跑去，那样活泼可爱，那样无忧无虑，他心里却是一阵一阵的酸楚，爱人在哪呢？孩子又在哪呢？他这辈子是不是再也没有家了？人非草木，孰能无情，这是一个康巴汉子内心最脆弱的时刻。每当此时，他就在心里默默劝慰自己，他现在做的事就是他的信仰，是对生命的保护和尊重，这也是源自父辈的传承。

这里的每一个人都是孤独的守望者，若是几个队员在一起守护，哪怕再苦再累也能忍受，最可怕的就是一个人的坚守，如我在前文提及的詹江龙，一个人在卓乃湖没日没夜地守护了二十多天。这已经是一个人在生命禁区创造的生命奇迹了，但奇迹中还有奇迹，一个叫旦增扎西的巡山队员，用一个人孤独的坚守，在可可西里无人区创造了一项迄今无人打破的历史记录。

旦增扎西家住治多县扎河乡大旺村，那里属于可可西里缓冲区。小时候，父母离异，母亲独自带着他们兄弟五个一起生活，十来岁的时候，母亲因一人实在难以支撑家庭的重担，便将他过继给了舅舅。他舅舅是索南达杰的学生，那时担任扎河乡党委书记。旦增扎西从小就是个懂事的孩子，到了舅舅家，他并没有因为舅舅的身份而变得养尊处优，反而更加勤奋，除了上学，他还在草原上给舅舅家放牧了四五头牦牛。

那时，舅舅时不时给他讲起索南达杰的故事，索南达杰渐渐成为一个少年心中最崇敬的英雄。在治多县城里，舅舅家和索南达杰家是一墙之隔的邻居，这也是离他最近的英雄，但索南达杰长年累月在可可西里奔波，旦增扎西从未见过他，舅舅还说有机会就带他去见见这位英雄。他原本以为这是迟早的事情，谁知索南达杰在可可西里壮烈牺牲了，他再也见不到这位英雄了。就在索南达杰牺牲的那一年，旦增扎西高中毕业，正好赶上扎巴多杰为野牦牛队"招兵买马"，舅舅说这是个机会，问他想不想去可可西里闯一下？他几乎连想也没想，就报名加入了野牦牛队。几年后，随着可可西里自然保护区成立，旦增扎西又和吕长征、拉巴才仁等野牦牛队员加入了可可西里主力巡山队。

每年藏羚羊产仔的季节，旦增扎西和巡山队员都要进入卓乃湖、太阳湖一带巡山，还要在这里搭起帐篷守护藏羚羊。盗猎分子与巡山队员是死对头，一旦狭路相逢，双方随即就会"兵戎相见"，那些盗猎分子藏在车后或土丘下不断向巡山车辆开枪，打得乒乒乓乓、火花四溅。先把你打蒙了，然后趁着混乱逃窜，这是他们惯用的伎俩。可可西里没有路，也到处都是路，对于那些"久经沙场"的盗猎分子，这荒野上四通八达的山沟河谷都是逃奔的捷径。若要追捕盗猎分子，那就太难了。即便在夏天，这里也冷得出奇，巡山队员在地上埋伏了一会儿，腿就冻僵了，脚也冻麻了，连鼻涕都冻住了，想跑也跑不起来，一个个像熊一样笨手笨脚，一边跑一边左右摇晃。那些盗猎分子也跑不动，但他们会找空子躲起来。一次，旦增扎西发现了一个躲在岩土后边的盗猎分子，他从后边突然扑上去，一把抱住那家伙，那家伙的手扣在扳机上，一触即发，一颗子弹"嗖"地一下射出来，几乎是贴着一位队员的鼻梁掠过去，好险！

这样的危险，在巡山途中随时随地都会遭遇，但在旦增扎西看来，这还不是最可怕的，最可怕的就是一个人在荒野上孤零零的、长时间的坚守。有一次，巡山队员发现了盗猎分子的踪迹，随即投入了追捕行动，留下旦增扎西和另三名队员在卓乃湖的帐篷里驻守。他们要在这里驻守多久，那是谁也无法预测的。不过，几个队员在一起，即便孤独，也还不至于那么寂寞。但

第五章　从卓乃湖到太阳湖

在守护了半个月后,一个队员趁着天晴出山了。又过了几天,另两个队员也走了。他们之所以走,自有别的缘故或事情,旦增扎西一开始也不太担心,心想队友们过不久就会回来的。谁知,自他一个人在这里驻守后,天就变了,风雨连绵不断,那些干得冒烟的荒漠戈壁都变成了沼泽和烂泥滩。他知道,只要风雨不停,天不放晴,队友们是无法从那乱糟糟的泥泞路上赶来的。他一天到晚都盼着天晴,盼着队友们归来的身影。

一个孤独的守望者,对于盗猎分子他是不惧怕的,队员们走时给他留下了两把枪,一把半自动步枪,一把小口径手枪,还有足够的子弹。最难耐的还是无边的荒凉和孤寂,有时简直要发疯。白天,茫茫的荒原上看不见一个人影,只有自己。他只能自言自语,要不他会连怎么"说人话"都忘记了。入夜,一个人的黑夜降临了,一盏孤灯,一个人影,像幽灵和幻影一样。夜越来越深,也越来越静,静到了极点,只能听到从卓乃湖掠过的风声,还有凄厉的狼嚎和熊的嘶吼,阴森森的。一开始他还感到毛骨悚然,时间一长他也习惯了,你叫你的,我睡我的,互不搭理,却又怎么也睡不着。这时候最思念的就是那遥不可及的家。那时候他还没有成家,他最思念的是脸膛通红的母亲、像父亲一样抚养他的舅舅和聚少离多的兄弟姊妹,那一个个身影像放电影一样在脑海里不断涌现……

接下来的日子,他陷入了更可怕的危机。旦增扎西最爱吃的炒面和风干肉早已吃完了,只剩下十来个干馍和饼子。眼看着储存的食物越来越少,他只能将一个干馍掰成三份。一个干馍原本吃一顿都不够,现在要分早中晚三顿吃,这日子都像掰开了,这一条命都像掰碎了。但你再怎么省着吃,在驻守的一个多月后,还是到了粮尽水绝的地步。渴了,他还能钻出帐篷,仰起头,张开嘴,接点儿从天上掉下来的雨水解解渴,但粮食不能从天上掉下来啊。人在饿极了的时候,那是什么感觉? 旦增扎西说,那空荡荡的胃里就像有把笤帚扫来扫去,仿佛正一点一点地刮尽你的血肉,时时刻刻想着的都是吃的,连做梦都在不停地咂嘴。旦增扎西那时什么都不想,只有一个强烈的念头,一旦出去了,他要一只手抓着糌粑,另一只手抓着风干肉一起往嘴巴里塞,哪怕吃上一顿饱饭立马死去也心甘。

然而，何时才能出去啊？说来还是巡山队员那句不知说了多少遍的话，只有天知道。

每天，在风雨的间隙里，他只能有气无力地爬到帐篷外的草甸上，或是揪下一把苔草塞进嘴里，或是挖出一棵野葱含在嘴里，但这难以下咽的植物一直哽在喉咙里，怎么也吞不下去。一天清晨，他在饥肠辘辘中醒来，在帐篷周边搜寻能吃的东西。离帐篷五十米开外有一个沙坑，四周便是藏羚羊觅食的草滩。他拖着一把半自动步枪，慢慢爬进沙坑里，一边喘息，一边张望，眼睛蓦地一亮，几只藏羚羊正在湖边吃草。他下意识地拿起长枪，扣住扳机。藏族人不到饿死的地步，是不会猎杀野生动物的，而现在，他眼看就要饿死了，只要猎杀一只藏羚羊，他就能活下来。他相信，这是菩萨也会原谅的。然而，就在他扣动扳机的一念间，一只小羊羔钻到母亲肚下吃奶。看到这一幕，他两眼一酸，那紧扣扳机的手指又慢慢松开了，许久，他都一动不动地躺在沙坑里，只有微微咧开的嘴唇里还冒着一缕白气。

在缓慢而又难耐的苦熬中，风雨终于停歇了，而且一停就是好几天，他估摸着队友要回来了。但人算不如天算，他没等来队友的身影，却等来了一场漫天大雪。他拖着一杆长枪，又在茫茫雪野中寻找食物，可此时却连一朵小花、一棵小草也找不到。当他忍着饥饿带来的阵阵腹痛，慢慢地爬到一道山坡下，再也没有力气往前爬一步了。他又一次躺了下来，慢慢闭上了眼睛，这一闭眼也许再也不会睁开了。而此时，母亲、舅舅和兄弟姊妹的身影又像放电影一样在脑海里不断涌现，这是亲人们在给他力量啊！他又挣扎着爬了起来，在风雪中发出了一声绝望而又不甘的长叹："我要活下去，活下去！"

恍惚间，风声中传来几声乌鸦凄厉的叫声，一群乌鸦正冲着他啼叫呢。对于人类，这是非常不祥的声音，甚至是死亡的征兆。这是一群被饥饿冲昏头脑的乌鸦，或许是以为他死了，正好可以成为它们的食物。它们原本就是大自然的"清道夫"。旦增扎西挣扎着爬起来，用颤抖的双手举起枪，一个快要饿死的人，瞄准了像他一样饥饿的乌鸦。在绝境之中，他只能选择杀生了。一声枪响，一只乌鸦被击中了，但它并未直接坠落，又在空中挣扎着飞了一阵，在前边不远的一个山坳里落了下来。这看得见的距离，他连滚带爬，竟

第五章 从卓乃湖到太阳湖

然用了一个多小时才爬到那只乌鸦跟前，定睛一看，不是乌鸦，而是另一种鸟，也不知是什么鸟。可可西里的乌鸦跟一只母鸡差不多大，这只鸟比乌鸦小多了。旦增扎西把这小小的猎物带了回去，这鸟毛多肉少，只能炖汤。他用高压锅勉强炖了一锅清汤，原本想热热乎乎地喝个痛快，但喝了几口他又把锅盖盖上了。这不是喝汤而是续命啊，他得留下来慢慢喝，谁知他还要在这里困守多久。

这一锅清汤他喝了三四天，那鸟吃得连骨头渣子都不剩了。风雪一直没有停歇，卓乃湖畔的荒野已被大雪层层覆盖，他踩着过膝的积雪，又开始搜寻续命的食物。在他饿得发昏的模糊视线里，一团火焰忽然蹿了一下，又倏地消失了。那是一只藏狐，这极聪明而又敏捷的藏狐连最厉害的猎手也打不到，但只要藏狐出没的地方就会有鼠兔，这家伙是高原鼠兔的天敌，每天要做的事就是捕猎鼠兔，连洞穴里的鼠兔它都能抓出来，俗称"打地鼠"。在藏狐消失的地方，八成就是鼠兔的洞穴。旦增扎西慢慢爬过去，果然发现了一个洞穴。他扒开厚厚的积雪和积雪下边的冻土，几只鼠兔一蹿而出，他瞄准一只鼠兔就是一枪，一枪命中，但那鼠兔只有拳头大小，不经打，一枪就给打崩了，碎得没法吃了。一个在草原上长大的孩子，还真有超强的野外生存能力。这天夜里，他给鼠兔下了个套子，第二天一早，果然套到了一只鼠兔。这鼠兔虽小，又充满了土腥味儿，但包上泥巴烤着吃，香得很！

那些日子，旦增扎西就是靠着这些小动物延续着生命，一天挨过一天，虽说吃不饱，但也饿不死。鼠兔不是保护动物，高原鼠兔甚至还被认为是草原第一杀手。一个陷入绝境的人，捕杀这些非保护性的野生动物是情有可原的，但旦增扎西讲述时我还是感受到了他于心不忍，多年来他一直充满了自责和忏悔，他觉得自己是有罪的。

一个人的可可西里，渐渐没有了时间概念。有时候，他浑浑噩噩睡了一会儿，醒来就以为又是一天了。当他一个人苦苦地熬过两个多月后，他一直感觉自己在无人区度过了九十多天。越到后面，日子越恍惚。一天，天终于放晴了，他坐在卓乃湖岸的一块石头上，遥望着银白色的布喀达坂峰，从这个角度看，湖水倒映的雪峰像是一双佛掌。卓乃湖的另一头，他恍惚看见一个人跟他一样坐在一块石头上。那个人不是别人,正是他崇敬的英雄索南达杰。他从未见过索南达杰,而此刻,一个英雄的形象却如此清晰地出现在他眼前,他感觉索南达杰显灵了,他有救了!

那也许只是高原上的一种幻觉,但旦增扎西确实感到了一种神奇的力量,这是他在绝望中的最后支撑。几天后,他终于等来了救援队员,那一刻他突然清醒了。他斜倚在帐篷门口,听见了由远及近的汽车声,却已无力奔向救援队员,连哭喊和流泪的力气都没有了,只用一双干枯的眼睛,定定地看着他们远远就朝他张开的臂膀,一路跑过来。由于长时间未见人影,旦增扎西一见跑过来的队友心口就怦怦直跳。当大伙儿纵情拥抱他时,旦增扎西的第一个反应就是从救援队员那里一手抓起炒面,一手抓起风干肉,狼吞虎咽地往嘴里塞,但他吃了几口就饱了。当人长时间处于饥饿状态,尤其是饿到了极限,连胃也萎缩了。他被救援队员抬到帐篷里,大伙儿明显感到他的身子轻飘飘的,小伙子已经瘦下去了好几十斤,他两眼深陷,头发蓬乱,胡子长得挂到了胸口……

这是一个人创造的奇迹,一个叫旦增扎西的巡山队员在绝境中坚守了六十六天,其中断粮近一个月。在海拔近五千米的高寒极地,他创造了人类野外生存的极限。

诚然,这又是谁都不想创造的极限,而哪怕在平常的日子里,他们也要长年累月与孤独相伴。就说我在索南达杰保护站见过的那个小伙子洛松巴德吧,他家人在治多县,但他有时候一年也回不了一次家。有一年,好不容易熬到了年关,眼看就要过年了,他和几个队员又接到命令,到卓乃湖、太阳湖一带巡山。在冰天雪地,他们一路上唱唱歌就算是过年了,想放声歌唱还要看看附近有没有野生动物,生怕惊扰了它们。他还记得,有一年过年,他和另一个小伙子驻站值守,两人一开始还在聊天,聊着聊着才发现都是些不知重复过多少遍的话题,该聊的早都聊完了。接下来两个人就一直对坐着,干瞪着眼,连眼皮都不眨一下。他们其实是在"神游"呢,一下"游"得太远了,都在想着家里的阿爸阿妈。就在洛松巴德心情最难受的时候,那个小伙子忽然叹息了一声:"这也太不像过年了,咱俩跳锅庄吧!"锅庄,又称果卓,藏语意为"圆圈歌舞",是藏族三大民间舞蹈之一,最早可能与盟誓活动有关,后来逐步演变成歌舞结合的形式,在节日或农闲时跳,届时男女围成一个大圆圈,围着篝火,载歌载舞,自右向左,沿顺时针旋转。这两个单身汉的锅庄,跳起来格外悲凉,两个小伙子跳着跳着,那眼泪就像雨水一样流了下来。没出息啊!他们用拳头拭去泪花,又相互给了对方一拳。

像洛松巴德这些年轻人,最郁闷的还是娶不上媳妇,他们时常自我调侃:"跟藏羚羊打交道多了,跟女孩子打交道就少了。"这调侃里边又有多少苦涩和无奈。看看这些康巴汉子,一个个又酷又帅,走在城里的街道上,哪个姑娘都会多看几眼,可一听他们是可可西里的巡山人,大多是没有正式编制的协警,哪个姑娘都会打退堂鼓。一直以来,爱情都是这支队伍里最缺乏、最渴望的东西,他们渴望找到心地与这片土地一样纯净、能与他们共同坚守可可西里的另一半,然而,这另一半实在是太难找了。要是在山外,像他们这样大的年岁,估计孩子都能打酱油了,可在这里,大多数巡山队员在三十岁之前和女人基本不搭边,好几个队员都是三十好几了还没个着落,或是谈了几个都黄了。可可西里是男人的世界,他们只能在回家或回格尔木基地休整时才能同姑娘们见面。这些小伙子们在可可西里无人区待久了,同女方头一次见面时都呆呆的,不知怎么开口。有个姑娘好奇地问一个小伙子是干啥的,他竟然闷头闷脑地回答:"放羊的。"那姑娘一下被逗乐了,小伙子也把自己给逗乐了。还有的一开始谈得挺好呢,但一进可可西里就吹了,最多也维持不到半年。女方的理由很简单,你在可可西里巡山,连谈恋爱都没时间陪我,到时候结婚生孩子怎么办啊?这是大实话,也是人之常情,这不是一天两天能够挨过去的,这是一辈子的日子啊,谁能受得了?

洛松巴德说起来,对那些姑娘也挺理解,从来没有一句抱怨,但他也从未为自己的选择后悔过。这位康巴小伙子,一直把保护藏羚羊看作一份积德行善的事,为此,他觉得吃苦受累、在孤寂中守望都是值得的:"男人就得能吃苦,我觉得来可可西里后,我才算个男人!"

这每一个巡山队员都有各自的人生履历、各自的脾气性格,但在可可西里,他们的命运都是相似的,连很多从生命里掏出来的故事也是相似的,甚至连他们的模样和性情都有几分相似。不管他们走到什么地方，又无论是否穿着警服，你一眼就能看出这是来自可可西里的巡山队员。可可西里赐予了他们一张张特殊的脸，那是一副黝黑的、像荒原一样粗犷的脸庞，而每一双眼睛又像雪山冰川一样干净澄澈。他们还有一双几乎一样的手，手掌宽大，指节粗粝。这双手，在巡山时，能够合力将深陷在泥坑里的车轮挖出来，在追捕时，能将疯狂逃窜的盗猎者一下制伏；这双手，还能在无人区拍下珍稀野生动植物和无限风光的照片，甚至还能做出几个拿手好菜。那常年坚守在生命禁区的烙印，不仅印在脸上和手上，还深深镌刻在每个人的灵魂里。他们还有一种共同的气质，那就是历尽艰辛的隐忍和孤独守望的沉默。

这些巡山队员一个个都非常低调，仿佛活在另一个世界里，但世人从来没有忘怀可可西里、藏羚羊和这里的守护者。2022年2月2日，北京冬奥会火炬传递正式启动，秋培扎西被选拔为一名代表可可西里的火炬手。一个粗犷的康巴汉子，浑身散发着荒原旷野浑厚的气息，他手持火炬，迈着巡山途中那坚忍而雄健的步伐，向世界展示了青海各族儿女守护三江源、守护可可西里和中华水塔的决心和信心。这位一向沉默寡言的可可西里人，用耿直而深情的嗓音说出了他最想说的一番话："我十三岁踏入可可西里，从此与这片神奇的土地结下了不解之缘。我能参与北京冬奥会火炬传递，充分说明了国家对青海生态环境保护工作的高度认可。对我个人而言，这是一次深刻的鞭策，既要把奥林匹克精神融入到自己的工作当中，守护好三江源，守护好可可西里，也要努力让绿水青山成为青海的名片和骄傲！"

这骄傲的背后，还有多少他们从不轻言又发乎生命的悲怆。别看这些巡山队员一个个像野牦牛一样壮实，由于长年累月在高寒极地奔走颠簸，风餐露宿，加之几天都吃不上一顿热饭，有时一天只吃一顿干粮，大多数时间靠喝凉水解渴，队员们几乎患有胃病、肺心病、风湿性关节炎，以及长时间开车造成的颈椎病和腰椎间盘突出。每个人都有病，浑身都是病，这都是高原病和职业病。就说第一任主力巡山队队长王周太吧，这高大威猛的藏族汉子也经不住长时间的颠簸折腾，四十多岁就患上了腰疼病，由于巡山任务重，他总也抽不出时间去医院检查，只感觉腰疼得一天比一天厉害。直到2003年轮休时，他才去格尔木医院检查，这一查连大夫都惊呆了："你怎么不早来检查啊？！"他的家人多年来一直保留着一张 X 光片，由于严重的腰椎间盘突出，王周太的脊柱已经完全错位变形，无法矫正了。他前后做了好几次手术，卧床近一年，再也不能巡山了，但他依然选择留在可可西里工作，又干了七八年才退休。这位当年在高原上如黑旋风一般的汉子，如今只能歪着身子一瘸一瘸地走路……

秋培扎西正当壮年，但在可可西里打拼了二十多年后，他的心肺功能也早已受损，这种病是难以根治的，只能靠吃药缓解，而比病痛更难受的还是心里的伤痛。

从用生命保护生命，到用生命保护生态，我觉得还有一句话真切地道出了可可西里人共同的命运：他们把可可西里的伤痛转移到了自己身上。

第六章　遥远而神秘的召唤

自然之子，或绿色布道者

曾几何时，有人追问，谁来保护可可西里？现如今又有人发问，谁在保护可可西里？

一直以来，很少有人知道，谁在守护这伟大的荒原。这里的守望者早已习惯于默默无闻的坚守，"事了拂衣去，深藏身与名"。若从杰桑·索南达杰在可可西里率先打响反盗猎第一枪算起，三十年来，在可可西里自然保护区和缓冲区逐渐形成了三种力量，如果把可可西里看作一个完整的自然生态系统，这三种力量皆是守护这生态系统的不可或缺又密不可分的一环。

第一种力量就是可可西里国家级自然保护区管理局和森林公安局组建的主力巡山队，这是保护可可西里的中流砥柱。但在可可西里不只有这些用生命保护生态的巡山队员，他们从来就不是孤军奋战，在他们的背后还有来自民间的力量，那就是主动参与可可西里保护的民间环保组织、环保人士和众多的环保志愿者，还有在可可西里自然保护区周边土生土长的牧民和村民。这些源自民间的力量一直与政府管理机构精诚合作，为保护可可西里作出了无私的奉献和牺牲，让这伟大的荒原辐射出更辽阔而博大的自然之光。用巡山队员的话说："藏羚羊不止是我们在保护，而是所有人在保护，这一代人把藏羚羊保存下来了，下一代人才能看到。"

他们所说的藏羚羊，其实不仅仅是指藏羚羊，而是对可可西里整个自然生态的指代。在这个浑然一体的自然生态系统内，无论是作为万物之灵长的人类，还是可可西里的野生动植物，都是广义上的自然之子。

追溯可可西里的民间志愿者，很多人第一个就会想到杨欣，而杨欣第一个就会提到一个从书斋走向旷野的自然之子——梁从诫先生。提起梁从诫这个名字，有的人或许不太熟悉，但他的祖父梁启超、父亲梁思成和母亲林徽因那可真是家喻户晓。一个人生于这样一个煊赫的名门世家，对自身也是一种遮蔽，梁从诫先生笑称自己一生都生活在祖辈和父辈的阴影之下。1932年，梁从诫出生于北平北总布胡同三号的一座四合院里，母亲林徽因曾这样来形容自家的庭院："一条枯枝影，青烟色的细瘦，在午后的窗前拖过一笔画。"梁从诫就是在这样一个院子里度过了他天真的幼年。而一个母亲对儿子寄予了充满诗意的希望："你是一树一树的花开，是燕在梁间呢喃，——你是爱，是暖，是希望。你是人间四月天！"这是一句被误读了近一百年的诗，很多人都以为这是一句温柔而深情的情话，其实这是林徽因对幼年梁从诫的殷殷寄语。

梁从诫先生对于自己的家世从来都很淡漠，但他从小到大，一直深受长辈潜移默化，那是为人治学的风骨与操守。而那"一树一树的花开"，"燕在梁间呢喃"，也是他从小就憧憬的生活，若世间没有这样的风景，又何来诗意的栖居，又哪有爱、温暖和希望？然而，在他五岁时，这一切都随着卢沟桥事变的爆发而化作了追忆。在日军占领北平的前夜，父母亲抛下了"燕在梁间呢喃"的四合院，一家老小陷入了颠沛流离的岁月。直到1946年7月底，梁家终于结束流亡生涯，重返阔别近十载的故都。新中国成立后，梁思成夫妇原本想把他们唯一的儿子培养成建筑师，梁从诫高考的第一志愿填报的是清华大学建筑系，却以两分之差落榜，最终被第二志愿北京大学历史系录取。1958年，梁从诫从北京大学历史系研究生毕业后，尽管风云变幻、历经坎坷，却也一直未偏离历史这条主线，他的前半生几乎就是用历史填写的履历表。1978 年，他在历经十多年的"劳动改造"后回到北京，在中国大百科全书出版社任编辑。在此期间，他还创办了《百科知识》和《知识分子》杂志。《知识分子》的封面是一扇半开着的门，门外有一道光透过，从创刊号一直沿用下来，从来没有改变。但梁从诫先生却在 1988 年改变了自己的命运，他辞去了公职，应聘到民办的中国文化书院担任导师，并担任全国政协委员、常委和全国政协人口、资源、环境委员会委员。当时，他已经看到了人口、资源和环境三者之间的矛盾，开始为中国越来越严峻的环境问题而忧心忡忡。1993 年 6 月 5 日，这一天是世界环境日。梁从诫和一群志同道合的知识分子在北京西郊玲珑园一座荒废的古塔下聚会，经过热烈的讨论，他们最终得出了一个冷静而清醒的共识："为了保护我们赖以生存的自然环境，为子孙后代留下一片青山绿水，要从我做起，从现在做起，组织起来，行动起来。"

这次聚会后来被称为"玲珑园聚会"，这是中国第一个民间绿色环保组织诞生的前奏。随后，经过大半年筹备，梁从诫发起成立了"中国文化书院·绿色书院"，该组织以"保护自然、善待自然"为宗旨，对外又称"自然之友"。梁从诫先生对"自然之友"是这样定义的："人类不是向大自然进军的征服者，不是人定胜天的挑战者，而是同大自然和谐相处的朋友。"这是中国最早成立的一家非政府环境保护组织（NGO），有人甚至把它看成是中国社会走向现代化的一个重要标志之一。梁先生一向谦卑而低调，他只是觉得自己前行的方向一如《知识分子》的封面，那是一扇半开着的门，门外有一道光透过……

在"自然之友"成立之初，国人还普遍缺乏生态环保意识。一个纯粹的民间环保组织，没有一分钱经费，没有任何行政资源，也不能靠行政手段进行管理，只能靠民间的力量一点一点地开展工作。有的人对梁先生很不理解，一个"术业有专攻"的历史学家，应该埋头做学问，你却去搞什么环保，简直是"不务正业"，保护自然，那应该属于自然科学领域。这是大实话，在梁先生创办"自然之友"之前，他既没有接触过环保这一领域，也没这方面的专业知识。但梁先生觉得，自然环境从来离不开历史的演绎与变迁，他亲手绘制了三张图表，一张是中国的人口分布图，一张是全国自然生态植被分布示意图，还有一张是从汉代以来我国的人口增长趋势图。从这三张图表看，中国绝大多数人口都拥挤在东部狭小的土地上，人口不断增长，而大面积天然绿色林带在人类的侵蚀下骤减，已退居中国版图边缘地位。

为此，梁先生充满忧患地发问："面对这样的生态环境和生存现状，难道我们不应感到万分忧虑吗？难道我们还不应奋起做些事情吗？"

他还以"国家的扫地人"自称，"这个国家是我们的，地脏了，总得有人扫吧"。

季羡林先生是梁先生难得的知己、难觅的知音，他对梁从诫的选择曾如是称道："从诫本来是一个历史学家，如果沿着这条路走下去的话，什么风险也不会有，就能有所成就的。然而，他不甘心坐在象牙塔里，养尊处优。他毅然抛开那一条'无灾无难到公卿'的道路，由一个历史学家一变而为'自然之友'。这就是他忧国忧民忧天下思想的表现，是顺乎民心应乎潮流之举。我对他只能表示钦佩与尊敬。宁愿丢一个历史学家，也要多一个'自然之友'。"

梁从诫在其后半生所做的一切，一如他的一本书名《为无告的大自然请命》。

就在"自然之友"成立的第二年，1994年新年伊始，太阳湖畔的枪声、索南达杰的牺牲，在那个农历甲戌年的年关猝然震惊了国人。而在此前，可可西里和藏羚羊还鲜为人知，索南达杰和西部工委的反盗猎行动在外界几乎无人知晓。当这样一个突发性的环保事件像特写镜头一样推到世人的面前，许多人都将目光投向了那遥不可及的可可西里，他们还是第一次知道这世上还有一种正在遭受疯狂盗猎的高原精灵——藏羚羊，还有一批在生命禁区出生入死、用生命保护生命的勇士。这也让梁从诫先生震惊、痛心并陷入了沉思：作为一个中华人民共和国的公民，我们能为这无告的大自然做些什么？这不是他一个人的扪心自问，作为"自然之友"的发起人和领导者，他首先想到的不是一己之力，而是要把这种民间的环保力量调动起来。他先是通过"自然之友"在新闻界的会员，迅速报道传播藏羚羊濒临灭绝的情形，指出若再不对这一珍稀物种及其生存环境加以保护，整个长江源的自然生态都将遭受严峻的威胁。而在他听说扎巴多杰和野牦牛队的事迹后，又通过"自然之友"

发动各界人士声援并捐款支持野牦牛队在可可西里进行反盗猎行动。

那时候，民间环保活动还处于刚刚起步、举步维艰之际。杨欣一直没有忘怀，在他最艰难的时候，梁从诫先生向他伸出了援手。1995 年，杨欣几经周折，终于拿到了青海省允许开展长江源环境保护的红头文件，这让他在可可西里筹建索南达杰自然保护站有了合法的政策依据，但建站经费还没有着落。为了筹措经费，杨欣于当年 7 月来到了北京，但他在北京人生地不熟，一筹莫展。幸运的是，他在一次聚会上结识了梁先生。这一老一少，虽是初次相见，却一见如故，从此结下了不解之缘。梁先生给杨欣的第一印象是谦逊、低调而又特别务实，每一句话都是实实在在的。当他得知杨欣的困境后，就像一个慈祥的父亲一般关切地问他："杨欣，你看我能为你做点什么？"杨欣当时最缺的就是经费，但他知道，那时梁先生创建的"自然之友"也是捉襟见肘，他几次张嘴，但话到嘴边又连同苦水使劲咽了回去。

杨欣在第一次见到梁先生后就申请加入了"自然之友"环保组织，但他不想给梁先生和"自然之友"添麻烦。这里还有一段我在前文没有交代的后话，杨欣当年为了筹建可可西里的第一座民间自然保护站，撰写出一本《长江魂》，他将第一批出版印刷的图书作抵押，筹集了建站资金并向厂家订购了设备，为此，他又欠下了一身债。这自费出版的书，他也不知道怎么卖，何时才能卖掉？当梁先生知道杨欣的困境后，又一次给杨欣打电话："你们到北京来，我给你们组织演讲报告会，咱们一个大学一个大学讲，一个大学一个大学卖书，还债！"

在梁先生看来，这不是杨欣欠下的债，这是人类欠大自然的债。

1997 年夏天，北京的天气异常炎热，《长江魂》在国家环保局会议室里举行了首发式。那天，会场里的气氛与外面的温度不相上下。梁先生率先掏出一千块钱交给杨欣："来，我买二十本！"杨欣当时还愣了一下，按《长江魂》当时的定价，每册二十三元，梁先生怎么一下给了这么多？但梁先生大声说："就这个价！"他这还真是一锤定音了，所有人付出的都是这个价。后来，有人戏称梁先生"哄抬物价"，还有人开玩笑说他数学太差，这么简单的算术都算错了。梁先生笑道，一本书的账算错了没事，这环境账算错了那就要出大事。

杨欣后来说，如果没有梁先生和"自然之友"的鼎力支持，《长江魂》不可能那么快就销售一空，索南达杰自然保护站就是建成了也是一个空架子，他就是靠卖书的经费还清了欠款，索南达杰保护站才能如期交付使用。这是中国民间第一个自然保护站，应该是载入中国环境保护史的一件大事，但各大媒体对此几乎悄无声息，只有一家环保行业报纸在一个角落里发了一张保护站的图片，说这个保护站"可望落成"。梁先生看了之后，把手里的报纸一拍，几乎是拍案而起，他立马给该报总编辑打电话："什么叫'可望落成'！你知道这保护站是怎么建起来的吗？"

就这样，在梁先生的推动甚至是催逼下，一些媒体才开始报道这个看似很小却大有深意的新闻，这也是一个民间环保人士在推动环保事业一步一步艰难前行的历程。

1998年5月，梁先生偕夫人和几个"自然之友"的同仁奔赴可可西里。那时梁先生已是一个六十七岁的老人，又身患多种疾病，很多人都劝阻他不要踏上这次冒险之旅。梁先生何尝不知道这是用生命在冒险，但他也知道，这是他第一次去可可西里，也是最后一次，若再不去，他这辈子可能再也不能亲眼看看那片伟大的荒原和藏羚羊了。在格尔木机场，扎巴多杰带着野牦牛队那帮康巴汉子迎接来自首都的贵宾。"扎西德勒，扎西德勒！"这是他们最尊敬的客人，扎巴多杰按照藏族最高规格的礼仪，一边给梁先生鞠躬致敬，一边敬献绣着云纹图案的哈达，又用粗糙的双手捧上了热乎乎的酥油茶。那哈达像昆仑山的雪峰和白云一样圣洁，梁先生后来一直珍藏着。那酥油茶散发出一股草原特有的醇香，梁先生还是第一次品尝酥油茶，一股难以言说的滋味从舌尖化入喉咙，沁入心田，一句话从心中油然而出："我们像是回家了！"这话一出口，一下就把大伙儿的距离拉近了。扎巴多杰原本把梁先生一行当贵客，梁先生却把他们当家人，这些像野牦牛一样粗犷的康巴汉子，面对盗猎分子的枪口连眼睛都不眨一下，此刻，竟然抱着梁先生泪流满面。或许，只有真正的知音才能理解他们心中的悲怆与酸楚，这些年来他们尝遍千辛万苦，用生命保护生命，这世间又有多少人能理解他们？而现在，终于有一位白发苍苍的老人从三千公里外的首都来看望他们，他们就像见到了慈祥的父亲。

第六章　遥远而神秘的召唤

随后，这位个子瘦小、气喘吁吁的老人，徒步登上了海拔4767米的昆仑山口。此时，尽管是盛夏季节，这山口却是风雪交加，寒风凛冽，看不见绵延起伏的昆仑山脉，只看见连绵不断的皑皑白雪，哪怕年轻力壮的人，也难以逾越这高寒缺氧的第一个大坎，但梁先生迈过了这个大坎，抵达了他一生的最高海拔，这也是他对自己生命极限的挑战。这里，矗立着环保志士索南达杰的雕像和纪念碑，在呼啸的风雪中，一个伟岸的身影，一个伟大的心灵，仿佛正荡涤着这万山之祖的旷古之风。梁先生祭奠了索南达杰的英灵，又和国际爱护动物基金会中国代表葛芮一起举起了手中的火把，点燃了野牦牛队从盗猎分子手里收缴的近四百张藏羚羊皮。这也是按国际惯例进行的。为了不让任何一星半点濒危野生动物资源进入流通领域，世界上对于从盗猎者手中缴获的象牙、虎皮、虎骨、犀牛角等一律进行彻底销毁，只要有上市的可能就会给盗猎者留下可钻的空隙。而在这血淋淋的藏羚羊皮和燃烧的火焰背后，就是一个个活生生的血肉生命啊。梁先生睁着一双通红的眼睛，不知是被这鲜血染红，还是被熊熊火焰映红，他的声音也是嘶哑的，像是要呛出一口热血："我们要用这把火向全世界宣告，绝不允许这样的罪恶在可可西里的土地上横行霸道！"

在沿青藏线考察途中，梁先生一直注视着这广袤、苍凉、植被稀少的土地，却没有看见一只藏羚羊和别的野生动物，这让他两眼也一片空茫。他正愣愣出神时，听见"忽"地一响，有人把一个刚喝完的矿泉水瓶随手扔到了车窗外，眼看那空瓶子就要被风吹到草原深处，梁先生急得大喊起来："停车，赶紧停车！"几个人还没反应过来，他已下车，在寒风中一路小跑追赶着空瓶子。当他躬身捡起瓶子时，已脸色苍白、嘴唇发紫。他喘息了一会儿，才语重心长地说："这是世界上最后的净土，我们不能把任何东西扔在这儿啊！"

这次考察，由于高寒缺氧，加之一路颠簸，梁先生的身体特别虚弱。在他们从可可西里返回格尔木的途中，他们乘坐的越野车又不幸发生车祸，坐在前座的梁先生在猛烈的撞击下造成右肩脱臼、胸部挫伤，老伴说他"差点在那里丧命"，但梁先生却对这些"小伤"不以为然。后来，他在一篇笔记中写道："环保行动不是轻柔的田园诗，风险总是有的。为民间绿色活动付出点代价，我们无怨无悔。"

这一次实地考察，让梁先生眼睁睁地看到了可可西里的自然生态是多么脆弱，而藏羚羊已经到了濒临灭绝的地步。回到北京后，他对可可西里和藏羚羊的命运愈加关注，只要一听到从那边传来的消息，他便像个孩子一样竖起耳朵，聆听着那荒原上发生的一切。他一直在呼吁世人要关注藏羚羊面临的危机，关心野牦牛队所处的困境。为此，他与十七名记者联名上书中央，建议进一步加强可可西里的反盗猎措施。他自己也写了一篇文章发表在报刊上，文章的结尾是一句满怀深情又充满忧虑的疑问："可可西里、藏羚羊、野牦牛队啊，我们深爱着你们，但我们还能为你们做什么？"

梁先生的眼光不只是盯着国内，还超越了国界，用全球化的目光来推进环境保护。在他看来，地球就是一个村落，世界就是一个家，这小小寰球就是人类和一切生命共同的家园。尽管藏羚羊是中国青藏高原的特有物种，但在全球生态系统里这绝非孤立的物种，只有在国际社会的共同努力下，才能使这一特有物种免于灭绝的命运，这是世界性的拯救行动。

1998年10月间，英国首相布莱尔应邀访华，梁从诫早就了解到英国是藏羚羊绒制品——沙图什的主要经销国，趁布莱尔访华前夕，他见到了英国驻华大使高德年爵士（Anthony Galsworthy），谈起了藏羚羊绒制品在英国非法销售的问题。高德年长期任英国驻中国外交官员，对环保问题一直很关注，对藏羚羊的命运也"深表同情"，他当即向梁先生建议："自然之友"应利用布莱尔访华的机会，给他写一封公开信，请求他设法制止藏羚羊绒制品在英国的非法贸易，以支持中国反盗猎藏羚羊的斗争。梁先生一听，这还真是一个好主意，他随后于10月6日以"自然之友"会长的名义写了一封致布莱尔首相的公开信，并附上一组以《藏羚绒贸易真相》为题的反映藏羚羊遭受大批猎杀的照片。他在信中写道："我提请您注意藏羚羊的悲惨处境，并请求您对我们保护这种濒危物种的努力给予支持。……我请求您，运用您个人在国内和在你们的欧洲同伴中的影响，使公众更好地了解藏羚羊悲惨的处境，并和我们一道来防止这种珍稀动物因致命的时尚而被灭绝。我真诚地希望，在这场铲除藏羚羊绒贸易的国际努力中，英国能站在前列。"他还在信中强调：

"'自然之友'正在开展一场救护这种珍贵而稀有的动物的运动。我们正在敦促并支持政府加强对藏羚羊的保护和对盗猎活动的打击。与此同时,我们也吁请全世界珍爱野生动物、关注环境的人们来共同制止藏羚绒及其制品的贸易。……我真诚地希望,在这场根除藏羚绒贸易的国际努力中,英国能够站在前列。"

梁先生委托高德年大使将这封信转交后,布莱尔首相看到了那些藏羚羊遭受残杀的照片,在血淋淋的真相面前,他当天便给梁从诫先生写了回信:"亲爱的从诫教授:……你对非法猎杀藏羚羊的憎恶和你对这一物种前景的忧虑,我深怀同感。我一定会把你的要求转告给联合王国和欧洲联盟的环境主管当局。我希望将有可能终止这种非法贸易。"第二天,他又专门会见了梁先生,详细询问了藏羚羊现存数量和被盗猎的情况。回国后,布莱尔首相又指示英国环保部门关注这一问题。没过多久,英国苏格兰场(英国伦敦警察局的别称)保护野生动物的负责人便给梁从诫来信,一是赞扬他为中国环保事业呕心沥血、身体力行的行为;二是表示在布莱尔首相的关注下,苏格兰场将加强藏羚羊绒制品在英国非法贸易方面的管理。从接下来的历史事实看,英国政府在制止藏羚羊绒制品的非法贸易上确实发挥了积极作用,而处于藏羚羊绒制品非法贸易链上的印度、尼泊尔等国也加大了对藏羚羊绒走私的打击力度。

为了让更多的环保人士了解可可西里和藏羚羊的命运,梁先生和"自然之友"于当年秋天邀请扎巴多杰进京交流,一个在可可西里无人区纵横驰骋的野牦牛队队长,一到北京就"迷路"了。梁先生是扎巴多杰在北京的引路人,他带着扎巴多杰向原国家环保总局、国家林业局等有关部门汇报野牦牛队在可可西里艰苦卓绝的保护工作,还访问了世界自然基金会和国际爱护动物基金会设在北京的办公室。这期间,扎巴多杰到首都各高校巡回演讲。梁先生既是他的牵线人,也是他最忠实的听众。扎巴多杰当时是一个四十多岁的康巴汉子,但那粗犷的脸庞就像可可西里的戈壁一样布满了沟壑,他的嗓音深沉而沙哑,几乎没有什么形容词,每一句话也都是实打实、硬生生的。一开始,听者稀稀落落,即便如此,梁先生也没有放弃,他对扎巴多杰说:"如果能在这些学生心中种下几颗绿色的种子,就很欣慰了。"而在演讲中又出现了更尴尬的场面，一边是扎巴多杰慷慨激昂的演讲，一边却是无动于衷的冷眼旁观，还不时有人溜走，竟然还有人当场睡着了。那一刻，扎巴多杰沉默了，梁先生也沉默了。当讲堂陷入一片沉默，梁先生于无声处感到了一种无以复加的悲哀。

越是这样，越是激发了扎巴多杰这位野牦牛队长愈挫愈勇的性格，在梁先生的帮助下，他针对大学生的心理调整了演讲稿，他将演讲的题目定为《来自长江源头的消息》。遥远的长江源头，神秘的可可西里，高原精灵藏羚羊，还有索南达杰和野牦牛队用生命保护生命的故事，让人感受到一股奔涌的力量，深深地吸引了大学生们。来听演讲的人越来越多，每次讲演都是人满为患，连窗外都挤满了人，而偌大的报告厅里只有一个康巴汉子雄浑的声音，仿佛在高原旷野中汩汩流淌的江水，不时引起一阵阵的掌声回荡和情感共鸣，索南达杰和野牦牛队的事迹感动了在场的每一个人。此前，很多大学生对可可西里的盗猎现象都有所耳闻，但他们还不大了解盗猎分子猖狂到了何等程度。在扎巴多杰看来，猖狂，不止是盗猎分子众多，也不止是遭受盗猎的藏羚羊之多，还有那极其猖狂和残忍的盗猎手段。那些丧尽天良的盗猎者，只要发现了一群迁徙产仔的藏羚羊，那就是"有一百杀一百，有一千杀一千，不分大小，赶尽杀绝"，"有的母羊肚子被一刀剖开，一只小羊便滚落肚外……"尽管扎巴多杰一直使劲克制着自己的情绪，没有直接讲述那过于血腥残酷的场景，但还是让第一次听到的女生们惊恐地捂紧了耳朵，仿佛像心尖被刺穿了一样，发出一声声沥血的尖叫……

每次报告会结束后，扎巴多杰就会用他那粗犷而雄浑的嗓音高唱一曲《一个妈妈的女儿》——

> 太阳和月亮是一个妈妈的女儿，
> 她们的妈妈叫光明，
> 啊，藏族和汉族是一个妈妈的女儿，
> 我们的妈妈叫中国……

第六章　遥远而神秘的召唤

一曲唱罢，台下更是爆发出经久不息的掌声，一双双眼睛热泪盈眶。在雷鸣般的掌声和飞溅的泪水中，扎巴多杰挺起高大的身躯，那粗犷的脸上带着淳朴而憨厚的微笑，连连给大家鞠躬致谢。他的一双大眼也是通红的，饱含着历尽沧桑的悲怆。这期间，大学生们都会默默地点燃蜡烛，用那摆成心形的烛光为惨遭杀戮的藏羚羊默哀，他们的心被这烛火深深灼痛，他们眼里的泪光也被这烛光微微照亮。许多大学生，就是从这一刻起走上了保护藏羚羊、保护野生动物和生态环境的道路，其中有不少人后来加入了可可西里志愿者的行列。

在梁先生看来，扎巴多杰的巡回报告会就像绿色的布道，谁能想到，这是一位康巴汉子第一次来北京讲述可可西里的故事，也是最后一次。扎巴多杰回到故乡后不久，一个噩耗猝然传来，扎巴多杰遭不明枪击身亡。梁先生浑身一震，仿佛也挨了枪击一般，那撕心裂肺的疼痛让他一阵阵战栗。他抚摸着扎巴多杰曾献给他的哈达，一遍一遍地回放着扎巴多杰演唱的《一个妈妈的女儿》，在他闪烁的泪光中，又浮现出了扎巴多杰高大的身躯、淳朴而憨厚的微笑，一切如在眼前啊。梁先生按照藏族礼节，给扎巴多杰的在天之灵敬上了三杯酒，一杯敬天，一杯敬地，一杯敬给为守护可可西里而献身的扎巴多杰。

一位出生入死的野牦牛队队长撒手人寰，这让梁先生更加为可可西里和藏羚羊的命运揪心。他也深知，个人的力量是有限的，还必须从政策上、法律上加大对藏羚羊的保护。1999年2月1日，他向原国家环保总局和国家林业局提交了《"自然之友"关于保护藏羚羊问题的报告和建议》，建议由中央主管部门对藏羚羊保护工作实行统一领导并建立青海、西藏、新疆三省区联防制度。原国家林业局参考"自然之友"的建议，在当年4月至5月，三省区联合展开了一次声势浩大的反盗猎行动——"可可西里一号行动"，野牦牛队作为青海方面的主力军参战，打出了野牦牛队的赫赫声威，取得了举世瞩目的重大战果，而他们的装备之差、条件之艰苦，也同样令人瞩目。为此，梁先生发动"自然之友"会员和志愿者鼎力支持野牦牛队，在"自然之友"和国际爱护动物基金会的共同努力下，为当时连工资都发不出的野牦牛队筹集了四十万元的宝贵经费。当时，野牦牛队那辆吱嘎作响、四处漏风的老式北京吉普212实在开不了了，梁从诫和"自然之友"通过募捐给野牦牛队捐赠了一辆四轮驱动的丰田越野车，俗称"牛头车"，好马配好鞍，"牛头车"也是最适合野牦牛队巡山的车辆。这是野牦牛队成立以来越野功能最强悍的一辆车，让野牦牛队在反盗猎的行动中如虎添翼，纵横驰骋。哪怕如此强悍的"牛头车"，在可可西里那恶劣的环境里也经不起折腾，三个月后，这辆崭新的"牛头车"在经历了几次巡山后，已是"焦头烂额""疲惫不堪"，看上去"就像下过地狱一样"。

这就是大自然，随时向人类昭示出威严的，甚至是恐怖的力量。梁先生一直主张"敬畏自然，然后为友"。当你深爱着大自然，大自然就会成为你生命的一部分，但对于大自然仅有爱是不够的，爱是感性的，而敬畏自然才是科学理性的。敬畏，绝非指人类只能匍匐在大自然脚下而听天由命、无所作为。敬，指人类应当尊重自然规律，而规律正是大自然最重要的内在品质之一；畏，指人类应该对大自然存畏惧之心，在大自然面前保持谦卑谨慎的态度，不要以为整个世界都是以人为中心，人类才是万物之灵长、天下之主宰。只有这样，人类才能从凌驾于自然之上、主宰自然、征服自然的傲慢与虚妄中走出来，清醒地认识到人类也只是世界上的物种之一。

无论从自然规律还是历史规律看，梁从诫先生和"自然之友"的出现都是非常及时的，在社会急剧转型、经济高速发展的时代浪潮中，我们一度在生态环境上付出了惨重的代价。而在生存与生态的博弈中，梁从诫先生一再为无告的大自然请命：大自然已经无法负荷我们的需求，这个社会应该停一停，慢下来，给自然、给土地一点修复的时间。

2010年10月28日，梁从诫先生在京病逝，享年七十八岁。他的后半生如一副挽联："奔走呼号，乱世红尘澄万里；言传身教，民间环保第一人。"这位中国民间环保第一人，最终以树葬的方式长眠在了北京昌平十三陵的国际友谊林内，墓碑是一块不规则的长圆形石头，上书"自然之友梁从诫"。哀乐则是他早就和夫人商量好的《送别》。他生前曾为自己设想了告别人世的方式，不要穿鞋袜，要光着两只脚，脚底，画两个笑脸。——他是在病痛的折磨下带着微笑走的。

梁家三代人都怀着"独善其身，兼济天下"的古仁人之志，他们都是穷其一生来做一件无怨无悔的事情。梁启超为拯救危难中的国家而奔走呼号，梁思成夫妇为拯救面临消亡的传统建筑而奔走呼号，梁从诫又为拯救天下众生赖以生存的自然环境而奔走呼号。这种根植于血脉里的执着、正直和敢言，贯穿了梁从诫的一生。有人说，他用简单却又坚实的生命轨迹，一次次证解着知识分子的人生方程式。还有人说，他用自己的一生诠释了一个真正的中国知识分子骨子里该有的模样。

对外界的评说，梁先生总是淡淡一笑，又一脸实诚地说："我只是一个普通公民，只是在履行一个公民的职责。"

逝者已矣，生者如斯。一个绿色布道者播下的一粒粒种子，已在神州大地生根发芽、开枝散叶。经过二十多年的发展，这一民间环保组织已成为中国最具标志性的环保NGO，在全国各地散布着两万多名会员，其中既有高级知识分子和企业家，也有公司职员、退休职工、个体户，无论你是什么身份、什么职业、什么文化程度，只要你能爱护一片绿叶、珍惜一棵小草，就可以聚集在这面绿色的旗帜下，通过各种可行性方式，一点一点地重建人与自然的联结，推动越来越多绿色公民的出现与成长。

多年来，"自然之友"还孵化和培养了一批新生的环保NGO，有人甚至称之为中国非政府组织的精神源头。一直深受梁先生关注和支持的杨欣，发起成立了"绿色江河"环境保护促进会，这是在可可西里和长江源区最早成立、最有代表性的民间环保组织。杨欣永远都忘不了梁先生那句低调而实诚的话："你看我能为你做点什么？"他还记得，2007年，他为了申请一个英国民间环保组织的基金，需要找梁先生签字。那个时候梁先生正深受病痛的折磨，浑身颤抖不止，老人家用颤抖的手握着笔，伏在病榻上，在杨欣的申请书上一笔一画签下了"梁从诫"这个国际环保界认可的名字。这是梁先生最后一次给杨欣签字，也是杨欣最后一次见到梁先生。看着这样一个颤颤巍巍的老人，他的心也是颤抖的。

可可西里的守护者一直铭记着这位一脸慈祥而又直爽率真的老人，扎巴多杰的儿子普措才仁和秋培扎西小时候就听阿爸讲过梁先生的故事，还有幸跟着阿爸一起见过梁先生。而他们长大后都继承了父亲的志愿，成为了可可西里的第二代守护者。他们是扎巴多杰的儿子，也是可可西里的自然之子。当兄弟俩听到梁先生病逝的噩耗，就像父亲猝然离世一样震惊和悲切。按照藏族礼仪，他们在梁先生的灵前敬献了哈达和酥油茶，那哈达依然像昆仑山的雪峰和白云一样圣洁，那酥油茶依然散发出一股草原特有的醇香，但这一次他们不是为梁先生接风洗尘，而是为先生送别，永远的送别。他们双手合十祝福先生慢走，慢走，一路走好！"嘎勒，嘎勒，雅么松……"

遥远而神秘的召唤

穿越可可西里的时光隧道，可以清晰地看到"绿色江河"一步一步走过来的历史脉络，若要追溯其精神源头，从"自然之友"到"绿色江河"是一种精神血脉的传承。

尽管"绿色江河"的正式注册时间为1999年2月，但追溯"绿色江河"最初的缘起，还得从1995年说起。那一年杨欣在西宁奔走呼吁，得到了青海省相关部门对长江源和可可西里民间环保的支持，随后又奔赴北京争取原国家环保局支持。这期间，杨欣有幸结识了梁从诫先生，共同的环保使命让他们结为一见如故的忘年之交，杨欣加入了"自然之友"，成为初期会员之一。他还记得梁先生对他说得最多的一句话："杨欣，我还能为你做点什么？"

就在那一年,杨欣在郑建平的帮助下启动"保护长江源,爱我大自然"活动，并在深圳组建了"保护长江源,爱我大自然"活动筹委会，这是"绿色江河"的前身。为什么叫"绿色江河"？杨欣是这样解释的：在西方人眼中，最干净的水是蓝色的，如蓝色的多瑙河，而在中国人眼中，最干净的水既是绿色的也是蓝色的，如碧波荡漾、绿水青山、春来江水绿如蓝。其实，最纯净的水原本是没有颜色的，蓝色的水，是蔚蓝的天空在澄明之水中的倒映，碧绿的水，则是周边的植被在水中的浸染，而"绿色江河"追求的目标就是青山常在，绿水长流。

杨欣和"绿色江河"第一个开创性的贡献就是自筹资金建起了可可西里的第一个民间自然保护站，那时杨欣就开始招募志愿者参与索南达杰自然保护站建设，但直到2001年1月1日，"绿色江河"才正式启动持续的志愿者机制，从此就再也没有停下和间断过，迄今已坚持二十多年了。从第一年开始，杨欣计划每年在全国招募三十名志愿者，通过短期培训，分十二批到索南达杰自然保护站志愿服务一个月。一开始，杨欣最担心的是招不到什么人，没想到招募启事一经发布，全国竟有上万人踊跃报名和咨询，想来这里当一名志愿者，不说是千里挑一，也是百里挑一。曾经有人发问，到底是什么吸引这些志愿者奔赴北部昆仑下那片荒凉无边的大地？是"一百座雪山或千年的雪山"，是那神秘的"美丽的少女"，还是那脆弱而顽强的高原精灵？很多志愿者都说，是索南达杰的英灵，指引着他们心灵的方向。每一个最终抵达可可西里的志愿者，都怀着一种朝圣者的虔诚，这是一种信仰和皈依。若不是这样，即便你来了，也无法在这里坚守。

有人说："这些志愿者都是普通人，这些普通人在这个艰苦的地方做出了不普通的事。"

王华礼是一位来自广东沿海城市的普通志愿者。早在大学期间，他就参与了一些环保志愿者活动。大学毕业后，他进入一家广告公司，从文案设计做到执行经理，在同龄人中算是干得挺不错的了。但自从听说索南达杰为保护藏羚羊而献身的故事后，他就觉得自己与那片遥远而陌生的土地有了某种难以言说的联系，多年后他还带着一种信徒般的神情说："我那时候就像唐僧一样，感到一种神秘的召唤。"

在这种"神秘的召唤"下，王华礼一直想找个机会来为可可西里奉献一己之力。当他在媒体上看到可可西里招募志愿者的启事后，他感到机会终于来临，在第一时间报名应聘，谁知第一轮就被刷下来了。他猜测，这可能与他的长相有关，他长得太秀气了，从贴在简历表上的照片看，这个一身书生意气的白面书生，又怎能经受那生命禁区的恶劣自然环境？但这白面书生也有满骨子的倔强劲儿，"你不录取我，那我就独自前往！"当年7月，他就辞去了工作，从广州乘火车奔向中国的西北角。行前，他还特意把一头文艺青年式的潇洒长发推成了干练的板寸，上身套着一件中年男士风格的棕色翻领花纹长袖T恤，下身裹着一条紧身西裤，脚上蹬着一双灰色运动鞋。这一身装扮，还真是把他搞得粗犷和刚劲了一些。那时的交通远没有今天这样便捷，经过几天几夜的颠簸，他才辗转抵达格尔木火车站。你说巧不巧，王华礼刚刚走出出站口，竟然与杨欣碰上了。杨欣不认得他，但他几乎一眼就认准了这个人。这个充满了传奇色彩的人物，浑身散发出一股历尽奇险的江湖气息，尤其是他那浓黑茂盛的大胡子，这个特征太明显了。王华礼没有丝毫犹豫，快步上前跟杨欣打招呼，请他给自己一个尝试的机会。

杨欣是一个爽快的汉子，却没有轻易答应，他最担心的就是有些志愿者或是出于好奇的心理，或是带着一腔热情而来，这两种情况都是坚持不下来的。对于可可西里，杨欣比这些志愿者要了解得多，可可西里从来不跟你讲感情！一个志愿者若没有强健的体魄加上顽强的意志，仅凭一时心血来潮、一腔热血、一股激情那是坚持不下来的，别说一个月，一天也坚持不下来，到时候刚把你送进去，又得立马把你接出来。此前，有个志愿者刚刚从格尔木送到索南达杰保护站，一下车，连行李还没有搬下来，就高反发作了，脸色发紫，呼吸困难，不断呕吐，只得又把他连夜拉回了格尔木。还有一位志愿者在可可西里待了两天就出现了感冒症状，脑门发热，浑身发冷，又只能赶紧派车把他接回格尔木。可见，杨欣对于志愿者的严格挑选乃至挑剔还真是非常有必要的，来之前你一定要做好充分准备，提前服用预防高反和感冒的药物，否则来了之后，非但发挥不了志愿者的作用，反而给保护站添乱。那时"绿色江河"经费紧缺、人手紧张，哪有精力这样来回折腾、浪费宝贵的资源，这从格尔木到索南达杰自然保护站往返一趟成本有多高啊。

尽管杨欣一直紧闭着嘴巴，但王华礼又怎会轻易放弃这样一次绝好的机遇，他觉得这偶然的邂逅就是天赐的缘分。他像骆驼一样驮着一个大行李袋，

第六章　遥远而神秘的召唤

一路上追赶着杨欣，他没有向杨欣乞求，但那一股誓不回头、绝不轻言放弃，以及那负重前行的执着劲儿，却让杨欣一一看在眼里。他总算给了王华礼一个暂时进入索南达杰自然保护站的机会。当时已是7月中旬，这个月已经招募了两名志愿者，王华礼就算是一个添加进来的临时志愿者吧。

每个志愿者第一次进入可可西里，在翻越昆仑山口时，先要在索南达杰的雕像和纪念碑前献上圣洁的哈达和鲜花，然后庄严宣誓："为了可可西里，献出自己生命中的一个月！"

每个志愿者第一次走进可可西里，都是"张大嘴巴喘气，晃晃悠悠走路"。王华礼从低海拔的南海之滨来到海拔四千六百多米的可可西里，最担心的就是高原反应。还好，进站的第一天，他暂时还没有出现高反症状。这次上可可西里，他提前做了充分的准备，先是进行了几个月的体能训练，在出发的前一周他就开始吃抗高反和预防感冒的药物，现在看来，这些准备是奏效了。接下来，最要紧的就是把自己放下来，躺平了，踏踏实实睡一觉。最好是空腹，喝点葡萄糖就可以了。但在这里想要踏实地睡一觉也是奢侈的，高原反应会在你昏昏沉沉的时候袭来，使你难以进入深度的睡眠。在半睡半醒的状态下，还会做窒息、溺水一类的噩梦，你感觉自己醒着，甚至能够清楚地听见窗外的风声，但你想要呼喊却喊不出声，身体也无法动弹，就像鬼压身一样。这是梦魇，在空气稀薄的地方，这其实是大脑缺氧的一种反应。

这一晚，王华礼好像不是睡过来的，而是挣扎过来的。当他从床上挣扎起来，头痛、胸闷、耳鸣一齐袭来，脸色发紫，嘴唇发青。两个在这里坚守了半个多月的志愿者都关切地打量着他，他努力地控制着自己，装作没事人一般，一双手却像患了帕金森病一样止不住地颤抖。两个志愿者告诉他，高原反应是正常现象，只要在心理上放松了，就会慢慢适应的。王华礼也是这样做的，他吃过早饭，就投入了志愿者的日常工作，帮着两个志愿者测温度、测水质、做饭、打扫卫生、捡垃圾，这所有的活儿他都抢着干。为了尽快适应这缺氧的环境，每天早晚洗脸时，他都会将嘴鼻扎进水中苦练在缺氧状态下呼吸。这一带的含氧量只有正常含氧量的一半，而水中的含氧量又是空气含氧量的五分之一。经过一段时间的苦练，他还真是渐渐习惯了高寒缺氧的日子。

王华礼干了半个来月，就到了7月底，眼看他的适应能力越来越强了，杨欣决定将他正式接纳为8月份的志愿者。作为一名正式志愿者，王华礼参与的一项重要工作就是野生动物种群数量调查。这里还有一个大背景。就在王华礼抵达可可西里前的一个月，青藏铁路格尔木至拉萨段全线开工了。这是中国新世纪四大工程之一，也是通往青藏高原腹地的第一条铁路。当梁从诚先生得知青藏铁路要穿越可可西里无人区，他老人家对藏羚羊等野生动物的迁徙通道非常关心，再三叮嘱杨欣和"绿色江河"的志愿者们一定要仔细看看，先要摸清哪里是野生动物比较密集和活跃的地方，再选择在哪里预留迁徙通道。而对野生动物种群数量的调查，打个不太恰当的比方，就像人口普查。可可西里是无人区，藏羚羊和各种野生动物就是这里的居民，只有掌握真实准确的普查数据，才能全面客观反映可可西里自然保护区的野生动物生存状况。但野生动物调查比人口普查要艰难无数倍，又无论有多艰难，这是王华礼等志愿者要承担的义务。当然，这对于他们也很有吸引力，若能亲眼看看那些传说中的藏羚羊、野牦牛、藏野驴、高原狼、棕熊，这一辈子也是值得的。

　　每次调查，他们都要沿着青藏公路，从昆仑山口到五道梁一路调查过来，一个来回就是两百多公里。那时索南达杰自然保护站有一辆吉普车，这辆车在当时已是老"病号"，一路上频频出故障，修车的时间有时候比开车的时间还多，好不容易修好了，开了一会儿又趴窝了，志愿者们都成了推车族。这车实在推不动了，那就只能搭乘青藏公路上的顺风车。王华礼和同伴只能站在路边上，一直不停地对着车辆使劲招手，生怕对方看不见他们。但那些跑长途的大货车司机一个个都很警觉，加之驾驶室座位有限，很少有司机停车搭载他们。当一辆大货车从他们身边呼啸而过时，那一股迅猛的气流夹杂着飞沙走石总要裹挟着他们猛地往前蹿上几步，无论是这样被动地往前蹿还是主动地追赶，他们都只能望风兴叹、望尘莫及。若是在一两个钟头内能拦到一辆顺风车，那就是走大运了。

　　哪怕搭上了顺风车，他们也不能随叫随停，人家司机都要赶路。青藏线上的货车时速一般在六十公里左右，他们只能在这样的运行速度中隔着车玻

第六章 遥远而神秘的召唤

璃进行观察。一路上,他们要记住经过的每一个里程碑,以此确定自己当时所在的位置,同时将视野尽量放远,在观察时还要微微闭上眼,一是为了聚光,二是为了防止眨眼。由于车内车外的温差很大,车窗上往往会起雾,他们一边观察一边不停地擦窗子,一天下来,眼花手酸,连胳膊都酸胀得抬不起来。那时候在青藏公路沿线很难发现藏羚羊等野生动物,一旦发现那就是他们最惊喜的时刻,也是最冷静的时刻,他们要以最快的速度数清野生动物的数量,在颠簸的车上迅疾记下发现的地点和数字。这文字和数字往往只有他们自己认得,有时候连自己也要反复核对和辨认,而野生动物调查就是一个反复核对和辨认的过程。他们每周至少要进行一次野生动物调查,而在同一地点往往要进行多轮调查。

青藏公路上的交通事故很多,有时候搭顺风车甚至会把命给搭进去。有一次,王华礼和同伴在五道梁一带调查野生动物返回索南达杰自然保护站途中,他们搭乘的一辆顺风车突然"嘭"地一响,前轮爆胎了!这大卡车一旦爆胎,车子一下失控,那是非常危险的。眼看那辆车依然在惯性的驱使下飞奔,既不能猛踩刹车,又控制不住爆胎带来的失重状态,为了不撞上迎面开来的车辆,司机只能往公路边上开,但那方向盘已经掌不住了,眼看就要冲下路基下的陡坡,几个人都骇然变色,脸色惨白,感觉一只脚已踏进了死亡的门槛。幸亏,那是一个经验丰富的老司机,他果断地调整方向,然后轻点刹车渐渐减速,一辆倾斜的大卡车摇摇晃晃地向前行驶了一里多路,最后在冲下路基前终于刹住了车。几个人在车上怔怔地呆了几分钟才缓过神来,都长长地吁了一口气,那感觉,就像从死亡的边缘又过渡到生的境界。

在这生命禁区,志愿者哪怕坚守一个月,那已是非同一般的意志了,而王华礼在可可西里则是"超期服役",干了一个半月,超额完成志愿者期间的各项工作。然而,这一个半月的志愿者生活,对于他还仅仅是序曲。这年12月,早已回到了广东的王华礼又得知一个消息,在索南达杰自然保护站长期值守的常务管理人员高兴要回家休假,加之保护站当时没有经费维持冬天的能源消耗,原本打算降下旗帜,暂时关门,等到来年天气回暖后再招募志愿者。但杨欣几经犹疑和思索后觉得,这个保护站冬天也不能关停,无论保护工作还是志愿者的工作都应该是持续的，一旦中断就是不完整的。既然不能关停，那就要招募两名特别能吃苦的志愿者，驻守在冬季的保护站。王华礼闻讯之后，随即给杨欣打电话，自告奋勇再做一次志愿者。他对可可西里已有所了解，对保护站的工作也挺熟悉，的确是一个适合人选。但杨欣还是一再跟他强调，冬季的可可西里比夏季要冷酷得多，工作条件也要艰苦得多。但王华礼却是吃了秤砣铁了心，他于12月下旬又从温暖如春的岭南奔赴冰天雪地的可可西里。

高兴在回家之前，王华礼和一位叫扎多的藏族志愿者刚刚赶到格尔木。高兴从车站接上他俩后，又在格尔木采购了两个月的食品和生活用品。几个人就像即将过冬的松鼠一样，在商店和市场里不停地采购搬运，装了满满一皮卡车。当他们翻越昆仑山口时，几个人又特意下车祭拜了索南达杰的英灵。一个多月前（2001年11月14日），昆仑山发生了里氏8.1级的强烈地震，昆仑山口纪念碑被震得四分五裂，散落四周，一片狼藉，唯有索南达杰纪念碑依然屹立在那里。几个人清扫了纪念碑基座上的积雪，献上哈达，摆上水果，打开一瓶青稞酒，按藏族的礼节洒向天地，祈愿索南达杰在天之灵感受到后人对他的缅怀。随后，他们在碑前深鞠躬默哀十分钟。此时的温度已逼近零下四十度，王华礼浑身上下穿了七八件衣服，可依旧能感受到刺骨的寒冷，在默立片刻后，十个脚趾头都没有了知觉。

抵达了索南达杰自然保护站时，恰好是2001年12月30日，一年已经走到了尽头，而一夜过后，他们就在可可西里迎来了2002年的第一个早晨。王华礼一早起来，推开门，哗——新鲜空气一下涌了进来，浑浑噩噩的脑子一下清醒了。这也许是世界上最干净、最清新的空气，清冽的，凉丝丝的，带着冰雪的味道。在别的地方你绝对呼吸不到这样的空气，只是太冷冽、太稀薄了。

对于可可西里的冬天，我在此前已有太多的描述，但那只是一个旁观者的转述，而对于这里的守望者，这里的每一个时刻、每一个细节都是属于他们生命的最深刻体验。

谁都知道这些志愿者的工作很有意义，在可可西里几乎每一项工作都有

第六章 遥远而神秘的召唤

填补空白的意义。从每天早上开始，他们先要记录室内外的温度，从早、中、晚定时测温到记录一天的最高和最低温度，还有工作人员的身体情况、设备运转、天气变化、风力水文等，每周还要进行一次野生动物调查。每三天，他们要通过卫星电话将数据传回"绿色江河"办公室。那时候，这保护站采用的还是海事卫星电话，每秒只能传输 2.4K 文件，每分钟收费 2.3 美金，收发一次邮件的费用都在一百元人民币以上。这在"绿色江河"创办初期，几乎是难以承受的高昂代价，而节省资金的最好方式就是提高效率。为此，王华礼每次在传输之前都会做好精短高效的文案，几乎像拍电报一样。

这也是王华礼有生以来度过的最寒冷、枯燥而又漫长的冬天，每一天都过得特别缓慢。随着年关越来越近，青藏线上车辆也越来越少。越是阒无人迹的地方，野生动物越多，茫茫雪野上布满了它们的爪印，也留下了王华礼和扎多的足迹。"人生到处知何似？应似飞鸿踏雪泥。"这苏东坡的诗句，王华礼上大学时就时常吟诵，但直到此时此景他才真正理解了其中的滋味。清水河畔，一直是野生动物活跃的地方，有时候跑来一群藏羚羊，有时候跑来一伙藏野驴。入冬之后，这些野生动物的皮毛又厚实又漂亮，它们和缩头缩脑的人类不同，一到冬天反而显得特别活跃。王华礼和这些野生动物互相打量着，每天都要记下它们的数量和活动情况，但彼此之间一直保持着若即若离的距离，这其实是人与野生动物之间最好的状态。

在保护站那高高的瞭望塔上，王华礼和扎多时常看见一只高原上的雄鹰。你不知它是何时飞来的，也不知它是何时飞走的，它总是以一种谁也不容忽视的强势姿态进入他们的视线。它也是可可西里的守望者，这一带兴许就是它冬天的领地，你看它兀立于雪花纷飞的塔顶，对抗着一阵一阵的狂风，那是一种傲视风雪、坚守高原的姿态。鹰是赫赫有名的千里眼，哪怕在风雪弥漫中，那犀利的眼睛也能把荒原上的猎物看得一清二楚。

但凡有鹰隼出现的地方，往往就会有藏狐出现，这是老鹰捕食的猎物。一只银灰色的藏狐经常光顾这里，而有藏狐的地方往往又有高原鼠兔，作为高原鼠兔的天敌，一天就可以捕捉五十只。从老鹰、藏狐到鼠兔，一条食物链或生物链就这样自然而然地形成了。那些鼠兔也很机灵，为了躲避天敌，有时候会钻进保护站的房子里来。这些小家伙不是保护动物,还会在保护站里四处折腾,但王华礼和扎多也不会追、不会打它们,他俩总是弓着背,双手手掌向外贴地,像逗孩子一样请它们出去。谁都说狐狸狡猾,王华礼却觉得这家伙好可爱。他经常逗它玩,把火腿肠撕成一小块一小块,远远朝它扔过去,它一个纵身飞跃,在空中一口叼住,然后蹲在雪地上慢慢享用。吃完了一块,那眼睛又滴溜溜地看着王华礼和他手上的火腿肠。那是一双灵动又魅惑的眼睛,王华礼差点又扔给它一块。他把手缩回来了,这次不扔了,而是把火腿肠慢慢伸向它。当藏狐慢慢伸过头张开嘴要咬时,王华礼又慢慢把手收回来。藏狐垂涎欲滴地看着他手上的火腿肠,却再也不敢靠近他。这是一次有趣的测试,他想看看一只藏狐同人类能保持多远的距离。毕竟,不是每个人都像他对野生动物这样友善,而食物往往是人类诱捕或诱杀野生动物的诱饵。这只机警的藏狐,无论面对怎样的诱惑,与人类一直保持足够逃离的安全距离,而它们飞奔的速度甚至比子弹还快。每一种野生动物都有自己的生命密码和生存绝技,否则早就灭绝了。在接下来的日子里,这只藏狐天天过来,而王华礼从来不会把这只藏狐喂饱,那会使它对人类产生依赖性,再也不愿去捕捉鼠兔。这只藏狐好像看穿了他的心思,每次捉到鼠兔后,都会到保护站门前来炫耀一番,王华礼总是伸出大拇指,啧啧啧地夸奖它。他不知道这家伙听不听得懂,但它一高兴就会摇着尾巴满地撒欢呢,看上去像在对他笑着卖萌呢。

倘若没有这些可爱的野生动物,王华礼真不知道怎么熬过那一个个漫长而又缓慢的日子。终于熬到了除夕那天,这保护站只有两个人,但两个人也要过年啊。王华礼和扎多正商量这年怎么过,一个电话打来,扎多被可可西里管理局临时抽调参与一次抓捕盗采分子的紧急行动。扎多一走,只剩下王华礼一个人驻守在保护站了。当夜幕降临,这茫无际涯、荒凉冷寂的世界上,只有一个人如幽灵般坐在火炉旁,他不停地往火炉里加着驴粪,只想把火烧得更旺一点,那燃烧的声音和光亮让他感觉自己还是活着的。在难以名状的孤独和恐惧中,他一点也不觉得饥饿,但还是把最后一碗冻饺全都放进了锅里,这饺子竟然煮成了一锅稀糊糊的面片汤。王华礼一口一口地扒拉着,不知是什么滋味。填饱了肚子，夜晚变得更漫长了。他很想听听人的声音，很想给远在几千公里之外的父母亲打个拜年电话，他拿起话筒，听着电频的颤动声，他的心也像电频一样颤动。但他又慢慢放下了话筒，这卫星电话费用太贵了，哪怕是一声简单的问候，在这里也是一种遥不可及的奢望。

那是王华礼平生度过的唯一一个人的春节，而接下来依然是他一个人的坚守，扎多一直没有回来。直到2002年2月末，他终于从"绿色江河"发来的电子邮件中看到，高兴和一位重庆志愿者即将来保护站，这意味着王华礼作为特别志愿者的使命即将结束。在等待的时间他也没有闲着，除了一个志愿者每天的日常功课，他还把保护站里里外外打扫得干干净净，为新来的志愿者整理好床铺。在手脚不停的忙碌中，他享受着一种如迎候亲人般的期盼与喜悦。两天后，一辆吉普车从格尔木的方向远远驶来，那已是可可西里的黄昏，王华礼站在瞭望塔上不停地向吉普车挥手，生怕车上的人看不见他。吉普车在门口刚刚停下，王华礼就冲上去打开了车门。一个人在无人区待久了，看到每一个人都像见到了久别重逢的亲人，他同每一个人都紧紧地拥抱和握手，连那吉普车他都想去拥抱一下，此时此刻，真有一种回到人间的感觉。

高兴知道王华礼喜欢吃格尔木的凉皮，特地给他买了两份。一个人若是经历了长时间的饥饿，肚子似乎怎么也吃不饱，一直都想吃，只有这样才能填补对饥饿的恐惧。一个人在无人区待的时间太长了，一旦见到了人那话怎么也说不完。那天，王华礼从黄昏一直讲到深夜，嘴巴一直没有停过，直到所有人都进入了梦乡，他还在讲个不停，那也许是梦话吧。

就这样，一个来自南海之滨的志愿者，从低海拔走上海拔四千六百多米的可可西里，在那个寒冷的冬天驻守了三个月。这是他第二次超期服役，也超额完成了"绿色江河"交给他的任务。有人说，即便他什么也没干，只要坚守在这生命禁区，就已是生命的奇迹了。王华礼从来没有后悔过自己当年的选择，可可西里是他见证生命与信仰的圣地，他以爱的名义来到这里，最终在这里找到了一个真实的自己。回到广东后，他担任了"绿色江河"广东志愿者招募人，还与一名深圳的环保志愿者共同发起成立了"绿色珠江"民间环保组织。他觉得大自然也是由一个个活生生的生命组成的活生生的世界，我们活在这个世界上，我们也属于这个世界，这个世界就像海明威的那句话：
"没有一个人是一座孤岛。"这么多年里，他一直坚持做环保公益事业，在他看来："做环保就如同一条射线，只有起点，没有终点"。

从2001年至2004年，先后有一百多名志愿者参与青藏公路、青藏铁路沿线野生动物种群数量调查，共收集了两千多组数据，"绿色江河"根据野生动物的迁徙、栖息地分布情况，向有关部门递交了当时最详细的野生动物调查报告和"关于青藏铁路施工单位基地选址及铁路建设分段施工的建议书"，对青藏铁路在建设过程中的生态环保起到了关键的参考作用，这是民间环保组织参与大型工程环保决策的一个成功案例。

除了野生动物调查，可可西里的志愿者还要对青藏公路沿线垃圾分布及污染情况进行调查。当我们从昆仑山口沿青藏线奔向唐古拉山脉，这一带既是可可西里国家级自然保护区，也是三江源国家级自然保护区长江源区，如今这两大国家级自然保护区均被纳入三江源国家公园的核心区。在这儿你能看见世间绝美的风景，但在这绝美的风景中还有谁都不想看见的东西，垃圾、垃圾、垃圾……一路上都是过往司乘人员和外来人员随手抛撒的垃圾，大都是不可降解的白色垃圾，最多时，路边的垃圾已经没过脚踝。这长达四百多公里的青藏线，沿途穿越的基本上是无人区，对乱扔垃圾的现象一直难以有效监管，难以建立集中的垃圾收集、运输和处理的机制，白色垃圾沿着青藏线两侧泛滥蔓延，随风飘散，甚至会被狂风吹刮到可可西里腹地和长江源头的雪山冰川，接着威胁长江源的生态安全，严重影响高寒草甸和野生动物的生存环境，很多野生动物因误食垃圾而生病死亡。经过对死亡动物进行解剖，人们发现它们肚子里填满了不可降解的垃圾，包括用聚乙烯制作的塑料袋、食品包装纸等，这是它们吃草或捕食时带进去的。遭受伤害的又岂止是野生动物，一条供亿万人畅饮的母亲河从源头就开始被污染了。很多游客万里迢迢跑来看可可西里和母亲河的源头，竟然随手就把垃圾扔在这里。难道你们就是这样对待自己的母亲河吗？难道你们回去后就喝这发黑发臭的垃圾水吗？这是杨欣和志愿者们最恼火的，也是最无奈的。

为了给无告的大自然、无辜的生灵留下最后一片净土，可可西里和长江源的志愿者只能一边劝导司机和外来人员不要随便抛撒垃圾，一边沿青藏线甚至深入无人区捡拾垃圾。一直以来，这都是志愿者的日常工作之一。当你看见他们灰扑扑的、尘垢满面的身影，就像看见了那些一路低头、弯腰、俯身叩拜的朝圣者。"见过磕长头的人吗？他们的脸和手都很脏，可是心灵却很干净。"这是电影《可可西里》中的一句经典台词，又何尝不是对这些志愿者最真切的形容。有的志愿者刚来时，对此还挺困惑。一个叫陆琴的志愿者，是一位二十五六岁的教师，利用暑假来可可西里做志愿者。刚来时，她一边捡拾垃圾，一边在心里嘀咕，可可西里如此之大，青藏线如此漫长，一个人能捡多少垃圾？而你刚刚捡干净，一转身又有人抛撒，何时才是个尽头啊？这让她感到深深的无奈甚至是绝望，垃圾是永远也捡不完的。但她慢慢发现，尽管垃圾捡个没完，但这捡拾垃圾的行为比口头上劝导司机和游客更有效，有的人一看志愿者在一点一点地捡拾垃圾，赶紧把刚扔掉的垃圾又捡回去，还有的人甚至开始捡别人扔掉的垃圾。那一刻，这位年轻的女教师忽然觉悟到这捡拾垃圾背后的意义，那就是潜移默化，"就像一棵树摇动另一棵树，一朵云推动另一朵云"。

这看似寻常的工作，一到这样的高寒极地就非同寻常了，连走路、低头、弯腰、躬身、捡拾这样简单的动作都非常吃力，头疼不已，但志愿者们都咬着牙一天一天坚持下来了。为了捡拾垃圾，有的志愿者甚至付出了生命的代价。2002年12月1日，一位名叫冯勇的志愿者在可可西里无人区的野鸭湖一带不幸遇难，为这伟大的荒原献出了年仅二十一岁的生命。他是在可可西里牺牲的第一位志愿者，也是继索南达杰、扎巴多杰之后又一个在和平年代为守护可可西里而捐躯的环保卫士。

冯勇，1981年8月出生于四川成都，高中毕业后应征入伍，是新疆武警某支队的特种兵，多次立功受奖。2000年退伍后，他深受环保卫士索南达杰的精神感召，加入了"绿色江河"志愿者队伍，并被选拔为2002年的第十一批环保志愿者，于当年11月入驻索南达杰保护站。据杨欣介绍，事发的前一天是2002年11月30日，正处于11月和12月的新老志愿者交接班时间。冯勇作为11月份的志愿者，原本是他在可可西里坚守的最后一天，第二天他就将告别可可西里回归故乡。但因 12 月的志愿者初来乍到，请他给予帮助指导，因此他主动将志愿日期延长了半个月。12 月 1 日，冯勇驾驶一辆老掉牙的北京吉普车，带着这两个月的新老志愿者，连他自己一共六人，一起去野鸭湖一带捡拾垃圾。

野鸭湖是楚玛尔河流域的一个湖泊，离索南达杰保护站只有十几公里，是斑头雁、灰雁、赤麻鸭等十余种鸟类和藏羚羊、藏原羚等众多野生动物的栖息地。这里原本是野生动物的净土，令人头疼的是，从青藏线被风刮来的垃圾散落在湖泊周边，每隔一段时间就要进行清理。那天，冯勇在野鸭湖捡到了一只灰雁，这只灰雁大约是因误食塑料垃圾无法消化，一直在痛苦中挣扎，冯勇脸上也是一脸痛苦的表情。一位志愿者拍下了照片，这是对外人最好的警示。谁也没想到，这张照片竟然成了冯勇的遗照，而他留给世间的是一个痛苦的形象。

那天下午，冯勇开车，在返程途中，那辆老掉牙的北京吉普猛地颠簸了一下，跌进了一条被积雪掩埋的冰沟，车子一下趴窝了。冯勇下车检查后发现，由于车子发动机固定支架断裂，传动轴挂不住了，这车一时半会儿是修不好的。那时已是下午两点多，风雪越来越大。别看这里离保护站只有十多公里，在这风雪肆虐、狼群出没的生命禁区，没有车，几个人是很难靠两条腿走出来的。那时他们没有移动通信设备，这无人区也没有手机信号，唯一能发出求救信号的只有求生哨，可隔着这么远的距离，根本无法与保护站取得联系。冯勇和几位志愿者商量后决定，其他志愿者先在车里躲避风寒，等待救援，他独自徒步去保护站寻求援助。谁都知道，这是非常危险的，但这也是别无选择的选择，毕竟，冯勇在这里已干了一个月，在几个志愿者中，他的身体素质和野外生存经验也是最好的。

李亮也是一名来自成都的志愿者，他是一名业余登山运动员。据他后来追忆："冯勇朝保护站方向出发了，走出一段距离后，我担心他找不到外援，或者外援进来后无法实施救援，到时我们就要被迫在野外过夜，想起杨欣说过的，一旦车坏了万不可在外过夜的话，我就急忙呼喊冯勇，另一志愿者阿古也吹响求生哨，冯勇回过头朝我们看，我马上打手势告诉他，我们准备朝公路直线方向徒步突围出去，但不知他是否明白了。"

从接下来的事实看，冯勇显然没有看明白李亮的那个手势，他继续按原计划向保护站的方向走，这十多公里他走了几个小时，才走到青藏公路边。当时，南化集团格尔木至拉萨输油管道正在索南达杰保护站一带施工，冯勇在工地求得了他们的帮助，准备了棉被和足够的食品、饮用水后，又告知在保护站值守的、一个叫"感觉"的志愿者，他和工地司机李明利一起进山拖车，救援被困志愿者。

应该说，冯勇准备得很充分，想得也很周到，但他不知道，当他再次进入可可西里无人区时，李亮和其他志愿者已于当晚七点左右徒步返回了保护站，"感觉"告诉他们，冯勇已和南化集团的一位司机去救援他们了，驾驶的是一辆"东风小霸王"双排座，还带了足够的饮用水、食品和油料。几个人一听都放心了。后来有人追问，他们为什么没有连夜赶去救援？李亮是这样解释的：一开始他们都觉得冯勇求得的"东风小霸王"性能很好，是能够在复杂路况下行驶的"一员猛将"，加之冯勇是有备而去，就算再度被困，饮用水、食品和油料也是充足的。而据李亮等志愿者当时估计，冯勇他们往返一趟，在那样复杂的路况下，加上拖车的时间，至少要四五个小时。当四五个小时过去后，已是深更半夜，这时候在青藏线上已经很难找到救援车辆，就算找到了，在风雪弥漫、夜幕笼罩的无人区也辨不清方向，若冒险闯进去不但实施不了援助，反而有可能一起困在里边，那就更麻烦了。

客观地讲，李亮他们这样的考虑的确是冷静而理性的。但他们也很纠结，很矛盾，几个人几乎是在煎熬中度过了那个最黑暗、最寒冷的夜晚。那天晚上，他们一直干瞪着眼盼着冯勇安全返回。但时间一点一点地过去，一直等到翌日天亮，冯勇还是不见踪影。12月1日早上，李亮和"感觉"在青藏公路上求得了一辆救援车，随即一起进山搜寻。上午十一点半，他们才在茫茫雪野中找到了昨天陷车的地方，发现两辆车都陷在河滩中，"东风小霸王"的发动机还没熄火，但里面没有人。当他们打开北京越野车门时，猛地被眼前的景象惊呆了：冯勇蜷缩在汽车座位下，脸朝天，睁着眼睛，嘴角流了一点白色分泌物，全身已冻僵。司机则裹在一条被子里，躺在后排座上，没有呼吸，脉搏已停止跳动。救援人员以最快的速度将两人送往邻近的中铁十二局第一卫生所抢救，但两人已无生命体征，这成了一个无法挽回的悲剧。

造成这次悲剧的主要原因，一是可可西里正值隆冬季节，当晚气温降到零下三十多度，而越是严寒空气含氧量就越是稀薄，高原反应加之急性失温是致命的原因；二是汽车一直发动取暖，这是典型的车内封闭环境中的一氧化碳中毒。经医生检查确认，两人是"因冻僵、一氧化碳中毒、呼吸循环衰竭遇难身亡"。但也有人认为，这个悲剧是由内地的志愿者缺乏野外生存经验造成的。

对于前者，大家的意见是高度一致的，但对于后者，绝大多数人均不认同。这些招募来可可西里的志愿者综合素质都是非常高的，"绿色江河"每年从成千上万的应征者中严格挑选三十名志愿者，第一个条件是热爱生态保护、热爱野生动物。诚然，在这生命禁区，仅有爱心是不够的，还得身体健康，无心肺疾病、消化道疾病、风湿病和精神疾病，年龄四十五周岁以下，文化程度大专以上，含在校大学生，最好有一定的野外生活经验。对精挑细选出来的志愿者，在进入可可西里之前还要在格尔木做全面体检和适应性训练，丝毫不亚于应征入伍，若不能适应高原环境的则劝其返回。而冯勇此前还是武警新疆某支队的特种兵，从综合素质、野外生存经验和驾驶技术看都是相当出色的。而救援司机李明利年仅二十六岁，也是个年轻小伙子，是一位常年在青藏高原施工的驾驶员，其体能和经验自不用多说。有人痛心地说，这是一起不该发生的悲剧，偏偏又落到了两个不该发生的人身上。

悲剧发生后，一时间在外界引起轩然大波。有人追问，如何保护环保志愿者的生命安全？有人甚至质疑，这种民间环保组织还要不要办下去？杨欣和"绿色江河"一下被推到了风口浪尖，这给可可西里的志愿者招募带来了前所未有的压力，压力最大的莫过于杨欣，他痛心疾首地说："这是索南达杰保护站建站以来遭遇的最大损失。"

事实上，当时招募志愿者的不止是"绿色江河"，可可西里管理局也顺应全国各地环保志士的迫切要求，从2002年1月开始向全国各地招收志愿者。这一家是民间环保组织，一家是国家正式的环保部门，他们共同的目的就是保护可可西里。尽管冯勇是"绿色江河"招募的志愿者，但出事后，可可西里管理局上上下下也感到非常悲伤，在索南达杰保护站和不冻泉保护站为这两位不幸遇难的年轻人降半旗致哀。随后，在可可西里管理局的大力支持下，这起悲剧性的事件最终得到了稳妥的善后处理，一场风波才渐渐平息下去，"绿色江河"和可可西里的志愿者工作也得到了社会的广泛认可。

这悲剧性事件，对于当时留守在这里的志愿者也是严峻的考验，在面对可可西里冬季严酷的环境和失去战友的双重压力下，是走？是留？如果这时候他们提前撤退，是情有可原的，他们的家人也非常担心他们的安危。但这些志愿者深知，一旦提前撤退，将给接下来的志愿者招募带来巨大的负面影响，他们最终都选择留下来，一如李亮所说："你既然选择做了志愿者，就得坦然面对这一切，你就得拼着命地坚持下去。"他们就是抱着这样一种信念坚守下来了，直到最后一天。正如他们在索南达杰的英灵面前立下的誓言："为了可可西里，献出自己生命中的一个月！"

冯勇以另一种方式永远驻守在了可可西里，一位诗人为他写下了这样的诗句："他把梦留在了可可西里，在长江源，在唐古拉和昆仑之间，他永远地睡去了。"这样一个真实的人物，一个真实的故事，在可可西里还演绎出了一段凄美的传说——

有两个来自大城市的环保志愿者，一个叫勇儿，一个叫瑛儿，他们一同走进可可西里。那时候，可可西里只有索南达杰这个唯一的自然保护站，但在可可西里北大门不冻泉和南大门沱沱河分别设了两个观察站。不冻泉离格尔木最近，条件较好，为了照顾女生，就把瑛儿分到了不冻泉。沱沱河是离格尔木最遥远的一个观察站，也是当时条件最艰苦的观察站，勇儿是一位阳刚帅气的小伙子，主动请求去沱沱河观察站。那时的沱沱河观察站，就是在一个叫二道沟的山坳里搭下的一顶大帐篷，里面除了床，什么都没有，住在里面,寒气和潮气给人一种直逼骨髓的感觉。勇儿要在这里进行野生动物调查，每隔十天半月就要去不冻泉递交报表。每次见到瑛儿，他只讲自己在沱沱河的趣闻趣事。勇儿还告诉她，他发现了一种很美的植物，会开细小的、淡淡的花，那纤弱的身体总是伏在石缝中躲避着风雨的侵扰，到下次送报表时，那花该开得最美了，他就采摘几朵给她带来。他说这些时总是笑呵呵的，从来不提一个苦字。但瑛儿从别的同伴那里早已得知沱沱河那边的条件有多恶劣，从勇儿的脸上也能看见他所经历的苦难。每次短暂的相聚后，她唯一能做的就是默默地为勇儿多准备一些食物和生活用品，并把每次离别后的思念写成文字带给他。两个人就这样彼此牵挂着，苦苦地等候着又一个相聚的日子。

一天，又到了勇儿送报表的日子，瑛儿一大早就等待着勇儿的到来，她想象着与勇儿见面的情景，想象着勇儿将要给她带来的那细小的、淡淡的花。这也是勇儿最后一次送报表了，他们作为志愿者的期限即将到了，之后他俩就要将报表资料移交给下一批志愿者，然后一起回到南方那座温暖的城市和他们自己的家了。瑛儿不时走到门外，朝着唐古拉山的方向遥望，阳光是那样刺眼，明晃晃地照在雪地上，让她睁不开眼睛。直到太阳当顶时，瑛儿才发现开来了三辆小车，从车上下来的都是可可西里管理局的领导，她自来到这里还是第一次看到这么多领导来到不冻泉观察站，而这些领导都齐齐地围在她的身旁。瑛儿怔怔地望着这些不熟悉的人。当一位领导拿出勇儿全部的东西，包括栽着一株小花的牙刷缸，默默地放在瑛儿的小桌上时，她似乎明白了些什么，嘴唇颤颤地动了几动，她已听不清领导在说什么。天空中那明晃晃的太阳，刺痛的已不是她的眼睛，而是她的心。瑛儿昏了过去，她不愿相信这是真的……

西部歌手刀郎在一次采风中，听到了这个流传在可可西里的故事，为勇儿和瑛儿的爱情故事写下了一首《西海情歌》，这是一首情歌，也是一曲深情的志愿者之歌——

> 自你离开以后，从此就丢了温柔
> 等待在这雪山路漫长
> 听寒风呼啸依旧
> 一眼望不到边，风似刀割我的脸
> 等不到西海天际蔚蓝
> 无言着苍茫的高原

第六章 遥远而神秘的召唤

还记得你答应过我

不会让我把你找不见

可你跟随那南归的候鸟飞得那么远

爱像风筝断了线

拉不住你许下的诺言

我在苦苦等待雪山之巅温暖的春天

等待高原冰雪融化之后归来的孤雁

……

无论悲壮或凄美，从可可西里到长江源，杨欣和"绿色江河"的志愿者一直没有停止前行的脚步。在保护可可西里的同时，他们又在长江源开辟了一个新的根据地，自筹资金兴建了中国民间第二座自然保护站——长江源水生态环境保护站。该站于2012年9月30日建成并投入使用。这是一座两层的藏式风格绛红色小楼，坐落在唐古拉山镇的沱沱河大桥边，海拔4540米，背景则是万里长江的第一桥——青藏铁路沱沱河大桥。这座保护站也是沱沱河沿的一座地标式建筑，采用环保节能材料，拥有太阳能发电系统和污水处理系统，为长江源的建筑和节能、污水处理、垃圾回收做出示范。无论从哪个角度看，都是一个鲜明醒目的存在。

在这座保护站建成之前，杨欣和"绿色江河"志愿者对长江源的生态环境进行了多年调查，并得出了一个结论：垃圾正在成为长江源乃至青藏高原最大的环境问题。长江每年从源头开始，向海洋输送约八百万吨难以溶解的塑料垃圾。为了保护长江源的生态环境，"绿色江河"除了招募志愿者捡拾垃圾，还在牧区推出了"垃圾换食品"活动，牧民只要将分散在牧区的垃圾收集起来，带到长江源水生态环境保护站，即可交换大米、蔬菜、食用油等生活物品。这一招还真是实在有效。每隔两三天，就有牧人开着汽车、摩托车将一袋袋垃圾送到保护站，换钱换物后又兴冲冲地离开了。对于途经可可西里和长江源区的司机，杨欣则发起了"带走一袋垃圾，呵护长江水源"的活动。

这些举措对可可西里和长江源的垃圾泛滥有所缓解，但如何从根本上解决这个老大难的问题呢？经过多年的探索，杨欣又在"绿色江河"推出了一种新型垃圾收运模式——"分散收集、长途运输、集中处置"，这是从垃圾回收、运输到处理的一条龙的管理体系，具体来说，就是沿青藏线的各个节点建设十八个"青藏绿色驿站"。这一项目从2017年开始启动，一期工程是在格尔木到唐古拉山镇四百多公里的路段建立六个站点，并于当年建成投入运转。在这里，长途货车司机和自驾游客可以落脚休息，顺便将车上的垃圾留下。那些生活在"绿色驿站"周围的农牧民，也可以将家中的垃圾就近送来，用垃圾换取生活用品。预计，这十八个绿色驿站全部建成后，将建立起一套覆盖回收、运输和处置等各个环节的管理体系，每年可以从长江源带走上百万件的垃圾，为高原垃圾的回收和运输做出示范。

追溯可可西里志愿者的足迹，从2001年时的每年三十名，到现在每年超过两百人，一批批志愿者走进这生命禁区，"为了可可西里，献出自己生命中的一个月！"这是每一个志愿者都必须重申的誓言。他们在各保护站参加值勤、巡护、野生动物调查和救护、捡拾垃圾等日常工作，每个人都感觉一个月的时间实在太短，有的来了一次还会来第二次、第三次，有的父亲来过了，儿子又会接着来。这些来自五湖四海的志愿者，在一个月的志愿者活动结束后，跟随那南飞的候鸟、北归的大雁回到各自的家乡，依然在为保护可可西里的生态环境和野生动物而奔走呼吁。

不过，现在的志愿者已与往昔不可同日而语了，这里就以"爱在可可西里"实践团为例吧。2017年，这一大学生环保志愿者组织在南京航空航天大学成立。高犇是"爱在可可西里"实践团的发起人之一。可可西里第一次出现在高犇的人生里，是高二的一节生物课，老师带着全班同学观看了陆川导演的电影《可可西里》，那藏羚羊尸横遍野、盗猎者引吭高歌的画面，以一种强烈的反差和极富震撼的色彩，冲击着高犇的视觉感官，让这个少年的内心受到了前所未有的冲击。从那时起，他就想走进可可西里，像索南达杰一样用生命保护生命。2017年，可可西里被列入世界自然遗产地，这让高犇非常振奋。这位十六岁的少年，正在南航读大一，他随后便和几名同学发起成立了"爱在可可西里"暑期实践团，并联合北京航空航天大学和中国地质大学的十几位同学一同奔赴可可西里。

高犇说："2017年是我们的拓荒年，我们想让更多的人了解可可西里。"

这是第一批新时代的大学生志愿者，同前辈们相比，他们有着更现代的环保理念和科技手段，他们用这一代人的聪明才智在可可西里绘制出了不一样的图景。而他们来这里的第一件事，就是改变了可可西里的传播方式。以前，青藏公路沿线的四座保护站，都是游客们了解可可西里的一扇扇窗口。由于保护站常驻工作人员只有三四人，又要承担艰巨的巡山任务，几乎抽不出时间和人手给游客讲解，只是给游客准备了一些宣传单。这些大学生志愿者一来，便承担起给游客的宣讲工作，但这种传统的讲解费力不讨好，覆盖面也太小。为了突破保护站线上活动时间的限制，"爱在可可西里"实践团便利用现代网络技术，对可可西里现有展厅进行了网络化升级，还开发了一个同名微信小程序——"爱在可可西里"，他们在这个小程序中移植了团队公众号的语音讲解，将可可西里分为地理环境、动物王国等七个板块，向游客展示和讲解可可西里的故事，还能为游客提供导航和沿途旅游信息。这一小程序每天能为上千余名游客提供展厅讲解服务。这既大大减轻了工作人员的压力，又为游客提供了便捷的服务，尤其是扩大了可可西里的传播覆盖面和传播效率。

高犇还带着团队里的航拍达人，在可可西里无人区放飞无人机，拍下了许多鲜为人知的画面，制作成生态环保的公益视频。从2017年到2020年，他们先后制作完成一部公益广告、两部短片和三部纪录片。这些视频和纪录片的网上点击量高达一千万次，而同名纪录片《爱在可可西里》参评多项比赛和影展并获奖。通过这些视频和纪录片，你可以看见碧绿的湖水、圣洁的雪山、高寒草甸和活蹦乱跳的野生动物。当你看着这些活泼可爱的高原精灵，再目睹它们惨遭杀戮的历史照片，谁都会献出自己的爱心，用行动去支持可可西里的保护工作。

他们还自主设计了有着可可西里特色的文创产品，在文创微店和索南达杰保护站展厅义卖，这些产品的设计初衷就是要将可可西里元素以及环保理念融入人们的日常生活，如印有藏羚羊图案的帆布包、T恤，还有融合了可可西里自然景观与花卉特色的丝巾，都是游客争相购买的抢手货。他们还大胆创新，在明信片设计过程中引入 AR 技术，游客只需用小程序扫描明信片，就能看到立体的索南达杰保护站 Logo 以及可可西里地貌图。

在讲解和义卖过程中，这些新时代的大学生都把那些潜在的东西淋漓尽致地开发了出来。从 2020 年起，这些文创产品的销售从保护站单一的义卖形式，转向了可可西里线上文创微店销售，效益更好了。这些都是由"爱在可可西里"实践团一直义务维持运行的，他们将义卖资金全部捐给了可可西里各保护站。高犇说："这份捐赠不仅代表着我们，也传达着所有购买者对可可西里的关心与呵护。"

这个大学生实践团中大多是工科生，他们针对恶劣的高原环境，结合自己掌握的机械专业知识，为保护站优化改装了微型油泵。还有一个大难题，就是巡山途中的陷车、挖车，巡山队员们都说，若是把这个问题解决了，那巡山的艰险就减少了一半。这些大学生志愿者通过技术攻关，给巡山车辆安装了泥地脱陷装备，尽管目前还不能从根本上解决陷车的问题，但在一定程度上减轻了陷车、挖车的难度，而接下来，他们还将继续攻克这道难关。此外，他们还向各保护站捐赠了众筹购买的无人机，手把手地教巡山队员怎么操作和维修，这也大大减轻了巡山队员的劳动强度，巡护的视野越来越宽。

这些大学生志愿者的实践之路也越走越宽了。为保障"爱在可可西里"实践项目能够长久持续地开展下去，2018 年，团队与可可西里管理局签订了协议，在可可西里建立了第一个大学生志愿服务基地。2019 年，他们又成立了"爱在可可西里"南京高校联盟，由南京航空航天大学、南京大学、东南大学、南京林业大学、南京医科大学五所高校三十名队员组成。高犇大学毕业后，又把实践队长的接力棒交到了王睿手里。近年来由于受新冠疫情影响，他们不得不暂停线下实践的计划，但团队一直在线上为可可西里贡献志愿者的力量，他们一直坚持线上录播课、微信小程序、文创产品设计以及可可西里管理处公众号运营，这也是另一种坚守。

三十年来的实践证明，杨欣和"绿色江河"的环保志愿者已经成为可可西里和长江源生态保护中不可缺少的力量，这一由政府和民间力量共同保护生态环境的模式，得到了社会的广泛认可。而当杨欣谈及他从一开始试图征服自然逐渐走向与之和谐相处时，总是带着一种敬畏的神情说："自然的力量是强大的，人必须适应和尊重自然。生态保护应该是隐形的，凡是明显的人类干预都是无可奈何或迫不得已的选择，也是权宜之计。"这其实也是梁从诫先生一以贯之的环保理念。

从杨欣到"绿色江河"的每一个志愿者，亦如梁从诫先生一样，每个人都只是一个普通公民，在一个法治社会里履行一个公民的职责。这一志愿者团队还入选由司法部、全国普法办和中央广播电视总台共同主办"宪法的精神 法治的力量——2019年度法治人物（候选人）"，在颁奖典礼上，主持人宣读了授予他们的颁奖词："有这样一群人，他们不求功利，不要回报，一批一批地奔赴可可西里，跋涉在高寒缺氧的生命禁区，同巡山队员一起为藏羚羊迁徙保驾护航；为了让脆弱的植被不再背负垃圾和人类脚印，他们沿路捡垃圾，然后分类，运到格尔木进行回收处理。七年来，他们共清理高原垃圾八十多万件，完成青藏线垃圾调研八项。他们就是数年如一日守护长江源一片碧水青山的长江源水生态环境保护站志愿者团队！"

杨欣不仅想把可可西里和长江源打造成天下第一洁净之地，他还有一个更大的野心，那就是将长江源水生态环境保护站打造成一个可推广的模式，再延伸出来一些项目，并借助政府的力量把这个模式从长江源推广到三江源区和长江流域。为了将长江沿线城市串联起来，他设计了一条绿色邮路，在长江源水生态环境保护站建立长江1号主题邮局，接下来在长江流经的每个省、自治区甚至市也建一个，一直延伸到长江入海口。而"绿色江河"的志愿者将通过互联网等各种渠道，发动更多的父母和孩子或师生利用假期沿着长江游学，从一个邮局到另一个邮局，在其行走中认识长江、热爱长江、保护长江，让孩子们从小就在心灵里种下绿色的种子，从点到线，从线成面，一条在天地间流过的自然河流，终将化作在中华儿女心灵中流淌的一江碧水。

这是杨欣的一个梦想。其实他心里非常清楚，长江很长而人生苦短，每个人的力量又非常微弱，每当他想要干一件事都觉得实在太难了。但他觉得只要能够坚持下来，传承下去，总能解决一些问题，而在解决问题的过程中他又感觉找到了自己坚守的意义。这句话很清醒，很实在，这兴许就是一个理想主义者的现实精神，这也是他能够长时间坚持的一个最坚实的根基。一个人在这高寒极地待上三个小时都非常难受了，这个人却在这里坚守了三十多年。时常有人问他，为什么能这样长时间坚持下来？他总是微微一笑说，习惯了。这让我心里怦然一动又若有所悟。如果说他当年来到这里是一种觉悟，而日复一日、年复一年的坚守对于他已成了一种习惯的话，那这种习惯则是一种更深、更自然的自觉。

每一次走近长江，面对长江，他都要向这条伟大的母亲河深深地弯腰鞠躬，但他不是行礼如仪的三鞠躬，每次都要鞠躬十三次，这让人倍感神秘。他说出了自己心里的秘密，从他参加长江漂流到守护可可西里以来，先后有十三位与他同行的战友把生命留在了长江，留在了可可西里。这么多年来，无论经历了多少孤独、困苦和委屈，他都觉得微不足道，至少他还活着。只要活下去，他就会一直坚守下去。有人把杨欣誉为"保护长江第一人"，他说，这个荣誉他担当不起，但只要活着，他就会一直坚守到最后。

我下意识地打量着他，当年那个风华正茂的小伙子，而今已年届花甲，那一头花白的头发，乍一看恰似冰川消退的雪山一样斑驳而苍凉，一脸络腮胡子在高原的寒风中瑟瑟飘荡，但那一双眼睛却依然闪烁着梦幻般的奇异光亮。

从长江源头到长江源村

从格尔木市沿青藏公路一路驱车向南，我一直默不作声地凝视着昆仑山莽苍的身影，那在阳光下闪闪烁烁的积雪寒光逼人。车上正放着一曲《长江之歌》："你从雪山走来，春潮是你的风采；你向东海奔去，惊涛是你的气概……"这荡气回肠的歌声，先声夺人，一下就把我带进了长江源头。

第六章　遥远而神秘的召唤

谁都知道，长江发源于唐古拉山脉主峰，格拉丹东雪山西南侧的姜根迪如冰川，那无穷的源泉、纯洁的清流和回荡在天外的涛声，最初就是在雪山冰川中孕育和诞生，这就是长江正源沱沱河。沱沱河流经的第一个乡镇，就是被誉为"长江源头第一镇"的唐古拉山镇。而我要探访的长江源村，距唐古拉山镇还有四百多公里。唐古拉山镇原本是格尔木市孤悬于唐古拉山北麓的一块飞地，长江源村又是唐古拉山镇的一块飞地，堪称是"飞地中的飞地"。

我来到这里，是为了可可西里的保护者中的第三种力量，那就是在可可西里国家级自然保护区周边土生土长的牧民，长江源村就是一个典型的生态移民村。穿过一座藏式风格的牌楼，眼前豁然开朗，恍若进入了一个"土地平旷，屋舍俨然"的世外桃源。但凝神一看，这村里不见田间小径，却有一条条宽展而整洁的村街，或交叉，或分岔，或延伸，无论延伸到哪里，哪里都是一幢幢充满了藏域风情的屋舍和庭院。这村头村尾既有茂密的红柳遮挡风沙，那房前屋后又有挺拔的白杨、云杉和柏树绿荫掩映，还有蓬蓬勃勃的灌木和恣意绽放的格桑花，看上去，比那桃花源中的"良田、美池、桑竹之属"多了几分率性自然。

往这春天的村庄里一走，那可真是"乱花渐欲迷人眼"，我还真是迷失了方向，在这村里转了几圈，几经打听，我才找到了更尕南杰老人的家。他是这村里的老支书，也是第一个带头从沱沱河畔搬到这村里来的牧人。若要打听长江源村的来龙去脉，没有谁比他更熟悉的。

一看老人那走路的姿态，你就知道这是一个马背上游牧了大半辈子的牧人。

一说到游牧生活，他老人家的话语就像沱沱河一样滔滔不绝……

这世上还有什么比游牧更加自由自在的生活？看着老人那闪烁发亮的眼神，我就知道，他又走神了，仿佛又纵身跃上了马背，"啪啪啪"地甩响了牧鞭，吆喝着奔向草原的牛羊。更尕南杰一家祖祖辈辈都在唐古拉山和沱沱河畔游牧，逐水而居，逐草而生，哪里有了水源，哪里便有草甸，哪里便有牧民搭起的帐篷和他们放牧的牛羊。牧人们时常在草甸上围成一圈，一边热乎乎地喝着铜壶里的酥油茶，一边放开喉咙对着格拉丹东雪山歌唱，他们最爱唱的是《拉姆梅朵》，这首古老的藏歌我是听不懂的，但我能感觉到这歌声里洋溢着牧人们的欢乐，那是在草原上直接生长出来的浪漫与快乐。

谁又知道，这些浪漫与快乐的背后又有多少艰辛和苦楚？更尕南杰和他的牧民兄弟一年四季到处转场，白天在马背上啃着风干肉和冰冷的糌粑，夜里住的是帐篷，点的是羊油灯，把被子和毛毡往地上一铺就是床了。在海拔那样高的地方，哪怕是在高原上土生土长的牧人，躺下后也经常头疼失眠，心脏"突突突"地跳得慌。这还不说，就说喝水吧，别看他们守着一条沱沱河，但长江源头每年冰冻期长达九个月，只有在沱沱河解冻后他们才能喝到水，而在冰天雪地的日子里，只能挖雪刨冰，用牛粪火煮水喝。那时候，更尕南杰每天的生活都是从取水开始。天一亮，他就会背着一只水桶去冰川下驮水。走出帐篷，抬头就能看见冰川吐出的长长冰舌，但走过去少说也有三四里，那是世上最难走的路。从七八岁开始，阿爸就带着他去冰川下驮水，那时冰川就在长江源标志碑脚下。当他四十多岁时，随着冰川不断退缩，这条路越走越远了，也越来越难走了。冰川退缩后，留下了一堆堆尖利的乱石和野兽白森森的骨骸。哪怕穿着牦牛皮靴子，也感到脚心一阵阵扎痛。当他战战兢兢地接近冰舌时，从风中传来隐隐的水声，那声音仿佛从某个空洞里发出，很小，很深，一般人听不见，但他对水声格外敏感，听得清清楚楚，那是冰川底下融化的冰水。这冰川乍一看好像没什么变化，但冰川底下是一个个早已被掏空的窟窿，只要用脚轻轻一踩，就会有大块的冰川坍塌。每次取水，更尕南杰都小心翼翼，先要抹上三块酥油块儿，绑上哈达，在敬天地后，他才用瓢一瓢一瓢地舀水，这每一滴水都是神圣的。当他驮着水回来时愈加小心了，生怕泼洒了一滴水，这每一滴水都是命根子啊。

一个对水特别敏感的牧人，见证了长江源头越来越严重的生态危机。多年来，格拉丹东雪山和姜根迪如冰川正在加速消融，而自然生态是一个浑然一体、难解难分的系统，随着冰川加速消融，就会出现一系列生态灾难。这里属长江源区的核心保护区，而唐古拉山镇境内的沱沱河流域和乌兰乌拉湖流域均位于可可西里国家级自然保护区的核心区。一个牧人，也许搞不清什么是长江源自然生态系统，什么是可可西里的原始地貌，但这高寒草甸的变化，更尕南杰和他的牧民兄弟是眼睁睁地看见了的。以前呢，他们村里只有十几户牧民，几十亩草场就能养活一大群牦牛，慢慢地，他们村里有了几十户牧民，几十亩草场只能养活一小群羊。随着人口和牛羊越来越多，从前的河床渐渐干涸了，那波澜起伏的河水变成了连绵起伏的沙滩，大片草甸又退化成了高原鼠兔出没的黑土滩。更尕南杰是个有心人，每年，他都要在黑土滩中心钉上一根橛子，一年过后再来看时，那黑土滩已越过橛子一尺多深了，这表明草场正在急剧退化，只要一阵风沙刮过，那贫瘠的草甸就被纷纷扬扬的沙子埋住了。

唐古拉山镇是全国海拔最高的乡镇，平均海拔四千七百米，离长江源头越近海拔越高，而海拔越高植被就越是低矮。那稀稀拉拉的草棵紧贴着地皮生长，每年6月初才慢慢泛出一丝绿意，一到8月下旬草甸就开始枯黄。若是遭遇了沙尘暴或暴风雪，薄薄的一层草甸就被风沙和大雪盖住了，那牛羊没有草吃就会活活饿死，这样的灾难曾在唐古拉山、沱沱河畔轮番上演，愈演愈烈。唐古拉山的牧民，一年到头骑在马背上、住在帐篷里，每天起得比太阳还早，睡得比月亮还晚，他们就这样起早贪黑地放牛放羊，从20世纪放到21世纪，每年人均收入还不到两千元。为了生活，更尕南杰和他的牧民兄弟只能不断增加牛羊的数量，吃光一片草甸就换另一片草甸，牛羊越放越远，游牧的路越来越长，一直放到了长江源头的冰舌下。那草棵越来越稀了，牛羊也越来越瘦了，这草场越来越养不活这么多牛羊和牧民了。

一个在沱沱河畔游牧了大半辈子的牧人，越来越明白，牧民是靠牛羊养活的，牛羊是靠草原养活的，草原是靠河流养活的，河流是靠雪山冰川养活的，这雪山、冰川、草原、牧人、牛羊，还有那像熊啊、狼啊、藏羚羊啊的各种野生动物，组成了一个完整的自然生态系统。而草场还是那么大，人口和牛羊还在不断增长，怎么办？

当一方水土养不活一方人，那就只能搬迁到一个更适合人类生存的地方去。

在生态与生存的博弈中，唐古拉山镇作为长江源头第一镇，一直承担着守护长江源、保护国家生态安全屏障的第一职责。从2004年起，唐古拉山镇决定将六个牧村的一百多户、四百多名牧民从沱沱河畔搬迁到格尔木市南郊，并在那里建起了一个生态移民新村——长江源村。搬迁，一方面为了保护长江源，逐步减少长江源生态核心区的人类活动，一方面也是为了改变唐古拉山牧民的命运。这是在生态与生存中的双重选择，也是别无选择的选择。

按说，从这高寒缺氧、不适合人类生存的地方搬迁到一个海拔更低、更适合人类生存的地方去，那是天大的好事。这些一年四季到处转场的牧民，搬家对于他们其实不算什么，但无论怎么搬，他们从来没有搬出过唐古拉山和沱沱河畔的草原，他们难以割舍的其实不是装在马褡子里的帐篷之家，而是草原和他们的牛羊，这是比生命还重要的东西。就说更尕南杰吧，他从小到大在沱沱河畔游牧，那游牧的本性就像体内流淌的血液，他一直在心里记着父亲弥留之际的叮嘱："不管遇到了什么情况，你都不要丢弃这座雪山、这片草场啊！"他从来没有忘怀父亲的临终嘱咐，也从来没有想过有一天会放下牧鞭，离开祖祖辈辈游牧的草场和牛羊。可是，若不走出这座雪山、这片草场，这牛羊就没有活路了，更尕南杰和他的牧民兄弟眼看着也没有活路了。

那就去外边看看吧！更尕南杰翻来覆去地想了几天几夜，终于瞪着一双布满血丝的眼睛，踏上了去格尔木的路。这一走，他就成了第一个去长江源村的探路人。更尕南杰走进村里一看，这遥远的飞地没有他想象的那样遥远，离格尔木市区近在咫尺。他看到了一座崭新的村庄，一幢幢崭新的房子，家家户户都是独门独院，三百平方米的庭院，六十多平方米的住房。一个在唐古拉山的黑帐篷里住了大半辈子的牧人，在这屋里屋外、村里村外转转悠悠，那感觉真像做梦啊。回来后，他便骑着马，一个帐篷一个帐篷地游说牧民兄弟："搬吧，那路可好走呢，那房子可亮堂呢，生活可方便呢！搬吧，从祖辈手里传下来的草原不能毁在我们手里，我们要好好传给后辈。要是再不搬，他们就再也喝不到干净的水，看不到蓝蓝的天了……"

更尕南杰是牧民们最信得过的兄弟，他的每一句话又是那样实诚，那就跟着他一起去看看吧。这看来看去的大半年里，虽说经历了不少周折，但大多数牧民在几经犹疑后，最终都决定跟着更尕南杰一起搬。就这样，更尕南杰又成了带头搬迁的第一人。他还记得，第一批牧民搬迁时是在当年冬天，

第六章 遥远而神秘的召唤

牧民们早已卖掉了自家的牛羊，收拾好了简陋的家当，一大早就等着镇里安排的车辆来接。在每个人的记忆里，那是最寒冷的一个冬日，呼啸的寒风裹着硬生生的雪片直往衣服里钻。上了车，搬迁车辆一直沿着沱沱河畔走，眼看就要告别沱沱河了，蓦地响起了一片哭声，女人们都哭成了泪人，连那些像野牦牛一样壮实的汉子也一个个哭得眼睛通红。当汽车翻越昆仑山时，大伙儿还眼巴巴地回望着唐古拉山的方向，从此，他们游牧的草场就变成了遥远的故乡。

从马背上的牧人到长江源村村民，仿佛是一夜之间发生的故事，这是更尕南杰和唐古拉山牧民的一次集体转型。但猛地一想，他们从马背上、帐篷里搬到这里来，又能干什么呢？以前在游牧的草原上，那是靠山吃山，靠水吃水，靠牛羊吃饭，可这村里只有广场却没有牧场，这庭院里只有树木花草却没有牛羊，尽管有政府给生态移民发放的补贴，衣食住行都有着落，但这些勤劳惯了的牧民都在寻思，难道他们往后的日子就在喝酒懒散中度过吗？

这个呢，早在移民搬迁之前，更尕南杰这个村里的带头人就想过了，当地政府也想到了，若要这些移民在长江源村扎下根，那就必须从根本上转变一种活法、闯出一条新路。为此，当地政府部门在村里开办了一系列技能培训班，从汽车驾驶到摩托车修理，从嘛呢石雕刻到藏毯编织，还有牲畜育肥、牛羊肉贸易和厨艺、茶艺培训班。这些实实在在的培训，都能实实在在派上用场。闹布才仁是一个头脑活络的牧民，刚搬过来时他也有过一段时间的茫然，没事了他就到外边去转悠，看能不能找到什么活路。这一找，他还真发现了，开卡车，跑运输，挺挣钱的。一旦认准了这条路，他随即就参加了汽车驾驶培训班，又在村里第一个拿到了货车驾照。有了这个黑底金字的硬本本，他的腰杆子一下硬了，他拿出多年来的积蓄，加上一笔生态移民自主创业的优惠贷款，买下一辆东风牌翻斗车。就这样，一个马背上的牧民摇身一变，成了一个手握方向盘的货车司机，这是他人生的第一次转型，第一年就挣到了八万元，那腰包一下鼓了起来。他跑了十年运输，既挣到了票子，还见了世面，又捕捉到了一个绝好的商机。那时候，尽管在长江源和可可西里核心保护区实行了禁牧移民，缓冲区仍有牧民放牧牛羊，但必须按照承包草场的载畜量放牧。这样一来，草原上的牛羊少了，品质高了，唐古拉牦牛、藏羊在2014年还通过国家农产品地理标志认证。这让闹布才仁灵机一动，冒出一个新的念头，他利用开货车、跑运输的便利，每年回唐古拉山收购牛羊。这一转，成了一个牧民的第二次转型，从货车司机变成了商贸老板。闹布才仁和弟弟布群拉尕还在村里注册了一家格尔木岗尖蕃巴商贸公司，专门经营唐古拉山牦牛肉、藏羊肉等民族特色食品。随着生意越做越大，闹布才仁又投资四十多万元，把村里的门面房改造成了一座冷库，实现了运输、储存、经销"一条龙"的产业链。我来长江源村探访时，闹布才仁身边围着一圈来采购生鲜牛羊肉的顾客，他指着自己的招牌对顾客们说："看看，岗尖蕃巴，高原雪山，我这牛羊肉都是在高原雪山上长大的，喝的是雪山水，吃的是中草药，个个品质优秀，那味道好得很呢！"这脸庞黢黑、眼睛雪亮的康巴汉子还真不是吹牛，那些顾客就是冲着"岗尖蕃巴"这个响当当的招牌来的，这半天他就卖出了三千多斤牛羊肉，那冷库又开始告急了，得赶紧补货了。

像闹布才仁这样的一个长江源村村民，堪称是唐古拉山牧民成功转型的一个缩影。

更尕南杰老支书笑呵呵地说，这样的人在村里还多着呢。

走进村街东南边的一座院落，这里开着一家岗布巴民族手工艺品专业合作社。那个穿着一身靓丽藏服的女子，就是这家合作社的创办人三木吉。她是村里屈指可数的大学生，也是长江源村第一位回村创业的大学生。从重庆西南师范大学毕业后，三木吉先后在唐古拉山镇担任过生态环保志愿者、大学生村官和教师。当牧民们从唐古拉山搬到了格尔木市郊，三木吉又是担心又是操心。她还记得自己小时候，家家户户穿的藏服、藏靴、氆氇、唐卡、门帘都是民间手工制作的，每一件都是有着浓郁藏族特色的传统手工艺品，凝聚着藏族妇女长期积累、世代相传的心血和智慧。近年来，这些手工艺有的已被机械化制作所取代，越来越缺少原有的民族特色了，有的由于没有传承人，正在慢慢消亡。另一方面，三木吉也为村里的妇女就业问题而操尽了心。在搬过来之前，妇女们是家里的内当家，要承担挤牛奶、羊奶，剪羊毛等活儿，家里一半的钱都是她们挣来的，而搬到了移民新村，她们除了干干家务活又能干什么呢？三木吉思来想去，她把这担心和操心集中在一处，那就是开一家专业合作社，带领村里的妇女从事民族手工艺品制作，这还真是一个两全其美、一举两得的好主意。

三木吉说干就干，但一开始举步维艰。想想，一个女大学生，放着好端端的教师不当，却要搞什么自主创业，干的还是那些淘汰落伍的手工艺，家里人首先就不理解，一般村民就更难理解了。而那手工艺看似简单却又很不简单，就说家家户户都少不了的氆氇吧，那是藏族手工生产的一种毛织品，可以用作夏凉被、桌布和墙壁装饰画，但制作起来特麻烦，先要搜集产自海拔四五千米的牦牛毛或藏羊毛，再把牛羊毛梳理清洗干净，用传统的纺锤捻成线，然后采用老式木棱织机，经过一道一道的工序编织成藏式花纹图案。这繁琐又细致的工艺，三木吉和年轻的姊妹们都不精通。好在，村里有一个叫尕措的妇女，她虽下肢残疾但心灵手巧，从小就一心一意地跟着长辈们学做氆氇，成了这门手工艺的传承人。三木吉第一个去找的就是尕措，恳请她到合作社来传承这门手艺，但尕措觉得自己行动不便，在自己家里干干这活儿能养活自己就行了。三木吉三番五次上门来请，一口一声地叫她老师，这一片诚心终于把尕措老师打动了。有了这样一位传承人，合作社终于开张了，最初只有七个社员，但三木吉认准了，她深信这传承了千百年的民族手工艺不会失传，更不能失传。

看看，这合作社里摆满了形形色色的手工艺品，都是尕措老师带着社员们采用独特的民族传统编织技艺精心设计和制作的，那日月星辰的图案，源自藏民族对天宇的信仰；那鲜活的格桑花、圣洁的雪莲花，又源自藏民族对大自然的热爱。爱美是人类的天性，而信仰则是藏族女性的另一种天性。这些手工艺品既是美观之物，也是圣洁之物，体现了雪域高原别致而又极致的美感，每一件都是不可复制的文化瑰宝。三木吉穿的一身五彩镶边、长款修身的藏服，还有佩戴着的个性十足的藏族配饰，都是合作社制作的。合作社生产的民族手工艺品和她身上穿的藏服一样，从未受到流行文化的冲击，依旧保持着原汁原味的民族特色。这些年，三木吉就穿着一身藏服奔波于内地的各大城市推广民族手工艺品，或带着合作社的产品亮相于省内外的大型展会，只要她往那儿一站，本身就是一道充满浓郁藏域民族风情的风景。越是民族的，越是世界的，这些独特而制作精良的纯手工制品，吸引人们争相购买。她们制作的藏式氆氇毯一直供不应求，纯羊绒围巾早已远销尼泊尔。为了拓展销路，三木吉又带领合作社从线下销售转战电商平台，岗布巴民族手工艺品的名气越来越大了。如今，合作社社员从最初的七个人发展到了十七人，社员的收入由最初的每人每年分红两千元跃升至每人每年分红三四万元。三木吉还打算从村里吸收更多的妇女加入合作社，她希望有更多的人尤其是青少年参与到传统民族手工艺的保护和传承中来，这也是她更高的、更长远的追求。

从闹布才仁的转型到三木吉的追求可以看出，人民群众拥有无限的创造力，他们把产业从村里延伸到城市，再把城市的经营理念带回村里，把一条条路越走越宽，越走越活。走在一条条村街上，两边就是一排排临街门面和琳琅满目的招牌，藏餐馆、藏茶馆、藏驿站、藏族饰品店、唐古拉山土特产店、嘛呢石雕刻车间、藏族民俗展示演绎厅、长江源藏民族风情园……这每一块招牌背后都有一个转型创业的故事，这些易地搬迁的唐古拉山牧民不止是换了一个生活的地方，每个人都换了一种活法。

更尕南杰老人忽而指指这家店，忽而指指那家门，一路上不停地念叨着："没想到啊，在搬过来之前，真是连做梦也没有想到，我们还能过上这样的生活！"

他还清楚地记得从沱沱河畔搬来的那个冬日。这一搬，转眼近二十年，差不多就是一代人，这马背上的游牧部落，像红柳一样渐渐在城市边缘扎下了根，又在这里开枝散叶。如今的长江源村已发展到两百多户、近六百人，在唐古拉山镇是数一数二的大村了。这村里先后建起了长江源民族学校及附属幼儿园、唐古拉山镇卫生院第二门诊部、村民综合服务中心、村民休闲广场、敬老院，水、电、通信和天然气管网通到了每一户村民家，格尔木市区的公交车也延伸到了村里，村民像城里人一样享受着完善的公共服务设施，多少城里人都羡慕这村里人的生活呢。

就说看个病吧，在搬过来之前那可真难啊。哪怕是最顽强、最坚忍的高原生命，长时间生活在那高寒缺氧的生命禁区，人体机能也在发生不可逆的损伤，很多上了年岁的牧人都会患上心血管疾病、风湿病、痛风、胆囊炎等各种高原上的高发病。一旦疾病发作，只能就近找牧医看看，若是看不好，那就得赶紧转到四百多公里外的格尔木医院。在搬出来之前，沱沱河畔的牧民不说去一趟格尔木，就是到唐古拉山镇走一趟也非常困难。冬天大雪封山，堵死了牧人们的一条条出路。夏天融化的雪水又会形成纷乱的河流支汊，无论牛马还是车辆经常陷入烂泥滩，多少牧民只能眼睁睁地看着亲人在痛苦的挣扎中死去。而现在，镇卫生院在长江源村开设了第二门诊部，一般的病不用出村，若有个急诊重症，上格尔木市的大医院只要一刻钟，几乎一眨眼的工夫就到了。

村民们看病方便了，孩子们上学也方便了。唐古拉山牧区早先是没有学校的，后来相继办起了马背学校、游牧学校、帐篷学校。每天一大早，那些散居在草原深处的牧民子弟，就要骑马去上学，远的要走几十里山路。长江源头的冬季寒冷而又漫长，那帐篷学校里只能烧牛粪火取暖，怎么也烧不热，老师捏着粉笔的手冻得瑟瑟发抖，一使劲儿就把粉笔折断了。讲台下，那一张张小脸蛋更是冻得红红的，手背上都长满了冻疮，有的娃娃一边写字一边流血。现在好啦，这村里建起了一座占地面积四万多平方米的长江源民族学校，教学楼、综合楼、体育馆、学生公寓、食堂、浴池及附属幼儿园一应俱全。这所建在长江源村村民家门口的学校，不仅方便了本村的孩子，还有来自唐古拉山镇和曲麻莱县三江源生态移民的藏族孩子，适龄儿童入学率始终保持在百分之百。

当我穿行在这生态移民新村，在透明的蓝天的映衬下，感觉一切都像春天的阳光一样清新、干净、透亮，那雪白与赭红相间的房屋，一如白皑皑的雪山与赭红色的高原，从那绿色生态林带不时传来清脆的鸟叫声。这是一个日新月异的村寨，却又保存了雪域高原浓郁的民族风情，这也是原生态啊。在扑面而来的春风和阳光里，一个个穿着藏服的身影，一张张洋溢着喜悦的笑脸，安适、恬静、吉祥，并怡然自乐！

回首当年，这些牧民为了保护长江源头和可可西里的自然生态，搬离了他们祖祖辈辈游牧的家园，过上了从前做梦也想不到的生活，但他们梦见最多的依然是雪山、冰川、河流、草原和牛羊。虽说他们早已放下了牧鞭，那里依然是他们魂牵梦绕的故乡，他们依然是草原的主人。而作为生态移民，他们从草原的利用者转变为生态管护员，那是一个个像草根一样从草原上直接生长出来的生态守护者。

闹布桑周是长江源村最早的一批生态管护员。搬迁那年，他还是一个血气方刚的小伙子，那一股子骑在马背上的剽悍劲儿，让他倍感神气，只是，那贫瘠而脆弱的草甸再也经不起马蹄的践踏和牛羊的啃食了，这也是他最担心的。当更尕南杰等村干部几次上门来做搬迁动员工作时，尽管闹布桑周舍不得离开家乡，但他也知道，这草场只会越来越差，越来越难以养活一家人了，那就搬吧！当他终于点头时，感觉脖颈都是僵硬的。搬迁的那天，他从沱沱河河滩上捡来了两块巴掌大的石头，一直放在家里的窗台上。每当阳光透过宽敞明亮的窗户照进来，最先照亮的就是这两块石头，在阳光下像沱沱河一样闪烁着粼粼波光。闹布桑周时常看着石头兀自出神，一走神就走到了沱沱河畔。当长江源村发展生态管护员时，他几乎连想都没想就报了名。这还真是不用去想。这些年他开着越野车去过很多地方，见过大世面，但无论走到哪里，他最喜欢的还是沱沱河畔的故乡，那是他生命的源头，他永远都是长江源头的孩子。

对于这些生态移民，守护长江源是比搬离长江源家乡更自觉、更主动的一件事。他们从未忘怀自己的母亲河，他们也深信母亲河不会忘记他们，一直惦记着他们。守护母亲河，对于他们不止是一份责任，更是一种与生俱来的情怀。

自从当上了生态管护员，闹布桑周每个月都要开着自家的越野车，翻越昆仑山，重返唐古拉，走向那熟悉的雪山、冰川、河流和一眼望不到尽头的草原。一个早先的牧人，还是那样剽悍，那一身行头几乎是全副武装，头戴牛仔帽，身穿迷彩服，足蹬一双硕大无比的马靴，胸前挂着望远镜和照相机，身后还背着一把水壶、一袋风干肉和一袋炒面。每一次例行巡护，他都要把自己管护的责任区走上一圈，这一圈要走多久则要看天气和路况，少则三四天，多

第六章　遥远而神秘的召唤

则六七天。一路上，他要仔细观察草场、水情和雪线的变化，连一枝一叶一朵野花也不能轻易放过。尤其是那些具有生态标志性的植物，今年在哪片草场上的长势比较繁茂，植株有多高，花冠直径有多大，他们都要拍摄和记录下来，并做上标记，到了来年的同一时节再来观察和比较，这种植物是长得更繁茂了，还是退化了。除了植物监测，生态管护员还要对野生动物的活动周期、种群数量、迁徙路线做好详细的监测记录。那些野性十足的家伙，大多出没在地形复杂险峻的地方，若是遇到陡峭的山崖、泥泞的沼泽，那就只能靠自己的大脚板去丈量了。除了做这些常规监测，尤其要时时关注生态环境的异常情况，如河流湖泊遭受了严重污染，有人盗挖野生植物或盗猎野生动物，或是有受伤被困的野生动物急需救助，生态管护员都要在第一时间向镇上报告。由于草原深处没有手机通信网络，生态管护员只能通过对讲机传递信息。对讲机不需要任何网络支持就可以通话，但信号覆盖范围有限，一个生态管护员有时候要跑到十几公里外的山坡上才能将信息传递给离他最近的一个人，然后一个接一个依次传递出去，这是以草根的方式保护长江源生态的一场接力赛……

像闹布桑周这样的生态管护员，几乎家家户户都有。长江源村现有两百多名生态管护员，每户人家至少有一个，全面覆盖了长江源头五百多万亩禁牧区。每年藏羚羊迁徙产仔期间，从唐古拉山北麓到沱沱河畔，一个个牧民生态管护员就会骑着马，背着干粮，带着帐篷，沿着通天河和楚玛尔河，每隔一至两公里设置一个守护岗，一站一站将藏羚羊群护送到可可西里核心保护区。当藏羚羊携儿带女踏上回迁之路，他们又在这里迎候和守望……

更尕南杰老支书也曾是村里最早的一批生态管护员，如今他年近古稀，已把生态管护的接力棒交给了子女，而从长江源头到长江源村，依然是老支书心里最深的牵挂。他给我算了两笔账，一笔是村民的收入账，从搬迁之前的每年人均收入还不到两千元，到如今人均年纯收入已超过三万元，二十年不到就翻了十五倍。还有一笔账，近二十年来，长江源头的牧人和牛羊少了，草越来越多了，沱沱河水越来越清了。据最新的监测统计数据，长江源区和可可西里国家级自然保护区的各类草地产草量提高了百分之三十，水资源量增加了近八十亿立方米,相当于五百六十个西湖。

这两笔账的背后,是人类在生存与生态的博弈中探索出的一种可推广模式,这种社区和村民自治共管的生态环境治理模式,从尊重牧民或村民的主体地位出发,激发了他们保护自然生态的主动性,过去是"国家给钱让我保护",现在是"自觉自发地保护",过去是家家盼温饱、人人谋生计,现在是家家管生态、人人争当环保卫士,这才是一个生态移民村最根本的转型,而这样的转型终归又以草根的方式完成。

草根好啊!更尕南杰老支书兴奋地比划着说,只有草根才能深深扎进大地深处。

当我跟这位爽朗而快活的老人道别时,天色已晚,一轮巨大的夕阳正在向昆仑山缓缓退去,而在山的那一边,一轮圆月也正在冉冉升起。扎西德勒!老人一边朝我挥手祝福,一边迈着唐古拉牧人惯有的步伐,一步,一步,不疾不徐,仿佛依然走在沱沱河畔的草原上。那是一个日月交映的身影,被光阴拉得悠远而漫长,从风声中传来悠远的歌声,又是那首《拉姆梅朵》,这首藏歌我竟然渐渐听懂了,那每一个音符都是生命与自由的欢唱,洋溢着"众生眼中之美,有情心中之乐,六道轮回之安,布谷吉祥之声,骏马嘶鸣之音,牛羊嗡哞之调,天女幻化为花"……

尾 声

当我在可可西里追踪和采访那些守护者和志愿者时，时常会听见一句大同小异的话：这里是天堂，也是地狱，更是见证生命与信仰的圣地。可可西里的故事难以诉说，只有真正走过的人才能体会。——这堪称是可可西里的一句名言，而我一直无法考证这句话最早是谁说的，但可以肯定，能说这句话的人，也一定是一个对可可西里有着深刻生命体验的人。

这十几年来，我六上青藏高原，三进可可西里，但我心里十分清楚，我只是一个匆匆走过的旁观者，这伟大的荒原，凭我这高度近视的双眼是难以看清的。何况，每个人的眼光都是不一样的，每个人的心目中都有一个可可西里，最了解可可西里的，还是这荒原的守望者以及他们守望着的高原精灵。那么，透过这些守望者的眼睛，他们看见了怎样的可可西里？透过那些高原精灵的眼睛，它们又看见了怎样的可可西里？这正是我多年来一直在追问和追寻的。

追溯可可西里的保护历程，从1992年杰桑·索南达杰率先组建中国第一支武装反盗猎队伍开始，到今年恰好是三十周年，又大致经历了三个阶段，堪称可可西里"三步曲"。

第一阶段,在可可西里自然保护区成立之前,当可可西里无人区还处于"无法区"的状态,以索南达杰、扎巴多杰为代表的第一代保护者,筚路蓝缕,以启山林,在那个特殊时期组建了特殊的保护机构——西部工委和野牦牛队。在武器装备极为简陋、保护机制尚未形成的情境下,他们不得不采取"拿拳头保护生态"的模式,甚至以血肉之躯去抵挡盗猎者的枪口。索南达杰和扎巴多杰最终都以自己的生命唤醒世人前所未有的生态保护意识,可可西里和藏羚羊成为自然生态的象征,一座索南达杰的纪念碑成为中国环境保护的里程碑。诚如有人说:"索南达杰牺牲后,可可西里巨大的象征性影响,已经远远超越了这块地域以及藏羚羊这个物种本身。"这是一曲"用生命保护生命"的慷慨悲歌,也是一段悲壮的序曲。

第二阶段,在索南达杰牺牲的第二年,1995年,青海省批准成立可可西里省级自然保护区,并于1996年公布,这标志着可可西里从无人区进入了自然保护区时代。随着保护藏羚羊、保护可可西里的呼声越来越高,保护的级别也越来越高。1997年12月,国务院批准并公布可可西里为国家级自然保护区,随后成立了可可西里国家级自然保护区管理机构。作为这片土地上自然环境和资源的保护管理部门,这一机构存在了二十年之久,直到2017年被整合并入三江源国家公园管理局。这二十年间,可可西里的保护机制逐渐走上了法制化、正规化的道路,形成了一整套成熟的保护体系。在这个体系中,既有五座保护站为高原生灵筑起的一道道坚固防线,还有一支支深入无人区的巡山队伍。二十年来,以可可西里森林公安为主力的巡山队员,一直是保护可可西里的主力军和生力军。这是可可西里的第二代保护者,他们不再像前辈那样"用生命保护生命",而是"用生命保护生态"。尽管他们再也不必用血肉之躯去抵挡盗猎者的枪口,但仍要面对生命禁区的恶劣生存环境和生死考验。

第三阶段,随着三江源国家公园管理局(筹)于2016年挂牌成立,在随后的国家公园体制试点推进中,可可西里国家级自然保护区被整体纳入三江源国家公园建设规划中,在原可可西里国家级自然保护区管理局的基础上,组建了三江源国家公园可可西里管理处。这绝非一块牌子的变更,而是管理

尾 声

体制和保护机制的一场深刻变革。若撇开人间划分的边界,从纯粹的大自然看,可可西里从来不是孤立的存在,这一方水土原本就是三江源头、中华水塔的重要组成部分之一,被誉为"三江之源,千湖净土"。可可西里与三江源尤其是长江源是难分难解的,可可西里的变化与整个三江源的变化相互印证,可可西里生态环境的好转,将为整个三江源带来辐射效应。而在以前,可可西里国家级自然保护区和三江源国家级自然保护区却被人为分隔开来,一直难以形成系统性保护。如今,可可西里被整体纳入三江源国家公园后,将遵循山水林田湖草沙是一个生命共同体的理念,对各类保护地进行功能重组、优化组合,实行集中统一管理,彻底解决"九龙治水"和监管执法碎片化问题,可可西里由此将走向更高水平的保护和治理。从某种意义上说,这是可可西里的涅槃重生,更体现了人类对大自然的尊重。

可可西里不仅属于中国,也属于世界。2017年7月,青海可可西里获准列入世界自然遗产名录,这是我国面积最大的世界自然遗产地。这也意味着,可可西里得天独厚的高原生态系统、难以复制的自然美景、完整的藏羚羊迁徙路线以及生物多样性,赢得世界的高度关注和认可。申遗成功后,对可可西里的保护将成为世界性责任。世界遗产地每年都要接受动态考核,必须在机制、科研、管理等方面同国际接轨,达到极严格的世界标准,始终完好保存遗产地的自然风貌。由此,可可西里的保护者又肩负起了双重的职责和使命,他们既是三江源国家公园的保护者,也是世界自然遗产的保护者。他们捍卫的不仅仅是可可西里的尊严,还有人类的良知。

在这个离天最近的地方,可可西里人就是世界上海拔最高的守望者。为了保护可可西里,为了人与自然和谐共生的天籁永续,三十年来,一批批守望者沿着索南达杰的足迹一步一步走过来,这是一支特殊的队伍,这是生命禁区的英雄群像。但他们从来没有把自己当成英雄,一个个都是非常低调、默默无闻、深藏功与名的无名英雄。在孤独的守望中,他们也曾有过不止一次的动摇,有的人甚至想过放弃,但这里的坚守者最终都没有放弃。在生态逐渐恢复的欣慰中,他们也有着对家人难以弥补的愧疚,还有太多难以言说的遗憾,他们时常为此而热泪长流。他们大多不善言辞,你要他们讲个完整的故事，谁都讲不来。但这些几近木讷的汉子，却让我一次又一次地感受到其内心的纯朴和高贵。他们默默地付出别无所求，唯愿万物自在，天籁永续，山河无恙，百畜安生。

据最新的监测数据，可可西里藏羚羊种群数量从最低谷时的不到两万只已恢复到七万多只，整个青藏高原的藏羚羊种群数量已达到约三十万只。随着可可西里保护机制的进一步完善，据专家估计，未来藏羚羊的种群数量仍会持续增长。藏羚羊是可可西里的旗舰物种，但从来不是可可西里的唯一物种，如果仅仅只是藏羚羊种群得到恢复，这并不意味着可可西里得到了成功的保护。若是一味强调对某个单一物种的保护，对于整个生态系统可能是灾难性的。可可西里是高原荒原和高原湿地结合区域，独特的地理和气候条件孕育出独特的生境，而保护栖息地比保护物种更为重要。这是一个浑然一体的自然生态系统，必须进行系统性保护。三十年来，人类对可可西里的保护，已从最初的重点保护藏羚羊延伸到所有野生动植物，又从野生动植物延展到更大的生态圈。而今，可可西里的狼多了，熊也多了，各种野生动物越来越多了，湖泊和河流的水域面积增多了，一些没草的荒漠戈壁现在也长草了，植被覆盖率也比以前提高了。

2018年，藏羚羊入选中国十大濒危物种保护成功案例，而中国对可可西里的保护，被公认为是人类参与自然生态保护和物种保护的经典案例之一。

近年来，随着可可西里申遗成功和三江源国家公园的建立，全世界的目光都投向了这一"美丽超出人类想象"的自然遗产，有人预言可可西里将迎来一个前所未有的黄金时代。那么，接下来，这伟大的荒原又将如何保护？其实，世界上所有自然保护地的根本问题，都可以归结为处理保护与发展的关系。对于可可西里，有人提出一方面要科学、合理地保护，一方面要在保护的基础上科学、合理地利用，"保护的目的在于利用"。

可可西里是中国面积最大、海拔最高、野生动物资源最为丰富的自然保护区之一，确实具有丰富的、可持续利用的资源，首先被世人看好的就是得天独厚的生态探险旅游资源以及相关的旅游产业，可可西里自然保护区被业内人士称为"绝品景区"。早在2005年，就因有人提出开放可可西里的旅游

尾　声

资源而掀起轩然大波，而擅自穿越可可西里的探险旅游一直没有停止过。在可可西里，还有被世人看好的野生动植物资源，有人建议逐步开展对藏羚羊、猎隼等珍稀濒危物种的驯养、繁殖和利用，建成国家和世界野生动物园。还有人建议对红景天等药用植物进行人工培育、开发和利用。此外，可可西里还有可开发利用的科研资源，可与科研机构和大专院校建立科研合作机制，进行联合研究，资源整合，成果共享，促进科研成果市场化。这些自然资源，如果真能在保护的基础上科学、合理地利用，那确实是人类美好的愿景。

对于自然资源，人类总是站在人类的立场上，从美好的愿景出发描绘出理想的蓝图，那些提出"保护的目的在于利用"的人们，兴许就是这样的理想主义者，他们可能不知道可可西里最大的价值在哪里。可可西里作为世界上原始生态环境保存最完好的地区之一，有人将可可西里誉为地球上最后一片"神秘的人间净土"，其实它从来就不属于人间，这是一个野性的世界，也是地球上最后的自然王国。那么，可可西里现在的生态环境究竟怎么样？那些深入可可西里腹地的巡山队员兴许不懂得什么高深的科学，但他们对大自然有着比科学更直接、更敏感的反应。一个队员说，十多年前他们进山巡查时，哪怕在夏天，手摸到铁皮上也感到冰冷刺骨，一大早从帐篷里爬起来，眉毛、头发上全是冰碴儿。而现在呢，在同一季节的同一个地方明显感觉温度上升了不少。气候变暖不仅让冰川雪线消退，也让看不见的冻土层加速解冻。以前，他们用铁锹挖二十厘米就能碰到硬邦邦的冻土层，现在挖下去一米多深土壤还是软乎乎的。这看得见的和看不见的都是生态系统的灾变现象。可可西里原本就是气候环境变化的灵敏指针，对整个陆地气候的平衡和调节起着至关重要的作用，这是再多的利用价值都无法置换的，其地域环境的独特性也是无法复制的。

在大自然面前，人类总是在理想与现实、错误与反思之间轮回，说穿了就是在生存与生态中博弈。大自然从来就是一把双刃剑，而在高深莫测、变幻无常的大自然面前，人类还只是渺小而懵懂的小学生，许多美好的愿望和理想化设计往往事与愿违。伟大导师恩格斯早就在《自然辩证法》中对人类发出忠告和警示："我们统治自然界，决不像征服者统治异民族一样，决不像站在自然界以外的人一样……相反地，我们连同我们的肉、血和头脑都是属于自然界，存在于自然界的；我们对自然界的整个统治，是在于我们比其他一切动物强，能够认识和正确运用自然规律。"因而，"我们不要过分陶醉于我们对自然界的胜利，对于每一次这样的胜利自然界都报复了我们。"别的不说，只要看看青藏公路沿线那些怎么也捡不完的饮料瓶子和白色垃圾吧，还有那些被辗死撞伤的野生动物，这就是现实，这就是真相！想想，若是在可可西里无人区开辟生态探险旅游线路，当趋之若鹜的车辆人流奔涌而来时，这最后一片净土将变成世界上最大的垃圾场，那从高寒草甸上辗过的车轮和踩踏的脚印，对脆弱的生态将是比滥挖滥采和盗猎藏羚羊更大的摧残，甚至会导致可可西里整个生态系统的崩溃。这也决定了，对可可西里的保护，我们还真不能是理想主义者，必须是现实主义者。

好在，有不少专家学者是理性而清醒的，如梁从诫先生曾一再发出警示：大自然对人类的惩罚越来越多了，如果我们自己做不好，多年后它会以更猛烈的方式报复我们。中国科学院西北高原生物研究所研究员苏建平则公开坦言："可可西里最理想的状态就是什么都不做。"一位巡山队员也这样跟我说："只要没有人打羊，没有人采矿，可可西里就现在这个样子，这是我们这些人的底线！"这是他的原话，从标准的语法看似乎不太通顺，但他的意思表达清楚了，他的底线在哪里？可可西里的未来如何走？就是现在这个样子，这是他们坚守的底线。他们的保护，就是保持可可西里的现状，这其实也是大自然最理想的状态——原生态，既不人为破坏，也无须人为修复，人类对自然生态环境的干预越少越好。

如何保护可可西里，尽管现在还没有定案，但基本原则已经确立，国家公园属于全国主体功能区规划中的禁止开发区域，必须纳入全国生态保护红线区域管控范围，实行最严格的保护。诚如一位专家所说："保护本身就是最大的利益。"

当可可西里进入更严格、更高水平的保护阶段，这伟大荒原的守护者依然要在平凡中坚守时代赋予他们的职责和使命。当下，可可西里管理处正处于历史上最兵强马壮的阶段，现有正式编制人员三十七人，但其中近三分之一为原可可西里管理局成立后的第一代巡山队员，因为年龄或身体疾病已不

尾　声

能承担一线巡护任务。由于基层保护站人手紧缺且编制有限，可可西里管理处只能是以生态管护员的名义聘用了五十多名巡护人员，其中就有像秋培扎西一样从别的单位借调来的，也有郭雪虎这种从原单位辞职后加入巡山队伍的，还有不少复员退伍军人。而现在坚守在一线的第三代巡山队员，有不少是从可可西里缓冲区或三江源区招来的牧民子弟，有的原本就是家乡的生态管护员。即便加上这些聘用人员，在偌大的可可西里自然保护区平均下来，一个人就要巡护一千多平方公里，相当于内地的一个县。打个比方吧，一个县就这么一个警察或协警，一个月转一圈也难啊。为了解决这一难题，可可西里管理部门一直在推进逐步与国际接轨的自然保护区管理体系和科研监测体系。有人预言，在不久的将来，随着可可西里天地一体化生态监测及大数据分析系统上线运行，可以用无人机巡护，现在还坚守在一线的守护者，很可能是可可西里的最后一批巡山队员。但巡山队员却没有如此乐观，如秋培扎西说，科技手段再发达，人的作用也不可替代。别看可可西里多年未响起过盗猎者的枪声，但国际藏羚绒制品消费和非法贸易依然存在，一旦没有守护人员紧盯着这片荒原大地，那些盗猎盗采分子就会乘虚而入。巡山，这一最原始、最艰险的方式，依然是保护可可西里最重要的手段，也是对不法分子的最大震慑，更是对三江源国家公园和世界自然遗产地持之以恒的坚守。

我只是可可西里的一个追踪者，面对这伟大的荒原、野性的世界，我一直在它的外部打转，而这里的守护者，都是用生命在经受、在体验这生命禁区的生存极限。这让我深感文字的苍白与无力。三十年的时间，四万五千平方公里的荒原大地，又怎能浓缩在这样一本苍白的报告文学里？对于可可西里的未来，我更是一头雾水。说实话，我也不希望可可西里仅仅作为自然遗产留下来，最好的方式，就是让它一直保留在无人惊扰的原始神秘、永远荒凉的自然状态，让人类保存一分最后的、遥远而神秘的猜想。这就是我心中的可可西里，永远的可可西里。

2022 年 7 月第一稿

2023 年 5 月第二稿

2023 年 8 月第三稿

附录一　可可西里大事记

1988年，国务委员兼国家科委主任宋健在青海考察时，首次提出在可可西里设立自然保护区的意见。

1990年5月21日，由国家科委、中国科学院、国家环保局和青海省共同组织的可可西里综合科学考察队一行六十多人，从青海省西宁市启程，乘车向可可西里进发，这是我国科学考察史上的一次壮举。考察内容涉及地质、地理、矿产、湖泊、冰川、冻土、大气、环保、高山生理、古生物、动物和植物等二十多个专业。按计划，野外考察历时三个月，随后考察队提出了在可可西里建立自然保护区的可行性报告。

1991年，在盗猎行为最猖獗时，可可西里的藏羚羊种群数量从数十万只锐减至不足两万只，已濒临灭绝。在杰桑·索南达杰的推动下，青海省玉树藏族自治州决定在可可西里毗邻的治多县和曲麻莱县分别成立西部工作委员会，全面启动可可西里野生动物保护工作。

1992年7月，治多县西部工作委员会（简称"西部工委"）正式成立，由中共治多县委副书记杰桑·索南达杰兼任第一任书记，率先组建中国第一支武装反盗猎队伍，打响了可可西里反盗猎的第一枪。在接下来不到两年的时间里，索南达杰带着西部工委的几个工作人员先后十二次深入可可西里无人区追捕打击盗猎分子。

1994年1月18日，索南达杰和四名队员在可可西里无人区抓获了二十名武装盗猎分子，当他们押送盗猎分子行至太阳湖附近时，遭盗猎分子反扑和袭击，索南达杰中弹牺牲，年仅四十岁。五天后，当救援人员找到他时，索南达杰依然保持着右手持枪、左手拉枪栓、怒目圆睁的半跪射姿态，他已被零下四十摄氏度的严寒冻成一尊不屈的冰雕。索南达杰的事迹深深震撼了国人，这也是国人对生态环保的一次觉醒。在索南达杰精神的感召和激发下，许多民间志愿者投身到保护可可西里的行列。

1995年5月，时任玉树藏族自治州人民代表大会法制工作委员会副主任奇卡·扎巴多杰担任西部工委第二任书记，在西部工委旗下成立了一支武装反偷猎队伍——西部野牦牛队，队员中除少数是治多县机关干部外，大部分是从社会上招募的退伍军人和待业青年，甚至有被感化的原盗猎人员。扎巴多杰率野牦牛队多次与武装盗猎分子以命相搏。如果说，索南达杰创立的西部工委打响了可可西里反盗猎第一枪，野牦牛队则大大震慑了盗猎分子的嚣张气焰。在反盗猎的同时，扎巴多杰一直为成立可可西里自然保护区而上下奔走。

1995年，青海省批准设立可可西里省级自然保护区，并于1996年公布，这标志着可可西里从无人区进入了自然保护区时代。

1996年5月，中国第一座民间自然保护站——索南达杰自然保护站在可可西里清水河畔举行了奠基仪式。1997年9月10日，索南达杰自然保护站第一期工程竣工，这是当时可可西里反盗猎工作的最前沿基地。

1997年6月，玉树藏族自治州设立可可西里自然保护区管理处，管理处机关设在距离可可西里1600多公里的玉树州州府所在地——原玉树县结古镇。为了就近保护可可西里，随后在距可可西里160公里的格尔木市区设立了基地。

1997年12月，国务院批准并公布可可西里为国家级自然保护区。

1998年11月8日晚，奇卡·扎巴多杰遭不明枪击猝然离世，年仅四十六岁。梁银权被任命为西部工委第三任书记和野牦牛队第二任队长。

1999年，可可西里自然保护区的保护机构正式更名为"青海可可西里国家级自然保护区管理局"，并将管理局机关前移至格尔木市区。当年4月10日至30日，在原国家林业局的统一部署下，在青海可可西里、新疆阿尔金山和西藏羌塘地区开展新中国成立以来最大规模的反盗猎行动——"可可西里一号行动"，野牦牛队作为青海方面的主力军参战。10月，原国家林业局邀请藏羚羊绒制品加工、消费的十几个国家和地区有关方面专家、官员和国内专家、媒体，在西宁召开"藏羚羊保护暨贸易控制研讨会"，发布了重要的《西宁宣言》，从此藏羚羊保护成为国际性保护课题。

2001年1月，中共玉树藏族自治州州委发文决定撤销治多县和曲麻莱县西部工委，其业务和部分人员归并可可西里国家级自然保护区管理局。原野牦牛队共有二十四名队员加入可可西里自然保护区管理局（其中三名正式工、二十一名临时工）。与此同时，索南达杰自然保护站志愿者机制正式启动，"绿色江河"环境保护促进会计划每年在全国招募三十名志愿者，通过短期培训，分十二批到索南达杰自然保护站志愿服务一个月。

2002年，可可西里管理局从全国各地招收环保志愿者。该年度，可可西里自然保护区管理局获原国家林业局授予的全国自然保护区先进集体称号、全国"猎鹰行动"先进集体，可可西里森林公安分局荣立集体二等功。

2003年8月，《濒危野生动植物种国际贸易公约》高级执法官约翰·赛勒在可可西里进行"藏羚羊保护执法需求评估"时，对可可西里藏羚羊保护取得的成绩给予了高度评价："如果给藏羚羊保护打分，可可西里保护区是满分。"该年度，可可西里自然保护区管理局获全国"春雷行动"先进集体、青海省政府授予的"全省人民满意的公务员集体"称号。

2004年8月，参加青、新、藏三省（区）藏羚羊保护联席会的印度专家阿夏克·库马、维克·曼农和国际爱护动物基金会中国项目官员助理杜宇等来可可西里自然保护区参观考察，对可可西里藏羚羊保护取得的成绩赞不绝口："我们到过世界上六十多个国家的自然保护区，从没见过保护工作如此扎实的保护区。"该年度，可可西里管理局获中央组织部、中央宣传部、中央文明办、原国家人事部授予的"全国人民满意的公务员集体"称号，获原国家林业局、北京市林业局和北京电视台授予的"野生动物保护贡献奖"。

2006年11月，国际野生生物保护组织（WCS）国际保护项目副总裁乔治·夏勒和有关专家深入可可西里自然保护区腹地，进行了为期一个月的藏羚羊资源调查。夏勒博士对可可西里藏羚羊保护取得的成绩高度认可："可可西里工作人员为保护藏羚羊和其他野生动物的未来做出了艰苦的努力和卓越的成绩，给我留下了深刻的印象。我希望他们在今后的工作中能取得更多的成绩。同时，我对他们在如此艰苦的条件下坚持工作表示由衷的敬意。"该年度，可可西里管理局获全国环境保护最高奖——中华环境奖，获原国家环保总局、国家林业局、农业部、国土资源部、水利部、国家海洋局、中国科学院授予的全国自然保护区管理先进集体，获原国家林业局授予的全国自然保护区建设示范单位，获中国野生动物保护协会、中国野生植物保护协会授予的未成年人生态道德教育先进单位，可可西里森林公安分局荣获全省公安"双十佳"，并荣立集体二等功。

2007年3月，在可可西里自然保护区拍摄的电影纪录片《幸运的藏羚羊》荣获第四届牛津国际纪录片电影节"最佳短片金牛奖"，可可西里管理局局长才嘎率罗延海等主力巡山队员赴英国伦敦牛津城参加电影节和在MK城举行的《幸运的藏羚羊》首映式。播放结束后，才嘎回答了现场观众的提问，以问答的形式介绍了藏羚羊的保护情况。同时，英国伦敦警察局野生动植物犯罪小组负责人安迪·赛舍尔介绍了英国打击沙图什贸易、消费的情况。可可西里管理局通过广泛的国际合作与交流，宣传藏羚羊保护，揭露藏羚羊遭受杀戮的根源，呼吁从事沙图什加工、贸易和消费的人们远离沙图什，从源头上切断藏羚羊盗猎和走私的利益链。

2012年9月30日，"绿色江河"环境保护促进会筹资兴建了中国民间第二座自然保护站——长江源水生态环境保护站。

2016年4月，三江源区被确定为我国首个国家公园体制改革试点地区。9月，世界自然保护联盟（IUCN）宣布将藏羚羊的受威胁程度由濒危降为易危。

2017年，可可西里国家级自然保护区被整体纳入建设中的三江源国家公园，在原可可西里国家级自然保护区管理局的基础上，组建了长江源（可可西里）园区国家公园管理委员会可可西里管理处。7月7日，在波兰克拉科夫举行的第41届世界遗产大会上，世界自然保护联盟（IUCN）在申遗评估报告中描述："青海可可西里提名遗产地是世界上最大、最年轻高原的一部分，拥有非凡的自然美景，其美丽超出人类想象，在所有方面都叹为观止。"世界遗产委员会一致认为，青海可可西里符合自然遗产的标准（vii）和（x），并具有较高的完整性、真实性，保护管理整体状况良好，同意将其列入世界遗产名录。这是中国第五十一处世界遗产，也是迄今为止我国面积最大的世界自然遗产。

2021年10月，中国正式公布首批五个国家公园，三江源国家公园位列其中。在原可可西里国家级自然保护区管理局的基础上，组建了长江源（可可西里）园区国家公园管理委员会可可西里管理处。这种新的保护形式，将把三江源国家公园建成青藏高原生态保护修复示范区，三江源共建共享、人与自然和谐共生的先行区，青藏高原大自然保护展示和生态文化传承区。随着国家公园建设，可可西里将构建起协同保护三江源国家公园的大格局，可可西里的保护者，将肩负起保护三江源国家公园和世界自然遗产的双重职责和使命。

附录二　主要参考资料

（以出版时间为序）

李炳元主编：《青海可可西里地区自然环境》，北京：科学出版社，1996年。

张以弗、郑祥身主编：《青海可可西里地区地质演化》，北京：科学出版社，1996年。

武素功、冯祚建主编：《青海可可西里地区生物与人体高山生理》，北京：科学出版社，1996年。

杨欣：《长江魂：一个探险家的长江源头日记》，广州：岭南美术出版社，1997年。

梁从诫、梁晓燕编：《为无告的大自然》，天津：百花文艺出版社，2000年。

志愿者讲述，杨欣摄影，邓康延、杨礁文字整理：《亲历可可西里10年：志愿者讲述》，北京：生活·读书·新知三联书店，2005年。

《玉树州志》编纂委员会编：《玉树州志》（上下册），西安：三秦出版社，2005年。

格尔木市地方志编纂委员会编:《格尔木市志》,北京:方志出版社,2005年。

山东省文登市政协编:《中国道教名山昆仑山》,北京:宗教文化出版社,2005年。

刘增铁、任家琪、杨永征等:《青海金矿》,北京:地质出版社,2005年。

李景生摄影,李景生口述,陈旭霞整理:《走进可可西里》,南宁:广西人民出版社,2005年。

青海可可西里国家级自然保护区管理局编:《可可西里国家自然保护区》,内部资料,2007年。

徐爱春:《可可西里的生态印记:一位野生动物研究者的快乐之旅》,上海:上海科学技术出版社,2014年。

王沂暖、华甲译:《格萨尔王传》,北京:中国国际广播出版社,2016年。

治多县第二次全国地名普查领导小组办公室编:《可可西里地名文化》,兰州:甘肃民族出版社,2017年。

中国地理百科丛书编委会编著:《长江源》,世界图书出版广东有限公司,2017年。

翁子扬编著:《藏羚羊》,武汉:华中科技大学出版社,2018年。

青海省人民政府编:《三江源国家公园公报》(2018),北京:中国林业出版社,2019年。

吕植主编:《青海可可西里:世界遗产与国家公园》,北京:北京大学出版社,2019年。

王宗仁:《藏羚羊背上的可可西里》,西宁:青海人民出版社,2019年。

陈辰主编:《闪亮的名字》(新时代东方书系),上海:上海人民出版社,2019年。